Un château sur la lande

*

À la rencontre du destin

*

Un été en Écosse

KATHRYN JENSEN

Un château sur la lande

PASSION EN ÉCOSSE

Traduction française de
JIANN-YUH WANG

HARLEQUIN

Titre original :
THE EARL'S SECRET

Ce roman a déjà été publié en 2020

HARPERCOLLINS FRANCE
83-85, boulevard Vincent-Auriol, 75646 PARIS CEDEX 13
Service Clients — https://www.harlequin.fr/contenu/contactez-nous
ISBN 978-2-2805-2080-5

Édité par HarperCollins France.
Composition et mise en pages Nord Compo.
Imprimé en juin 2025 par CPI Black Print (Barcelone)
en utilisant 100% d'électricité renouvelable.
Dépôt légal : juillet 2025.

MIXTE
Papier
FSC FSC® C159065

Pour limiter l'empreinte environnementale de ses livres, HarperCollins France s'engage à n'utiliser que du papier fabriqué à partir de bois provenant de forêts gérées durablement et de manière responsable.

1

La vie de Christopher Smythe avait pris une mauvaise direction, il le savait bien. Et malgré ses efforts, tout comte de Winchester qu'il fût, il avait la pénible impression d'être incapable de redresser la barre.

Du haut de la tourelle nord du château, ce matin, il essayait de réfléchir. Ici, c'était sa pièce favorite ; celle dans laquelle il avait l'habitude de s'isoler pour se réfugier dans ses pensées les plus secrètes. Quand il était petit, il y avait joué avec ses frères. Durant son adolescence, c'était aussi là qu'il se cachait, l'été, pour lire l'histoire de vaillants chevaliers, le récit de batailles héroïques, de belles princesses désespérées ! A cette époque, il était toujours victorieux, dans ses rêves ! En cas de chagrin, le réconfort ne manquait jamais de venir.

Hélas, le charme s'était dissipé, depuis... Maintenant qu'il était adulte, Christopher sentait même la tristesse s'aggraver, entre ces épais murs de granit. Les pensées l'assaillaient comme les brouillards du loch Kerr, assombrissant son humeur. Si bien que sa frustration et sa colère grandissaient de jour en jour, ainsi qu'une tempête s'enfle en balayant la lande écossaise. En fait, il en était au point d'exploser à la moindre contrariété.

Il s'avança sur le balcon de pierre, et contempla la bruyère pourpre et flamboyante en contrebas. A cinq cents kilomètres de là, à Londres, les autres membres du cercle de jeunes aristocrates auquel il appartenait faisaient étape pour quelques jours avant d'émigrer en masse vers la Côte d'Azur. Christopher recevait beaucoup, bien sûr, mais — et c'était bien naturel — ses amis repartaient, inévitablement, vers d'autres chasses au renard, d'autres matchs de polo, d'autres fêtes. Alors, il se retrouvait seul avec lui-même pour affronter son incapacité à vivre selon son instinct et ses envies.

Il leva les yeux et maudit le ciel. Le destin, aussi. Il avait la rage au ventre ! Mais l'avoir exprimée ne lui apporta nullement le soulagement espéré. Au contraire, pour la première fois, il éprouva une sorte d'intuition intime et évidente : il fut profondément certain que la traversée du tunnel était loin, très loin d'être terminée ; et qu'avant d'espérer revoir la lumière, il allait devoir affronter de nouvelles complications.

C'est alors qu'il crut voir quelque chose se déplacer au bout de l'étroit chemin de gravier qui menait, à partir de la grande route, vers la colline où s'élevait le château. Une sorte de minibus de couleur rouge, bas sur roues, poussiéreux. Qui cela pouvait-il bien être ? Sa gouvernante ne conduisait pas, le gardien était en congé, le maître d'écurie et ses palefreniers s'occupaient des chevaux, à cette heure, et on n'attendait pas l'équipe de maçons avant plusieurs jours. En fait, personne de sa connaissance ne conduisait de pareil engin.

Alors que la monstruosité ambulante s'approchait, soulevant de la poussière et projetant des cailloux comme une jument ombrageuse, il aperçut le panneau de couleurs vives accroché à l'aile avant : « Murphy Evasion — partout dans le monde ». Quoi ? Un groupe de touristes égarés ? se demanda-t-il, pas franchement content. Autrement dit, il allait devoir descendre et indiquer le chemin pour regagner l'autoroute.

M… ! Il ne manquait plus que ça pour ajouter à sa mauvaise humeur ! Mais, au fond, songea-t-il, de quoi était-il le plus contrarié : d'être arraché contre son gré à ses pensées maussades… ou d'être sûr d'avance que cet intermède impromptu serait, hélas, bref et totalement dépourvu d'intérêt ?

Il descendit l'étroit escalier de la tourelle. Puis, tout aussi déterminé, il dévala une autre volée de marches de marbre, deux à deux, jusqu'au grand hall du rez-de-chaussée. Là, après avoir brusquement ouvert la lourde porte de chêne bardée de fer, il se posta sur le perron…

… Juste à temps pour voir une jeune femme descendre de la place du conducteur et faire signe aux passagers de mettre pied à terre.

Sur *sa* propriété !

Il ne fallait surtout pas se gêner !

Totalement excédé, il se rua vers elle, sentant la colère monter. Il ne devait pas avoir l'air commode, à cette minute, songea-t-il confusément.

— Mais où diable vous croyez-vous donc ?

La jeune femme se retourna et le regarda, bouche bée. Elle avait des yeux couleur de feuilles tendres — des feuilles vertes, fraîches — qui s'assombrirent aussitôt.

— Pardon ? dit-elle.

— N'avez-vous pas vu la pancarte ?

— Non. Quelle pancarte ?

Il y avait dans sa voix une pointe de défi, qui surprit Christopher. D'habitude, la seule menace de son regard suffisait à intimider les importuns.

— La pancarte qui indique que c'est une propriété privée, reprit-il sans aménité. Qu'il est interdit de passer !

La conductrice se mordit la lèvre et soupira.

— Eh bien, dans ce cas, il y a méprise…

Puis, fouillant dans son sac, elle dénicha une feuille de papier qu'elle tendit à Christopher.

— Voilà… Nous avons réservé pour 11 heures ce matin.

— Réservé ? répéta Christopher, qui prit le papier et le déplia.

C'était une sorte de lettre de confirmation, qui indiquait que le groupe avait l'autorisation de visiter Bremerley Castle. Sauf que Bremerley Castle se trouvait à une bonne vingtaine de kilomètres plus au nord, en suivant la côte, juste avant d'arriver à Edimbourg…

Christopher s'apprêtait à le dire à la conductrice, mais, alors qu'il levait les yeux, il se rendit compte que les touristes regardaient ses vieux murs avec intérêt — curiosité, même. Quant à la conductrice — leur guide, selon toute évidence —, elle masquait mal son inquiétude. En dépit de ses airs bravaches, ses yeux verts parlaient pour elle...

Touché, Christopher sentit sa colère s'évanouir. La tension de ses épaules se relâcha. Franchement, il n'avait pas le cœur de lui dire, devant tous les autres, qu'elle s'était égarée comme une petite taupe hors de son terrier ! Elle était adorable, vraiment adorable, se dit-il. Et à cet instant, inexplicablement, une soudaine bouffée de désir l'embrasa.

Néanmoins, ce fut avec l'amabilité d'un ours qu'on vient de réveiller de son sommeil hivernal qu'il déclara :

— Bon... Je vais vous montrer tout ça...

Le visage de la jeune femme s'éclaira immédiatement.

— Oh ! très bien, très bien. Vous êtes... le concierge de lord MacKinney, je suppose ? Séjourne-t-il actuellement dans sa résidence ?

Lord MacKinney... Décidément, cette jeune femme n'y était pas du tout. Christopher la regarda en souriant. Il n'avait pas si souvent l'occasion inattendue de jouer un peu. Encore moins à un jeu suffisamment excitant pour lui rendre le sourire. Alors, pourquoi bouder son plaisir ? Pourquoi ne pas faire semblant d'être quelqu'un d'autre ? Après tout, ce n'était que pour un court moment. Et tant mieux si, en plus, cela pouvait rendre service à cette jeune Américaine égarée et si sexy.

— Lord MacKinney séjourne bien dans cette résidence, répondit-il, sauf lorsqu'il va jouer au polo ou lorsqu'il est au théâtre, à Londres, et il n'est pas là aujourd'hui.

Elle lui lança un clin d'œil complice.

— Vous êtes sans doute content de ne pas l'avoir sur le dos.

Il se pencha, sentit autour d'elle comme un parfum de vanille, et lui murmura à l'oreille :

— En effet, il peut être assez insupportable.

— Une chance qu'il soit absent aujourd'hui, dans ce cas, dit-elle.

Puis elle se retourna pour admirer les murailles de pierre qui s'élançaient vers le ciel. Elle avait de grands yeux pétillants et délicieusement enfantins.

— Pouvez-vous nous montrer les pièces ouvertes au public ?

Le regard de Christopher se posa sur la gorge de la jeune femme. Il se vit, pendant un éclair, en train d'embrasser cette peau délicate, et il sentit le désir monter de nouveau. Elle n'était pas grande — même avec ses talons, elle lui arrivait à peine à l'épaule. Alors qu'elle examinait les murs qui avaient appartenu à la famille de Christopher pendant plus de trois cents ans, ses doigts jouaient avec les pompons qui pendaient de son sac en tapisserie. A un certain moment, elle fronça les sourcils, regardant avec plus d'attention encore l'aile droite du château, qui était restée en ruine.

Plutôt futée, la petite dame, se dit Christopher. En effet, Bremerley Castle avait été entièrement restauré et, si elle était une guide compétente, elle ne pouvait pas l'ignorer. Il se demanda combien de temps elle mettrait pour découvrir son erreur.

Vraiment, l'intérêt qu'elle manifestait pour le château lui faisait plaisir. En général, lorsque des touristes égarés se trompaient à l'embranchement de l'A7 et se retrouvaient sur ses terres, lui ou ses gardiens les renvoyaient sans ménagement. Mais elle, elle était trop délicieuse à regarder pour qu'il la congédie comme n'importe qui...

— Comment vous appelez-vous ? demanda-t-il en montrant le chemin vers le haut des marches.

Elle s'avança, et dix touristes bavards suivirent leur bergère comme un troupeau de moutons dociles.

— Jennifer Murphy, et vous ?

— Christopher.

— Christopher, répéta-t-elle d'un air songeur en grimpant les marches de granit usées par les pas de générations entières. Est-ce un nom écossais ? Plutôt anglais, je dirais.

— Je suis né dans le Sussex, en effet. J'ai grandi ici, et à Londres.

— Pas mal..., dit Jennifer, dont les yeux pétillaient dans la lumière du matin.

Bien entendu, Christopher ne s'était jamais préoccupé de

savoir qui subvenait à ses besoins, l'essentiel étant d'avoir des moyens pour satisfaire toutes ses envies. Son père, le comte de Sussex, avait été avare d'affection mais il avait, sans broncher, donné argent et titres à Christopher et à ses deux frères. Chacun pouvait ainsi légitimement prétendre à un titre de comte — même si c'était un comté de moindre importance que celui de leur père. La famille possédait une collection impressionnante de titres séculaires, hérités des nombreux ancêtres de la branche paternelle.

— Et vous ? Vous êtes de toute évidence américaine. De quelle région des Etats-Unis venez-vous ?

— J'ai grandi à Baltimore, et j'y ai toujours vécu. Ma mère et moi possédons une agence de voyages. Nous sommes spécialisées dans les excursions en Europe.

— Et vous assurez vous-même la fonction de guide pour chaque excursion ?

— Pas chaque fois, répondit-elle en souriant. Mais presque, quand même, puisque ma mère préfère s'occuper du bureau. Et comme j'ai étudié l'histoire à l'université, je suis qualifiée pour donner les conférences que nous proposons.

— Vraiment ?

Jolie et cultivée ? songea Christopher, de plus en plus intéressé. Les minutes s'écoulant, il avait envie d'en savoir davantage sur elle. Mais l'heure n'était pas aux apartés ; car ils se trouvaient à présent au milieu du grand hall, et le groupe s'agitait, désireux de commencer la visite.

Il faillit demander à la jeune femme de prévenir ses clients de ne pas toucher aux tableaux qu'il venait de sortir de la réserve, et qu'il avait laissés contre un mur, en attendant de les suspendre à leur place définitive. Mais elle regardait avec insistance le vêtement qu'il portait, en fronçant légèrement les sourcils, et il fut distrait de sa préoccupation.

— Quelque chose ne va pas ? s'enquit-il.

— Je me demandais seulement quel était le salaire des concierges de château de nos jours, répondit-elle.

Et elle effleura le revers de la veste en cachemire — la préférée de Christopher.

Donc elle était sur la voie. Sur le point de comprendre la supercherie. On pigeait vite, à Baltimore... Christopher faillit éclater de rire. En fait, s'il portait sa veste de cachemire, c'est qu'il s'était habillé pour un rendez-vous avec son avocat à Edimbourg. C'était de cette façon qu'il communiquait avec son père, maintenant. Le vieux comte le boudait. Il n'approuvait pas son mode de vie, et le considérait comme un enfant gâté, un peu trop sensible aux filles et prêt à dépenser des fortunes pour un cheval de polo — ainsi que le décrivaient avec force détails les paparazzi britanniques. Et si, neuf mois plus tôt, quand Christopher avait demandé à recevoir Castle Donan comme une partie de son héritage, le vieux comte avait accepté, c'était uniquement dans l'espoir que le jeune comte de Winchester qu'il était s'assagirait : autrement dit, s'établirait définitivement en Ecosse, et se trouverait une épouse... Neuf mois plus tard, on en était très loin. Pour l'épouse, en tout cas. Le vœu paternel ne s'était pas réalisé.

Peut-être parce que Christopher avait effectivement un point sensible.

Mais cela ne concernait ni les filles ni les chevaux, contrairement à ce qu'on lui reprochait.

Oui, il avait une faiblesse, une fêlure — un secret qui devait rester un secret jusqu'au moment où, enfin, on dégagerait Christopher de sa promesse. Et, honnêtement, il lui tardait que ce jour arrive...

Il se força à sourire à la jeune femme.

— Cette veste est un cadeau de mon employeur.

Jennifer le regarda fixement, en plissant ses yeux pailletés d'or. Il aurait aimé savoir à quoi elle pensait, en cet instant. Tout à coup, elle lui tourna le dos, et frappant dans les mains pour rassembler son groupe, elle commença à parler de l'architecture du Moyen Age. Il l'écouta, attentif à la sonorité de ses paroles plus qu'aux paroles elles-mêmes. Sa voix était caressante et douce — une voix d'enfance, celle d'une domestique dont il avait oublié le nom qui lui lisait pour l'endormir, jadis, des histoires d'un temps où l'honneur conduisait le monde.

Il essaya d'imaginer la jeune femme parée des atours d'une noble dame comme il en avait croisé dans ses livres d'autrefois. Aujourd'hui, la noble dame portait une simple jupe en jean et un chemisier rose en coton. Mais dans les âges lointains, elle aurait sans doute revêtu une longue robe à traîne en damas des Flandres, et aurait entrelacé des rubans et des bijoux dans ses longs cheveux blonds. C'était l'époque, songea Christopher, où un homme pouvait en toute impunité enfermer sa femme derrière des murs de pierre, à l'abri du désir des autres hommes.

Pas politiquement correct pour le monde moderne, se dit-il, amusé. Et pourtant, cela avait de quoi enflammer l'imagination des amants d'aujourd'hui ! Il se figura seul avec Jennifer, libre de la toucher où il lui plairait et autant qu'il lui plairait. Forcément, son corps eut la réaction adéquate à ces rêveries libertines qui lui traversaient l'esprit. Comme il était loin, le moment d'exaspération qu'il avait connu lorsque Jennifer avait garé le minibus devant la porte du château ! Quand bien même Christopher aurait voulu ranimer sa colère pour se préserver du désir qu'il éprouvait, il n'y aurait pas réussi.

— Alors, vous venez ?

La voix de la jeune femme lui semblait très lointaine, tout à coup. En fait, Jennifer s'était éloignée et Christopher dut se retourner pour lui répondre. Ah, voilà, elle était là-bas, prête à emprunter le couloir qui menait à la bibliothèque.

— Nous devons nous presser un peu, lui lança-t-elle par-dessus l'épaule. Notre programme prévoit le déjeuner dans un pub au sud d'Edimbourg, vous savez. Et puis...

Elle le regarda d'un air entendu.

— ... l'improvisation peut parfois demander du temps.

— L'improvisation ?

— Oui, expliqua-t-elle, l'œil espiègle. Bizarrement, les notes que j'ai préparées sur l'intérieur de Bremerley ne semblent pas correspondre à la réalité. Je vais devoir m'adapter.

Cette fois-ci, il éclata de rire. De bon cœur. Un rire qui disait qu'il ne regrettait pas d'avoir été démasqué si vite. Très, très futée, la dame, en vérité...

Il pressa le pas pour la rattraper.

Jennifer parlait. En l'écoutant, Christopher se laissait surprendre, agréablement, par son érudition, ses vastes connaissances de l'histoire de cette région frontalière, entre Ecosse et Angleterre, où les batailles féroces avaient duré des centaines d'années. Castle Donan, nœud stratégique important dans cette ligne de défense, avait changé de maîtres d'innombrables fois, au prix de lourdes pertes de chaque côté...

Christopher était si absorbé par les commentaires de Jennifer qu'il ne remarqua pas tout de suite qu'un des visiteurs s'était éloigné du groupe pour voir de plus près une paire de pistolets accrochés au mur.

Un mouvement attira son attention ; il vit soudain une main s'approcher des armes. Un juron s'échappa de ses lèvres avant qu'il ne puisse se contrôler :

— Nom de Dieu ! Ne touchez pas !

Tous les regards se tournèrent vers lui.

En trois enjambées, il traversa la pièce et écarta la main de l'homme qui allait saisir les pistolets.

— Le comte n'apprécierait pas que l'on touche à ses affaires, dit-il en essayant de ne pas élever davantage la voix.

— Désolé, objecta le touriste, je comptais faire attention, vous savez.

— Il y a une règle à suivre absolument chaque fois que l'on se trouve dans un musée ou un bâtiment historique, recommanda alors Jennifer, d'une voix claire. Beaucoup d'objets que vous voyez sont irremplaçables, et leur grand âge les rend fragiles. Donc, ne touchez jamais à rien. Même avec précaution.

Puis elle ajouta en reprenant la visite :

— Avançons maintenant... Je suis sûre qu'il y a encore beaucoup de curiosités à découvrir ici.

Sur ce, elle jeta un sourire espiègle à Christopher en passant près de lui.

Lorsque la visite du premier étage fut achevée, Christopher avait acquis une certitude : non seulement Jennifer savait pertinemment qu'elle ne se trouvait pas à Bremerley, mais elle avait également compris qu'il n'était pas celui qu'il prétendait être. Il sentait son regard chaque fois que le groupe entrait dans une nouvelle pièce. Elle l'étudiait, et elle s'amusait de le voir s'interposer entre les visiteurs et ses biens les plus précieux, comme s'il voulait les protéger contre toutes les maladresses. Evidemment, cette attitude ne pouvait que le trahir, et confirmer les soupçons de la jeune femme quant à sa véritable identité !

Enfin, comme ils se retrouvaient dans le grand hall, elle se tourna vers lui et demanda :

— Les pièces du second étage sont-elles ouvertes au public ?

Il se raidit instinctivement à la pensée que des étrangers pourraient déambuler dans les appartements privés.

— Je... Eh bien... Voyez-vous, les étages supérieurs sont en cours de rénovation.

Ce qui était vrai, mais il aurait pu les faire visiter quand même. Toutes les pièces. A l'exception de la tourelle qui constituait son territoire exclusivement personnel.

Deux des touristes soupirèrent de déception.

— Eh bien, ce sera tout pour aujourd'hui, déclara Jennifer. Merci, Christopher, de nous avoir laissés entrer et de nous avoir reçus. Nous avons eu beaucoup de plaisir à voir le château.

— Revenez quand vous voulez.

Christopher fut surpris par le ton de sa propre voix, si douce et affable. Depuis quand ne s'était-il pas montré aussi aimable ?

Mais Jennifer conduisait déjà ses ouailles vers la sortie. Sa voix, qui résonnait sous les hautes voûtes de pierre, leur annonçait, avec une concision toute professionnelle, leur planning de l'après-midi.

Christopher les suivit, se sentant seulement un peu embarrassé de ne pas avoir rétabli la vérité, le concernant. Il avait voulu s'amuser un peu, et aussi éviter à cette jeune femme un moment de gêne devant ses clients. Alors, il ne tenait pas du tout à ce qu'elle parte en ayant des doutes sur ses motivations à la tromper. Ils ne se reverraient pas — ce qui n'était pas important —, mais il fallait tout de même que les choses soient claires.

Depuis le perron, il regardait le groupe s'engouffrer dans le minibus... C'était maintenant ou jamais.

— Attendez ! cria-t-il comme elle allait se mettre au volant.

Il se précipita, la retenant un peu dehors après avoir fermé la portière du véhicule pour que les autres n'entendent pas.

— Vous avez découvert le pot aux roses, n'est-ce pas ?

— En général, les concierges ne manifestent qu'une loyauté très relative envers leurs employeurs, expliqua-t-elle d'un air sérieux. Aucun domestique n'aurait éprouvé tant de fierté pour la maison de son maître ! J'ai cru que vous alliez étrangler ce malheureux M. Pegorski lorsqu'il a failli toucher ces pistolets.

Elle le regarda dans les yeux d'un air accusateur.

— Ce château n'est pas Bremerley, aucun détail architectural ne correspond à mes notes, et vous n'êtes pas plus concierge que moi. Alors où suis-je et qui êtes-vous ?

Il la gratifia d'un air de seigneur.

— Ceci est Castle Donan. Vous avez pris un mauvais embranchement. Je suis Christopher Smythe, comte de Winchester.

La jeune femme ne vacilla pas.

— Ah oui..., dit-elle enfin, après quelques secondes de réflexion. J'ai entendu parler de vous, ou vu votre photo dans un magazine. Un de ces tabloïds à sensation, je crois... Je me trompe ?

Il leva un sourcil, pas vraiment surpris.

— Ne croyez pas tout ce que vous lisez.

Qu'elle ne semblât ni impressionnée ni effrayée par sa réputation de play-boy dépensier intrigua Christopher. Il lui prit la main, l'effleura doucement de ses lèvres — toujours ce parfum de vanille — et, après un court instant, la lâcha à regret.

— Le comte de Winchester..., répéta-t-elle songeuse.

— Oh ! c'est un titre relativement mineur. On me reconnaît à peine, à la cour.

Les yeux verts le fixèrent avec suspicion.

— C'est ça. Vous faites partie des meubles, rien de plus…

Il secoua la tête et sourit — un vrai sourire, pour la première fois depuis longtemps. D'une certaine façon, cela lui plaisait qu'elle le trouve séduisant tout en se moquant de lui. Il avait pris l'habitude d'ignorer ses admiratrices, sauf à ces rares moments où son corps lui disait de se laisser tenter.

— Vous n'êtes pas un très bon menteur, vous savez, lui dit-elle. Et vous ne ressemblez pas du tout à un domestique. J'ai bien peur que vous ne puissiez jamais tromper personne très longtemps.

Cette candeur rafraîchissante ravissait Christopher.

— L'incapacité à tromper pourrait se révéler une qualité. Combien de temps restez-vous en Ecosse ? demanda-t-il.

— Un jour encore.

— Et après ?

— Nous serons à Londres pendant deux jours, puis je renvoie mes protégés aux Etats-Unis. J'ai l'intention de rester un jour de plus avant de quitter l'Angleterre.

— Si peu de temps… Quel dommage, murmura-t-il alors qu'elle ouvrait la portière du minibus.

A présent qu'elle était sur le point de lui échapper, il sentait le feu brûler dans ses reins. Et alors ? se dit-il pour ne pas en tenir exagérément compte. Jennifer Murphy n'était ici que pour peu de temps, elle venait de le lui dire ; son domicile et son avenir se trouvaient aux Etats-Unis. Tandis que sa place, à lui, était en Grande-Bretagne, et il allait devoir y rester pour de nombreuses raisons. Donc…

— Donc, au revoir, Jennifer de Baltimore.

Il l'aida à monter dans la voiture. Mais il ne s'attarda pas. Il avait besoin d'oublier tout de suite ; de dépenser son énergie dans une bonne chevauchée sauvage. Ce n'était pas l'activité physique qu'il aurait préférée s'il avait eu le choix, mais il était bien obligé de s'en contenter pour le moment.

En quittant ce château où elle était entrée par erreur, Jennifer garda les yeux fixés sur le rétroviseur. Pendant les quelques secondes que le minibus mit pour atteindre le premier virage dans l'allée, elle regarda Christopher Smythe marcher le long des murs de pierre de son château bien-aimé. Ses mains, sur le volant, étaient moites. Elle pouvait encore sentir la douceur des lèvres de Christopher sur sa peau.

Oui, il était arrogant. Oui, il était trop beau et trop riche pour qu'une femme croisant son chemin ne perdît pas la tête. Mais grâce à lui, personne dans le groupe ne s'était rendu compte qu'elle s'était trompée sur le chemin entre Londres et Edimbourg, et qu'ils avaient fait intrusion chez un vrai comte. De cela au moins elle lui était redevable.

Mais comment une telle erreur avait-elle pu se produire ? Elle ne se perdait jamais ! Chaque fois qu'elle devait guider un groupe, elle faisait consciencieusement ses devoirs, étudiant l'itinéraire avec soin et contrôlant chaque détail à plusieurs reprises, apprenant par cœur les fiches sur l'art, l'architecture et l'histoire de chaque endroit à visiter.

Elle était si vexée qu'elle ne lui en voulait même pas de l'avoir trompée au début. Bien sûr, il avait profité de son erreur pour flirter avec elle, mais il lui avait permis de ne pas perdre la face. Elle devrait vraiment faire quelque chose d'aimable en retour. Peut-être pourrait-elle lui envoyer une lettre de remerciements… Ou déchirer au moins un exemplaire de ce stupide journal à sensation qui écrivait des horreurs sur lui…

Pendant tout l'après-midi, à Edimbourg, Jennifer, malgré tous ses efforts pour ne pas penser à lui, fut obsédée par Christopher. Elle revoyait constamment ses yeux d'un bleu affolant, sa bouche expressive ; son accent anglais, si sexy, résonnait à son oreille pendant qu'elle faisait visiter les ruines de Holyrood Abbey et le parc adjacent. Elle se souvenait de la façon dont ses cheveux tombaient sur son front, comme pour un petit garçon, et de son clin d'œil complice quand il avait compris qu'elle avait éventé la supercherie.

Et puis il y avait l'épisode du baisemain. Christopher s'était-il rendu compte qu'il avait provoqué les frissons les plus troublants ? Probablement pas. Il devait être habitué à susciter de tels émois chez les femmes ; il avait certainement fait ce geste sans même y penser. Elle pouvait l'imaginer baisant la main grassouillette d'une duchesse octogénaire, puis tourner les talons avec désinvolture alors que la dame se pâmait.

La raison en Jennifer lui répétait que les sentiments qu'il avait fait naître en elle n'avaient aucun sens, mais son cœur ne voulait rien entendre. Pourtant, elle ne pouvait se permettre de compliquer sa vie, en ce moment.

Elle devait se préoccuper d'abord de la sécurité financière de sa mère et d'elle-même. Telle était sa priorité essentielle, et cela signifiait travailler pendant de longues heures, afin de rembourser les dernières dettes que son père leur avait laissées avant que sa mère ne divorce enfin. Oui, elle aurait bien aimé avoir un homme dans sa vie, c'est vrai. Mais aucun de ceux qu'elle avait rencontrés ne pouvait lui assurer la sécurité dont elle avait besoin. Et elle ne laisserait personne s'interposer entre elle et le bien-être matériel dont elle rêvait.

Jennifer pensa à son père, puis à Christopher. Qui était pire qu'un coureur de jupons avec des penchants pour le jeu ? Un play-boy qui gaspillait son argent en vêtements extravagants, voitures de luxe et fêtes pour ses amis ! En plus, il vivait sur un autre continent qu'elle ! Pouvait-elle seulement imaginer les semaines de séparation, à se demander s'il dépensait sa dernière livre sterling ou s'il couchait avec une autre femme ? Et même s'il lui était fidèle, que d'argent dépensé en appels téléphoniques à longue distance, et en billets d'avion !

S'amouracher de quelqu'un d'aussi sexy et charmeur que le comte de Winchester — qui habitait dans un vrai château, passait son temps sur les terrains de polo et rendait les femmes folles en leur baisant les mains — serait la pire erreur de sa vie.

Arrête donc ! s'ordonna-t-elle en s'agrippant, chancelante,

à la balustrade de fer qui courait le long des murs austères de Holyrood. Comment pouvait-elle avoir de telles pensées ? Elle avait passé exactement quatre-vingt-dix minutes en compagnie de Christopher Smythe. Elle ne savait pratiquement rien sur cet homme, et voilà qu'elle bâtissait des châteaux... en Ecosse ! Elle avait dû perdre la tête !

A la fin de la journée, Jennifer s'assura que tout son petit monde avait été bien nourri et que tous se reposaient dans les chambres respectives du vénérable hôtel Caledonian, sur Princes Street. Munie de ses cartes routières et de ses notes, elle descendit dans le pub de l'hôtel et s'installa au calme. Il ne devait plus y avoir d'erreurs durant ce voyage ! se promit-elle avec détermination.

Et elle déplia le plan de la ville d'Edimbourg.

— En voilà une bonne idée ! affirma une voix profonde près d'elle.

Elle leva les yeux, abasourdie.

— Christopher ? Qu'est-ce que vous faites là ? demanda-t-elle en essayant de dissimuler son plaisir à le revoir.

Aussitôt, une petite voix murmura en elle : « Ne t'avise surtout pas de fondre ! »

— Des affaires à Edimbourg, dit-il rapidement. Avez-vous besoin de conseils pour vous diriger dans la ville ?

— Ce ne serait pas du luxe, répondit-elle en riant. Je ne sais pas ce qui s'est passé aujourd'hui. Je ne me perds jamais, franchement.

Il vint s'asseoir à côté d'elle, et se pencha sur une autre carte, celle des autoroutes d'Ecosse, qu'elle avait surlignées en orange fluo.

— Est-ce que « Donan » est le vrai nom de votre château ? demanda-t-elle. Je n'ai pas réussi à le trouver sur le Registre historique.

— Cela vient du gaélique, c'était le nom d'un vieux clan. Je n'ai pas pu le faire inscrire encore sur le Registre, car le bâtiment est en trop mauvais état.

Il montra un symbole sur la carte.

— Voilà l'origine de votre erreur d'aujourd'hui. Vous auriez dû attendre la sortie suivante sur l'A7, juste après le loch. Et vous auriez été sur le bon chemin.

— Je sais, j'ai tout compris lorsque nous nous sommes arrêtés pour déjeuner. Je me sens vraiment bête. D'ailleurs, je vous dois une fière chandelle pour ne pas avoir dévoilé ma bévue. Bien que la plupart des membres de mon groupe soient plutôt gentils, j'ai un couple qui fait des histoires.

— Quel genre d'histoires ? demanda Christopher en fronçant les sourcils.

— Ils ne sont jamais contents, ou du moins ils veulent donner l'impression d'être toujours excédés. J'ai l'intuition qu'ils en font beaucoup pour pouvoir demander à être remboursés. Nous garantissons la satisfaction de nos clients ou nous les dédommageons.

— Une petite erreur comme le fait de s'égarer pendant une heure ne suffit certainement pas à demander une quelconque compensation.

— Vous seriez surpris, répondit-elle en haussant les épaules. Certaines personnes s'inscrivent à des voyages en sachant qu'elles peuvent obtenir un remboursement important, au moins la moitié de la somme, si elles râlent assez fort. C'est de l'arnaque, bien sûr.

Christopher hocha la tête.

Elle le regarda attentivement. Ici, dans le pub, l'iris de ses yeux paraissait d'un bleu plus sombre, plus intense. Elle sentait en lui un côté plus sérieux qu'à Donan. Il avait l'habitude de serrer la mâchoire lorsque quelque chose lui déplaisait — comme la malhonnêteté de ces voyageurs arnaqueurs ou l'insouciance de visiteurs qui osaient toucher à ses trésors.

— Vous n'êtes pas dans cet hôtel par hasard, n'est-ce pas ? demanda-t-elle intuitivement.

Il leva les yeux de son verre de whisky à demi vide. Tout à

coup, elle soupçonna que, affaires ou pas affaires à Edimbourg, il était là pour l'attendre, elle. Cette pensée la fit frissonner de tout son corps et elle se sentit fondre.

— Comment m'avez-vous retrouvée ?

— Ce n'était pas difficile. Quand vous êtes montée dans votre minibus, j'ai vu, sur le siège du passager, une plaquette publicitaire de l'hôtel Caledonian. J'ai pensé qu'il y avait de grandes chances pour que vous y restiez au moins cette nuit. Si je ne vous avais pas trouvée ici, j'aurais fait appeler votre chambre.

Un frémissement nerveux, pas désagréable, parcourut l'épine dorsale de Jennifer.

— Et aviez-vous une raison particulière de me poursuivre ainsi ?

Il l'examina, les lèvres serrées, le visage sévère, presque sombre, et ne répondit pas tout de suite.

— J'imagine que je n'étais simplement pas préparé à ce que la visite prenne fin ainsi.

— Mais c'est vous qui avez décrété que les autres pièces étaient en travaux et fermées au public !

Lentement, ses lèvres se décrispèrent pour former un sourire espiègle.

— Je ne parlais pas de cette visite-là.

Jennifer pouvait sentir la chaleur se répandre sur ses joues, comme le rose dilué de l'aquarelle lorsque le pinceau touche le papier. Le regard que Christopher posait sur elle lui procurait une impression aussi dangereuse que délicieuse. Elle se consola en se disant que sa réaction s'expliquait par le fait qu'elle était loin de chez elle, dans un pays étranger... et toute seule. Et puis, elle n'avait pas l'habitude de recevoir des propositions, car c'en était bien une, n'est-ce pas ? Venant d'un aristocrate propriétaire d'un château, qui plus est. Quelle femme n'aurait pas senti la tête lui tourner ?

Jennifer baissa son regard sur la table : la main de Christopher était fermement posée sur la sienne, à présent. Elle essaya désespérément de faire fonctionner son cerveau, cherchant une repartie suffisamment spirituelle et sophistiquée pour impressionner un comte. Mais son esprit était complètement vide.

— Est-ce que ce silence soudain signifie que la visite est terminée ? demanda-t-il enfin.

Elle lui fit un grand sourire, et choisit un ton badin.

— Si un jour vous venez dans le Maryland, n'oubliez pas surtout de venir nous rendre visite à Baltimore. Je vous montrerai tous les lieux qu'il faut voir.

— Mais ce ne sont pas les lieux qui m'intéresseront, si je viens...

Ses yeux ! Il était impossible d'échapper à ces yeux, songeat-elle. Ils la dévoraient tout cru. Elle essaya de retirer sa main, mais il serrait très fort ses doigts, et elle sentait son cœur battre la chamade.

— Faisons encore un essai, chérie.

Ce dernier mot, qui sonnait plus avec la gouaille des faubourgs de Liverpool que le raffinement des clubs aristocratiques londoniens, la prit de court. Christopher se pencha et la regarda.

— Que diriez-vous d'aller dîner avec moi ce soir ?

Jennifer regarda de nouveau leurs mains jointes. Christopher Smythe n'était pas du genre à essuyer un refus. Peut-être que, si au moins ils restaient ici, dans les salons de l'hôtel, elle pouvait accepter un verre, en toute sécurité ?

— Je dois me lever très tôt demain matin, dit-elle, et je ne tiens pas à sortir. Bavardons ici, vous voulez bien ?

Il ne parut ni content ni déçu.

— Très bien. Que voulez-vous boire ?

— Un verre de vin blanc de Californie, s'il vous plaît.

Christopher leva à peine la main et un serveur apparut. Peu de temps après, un verre de vin fut posé devant Jennifer. Elle but prudemment quelques petites gorgées, et une chaleur moelleuse l'enveloppa.

Christopher s'adossa à son fauteuil, et observa la jeune femme à travers l'ambre liquide de son propre verre.

— Pourquoi Baltimore ? Pourquoi y vivez-vous alors que vous connaissez évidemment tant de villes fascinantes ?

— J'habite Baltimore parce que c'est chez moi, dit-elle

simplement, avant de lui retourner la question. Pourquoi vivez-vous en Ecosse alors que vous êtes anglais ?

Il sembla surpris par la repartie, et serra la mâchoire.

— J'habite en Ecosse parce que j'aime ça, répondit-il un peu sèchement. Et parce que je n'ai pas le choix.

Jennifer posa son verre, pas le moins du monde convaincue.

— On a toujours le choix.

— Pas toujours, non.

Puis, comme s'il regrettait d'avoir parlé trop durement, il prit de nouveau la main de Jennifer qu'il caressa doucement.

— La vie réserve parfois des surprises, dit-il d'une voix énigmatique.

Jennifer décida d'alléger l'atmosphère en changeant de sujet de conversation. Elle posa la première question qui lui vint à l'esprit.

— Quels sont vos restaurants favoris à Londres ?

Il parut content de son initiative et, à mesure qu'il répondait, sa voix devenait moins tendue.

Tout à coup, elle captura un reflet de lui, dans le miroir à côté d'eux, et elle se dit — bien que, sur le moment, cela ne semblât pas logique — voilà un homme profondément tourmenté. Mais comment pouvait-on être « tourmenté » quand on avait l'argent, le charme, des amis, et une vie dorée ? Puis elle écarta l'idée trop romantique du lord enfermé dans son château avec un terrible secret.

Lorsqu'elle le regarda de nouveau, elle se rendit compte qu'il l'examinait.

— Qu'y a-t-il ? demanda-t-elle.

Il haussa les épaules.

— Vous êtes si jolie, et si américaine…

Elle ne sut pas comment réagir. Américaine… s'agissait-il d'un compliment ?

— Que voulez-vous dire par « si américaine » ?

— Vous avez une attitude optimiste, vous prenez des risques…

Elle crut voir un voile de tristesse, de regret ou de ressentiment dans ses yeux.

— Ce doit être amusant de vous fréquenter, Jennifer. Vous me feriez rire, et je vous taquinerais jusqu'à vous faire rougir partout, si nous sortions ensemble.

Son regard coquin glissa sur la gorge de Jennifer, sur ses seins... descendit jusqu'à son ventre. Elle fut si gênée qu'elle ne sut pas quoi répondre. Une délicieuse chaleur se répandit dans son corps. Elle aimait cela. Et toutes les autres sensations que Christopher provoquait en elle.

— Je suis désolée, murmura-t-elle. J'aurais vraiment aimé faire plus ample connaissance avec vous. Mais...

— ... mais la vie en a décidé autrement. Certainement, dit-il en levant son verre. Eh bien, dans ce cas, portons un toast aux occasions manquées, chérie...

2

Le lendemain matin, Jennifer décida de prendre le petit déjeuner toute seule. Se faire servir dans la chambre lui semblait être un petit luxe qu'elle pouvait se permettre. Elle avait besoin de temps, d'un téléphone et de tranquillité pour mettre la dernière main au programme des derniers jours du voyage. Au moment où le plateau du petit déjeuner arrivait, le téléphone sonna. Elle donna un pourboire au garçon et se précipita pour répondre.

— Bonjour ! J'espérais bien vous avoir avant que vous ne partiez pour la journée.

— Christopher ?

Les battements de son cœur s'accélérèrent en entendant la voix mâle et grave, et ses doigts serrèrent très fort le fil du téléphone. Elle était restée éveillée toute la nuit, en se demandant si elle avait bien fait de repousser ses avances.

— Avez-vous bien dormi cette nuit ?

Elle mentit avec énergie.

— Parfaitement. Et pour vous, le retour à Donan sous la pluie a-t-il été pénible ?

Il avait commencé à tomber des cordes à 22 heures, juste après son départ de l'hôtel Caledonian.

— Finalement, je suis resté en ville, chez des amis.

Elle ne put s'empêcher de se demander quel était le sexe de ces « amis », mais elle se dit immédiatement que cela ne la regardait pas. Sans aucun doute, un homme comme le comte avait des relations dans pratiquement toutes les villes d'Europe.

Certaines devaient bien être des femmes belles et riches — qui correspondaient tout à fait à sa condition sociale.

— Mes affaires vont me retenir à Edimbourg plus longtemps que je ne le pensais, poursuivit-il. Mais je ne vais rien pouvoir faire avant cet après-midi. Je me demandais si cela vous ennuierait que je me joigne à vous ce matin. J'essaierai de me rendre utile, je pourrais vous aider à conduire, ou vous raconter l'histoire de la ville en la parcourant avec vous.

— Ce serait bien, admit-elle d'une voix aussi calme que possible, alors que son cœur battait la chamade.

— Je ne veux pas dire que vous n'avez pas fait un travail magnifique à Donan, dit-il d'une voix soudainement plus basse, subtilement plus intime.

— Les connaissances livresques ont leurs limites, répondit-elle platement. Il faut vivre dans un pays pour pouvoir le comprendre réellement. Vous avez cet avantage sur moi.

Pendant un moment, ils gardèrent tous deux le silence. Puis :

— A quelle heure, le rendez-vous ?

— A 9 heures devant l'hôtel. Si vous voulez, vous pourriez demander au voiturier d'amener le minibus.

— C'est ce que je ferai...

Jennifer raccrocha. Sa main tremblait, et sa nuque était moite. Pourquoi Christopher lui faisait-il autant d'effet ? D'habitude, elle n'était pas du genre à se laisser troubler par la simple caresse d'une main ou par l'éclat d'un regard, même fascinant et aussi bleu que celui du comte. La peur expliquait-elle en partie ce trouble ? Jennifer craignait-elle ce que Christopher avait de sombre, de profondément enfoui en lui ? Non. Il semblait être un homme de principes. S'il avait été réellement dangereux, les journaux à scandale n'auraient pas été avares de commentaires plus virulents. Alors, même s'il aimait flirter, elle était sûre qu'il n'essaierait jamais de la forcer.

Et puis, il était différent. Pas de la catégorie de ces séducteurs qui s'amusent avec de jolies touristes de passage. Ces individus-là, Jennifer les connaissait ; elle les voyait venir de loin, et Christopher ne leur ressemblait pas.

Donc, décida-t-elle, Christopher Smythe était différent. Mais ce qui le rendait différent, et ce qu'il voulait d'elle, telles étaient pour elle les vraies questions...

A 9 heures précises, Jennifer avait terminé de planifier sa journée, choisi les cartes, rassemblé ses notes, et appelé chacun de ses clients pour s'assurer qu'ils étaient prêts. Fidèle à sa promesse, Christopher se tenait à côté du minibus lorsqu'elle sortit de l'hôtel, suivie par son groupe.

— Oh ! mais c'est ce charmant jeune concierge de Bremerley Castle ! s'exclama une des femmes.

— Fringant, ma chère, renchérit une de ses compagnes. Ici en Angleterre, tous les jeunes gens sont fringants. Vous savez, il ressemble vraiment à ce jeune lord dont nous avons vu le portrait dans le journal, à l'hôtel.

— Je me demande pourquoi il nous a suivis jusqu'à Edimbourg, commenta M. Pegorski, à l'intention de Jennifer.

Celle-ci fit semblant de n'avoir rien entendu.

— Christopher Smythe a accepté de nous faire visiter la ville, dit-elle sobrement. C'est une chance pour nous.

Après quoi, elle invita le groupe à monter dans le minibus, où tous s'installèrent joyeusement. La visite commençait...

Assise à côté de Christopher, Jennifer l'observait à la dérobée tandis qu'il conduisait. Son profil, élégant, mais viril ; ses traits vigoureusement dessinés ; ses yeux bleus que rendait plus vifs encore le contraste des cils bruns. Une cicatrice presque invisible courait le long de la tempe — un souvenir du polo ? L'article qu'elle avait lu mentionnait l'agressivité de Christopher sur le terrain, pendant les matchs, et, du peu qu'elle savait de ce sport, elle avait retenu le fait que c'était une discipline très dure, exigeant vigueur et audace.

Elle admirait sa façon de parler, qui associait une touche d'humour caustique à une intelligence acérée, le tout dans un anglais à l'accent irrésistible. Et surtout, elle aimait certaines intonations, celles qui trahissaient une émotion, de la déception ou de la tristesse, ou une fragilité qu'elle ne parvenait pas à définir.

— Avez-vous de la famille par ici ? demanda-t-elle.

Il sembla très étonné par la question, jeta un regard à Jennifer puis reporta les yeux sur la route.

— Mon père vit toujours dans le Sussex, répondit-il un peu sèchement. Et j'ai deux frères.

« Je parie qu'ils sont tous deux aussi terriblement charmeurs que toi », songea-t-elle. Mais étaient-ils aussi laconiques et secrets ?

— Alors vos frères habitent aussi dans le Sussex ?

— Dans le Sussex ? Avec mon père ?

Il éclata d'un rire sans joie.

— Mon père n'est pas homme à encourager sa famille à rester près de lui. Dès que nous avons atteint l'âge de quitter nos nourrices, il nous a envoyés en pension. Et nous ne sommes plus rentrés que pour de courtes vacances.

— Quel âge aviez-vous alors ? Lorsque vous êtes parti pour la première fois en pension ?

— Six ans.

— Six ans !

Elle savait que les familles aristocratiques anglaises mettaient un point d'honneur à envoyer leurs enfants faire leur éducation au loin mais, à six ans, il lui semblait qu'on était presque encore un bébé...

— Et votre mère ne s'y est pas opposée ?

Christopher eut un sourire amer, et elle comprit qu'elle avait été indélicate. Hélas, avant qu'elle ait pu s'excuser, il avait commencé à parler, de cette voix incroyablement sèche et dépourvue d'émotion qui était, elle commençait à le soupçonner, sa façon à lui de se protéger.

— Apparemment, le bien-être de ses fils ne constituait pas la priorité de ma mère. Je n'avais pas un an, quand elle nous a quittés.

— Je suis vraiment désolée.

— Ce n'est pas grave. D'ailleurs, je n'ai aucun souvenir d'elle.

La froideur de ces paroles était bouleversante. En dépit des efforts de Christopher, Jennifer devinait son chagrin rien qu'à l'expression de son visage. Que dire, pour le réconforter ? Elle n'en savait rien ; mais elle sentait que, pour une fois qu'il y semblait disposé, elle devait le pousser à se confier. N'était-ce pas ainsi qu'elle réussirait à mieux le comprendre ?

— Etes-vous proche de vos frères ? demanda-t-elle en toute hâte.

Il fallut un moment à Christopher pour répondre :

— Nous ne sommes pas proches au sens où vous pouvez l'entendre. Mon frère aîné, Thomas, est conseiller du roi d'Elbie. Il vit avec la famille royale, voyage avec eux, et rentre rarement en Angleterre. Il vient de se marier avec une Américaine et, dans l'histoire, il a hérité d'une ribambelle d'enfants.

Il rit avec affection.

— Thomas est très occupé, à présent, mais il est heureux comme un poisson dans l'eau. Mon second frère s'appelle Matthew. Je crois que c'est lui qui a le moins bien supporté le départ de notre mère. Il avait trois ans quand elle est partie, et il jure qu'il se souvient parfaitement d'elle. Le jour de ses vingt et un ans, il a touché sa part de l'héritage et il est parti pour les Etats-Unis. C'est là qu'il vit, depuis. Il s'occupe d'import-export.

Elle attendit qu'il continuât. Quelque chose dans sa façon hésitante de s'exprimer disait qu'il n'avait pas l'habitude de parler de sa famille.

— Leur rendez-vous visite ? demanda-t-elle dans l'espoir de relancer la confidence.

— J'ai des obligations ici, répliqua-t-il sèchement.

Et ce fut tout. Il mettait fin à leur conversation.

— Je vois, murmura-t-elle.

En fait, elle ne voyait pas du tout. Que pouvait-il y avoir de plus important que la famille ?

L'Elbie..., songea-t-elle en écoutant distraitement ses clients bavarder derrière elle. Elle essaya de se représenter une carte de l'Europe. N'était-ce pas ce minuscule pays alpin de la taille de Monaco ? Franchement, quelle « obligation » pouvait empêcher Christopher de prendre l'avion pour une visite expresse à son frère ? Se rendre aux Etats-Unis, en revanche, était sans doute un peu plus difficile pour lui… Tout de même ! les affaires qui le retenaient en Ecosse lui laissaient bien quelque loisir pour aller voir sa famille !

— Quels sont vos projets pour le reste de la journée ? demanda Christopher après un long silence.

— Le château d'Edimbourg bien sûr, puis le Bain de la reine Marie, et le Royal Mile — pour acheter des souvenirs.

Il observa le ciel.

— La pluie ne devrait pas tomber tout de suite.

Jennifer hocha la tête, grimaça.

— Qu'est-ce qu'il y a ? demanda Christopher avec curiosité.

— Je pensais juste à la reine Marie. La légende dit qu'elle se baignait dans du vin blanc et du lait de chèvre. Etait-ce vraiment efficace ?

— J'apporterai le vin et le lait, vous l'essaierez, et je serai le juge.

Christopher accompagna le groupe jusqu'au château et au cottage du XVIe siècle connu sous le nom de Bain de la Reine — selon toute vraisemblance, il ne s'agissait que d'un simple pavillon de jardin ou d'un pigeonnier. Puis il demanda à Jennifer de le déposer près de sa voiture, et ils convinrent de se retrouver après déjeuner.

Jennifer le regarda s'éloigner dans sa Jaguar verte, et se faufiler habilement dans la circulation de midi. Jusque-là, elle avait protégé son cœur. Elle n'avait commis aucune erreur. Il n'y avait eu que des conversations, un petit flirt ; des paroles, des regards, quelques effleurements… Cependant, elle sentait intimement que Christopher ne s'en tiendrait pas là. Et, à dire vrai, elle aussi voulait davantage. Elle voulait qu'il la caresse, qu'il la touche partout où ses yeux s'étaient posés sans équivoque lorsqu'ils parlaient des bains de la reine Marie. Même s'ils n'avaient que quelques jours à partager.

La seule chose qui l'arrêtait encore, c'était l'idée que Christopher ait déjà une femme dans sa vie. Alors, elle se promit d'éclaircir la question lorsqu'ils se retrouveraient. Ensuite, elle pourrait se laisser aller à l'aimer...

Alors que Christopher quittait la ville dans sa Jaguar, ses pensées allèrent d'une image féminine à une autre. Lisa était ce qu'il avait de plus précieux, dans la vie. Quand il avait appris, huit ans auparavant, qu'il allait être père, il avait tout délaissé pour l'enfant. Elle était devenue la priorité de son existence.

Pourtant, quand la mère avait annoncé qu'elle était enceinte, Christopher n'avait pas sauté de joie. Après tout, cette femme n'était pour lui qu'une maîtresse de passage... Néanmoins, il avait proposé le mariage... avant de découvrir qu'elle n'était pas du tout intéressée. Sa fierté d'homme en avait pris un sérieux coup ! Mais une autre part de lui-même s'était sentie soulagée : que cette femme sache reconnaître que ni lui ni elle n'éprouvaient de sentiments lui avait paru absolument honnête et lucide.

Il se rappelait ce qu'elle lui avait dit :

— Il serait stupide que nous nous mariions. J'ai déjà parlé de ce sujet avec Isaac, mon fiancé. Que j'attende un enfant ne le dérange pas, si nous laissons croire publiquement que le bébé est de lui... Un certain temps, en tout cas.

Au début, cet arrangement convenait bien à Christopher ; il était tiré d'affaire, en somme. Tout avait changé avec la naissance de Lisa. Dès l'instant où son regard s'était posé sur le petit visage rose, il s'était senti conquis. A partir de là, il avait fait tout ce qu'il pouvait pour voir l'enfant. Il était même devenu un ami officiel de la famille ! Si bien que, le temps passant, Lisa s'était mise à l'appeler oncle Chris... Il n'était jamais fatigué de lui parler, de lui lire des histoires. Et elle avait toujours semblé heureuse de le voir, elle aussi.

Une fois qu'elle avait atteint l'âge d'aller à l'école, il avait proposé de payer les frais de scolarité. Tout ce que la mère de Lisa aurait à faire, c'était de choisir l'école. Seulement, à sa grande surprise, au lieu de sélectionner une des meilleures institutions londoniennes, Sandra Ellington s'était décidée pour l'école où elle-même avait étudié, dans le sud de l'Ecosse. Christopher habitait Londres à l'époque ; y rester, c'était laisser sa fille s'éloigner...

Alors, bien décidé à ne pas perdre contact avec Lisa, il s'était assuré un siège au conseil d'administration de la Saint James School for Girls et avait été aussi présent que possible, surtout lorsque Sandra était indisponible. Et il était très fier des succès scolaires de Lisa.

Le temps s'était écoulé. Aujourd'hui, Christopher priait pour que vienne le jour où Sandra tiendrait sa promesse et dirait la vérité à Lisa.

— J'attends seulement qu'elle soit suffisamment grande pour comprendre, lui rappelait-elle chaque fois qu'il lui posait la question. C'est un sujet délicat, pour une jeune fille.

Vraiment ? En fait, il commençait à se demander si elle révélerait jamais la vérité à la petite. Cette crainte se mêlait d'une colère impuissante. Christopher était pieds et poings liés à la décision de Sandra, et l'attente le rongeait.

Il savait qu'il ne serait pas judicieux d'agir sans l'autorisation de la mère. Après tout, elle devait comprendre sa fille mieux que personne. Que se passerait-il s'il prenait le risque d'informer Lisa, et qu'elle refusait de le croire ? Leur relation si chaleureuse serait alors détruite. Pire encore, elle risquait de se sentir trahie parce qu'il lui avait menti durant toutes ces années, en jouant à l'oncle. Elle pourrait le haïr... Quelle perspective insupportable !

Ainsi continuait-il à patienter, à espérer un temps où il pourrait étreindre sa fille et lui dire combien il l'aimait, combien il l'avait toujours aimée.

— Le Royal Mile était merveilleux ! cria Jennifer en voyant Christopher qui l'attendait devant le Caledonian. J'ai acheté une tonne de choses, moi qui ne rapporte jamais aucun souvenir, d'habitude !

Christopher restait sur sa déception de n'avoir pu parler à Lisa, à Saint James, et il avait craint de faire un compagnon bien maussade pour Jennifer. Mais la seule vue de son visage rayonnant et de ses yeux pétillants suffit à dissiper sa morosité.

— J'en suis bien content, dit-il courtoisement.

A vrai dire, il était plus intéressé, pour le moment, par le rose délicieux de sa bouche que par ses emplettes. Il sentit que son corps réagissait et, immédiatement, s'enjoignit de se ressaisir. Après tout, s'il aimait bien Jennifer, elle l'excitait ni plus ni moins que toutes les filles à qui il avait fait l'amour, les étudiantes américaines, notamment, que son côté british attirait comme la lumière attire des papillons. Lorsque, au cours de la conversation, il laissait négligemment glisser son titre de comte, elles fondaient littéralement et se retrouvaient dans son lit.

Depuis la naissance de Lisa, néanmoins, il considérait le sexe avec plus de sérieux. Sa liberté en amour, son absence totale de précautions avaient fait de lui un père et il avait retenu la leçon. Il n'enchaînait plus les liaisons, faisait preuve de prudence et se protégeait. Comme n'importe quel homme qui ne tient pas à semer sa progéniture aux quatre vents. En fait, l'arrivée de Lisa lui avait donné le sens des responsabilités.

Son point de vue sur les femmes avait changé, également. Si elles étaient capables, aussi simplement, de jouir du plaisir d'un homme, puis de se marier avec un autre pour des questions de prestige ou d'argent, quelle confiance pouvait-on mettre en elles ? Christopher avait décidé de fermer son cœur aux sentiments profonds.

Or Jennifer était justement de celles qui peuvent amener n'importe quel homme à renoncer à la prudence. Alors, se rappela-t-il ainsi qu'il le faisait souvent, il devait se montrer vigilant, très vigilant. Cela posé, rien ne l'empêchait de reconnaître qu'elle était incroyablement désirable. Ni de l'inviter à sortir.

Ce soir, le groupe avait quartier libre. Jennifer venait de saluer les uns et les autres. Etait-elle disponible ?

— Oui, dit-elle en entrant avec lui dans les salons de l'hôtel. Mais je dois téléphoner à ma mère et faire mes bagages.

Ainsi, demain, elle quitterait vraiment Edimbourg. Il soupira intérieurement. Le peu de temps qu'il avait passé avec elle lui avait fait du bien. En compagnie de Jennifer, il se sentait plus léger, la journée semblait plus brillante, plus tolérable. Il s'appesantissait moins sur ses erreurs. Peut-être tout cela n'était-il que bêtises romantiques ? Peut-être ne voulait-il que coucher avec elle ? Le désir pouvait faire oublier ses tourments à un homme, dans certains cas... Au moins momentanément.

— Merci pour tout, murmura-t-elle, en posant la main sur son bras.

Aussitôt, il s'enivra d'une bouffée de parfum qui s'exhalait d'elle.

Elle se tenait si près qu'il aurait facilement pu glisser le bras autour de sa taille et l'attirer contre lui. Ici même, dans le salon.

— Tout le monde a trouvé, continua-t-elle gaiement, que c'était vraiment merveilleux de vous avoir avec nous aujourd'hui.

Il fit un effort pour dire les mots convenables et la gratifia même d'un sourire poli.

— Je vous en prie. Tout le plaisir était pour moi.

Elle était rayonnante, et il pensa qu'il n'avait jamais autant aimé les yeux verts que maintenant.

— Hier, j'étais sérieuse quand je vous ai invité... Si jamais vous venez en Amérique, et que vous vous trouvez près de Baltimore...

— C'est très improbable, l'interrompit-il. Mais vous pouvez me faire un autre plaisir...

— Tout ce que vous voudrez, dit-elle. Qu'est-ce que c'est ?

— Vous ne vouliez pas dîner avec moi hier soir. Et ce soir ?

Elle battit des cils, perplexe.

— Je ne suis pas sûre que je devrais.

— Pourquoi pas ? Vous avez quartier libre pour la soirée. Vous avez faim, n'est-ce pas ? Je connais les meilleurs restaurants d'Edimbourg.

— Mais...

— Allons, vous partez demain. Je ne vous demande pas un engagement pour la vie.

Il était tendu, espérant une réponse qui le comblerait. « Ne dis pas non... Ne dis pas non ! » répétait-t-il en lui-même comme si cela pouvait influencer la décision de Jennifer.

— Je suis inoffensif, ajouta-t-il gentiment.

Elle éclata de rire.

— Ça, j'en doute ! répliqua-t-elle, toujours hésitante. Ecoutez, je ne sais pas comment vous le demander avec tact, mais... Il est important pour moi de savoir si... Si vous êtes attaché à quelqu'un.

— Si je suis marié ? répondit-il en réprimant un rire. Grands dieux ! Non.

— Je veux dire... est-ce que vous voyez quelqu'un ?

— Non. Bien que je conserve les numéros de téléphone de quelques amies, qui m'accompagnent gracieusement lors d'événements mondains. Voulez-vous prendre des références auprès d'elles ?

Jennifer baissa les yeux.

— Je suis désolée de m'immiscer dans votre vie privée. C'est seulement que... vous n'avez jamais rien dit, et...

Elle haussa les épaules, sans se rendre compte combien elle était ravissante dans son embarras.

— Soit..., conclut-elle, je dînerai avec vous. Choisissez l'endroit.

Deux heures plus tard, Jennifer était sûre qu'elle avait commis une erreur. La voiture de Christopher quittait l'A7 pour s'engager sur un chemin de terre : celui qui menait à Donan.

— Je croyais que nous allions dans votre restaurant favori ?

— Mon endroit favori n'est pas un restaurant.

— Vous savez faire la cuisine ?

— Non, admit-il. Mme Clark prépare merveilleusement mes repas. Elle et son mari ont servi mon père dans le Sussex pendant très longtemps ; comme ils ont des parents dans le coin, ils ont bien voulu s'installer à Donan avec moi.

— Vous avez de la chance de pouvoir vous occuper de vos affaires tout en vivant dans un château comme celui-ci.

— Oui, dit-il rapidement.

Bientôt, ils arrivèrent devant la demeure, se garèrent et descendirent de voiture. Ayant déjà visité le premier étage,

Jennifer connaissait le chemin vers la salle à manger, et s'y dirigea après qu'ils eurent traversé le grand hall.

Christopher prit son bras.

— Attendez un instant. Laissez-moi m'assurer auprès de Mme Clark que notre dîner sera bientôt prêt.

Jennifer entra dans une pièce et retrouva avec plaisir les boiseries et les tableaux. Lors de la visite de groupe, Christopher avait montré un paysage d'Alexander Nasmyth. Ce plan d'eau, entouré de brumes, rappelait le loch Kerr tout proche. Et il y avait également deux portraits, plus anciens, semblait-il, dans le style opulent de John Wright. D'après ce que savait Jennifer, ils valaient une petite fortune.

Ensuite, elle emprunta un étroit couloir qui la conduisit jusqu'à un tableau peint par un de ses artistes favoris, Anne MacBeth. Celle-ci avait appartenu au groupe des « Glasgow Girls », lesquelles, au tournant du siècle précédent, s'étaient signalées par leurs expériences audacieuses combinant art nouveau et influences celtiques. Décidément, Jennifer était enchantée de revenir à Donan, au milieu de toutes ces merveilles.

Christopher revint, et sourit de la voir en contemplation.

— Nous pouvons nous mettre à table tout de suite, le dîner est prêt, annonça-t-il doucement.

Comme Jennifer s'attardait devant le tableau, il se tint derrière elle, et posa les mains sur ses épaules.

— Je suis affamée, reconnut Jennifer, mais je suis aussi curieuse de voir les étages supérieurs. Une visite après dîner me ferait très plaisir.

Elle se demandait quels autres trésors étaient cachés dans des coins obscurs ou dans des chambres oubliées, attendant d'être découverts et ramenés à la lumière du jour.

— C'est d'accord, répondit Christopher. Je vous ferai les honneurs complets de Donan après notre festin.

On leur servit du canard sauvage, accommodé avec une épaisse sauce de Bourgogne que Jennifer aurait cru plus appropriée pour de la viande de bœuf. Mais à sa grande surprise, elle trouva la combinaison délicieuse. Ils arrosèrent le canard d'un excellent vin de Cairn O'Mohr parfumé de fleurs sauvages. Jennifer n'avait jamais mangé de gibier auparavant. Chez elle, tout le contenu du frigo venait du supermarché, et la plupart du temps sous forme de plats surgelés, car elle préférait ce qui était prêt à l'emploi, et si possible sans graisse. Ce soir, les textures et les couleurs dans son assiette ressemblaient à la palette d'un artiste, et les saveurs étaient étonnantes. Elle savoura chaque bouchée.

— Il faut que je complimente Mme Clark.

— Je crains qu'elle ne soit rentrée chez elle, répondit Christopher. Il ne me semblait pas juste de la faire attendre, alors que nous prenons notre temps.

— C'est très gentil à vous.

Elle crut voir un éclat mystérieux dans les yeux de son compagnon, et se demanda si ses raisons pour renvoyer la cuisinière étaient vraiment aussi honorables. Renvoyer les domestiques chez eux, afin de laisser le maître seul dans le château avec une femme... il y avait là tous les signes précurseurs d'une scène de séduction classique. Fallait-il se réjouir... ou s'inquiéter d'une telle perspective ?

Le dessert l'interrompit dans ses pensées, de délicieux petits gâteaux au beurre fourrés de confiture, que Christopher insistait pour appeler des biscuits, malgré les protestations de Jennifer. Et enfin du café noir brûlant, avec de la crème épaisse, rehaussé d'une goutte de liqueur de noisette.

Le temps était comme suspendu ; l'instant, parfait. Si bien que, même rassasiés, ils restèrent assis à table et bavardèrent pendant un moment encore, puis ils débarrassèrent et rangèrent la vaisselle dans une énorme machine.

— C'est pour les réceptions, expliqua Christopher. Elle peut contenir les couverts de cinquante personnes.

— Très moderne pour un vieux château ! Est-ce que vous recevez beaucoup ?

— Mes amis viennent souvent de Londres pour la chasse, et ils restent quelque temps, dans ce cas.

Combien, parmi ces amis qui venaient chasser, étaient du sexe féminin et célibataires ? se demanda Jennifer... Puis elle se rappela qu'elle n'avait aucune raison de ressentir la moindre jalousie. Bientôt Christopher sortirait de sa vie. Ils appartenaient à des mondes différents, et chacun regagnerait le sien, après la dernière journée à Londres.

Quelques minutes plus tard, Christopher la ramenait dans le hall. Là, il lui prit la main et la mena au pied de l'escalier.

— Voici venu le moment de la visite, dit-il avec une sorte d'impatience.

Une vague de chaleur envahit Jennifer tandis qu'elle pensait au couple qu'ils formaient, gravissant ainsi, la main dans la main, l'imposant escalier qui conduisait aux appartements privés. Ils étaient seuls dans le château. La musique, venant de la salle à manger, montait par l'escalier, et c'était comme si les notes délicates les poussaient en avant.

Jennifer se sentait nerveuse. Se retrouver dans cette vieille bâtisse isolée sur la lande, seule avec Christopher dont elle ignorait à peu près tout...

— Bien, dit-il en souriant comme ils arrivaient à l'étage. Commençons par la droite. Nous ferons le tour. Et si vous avez encore de l'énergie, nous pourrons monter dans la tourelle.

— Une vraie tourelle ? demanda-t-elle en ouvrant de grands yeux.

— Absolument, assura-t-il. Venez. Vous me donnerez votre avis sur la décoration des chambres. La plupart ont besoin d'une sérieuse rénovation.

Jennifer était abasourdie par la beauté fruste de l'ancienne bâtisse. Bien qu'une plomberie moderne et un nouvel équipement électrique aient été installés récemment, ainsi que des mètres d'épaisses draperies et tapisseries, tout cela dans le but d'accroître le confort du lieu, l'austérité de la pierre dominait toujours. On sentait planer sur chaque pièce la puissance des rois anglais et des lords écossais, qui s'étaient battus pour Donan pendant des siècles, le gagnant et le perdant tour à tour. Elle imagina la présence de leurs dames — des femmes protégées et aimées, ou au contraire cruellement tourmentées par leur époux et maître.

Sur le fond, l'histoire se répétait, pensa-t-elle alors qu'ils déambulaient de pièce en pièce. Les hommes se battaient ; les femmes aimaient. Elle sentait chez Christopher la même détermination que chez ces ancêtres anglais venus en Ecosse s'emparer de Donan : combattre pour avoir ce qu'il chérissait, être fort face à l'adversité...

Christopher ouvrit une porte qui menait à un escalier en colimaçon montant vers une obscurité infinie.

— Où cela mène-t-il ? demanda-t-elle.

Il actionna un interrupteur, et une lumière jaune illumina les blocs de granit.

— Nous allons entrer dans la tourelle nord, la seule qui ait résisté au dernier siège du château, au XVIIIe siècle. Quand j'étais petit garçon, nous y jouions souvent, l'été. Maintenant, j'en ai fait mon appartement privé.

Elle le regarda, et vit comme de la sérénité éclairer ses traits. Cette tourelle était un endroit très spécial pour lui, de toute évidence. Un endroit pour panser ses blessures ? Mais de quoi un homme comme le comte de Winchester, si fort et maîtrisant totalement sa vie, pouvait-il donc avoir à se guérir ? se demanda-t-elle une fois de plus. De l'abandon de sa mère ? Non. Elle devinait qu'il s'agissait de quelque chose de plus récent...

Une autre idée traversa son esprit : combien de jeunes filles écossaises avaient été invitées, ou forcées, à monter ces mêmes marches par les ancêtres de Christopher ? Etait-elle en train de marcher tragiquement dans leurs pas ?

Décidément nerveuse, elle se retourna. La main de Christopher la poussait doucement.

— On dirait que vous avez peur..., murmura-t-il.

— Non, répondit-elle.

Mais elle ajouta silencieusement : « Oui. De rester seule avec vous ici. »

— Je crois que je préfère redescendre, maintenant. D'ailleurs, il se fait tard.

Christopher fronça les sourcils.

— Quelque chose ne va pas, Jennifer ?

Comme elle ne lui répondait pas tout de suite, ses yeux se firent suspicieux.

— Si j'avais de mauvaises intentions, ne croyez-vous pas que je me serais déjà manifesté ?

— Oh ! je ne pensais pas à...

— Si, vous y pensiez !

Il la scrutait intensément de son regard d'un bleu sombre, profond comme le ciel nocturne. Elle frissonna.

— Vous avez lu trop de romans, chérie...

Et là, avant qu'elle pût s'écarter, il la prit par la taille et la serra très fort contre lui. Puis il l'embrassa. Doucement d'abord. Passionnément ensuite.

Ce fut un baiser bref. Encore vacillante, Jennifer s'appuya contre le mur de pierre, cherchant à reprendre son souffle.

— Pourquoi avez-vous fait ça ? murmura-t-elle.

— Pour vous prouver que je peux vous embrasser à n'importe quel moment. Et m'arrêter aussi, à n'importe quel moment. Je ne suis pas quelqu'un qui perd la tête.

Et elle, pouvait-elle en dire autant ? Impossible de savoir. Elle ne pouvait que sentir son cœur battre à se rompre et, plus bas, fourmiller une exquise chaleur. Oh ! mon Dieu, songea-t-elle alors, qu'il était dommage de partir, de se priver d'autres baisers... !

Elle regarda Christopher droit dans les yeux, se sentant soudain espiègle. Et d'humeur à prendre des risques. De gros risques.

Il parut intrigué par l'air qu'elle arborait

— Je vous trouve soudain particulièrement... menaçante, dit-il avec un léger sourire.

Elle s'avança, jeta les bras autour de son cou, puis, à son tour, elle l'embrassa. A pleine bouche.

Ce baiser-là fut long et profond. La bouche de Christopher avait un merveilleux goût de bruyère, de tabac et de vin. Il sentait comme un homme qu'elle voulait toucher et par qui elle voulait être touchée. Elle n'avait pas caressé un homme depuis si longtemps : son dernier petit ami avait été son second amant.

Ils avaient rompu deux ans plus tôt, après qu'il eut été muté à l'autre extrémité du pays par ses employeurs.

Le contact des mains d'un homme lui avait manqué. Mais elle regrettait aussi les aspects pratiques d'une relation, comme le fait de partager un repas, de voir un film, ou de s'embrasser à la veille du nouvel an. Cependant, elle ne se faisait pas d'illusions et savait qu'elle n'avait jamais été amoureuse.

Mais maintenant... Maintenant, Christopher Smythe, un homme qu'elle connaissait depuis moins de deux jours, l'embrassait comme elle n'avait jamais été embrassée, lui faisant ressentir des choses délicieuses autant que périlleuses. Et il n'avait fait aucune promesse, il n'y avait pas la moindre possibilité qu'une compagnie plus durable pût faire suite à une nuit d'intimité.

Comme s'il avait eu la même pensée au même moment, Christopher s'écarta soudain.

Non, supplia-t-elle silencieusement, pas encore. Ne t'arrête pas tout de suite ! Ses bras... Sa bouche... C'était tellement divin...

— Venez, chuchota-t-il contre son oreille, et son souffle provoqua des frissons le long du dos de Jennifer. Vous allez aimer la vue du haut de la tourelle.

Ce qu'elle voyait lui suffisait amplement : ses yeux d'un bleu de nuit.

Encore étourdie, elle se laissa entraîner dans l'élégant escalier en colimaçon. Elle ne sentait plus ses jambes, et mettait un pied devant l'autre sans s'en rendre compte. Son cœur battait de plus en plus fort à mesure qu'ils montaient. Ses mains devenaient moites, et glissaient sur la main courante de fer fixée dans le mur.

Elle cessa bientôt d'avoir peur. Pourquoi luttait-elle contre elle-même ? Elle voulait être touchée par Christopher, elle avait besoin de savoir quelles sensations provoquerait la caresse de ses mains sur son corps. Rien d'autre ne semblait avoir de l'importance.

Les dernières marches débouchèrent dans une pièce circulaire dont le sol était recouvert d'un épais tapis cramoisi. Les murs étaient cachés par des panneaux de noyer, et des livres aux reliures de cuir étaient impeccablement rangés sur des étagères qui couvraient la moitié des murs. Elle tourna sur elle-même, pour prendre la mesure de toute la chambre. Celle-ci était meublée comme une suite, avec un lit dans un coin repos, un bureau près des étagères, une lampe, et une méridienne. Une porte ouverte laissait voir une petite salle de bains privée, qui, à en croire les éléments chromés, avait été ajoutée au cours des dernières années.

De grandes baies s'ouvraient sur la nuit. Elle s'approcha et observa l'obscurité, se sentant profondément vivante, sensible à tous les détails autour d'elle, à chaque son, chaque parfum. A chaque battement de son propre cœur.

Le ciel était noir, et brillant de plus d'étoiles qu'elle n'en avait jamais vu dans le ciel de Baltimore. Au loin, elle apercevait des phares d'automobiles qui s'avançaient sur une route invisible. Plus loin encore, l'éclat des lumières d'Edimbourg rosissait le ciel de la nuit.

— Nous sommes suffisamment éloignés des lumières de la ville pour voir les étoiles dans toute leur splendeur.

— Oui, je le vois bien. C'est magnifique.

Elle le sentit derrière elle. Ses bras puissants l'enveloppèrent et la pressèrent gentiment. Elle ne broncha pas. Les lèvres de Christopher se posèrent délicatement sur ses cheveux.

— Aimez-vous mon sanctuaire ?

— Beaucoup.

« Et je l'aimerais plus encore si tu m'embrassais de nouveau », pensa-t-elle avec mélancolie.

Pendant un moment qui sembla très long, ils restèrent immobiles, regardant un monde extérieur qui semblait avoir fusionné avec l'obscurité, les laissant seuls l'un avec l'autre. Elle sentit que Christopher réfléchissait profondément, et prenait des décisions pour eux deux — ce qui lui convenait parfaitement, puisqu'elle était incapable de penser rationnellement.

Enfin, il rompit le silence magique.

— Je vous ramènerai à l'hôtel dès que vous le souhaiterez. Je voulais seulement partager ceci avec vous.

Elle se retourna dans ses bras et le regarda, perplexe et plus qu'un peu déçue.

— Est-ce la seule raison pour laquelle nous sommes montés ici ? La vue ?

Il la regarda avec circonspection.

— Si la situation avait été différente...

— Différente en quel sens ? demanda-t-elle.

— Ce n'est pas quelque chose dont je peux discuter avec..., s'interrompit-il en soupirant.

— Avec une étrangère ?

Un froid soudain tomba sur eux.

— Avec une femme qui sera partie avant la fin de la semaine, dit-il durement.

— Je vois.

Jennifer ne savait quoi répondre ni ce qu'il voulait d'elle... ni même ce qu'elle attendait elle-même. Se dégageant de ses bras, elle s'éloigna pour faire le tri dans son esprit.

Elle s'en voulut d'avoir agi stupidement. Elle savait bien qu'elle ne devait jamais avoir de liaison durant ses voyages. Si elle avait été chez elle, à Baltimore, elle ne se serait jamais laissé aller à s'amouracher ainsi dès la première rencontre. Elle s'était précipitée, la tête la première, dans le piège classique du coup de foudre de vacances.

Son regard rencontra une photo posée sur la table de nuit. Une très jeune fille revêtue d'un uniforme scolaire souriait à l'objectif. Jennifer se raidit. Etait-ce là ce qu'il voulait dire par « si la situation avait été différente » ? Avait-il un enfant ? En dépit de tout ce qu'elle croyait savoir sur lui, peut-être était-il secrètement marié, ou vivait-il avec la mère de l'enfant ?

Toute la chaleur de l'amour se retira de son corps.

— Vous feriez mieux de me ramener à l'hôtel tout de suite.

Mais il ne bougea pas. Et elle n'osait pas le regarder.

— Jennifer ?

Lorsqu'elle leva les yeux, à contrecœur, elle sut qu'il avait vu son regard troublé par le portrait.

— Je vous l'ai dit : il n'y a personne d'autre. Je suis libre et dégagé de tout lien.

Elle se sentit stupide.

— Je sais que vous devez partir, mais je veux vraiment vous embrasser une dernière fois.

— Vous aviez raison, murmura-t-elle. Nous n'aurions pas dû commencer.

— Je sais, répondit-il en l'attirant dans ses bras. Mais je me fiche d'avoir raison.

Elle n'avait nulle envie de lutter. Elle avait l'impression que tout lui échappait. Qu'elle ne vivait plus que par le désir qui passait entre eux.

Elle sentit les mains de Christopher caresser ses seins. La chaleur de ces paumes irradiait à travers l'étoffe de son chemisier. Elle désirait sentir ses doigts sur sa peau, et il dut avoir la même pensée. L'instant d'après, il ouvrait le chemisier et y glissait la main pour recouvrir le sein frémissant. Il s'arrêta et regarda Jennifer dans les yeux, comme pour demander la permission.

Elle hocha la tête.

Ses doigts puissants défirent l'attache du soutien-gorge, et s'emparèrent de ses seins. Il en prit délicatement la pointe entre le pouce et l'index. Elle poussa un petit cri de plaisir, s'arc-bouta contre lui, éprouva l'envie qu'il avait d'elle.

— Ta peau est douce, murmura-t-il en posant la joue contre son front.

Son souffle était chaud et haletant.

— Je te veux, Jennifer. Je suis désolé, ce n'était pas prémédité... Arrête-moi si tu ne veux pas...

Elle le fit taire.

— Je te veux aussi, chuchota-t-elle.

Mais les quelques secondes d'hésitation de Christopher lui rendirent sa lucidité. Elle n'avait peut-être pas autant d'expérience que d'autres femmes, cependant elle savait qu'une rupture douloureuse suivrait immanquablement une liaison aussi soudaine et torride que celle-ci.

— Chris, nous devons nous arrêter.

Elle prononça ces mots sensés et raisonnables, malgré les protestations de son corps. « S'il y a un homme à aimer dans ta vie, songeait-elle, ce ne sera pas un amant d'une nuit dans un pays étranger. »

— Pouvons-nous juste nous asseoir, et nous enlacer ? demanda-t-elle.

Il ne répondit pas. Elle attendit son étreinte. Enfin, il sembla avoir repris le contrôle de lui-même.

— Si vous voulez.

Lentement, elle ferma les yeux, et essaya de prolonger la sensation de chaleur de sa main sur ses seins. Si seulement son corps pouvait arrêter de trembler et sa tête recouvrer un peu de lucidité...

— Venez ici, dit-il en lui tendant la main.

Il la conduisit jusqu'à la méridienne victorienne. Il s'allongea à moitié, s'adossant à un coussin, la fit asseoir sur lui. Elle se pelotonna contre sa poitrine. Elle se sentait plus proche du paradis qu'elle ne l'avait jamais été.

— Repose-toi, murmura-t-il en embrassant ses cheveux. Tout ira bien.

— Nous devons rentrer bientôt à l'hôtel, balbutia-t-elle.

— Oui, bientôt.

Il caressa sa joue, et son souffle se fit plus tranquille, plus profond.

Alors, Jennifer laissa la chaleur de Christopher la réconforter. Il faudrait qu'elle se contente de cela.

3

La première pensée consciente de Christopher, au réveil, fut que son dos lui faisait un mal de chien. Il essaya de se souvenir s'il avait fait une mauvaise chute durant le dernier match de polo, mais il lui semblait bien que non. Sa deuxième pensée, avant même qu'il n'ouvrît les yeux, fut que quelque chose de plutôt lourd pesait sur sa poitrine. Pas aussi lourd qu'un cheval, grâce au ciel, donc il était probablement indemne. Puis une légère bouffée de vanille pénétra dans ses narines, et il comprit.

Jennifer.

Il cligna des yeux. A travers la fenêtre, il pouvait voir le ciel gris de l'aube strié de rose. Il était étendu sur la méridienne, dans son refuge de la tourelle, et Jennifer était paisiblement lovée sur lui, endormie.

Souriant pour lui-même, il s'étira pour mieux caler son dos endolori contre les coussins de la banquette, et enfouit le nez dans la douce chevelure blonde qui caressait ses joues. Apparemment, le comte de Winchester avait passé la nuit avec une jolie femme, se dit-il non sans malice. Ou plutôt, ils s'étaient endormis ensemble.

Jennifer remua. Instinctivement, il resserra son étreinte pour l'empêcher de tomber de l'étroite banquette. Après un moment, elle tourna la tête pour l'épier.

— Dites-moi que nous ne l'avons pas fait.

— Je crois que je m'en souviendrais, si nous l'avions fait. Et j'espère que vous aussi.

Christopher n'ouvrit pas les yeux, pour mieux la sentir dans ses bras.

— Christopher.

— Mmm ?

— Je suis désolée, vous devez vous réveiller et me ramener à l'hôtel…

— Tout de suite ?

Il soupira, la serrant plus fort jusqu'à ce qu'elle laisse échapper un petit gémissement de protestation. Il réfléchissait à toute vitesse, cherchant un moyen de la convaincre de rester, ne serait-ce qu'une heure ou deux. Ils pourraient faire l'amour alors que le soleil se levait. Il la caresserait partout, comme il l'avait rêvé cette nuit.

— Christopher ?

Il sentait maintenant une pointe d'irritation dans sa voix. Sauf à employer la force, se dit-il, il n'y aurait pas moyen de la retenir ici.

— Je me demande ce que vos compagnons de voyage vont penser quand ils découvriront que leur vaillante guide a couché avec un homme de passage ?

Il lui fit une grimace pleine de malice, à laquelle elle répondit en lui donnant un coup de coude.

— Nous n'avons pas couché ensemble ! Maintenant, laissez-moi partir. Nous devons retourner à l'hôtel avant qu'on ait besoin de moi. Le petit déjeuner n'est pas servi avant 7 heures, et la plupart de mes clients ne descendront pas avant 8 heures. Ça devrait nous laisser le temps.

Elle essaya de se dégager, mais il aimait trop la taquiner et serra ses bras plus encore.

— Et moi qui pensais que vous autres Américaines étiez des femmes faciles…

— Ce n'est pas drôle, bredouilla-t-elle en luttant, mais, remarqua-t-il, pas trop énergiquement. Que va-t-il se passer si l'un de mes clients a eu besoin de moi dans la nuit ?

— Ce ne sont pas des enfants, chérie…

Ce mot affectueux la fit sursauter. Ce n'était pas la première fois qu'il l'employait. Elle avait mis cela sur le compte d'une sorte d'affectation pleine de charme, qui le rendait plus humain, moins aristocrate imbu de lui-même. Mais c'était avant qu'ils ne s'embrassent, et, oui, avant qu'il ne touche ses seins nus. Le souvenir de ce moment d'intimité la fit frissonner du cou jusqu'au bas du dos. Non, elle était ridicule. C'était juste une façon de parler, insignifiante, utilisée par les Anglais, tout comme ses voisins de Baltimore donnaient du « cher ami » à de parfaits inconnus. Il n'y avait là aucune marque d'attachement sentimental.

Finalement, il la libéra. Elle s'échappa et courut devant la psyché pour se recoiffer. Elle se passa un doigt sous les yeux pour effacer les traces de mascara.

— D'accord, d'accord, je vous ramène, dit-il en la prenant par la main pour s'engager dans l'escalier.

La brume qui montait du lac avait parsemé de rosée l'herbe et les fleurs. Il ne faisait pas encore jour, et l'air avait une teinte lactée, une épaisseur qui donnait envie à Jennifer de tendre la main et d'en recueillir une poignée. Elle respira profondément la douceur de cet air, si différent de celui de sa chère ville de Baltimore, qui contenait aussi bien des gaz d'échappement que le parfum du chèvrefeuille en fleur. Ici, l'air exigeait d'être inhalé, savouré, gardé à la mémoire.

— Je ne suis pas un fils à papa, dit Christopher après avoir conduit pendant quelques kilomètres.

Jennifer se lova davantage sur le siège de cuir de la Jaguar et bâilla paresseusement.

— C'est quand même vrai que vous vivez dans un château, dit-elle sur un ton de reproche.

— Ce n'est pas un crime, ou un signe de décadence. Donan est un héritage qui me vient de mes ancêtres. J'aurais pu le laisser tomber en ruine, ou le vendre. Au contraire, j'ai consacré beaucoup d'argent à sa restauration, ces dernières années.

— Vraiment ?

— Oui, vraiment. Vous auriez dû voir l'état dans lequel il était avant que je n'y emménage. Lorsqu'il sera complètement rénové et remeublé, j'espère pouvoir en faire un musée et un mémorial consacré au souvenir des hommes et des femmes, tant écossais qu'anglais, qui ont donné leur vie pour le défendre. Il n'est jamais trop tard pour réparer des palissades, vous ne trouvez pas ?

— Tous vos amis habitent à Londres, n'est-ce pas ?

— La plupart, oui.

— Alors pourquoi n'engagez-vous pas des ouvriers pour faire la rénovation pendant que vous continueriez à taper dans des balles de polo avec vos copains ? Vous pouvez vous le permettre.

Elle voulait le taquiner, mais il ne semblait pas prendre sa remarque avec la bonne humeur voulue. Ses yeux s'assombrirent, et ses longs doigts se serrèrent sur le volant.

— J'ai mes raisons !

Elle l'observa à la dérobée. Quelque chose lui disait d'arrêter tout de suite, mais elle ne put se retenir.

— La petite fille sur la photo ?

Il ne dit mot durant quelques minutes, puis il se résigna à admettre ce qu'elle avait déjà deviné :

— Oui, c'est Lisa. C'est ma fille.

Il engagea la Jaguar sur l'A7 en direction du nord, vers Edimbourg.

— Maintenant, si vous le voulez bien, ne parlons plus d'elle.

Pendant un moment, Jennifer fut horrifiée à l'idée que l'enfant était peut-être morte, et que, sans le vouloir, elle avait ravivé la douleur de cette perte. Ou peut-être quelque chose s'était interposé entre le père et l'enfant. Puis elle se rappela ses mots : « C'est Lisa ». Au présent. Et la photo semblait plutôt récente. Ainsi, ce n'était pas la mort qui provoquait en lui une telle angoisse.

Elle brûlait de lui poser mille questions, mais son regard glacial demeurait fixé sur l'autoroute, et elle savait qu'aucune sollicitation ne tirerait un seul mot de lui sur ce sujet. Son visage était fermé, tout comme le jour où elle avait fait irruption, par erreur, à Donan, en croyant se retrouver à Bremerley.

Ils arrivèrent à l'hôtel au lever du soleil, qui chassait les dernières traces roses de la lumière de l'aube. Tous deux étaient restés silencieux pendant le reste du parcours. Avec tristesse, Jennifer ouvrit la portière de la Jaguar, mais avant qu'elle ne pût poser le pied par terre, il avait saisi son poignet.

— Attendez, Jenny.

Il y avait une sorte d'urgence provocante dans la façon dont il avait contracté son prénom en un diminutif plus intime. Elle sentit des picotements d'alarme lui parcourir le corps, et se retourna avec appréhension pour lui faire face.

— Quoi, Christopher ?

— Je ne veux pas que nous nous disions au revoir si vite.

Elle se força à parler calmement, avec logique, même si son cœur battait très fort dans sa poitrine.

— Je ne crois pas que nous ayons le choix, lord Smythe.

Il secoua la tête.

— Je dois rencontrer des gens à Londres. Cela aurait pu attendre la semaine prochaine, mais puisque vous y allez...

— Je ne sais pas, dit-elle avec circonspection.

— Je peux être un atout, si vous me laissez faire, dit-il avec un sourire espiègle.

— Ou une distraction, objecta-t-elle.

— Rien ne vaut un guide autochtone lorsqu'on visite un pays étranger.

Il prit l'air innocent d'un petit garçon.

— D'ailleurs vos clients ont bien aimé mes histoires, à Edimbourg.

Elle éclata de rire.

— Est-ce là votre tactique avec toutes les touristes que vous rencontrez ?

— Je parle sérieusement, Jenny, dit-il en prenant sa main. Laissez-moi vous revoir. Jusqu'à votre départ d'Angleterre. Ce sera amusant, je vous le promets. Et je ne vous empêcherai pas de faire votre travail.

Elle soupira. Il semblait inutile d'argumenter. De toute façon, le temps et la distance les sépareraient quand même. Un jour de plus ne ferait aucune différence.

— Bon, d'accord. J'imagine que vous avez un endroit pour dormir ?

— Je prendrai une chambre dans votre hôtel.

— Votre propre chambre, dit-elle clairement. Pas la mienne.

— Bien sûr, chérie, dit-il avec un clin d'œil.

Le voyage entre Edimbourg et Londres ne prit pas moins de sept heures. Mais personne ne trouva le temps long, grâce aux histoires de Christopher sur les chevaliers des temps anciens. Tout au long du chemin, il leur montra les ruines romaines, les anciennes manufactures lainières, les bâtiments historiques, les abbayes et les champs de bataille.

En arrivant à l'hôtel, dans le West End, Christopher proposa d'aider au déchargement des bagages pendant qu'elle se rendrait à la réception pour prendre les clés.

Mais lorsqu'elle compta les clés qu'on lui avait données, elle s'écria :

— Il y a seulement six clés, ici.

— Mais oui, madame, comme vous l'avez demandé.

— Nous avons réservé pour sept : j'ai quatre couples, deux célibataires, et moi-même. Sept.

Le réceptionniste sembla préoccupé, et Jennifer sentit son estomac se serrer.

— Qu'est-ce qu'il y a ?

— Je crains que nous ne soyons complets pour la nuit.

— Quoi ? s'écria Jennifer.

Christopher s'approcha.

— Y a-t-il un problème ?

Elle se retourna, et vit qu'il avait installé tout son monde à l'autre extrémité du hall d'entrée, avec la montagne de bagages.

— Il nous manque une chambre. Et il n'y en a pas pour vous non plus.

— Il y a d'autres hôtels dans les environs.

— Il n'y aura probablement rien de libre, monsieur, dit le réceptionniste d'un air désolé. La ville a fait le plein de visiteurs à cause de l'exposition.

— Ah oui, dit Christopher en hochant la tête. J'avais oublié, l'Exposition internationale d'art. Tout a dû être réservé depuis des mois.

— Qu'allons-nous faire ? chuchota Jennifer en s'éloignant de la réception.

Elle regarda, désespérée, les six clés qu'elle avait en main, puis l'élégant hall Art déco de l'hôtel, avec son sol de marbre et son plafond doré. Elle ne pouvait pas demander à ses clients de partager une chambre !

— J'ai une idée, dit Christopher. Ecoutez-moi avant de dire non, parce que c'est peut-être la seule solution.

Elle hocha la tête.

— Donnez votre chambre. Ainsi, ils auront chacun leur chambre particulière, comme convenu.

— Et moi alors ?... Et vous ?

— J'ai plusieurs amis, dans cette ville, qui possèdent des appartements. J'en trouverai certainement d'absents Nous nous prêtons souvent nos maisons.

Elle fit la moue, comme une maîtresse d'école, et il se dit qu'elle n'avait jamais paru aussi attirante. Mais ses yeux... ses yeux d'un vert pâle printanier étaient inquiets.

— Ne vous inquiétez pas, dit-il en tapotant sa main. Je me comporterai comme un parfait gentleman.

Elle le regarda disparaître par les portes de verre gravé de l'hôtel. Elle ne savait pas pourquoi, mais elle avait l'impression de tomber de Charybde en Scylla. Le bateau coulait, grâce à Dieu, il y avait une chaloupe, mais maintenant les requins tournaient autour...

C'était seulement le hasard, n'est-ce pas ? Christopher n'avait certainement pas pu planifier une telle situation... Non, bien sûr que non. Le fait que l'hôtel n'ait pas bien enregistré la réservation au moment où la ville était remplie de visiteurs était une simple coïncidence. D'une certaine façon, c'était une grande chance que Christopher se fût trouvé avec eux.

Mais elle n'avait pas besoin d'une tentation. Non, elle n'en avait vraiment pas besoin. Quand il s'approchait d'elle, elle sentait son corps entrer en ébullition. Alors partager un appartement avec lui...

Certes, Christopher n'avait pas du tout profité de son avantage à Donan, mais... Allons, pour le moment, elle devait se concentrer sur son travail.

Elle expliqua la situation, aussi diplomatiquement que possible, au groupe. Personne ne sembla vraiment concerné par son problème de chambre, sauf M. et Mme Kiley, les râleurs, qui ne la déçurent pas. Elle accompagna chacun dans sa chambre, s'assura que tous avaient une copie de l'itinéraire pour le reste de la journée, et convint d'une heure de rendez-vous après un temps libre.

Alors qu'elle attendait le retour de Christopher, elle s'assit dans le salon de l'hôtel, commanda du thé et des biscuits, moins pour satisfaire son appétit que pour se donner le temps de mettre de l'ordre dans son esprit. Avant qu'elle ne s'en rende compte, elle serait dans un avion retournant aux Etats-Unis, alors que Christopher resterait en Angleterre. Le problème, songea-t-elle en sirotant son Earl Grey brûlant, était que non seulement ils habitaient chacun d'un côté de l'Atlantique, mais encore ils venaient de cultures et de classes sociales totalement différentes.

Lui était passionnément impliqué dans la restauration d'une demeure historique appartenant à sa famille. Il le faisait sans se soucier du coût de l'opération. Les affaires dont il parlait n'avaient rien à voir avec celles d'une simple agence de voyages par exemple. Il n'avait pas vraiment un métier. Il recevait somptueusement, possédait une petite écurie de chevaux de polo, et collectionnait des œuvres d'art sans prix.

Elle ne lui reprochait pas ses plaisirs, mais son mode de vie la troublait, et l'idée même de tomber amoureuse d'un tel homme la terrifiait. Son père, en gaspillant sans compter et en se dérobant à un travail honnête, avait détruit sa famille. Les seules dettes de jeu avaient pratiquement ruiné l'agence de voyages et hypothéqué la maison. Ses aventures galantes avaient brisé le cœur d'Evelyn. A d'innombrables reprises, Jennifer s'était juré de ne jamais se laisser dominer par un homme de ce genre.

Mais la nuit dernière, elle avait failli coucher avec un tel homme. Un homme en qui se retrouvaient les pires défauts de son père ! Ils avaient tous deux un faible pour les chevaux, ils avaient tous deux ce charme vénéneux. En soupirant, elle but son thé. C'était vraiment une bonne chose qu'elle ne se soit pas donnée au comte de Winchester la nuit dernière. Vraiment.

Christopher récupéra la clé de l'appartement de Geoffrey Montgomery chez le voisin. Il entra, ouvrit les fenêtres pour aérer et regarda dans le frigo. Les réserves n'étaient pas abondantes. Il décida d'acheter une bouteille de vin, des fruits frais, un morceau de fromage, et une demi-douzaine de bonnes saucisses anglaises bien épicées. De quoi dépanner s'ils avaient envie d'un casse-croûte tard dans la nuit. Une demi-heure plus tard, il était de retour de l'épicerie et remplissait le frigo, goûtant pleinement la joie d'accomplir des tâches domestiques.

Il retourna à l'hôtel et trouva Jennifer en train de rassembler son monde pour une visite à la National Portrait Gallery. Afin de s'occuper de ses propres affaires, il ne les accompagna pas, mais les retrouva avant qu'ils ne quittent l'hôtel pour aller dîner. Comme les tables avaient été réservées un mois avant le voyage, tout le monde put se restaurer convenablement. L'atmosphère durant le repas fut très cordiale, et tous les clients semblaient satisfaits de leur journée.

Christopher avait laissé sa Jaguar à Edimbourg, c'est pourquoi ils se rendirent à l'appartement en minibus.

Elle contempla l'élégant bâtiment d'un gris d'ardoise.

— C'est presque comme une maison à Baltimore, sauf qu'elle n'est pas en brique.

Christopher la regarda du coin de l'œil pendant qu'ils montaient le perron de l'immeuble. L'appartement se trouvait au second étage, et il n'y avait pas d'ascenseur. C'était un immeuble plutôt ancien, mais recherché car situé dans un des quartiers les plus chic de la ville. Il s'était promis, tout comme il le lui avait promis, qu'il se tiendrait bien. Mais durant les dernières heures, ne pas bien se tenir avec elle était la seule chose dont il avait envie.

Pendant le dîner, Christopher s'était surpris, à plusieurs reprises, à regarder la coupe que formait sa propre main, en se remémorant la façon dont le sein de Jennifer l'avait remplie. Il avait réussi à s'empêcher de regarder fixement ses attributs ravissants qu'un homme bien élevé ne devait pas voir en public. Mais, quand il ne se surveillait pas, ses yeux étaient invariablement attirés par son petit derrière et les doux monticules qui tendaient son chemisier.

Maintenant, comme ils entraient dans l'appartement, il entendait son cœur battre à se rompre. Sa bouche était sèche et il sentait des fourmillements dans les doigts. Il resta au milieu du salon après avoir fermé la porte d'entrée à clé derrière eux. Il était extrêmement réceptif à tout ce qui venait d'elle : sa respiration, le frôlement de ses pieds sur le tapis, la façon vive qu'elle avait de se mouvoir dans un territoire inconnu. Elle prenait la mesure de l'appartement, comme lui prenait sa mesure à elle. Il se demanda combien de temps il résisterait avant de l'embrasser.

— Les chambres à coucher se trouvent de ce côté ? demanda-t-elle en montrant une porte fermée.

— Par ici, oui.

Zut, il se fichait de ce qu'il lui avait promis. Il n'avait jamais autant désiré une femme que la nuit dernière et maintenant. Qu'est-ce que cela pouvait bien faire qu'elle ne restât pas après ! Selon son mode habituel de relation avec les femmes, il coucherait avec elle une fois, peut-être deux, puis le désir disparaîtrait.

Il se rendit compte qu'elle le regardait, les mains sur les hanches, en une attitude manifeste de mécontentement.

— Oui ? demanda-t-il.

— Quelque chose me dit qu'il n'y a qu'une seule chambre.

— C'était le seul appartement disponible, expliqua-t-il en haussant les épaules.

Elle ne parut pas le croire.

— Je le jure.

Les sous-entendus de Jennifer lui parurent injustes. Il pouvait certes la désirer, mais il n'avait jamais eu l'intention de la forcer à dormir dans le même lit que lui. Encore que, sur le moment, cela lui semblait être une idée parfaitement acceptable.

— Tous ceux qui ne restaient pas en ville ont prêté leur logement à des amis pour l'exposition.

— Et vous avez l'intention de dormir où ?

Il éclata de rire en voyant ses sourcils levés en signe de scepticisme. Elle pouvait si bien jouer la sainte-nitouche ! Il aurait aimé s'avancer vers elle, déchirer son chemisier blanc si convenable et reculer pour savourer sa réaction. Il avait l'intuition que, derrière cette détermination à bien se comporter, elle brûlait d'être prise et touchée. Et il serait ravi de lui faire plaisir.

— Ce n'est pas drôle du tout, dit-elle.

— Bien sûr que ça l'est. Soupçonnez-vous tous les hommes que vous rencontrez de vouloir vous mettre dans leur lit ?

Elle cligna des yeux, et il se demanda si elle était déçue, ou seulement surprise qu'il lui ait dit son fait.

— Vous voulez dire que vous n'en avez pas l'intention ?

— Je ne plaiderai pas coupable. Non pas que je n'accueillerais pas avec joie l'occasion de vous rejoindre entre les draps. Mais c'est plus une question de ne pas baisser les bras avant la bataille.

— Oh ! dit-elle en se mordant la lèvre.

Elle regarda ailleurs, et frissonna imperceptiblement. Si c'était là une femme qui ne voulait pas être aimée, alors il devait avoir perdu toute aptitude à lire le langage du corps féminin.

— Tu me rends fou, dit-il, soudain submergé par la nécessité vitale de l'embrasser.

En deux enjambées, il combla la distance entre eux. L'enlaçant avant qu'elle pût se détourner, il l'embrassa fougueusement. Il s'attendait qu'elle le repoussât. Si elle l'avait fait, il l'aurait relâchée immédiatement en s'excusant. Mais elle ne le repoussa pas, et il n'avait pas la volonté pour le faire de lui-même. Et ce signe de bienvenue était trop excitant pour qu'il laissât passer l'occasion.

Il aima le goût sucré de sa bouche, autant que la pression de son corps contre le sien. Lorsqu'ils s'étaient embrassés auparavant, il s'était dit qu'il ne pouvait y avoir rien de plus entre eux. Un simple baiser, et rien de plus. Puis, il caressa ses seins. A présent son esprit avait complètement cessé de fonctionner, d'établir des règles et des limites, de lui demander de faire autre chose que de suivre son instinct et de satisfaire la faim qu'il avait d'elle.

Il voulait se sentir à l'intérieur d'elle.

Sa voix lui parvint, comme dans un rêve, à travers la chaleur aveuglante de sa passion. Il se força à écouter, en dépit de la résistance de son corps, qui ne voulait rien entendre.

— S'il te plaît..., murmura-t-elle d'une voix pressante.

S'il te plaît ? Quelle était la suite de la phrase ? Arrête ? ou continue ?

Avec les autres femmes, il y avait toujours eu séparation entre l'émotion et l'acte physique. Tout semblait alors évident. Le message qu'il recevait de leurs corps, de leurs yeux, de leurs mains, était facile à interpréter. Elles étaient venues dans son lit pour satisfaire leurs propres désirs. Par conséquent, rester ensemble n'avait jamais été une nécessité.

Jennifer était apparue, sortant des brumes du loch Kerr dans un drôle de minibus rouge. Elle l'avait charmé avant qu'il n'en prît conscience. Il avait été trop occupé à flirter et à jouer le guide pour se rendre compte qu'il ressentait quelque chose de spécial à son égard. Et maintenant qu'il la tenait dans ses bras, il comprenait qu'il était trop tard pour se retirer, sans causer à Jennifer, autant qu'à lui-même, un mal considérable. Mais cela devait être fait. C'était une chose honorable à faire.

Il commença à la repousser, mais elle s'accrocha à lui.

— Je ne veux pas te faire du mal, chuchota-t-il à son oreille. Je ne l'ai pas prévu, crois-moi.

— Ça m'est égal, gémit-elle.

Mais il n'était pas sûr de bien comprendre ce qui lui était égal : qu'il la laissât partir ? de faire l'amour avec un inconnu ? de savoir pourquoi il l'avait amenée ici ?

Il sentit alors qu'elle lui prenait la main pour la poser timidement sur ses seins, comme pour lui demander de reprendre là où il s'était arrêté la nuit dernière. Il ferma les yeux, cherchant la force de lui dire non. Non, il ne lui ferait pas l'amour.

Mais sa volonté était épuisée.

Sous le regard confiant de Jennifer, il déboutonna son chemisier, et glissa la main. Ses seins étaient chauds et frémissants.

— Quelle merveille, murmura-t-il en se penchant pour embrasser le bouton rose.

Elle s'arc-bouta contre lui et frissonna. Il lécha le bourgeon, avant de le saisir entre les dents pour le sucer. Le corps de la jeune femme se fit plus lourd. Il la soutint doucement, sans bouger. Il n'avait jamais autant désiré une femme.

A travers la lourde vapeur de son désir, Christopher s'obligea à ne pas trop attendre d'elle. Il devait lui donner la possibilité de regarder dans son propre cœur, de l'arrêter si elle avait des regrets. Même s'il priait pour qu'elle n'en ait pas. Elle ne l'avait pas du tout touché encore, et il avait tellement envie de sentir la caresse de ses mains.

— Si tu as l'intention de changer d'avis, murmura-t-il en haletant, sois gentille de le faire tout de suite.

Jennifer le regarda de ses grands yeux, qui étaient les plus sincères et les plus innocents qu'il avait jamais vus chez une femme.

— Je ne saurais dire pourquoi, mais je le veux...

Il ferma les yeux, comme pour la remercier. Il ne savait pas ce qu'il aurait fait si elle lui avait dit d'arrêter, alors qu'elle l'avait excité au plus haut point.

Il avança une main tremblante vers la boucle de sa ceinture.

— Laisse-moi faire..., dit-elle.

Il sourit. Elle était parfaite : curieuse, effrayée, avide, timide et audacieuse, tout cela en une seule femme délicieuse. Elle ouvrit la fermeture Eclair, glissa sa main fraîche dans l'ouverture, mais hésita.

— Ce n'est pas grave, dit-il doucement, si tu ne veux pas le faire.

Ses mots semblèrent lui donner du courage, sa main chercha, et le trouva.

— Oh ! mon Dieu, soupira-t-elle en l'entourant de ses doigts.

Il devenait plus dur dans sa main, mais il lutta pour ne pas prendre son plaisir. Il voulait qu'elle eût le sien d'abord. Mais il ne savait pas combien de temps il pourrait tenir.

— S'il te plaît...

— Que veux-tu, Jenny ?

— Mes jambes... Je ne peux pas rester debout plus longtemps...

Il la souleva dans ses bras et l'emporta, voyage qui lui sembla interminable, jusqu'à la chambre, pourtant distante seulement de dix mètres, et quelques secondes. Il la déposa tendrement sur le lit, et attendit impatiemment qu'elle se déshabille. Les yeux de Jennifer, grands ouverts, étaient seulement un peu craintifs, même s'ils brillaient d'excitation. Il y avait tellement d'émotions en elle, et en lui aussi.

— Viens, chuchota-t-elle, en se poussant pour lui faire de la place sur le lit.

Elle était si ravissante. Des seins coquins, une taille svelte mais pas trop, des hanches faites pour attirer les mains des hommes. Irrésistible.

Il se déshabilla à son tour, jetant ses vêtements n'importe où, n'écoutant que la voix intérieure qui le poussait vers elle, sans qu'il sût seulement pourquoi. Il eut à peine la présence d'esprit de prendre, dans son portefeuille, un préservatif, avant de la rejoindre sur le lit.

Il se plaça au-dessus d'elle, sur les coudes, laissant la plénitude de sa virilité reposer tout contre elle. Pour le moment. En attendant, il caressait ses tendres épaules, savourait la lumière de ses yeux, comprenant ses désirs de femme, exigeants, mais délicats et hésitants. Elle lui faisait confiance.

Il avait bien l'intuition que cela ne s'était pas toujours passé ainsi avec les autres hommes. Jennifer était une de ces rares femmes qui préservent leur intimité, et ne se donnent qu'avec circonspection. Raison de plus pour se montrer à la hauteur de cette confiance ! Il prit le temps d'ouvrir le sachet du préservatif.

— Dis-moi si je fais quelque chose que tu ne veux pas que je fasse, dit-il après avoir mis la protection.

Elle acquiesça, ses grands yeux brillants fixés sur les siens.

Ecartant ses jambes soyeuses avec le genou, il s'approcha d'elle, se frottant délicatement aux douces lèvres qui protégeaient sa féminité, jusqu'à la sentir humide et épanouie. Puis il se glissa en elle, en s'exhortant de se retenir, se retenir... jusqu'à ce que les mouvements réguliers de ses hanches amènent Jennifer au plaisir.

Elle mordait sa lèvre inférieure, frissonnant à chaque poussée et, bientôt, gémit de surprise et de délice. Christopher regarda avec satisfaction le plaisir se peindre sur ses traits si doux.

Ses caresses, celles de Jennifer, tout cela tissait une flamboyante tapisserie de passion. Alors, il s'autorisa à partager son extase.

4

Jennifer s'éveilla, le corps encore délicieusement meurtri par les étreintes de Christopher. Jusque-là, elle n'avait autorisé que deux hommes à la toucher si intimement. Sa première expérience avait eu lieu l'été après son baccalauréat, avec un garçon qu'elle connaissait depuis la quatrième. Ils avaient perdu leur virginité.

Son second amant avait été son seul fiancé sérieux. Ils s'étaient connus à l'université, et avaient vécu ensemble pendant trois ans, avant qu'il ne soit muté par sa société à Chicago. Lorsque les appels téléphoniques longue distance et les messages électroniques s'étaient arrêtés, elle avait su que c'était fini. D'une certaine façon, elle en fut plutôt soulagée. Eddie était un rêveur, pas le genre de jeune homme sur qui elle pouvait compter et avec qui elle pouvait construire son avenir.

Elle était couchée sur le côté, toute nue, contre Christopher qui dormait d'un sommeil profond. Elle sourit et se lova encore, heureuse de ce contact. Jamais elle ne s'était sentie aussi protégée et aimée.

Ils restèrent couchés encore une demi-heure, jusqu'à ce qu'elle ne puisse attendre plus longtemps pour se lever. Elle devait prendre une douche avant de retourner à l'hôtel. Une dernière matinée de visite était prévue avant qu'elle ne pût emmener son groupe à Heathrow, et lui dire au revoir. Puis elle aurait une journée pour elle-même, à Londres, afin de prendre des dispositions pour le prochain voyage.

Christopher s'étira et la regarda comme elle se levait.

— Reviens ici, grogna-t-il.

Elle rit.

— Si je le fais, j'ai le sentiment que tu ne me laisseras pas sortir de ce lit avant une heure au moins.

— Tu as bien raison, grommela-t-il. Viens ici, femme. Je veux...

— Je sais ce que tu veux, mais cela devra attendre, répliqua-t-elle gaiement. Il y a un petit déjeuner à l'hôtel. Et puis je devrai rester avec les clients jusqu'à l'heure de les emmener à l'aéroport vers midi.

— Je devrai attendre si longtemps ? protesta-t-il.

— Oui.

— M...

Jennifer grimaça et courut dans la salle de bains. C'était délicieux. Ils avaient fait l'amour pratiquement toute la nuit, et Christopher voulait encore d'elle. Elle prit rapidement une douche, fredonnant gaiement sous l'eau chaude, puis ouvrit la porte de la salle de bains pour laisser sortir la vapeur.

— J'aurais bien aimé rester un peu plus, mais mon avion décolle demain après-midi.

— Deux fois m...

— Mais il n'y a aucune raison pour que tu ne viennes pas me voir, dit-elle. J'étais très sérieuse à propos de ta venue à Baltimore. Tu pourrais rester chez moi. Ce serait très amusant !

Elle tendit l'oreille pour entendre sa réponse, s'attendant à un « Oui » enthousiaste. Mais aucun son ne vint de la pièce voisine. Jennifer fronça les sourcils en se regardant dans le miroir.

— Chris, est-ce que tu t'es rendormi ?

— Non.

Elle n'aima pas la dureté de son ton. Se drapant dans une serviette, elle retourna dans la chambre à coucher.

— Qu'est-ce qui ne va pas ?

Christopher avait remonté le drap jusqu'à la poitrine et s'était assis dans le lit, les sourcils froncés.

— Je ne crois pas que nous soyons sur la même longueur d'onde.

Un frisson glacial de mauvais augure s'insinua en elle.

— Ah oui ? Dis-moi quelle est ta longueur d'onde, je te dirai la mienne.

— Je connais déjà la tienne, dit-il d'une voix contrôlée. La nuit dernière n'était pas seulement la dernière nuit pour toi. C'est censé être le début de quelque chose, n'est-ce pas ?

Ses yeux étaient d'un bleu intense, inquisiteur.

— Peut-être, dit-elle prudemment. Je n'aurais pas couché avec toi si je n'avais pas pensé que tu étais très spécial, si je ne t'avais pas beaucoup aimé.

— Je t'aime aussi, Jennifer, assura-t-il, toujours sur ses gardes.

Sa voix dépourvue de toute émotion était éloquente. Comment avait-elle pu être si naïve ? Elle se retourna pour qu'il ne vît pas le désespoir sur son visage.

— Ce que tu es en train de dire, chuchota-t-elle d'une voix sourde, c'est que pour toi, c'était l'affaire d'une nuit.

— Pas précisément.

Il choisissait prudemment ses mots, comme s'il avait peur qu'elle ne devînt hystérique s'il se trompait :

— J'avais espéré pouvoir encore faire l'amour avec toi, plus tard dans la journée et ce soir.

— Mais après cela ? demanda-t-elle en risquant un coup d'œil vers lui.

Il grimaça.

— Qu'est-ce que je dois dire, Jennifer ? Tu connais la réalité de nos vies aussi bien que moi. Tu habites et travailles avec ta mère en Amérique. Chez moi, c'est ici.

Elle aurait désespérément voulu s'enfuir de l'appartement, habillée ou non. S'enfuir de cette honte dévastatrice de s'être donnée à un homme qui avait si peu de considération pour elle.

— J'ai une fille, poursuivit-il. J'ai des obligations envers elle, envers son école, envers mes propriétés de ce côté-ci de l'Océan. Je ne suis pas plus libre pour arracher mes racines et déménager sur un autre continent que tu ne l'es. Alors à quoi bon faire semblant de croire que nous avons un avenir ?

— Je vois, dit-elle en se sentant étouffer.

Elle avait dû mobiliser toute son énergie pour faire sortir ces deux petits mots.

Mais il n'avait qu'à moitié raison. Ce n'était pas la géographie qui, en fin de compte, les séparait. C'était sa propre peur, profondément enfouie en elle.

Elle se rappela comment son père avait ruiné la vie de sa femme et de sa fille. Il avait bradé leur vie et tout flambé en chevaux, en femmes et en vêtements somptueux. Et maintenant voici l'aristocratique Christopher Smythe, dix fois plus fascinant et séduisant que son père.

— Bien sûr que tu as raison, murmura-t-elle. Je pensais seulement... Ça ne fait rien...

— Je suis désolé, dit-il. Je pensais que tu comprendrais. Ce qui s'est passé entre nous était purement physique. Une combinaison chimique extraordinaire, mais rien de plus qu'un...

— Un coup. Une liaison passagère, dit-elle à sa place en le regardant dans les yeux. N'est-ce pas ?

— Oui.

Son regard était assuré, fort et déterminé. De façon évidente, il n'était pas tombé amoureux d'elle, alors qu'elle l'était de lui.

Retenant ses larmes à grand-peine, Jennifer attrapa ses vêtements sur la chaise et retourna dans la salle de bains. D'une façon ou d'une autre, elle devrait se débrouiller pour supporter les prochains jours. Une fois qu'elle serait rentrée à Baltimore, elle trouverait la force d'oublier le comte de Winchester. Cela prendrait du temps et demanderait beaucoup de distractions, mais elle réussirait.

Christopher, resté assis dans le lit, se sentit misérable, tout en écoutant le ronflement du séchoir à cheveux de Jennifer. Non. Pire que cela. Il lui semblait qu'on lui avait laissé entrevoir un petit morceau de paradis, avant de le lui enlever brutalement. Il avait réagi de la seule façon possible, en faisant semblant que cela lui importait peu. Et il l'avait blessée.

Femme stupide ! Une seule nuit d'intimité, et la voilà en

train de rêver sur des voyages transatlantiques ! A quoi diable pensait-elle donc ?

Cependant, son désir de rester avec elle fut presque insupportable ce matin, quand il la regarda partir, la valise à la main. Il ne savait simplement pas comment gérer de telles émotions qui lui étaient étrangères, ni comment réparer ses blessures. Il aurait aimé qu'ils se séparassent en amis.

Christopher passa la matinée entière à essayer d'imaginer une façon de raccommoder les choses entre eux, en vain. Il se retrouva à son hôtel où il l'attendit, en espérant qu'elle reviendrait après avoir accompagné ses clients à l'aéroport. Il était presque 1 heure de l'après-midi quand il la vit.

— Je crois que nous devrions parler, dit-il en l'interceptant dans le hall d'entrée.

Elle ne sembla pas surprise de le voir, et lui jeta un regard méfiant.

— Il y a maintenant une chambre disponible, je vais monter mes affaires et je redescends dans quelques minutes.

Il l'attendit avec impatience, faisant les cent pas sur l'épais tapis cramoisi, entre les palmiers en pots et les statues. Enfin, elle sortit de l'ascenseur d'un pas assuré, se tenant très droite, même si ses beaux yeux étaient rouges.

— Est-ce que ça va ? demanda-t-il, en l'amenant gentiment jusqu'à un petit divan flanqué de deux énormes fougères.

— Bien sûr, dit-elle d'un ton enjoué. J'ai juste beaucoup à faire avant de partir demain. Mon prochain voyage aura lieu dans moins d'un mois. Nous ferons le tour des théâtres du West End. Je dois faire les réservations pour les pièces, les restaurants...

Elle alignait les mots si rapidement qu'il avait du mal à la comprendre. Ses yeux étaient trop brillants, son visage trop tendu.

— Après cela, il y a ce voyage en Amérique du Sud. Incroyablement excitant, avec la descente de l'Amazone. Et la croisière en Alaska ! Nous préparons aussi une aventure en Asie et...

— Arrête, Jenny.

Elle le regarda innocemment.

— Arrêter quoi ?

— Tu radotes. Tu sais que je me fiche de savoir où tu emmènes tes prochains clients. Je soupçonne d'ailleurs que ce n'est pas ce que tu as en tête, non plus.

Elle baissa les yeux pendant un moment, puis les leva vivement.

— Mon travail est important pour moi, insista-t-elle.

— Je n'en doute pas. Je crois seulement que tu es en train d'essayer d'éviter le sujet important.

— C'est-à-dire ?

— Nous.

— Je croyais que tu avais dit, ce matin, qu'il n'y avait pas de nous.

Ses yeux verts brillaient de défi.

— Il n'y en a pas. Mais je crois que tu n'en es pas convaincue.

— Oh ? dit-elle d'un air adorablement mutin. Maintenant, tu sais lire mes pensées ?

Il soupira. Rien de ce qu'il pourrait dire ici et maintenant ne lui montrerait combien cela était impossible. Elle avait besoin d'une démonstration.

— Viens avec moi cet après-midi, dit-il impulsivement. Il y a un match de polo, avec un cocktail après. Je crois que cela te plaira.

Il mentait, bien sûr. Ce serait un moment horrible pour elle. Même lui trouvait cette tribu particulière de riches snobs détestable. Mais il avait ses raisons pour rester au sein de leur cercle social, et maintenant ils pouvaient lui être utiles d'une autre façon. Si Jennifer et lui ne pouvaient pas se séparer amicalement, c'était la seule façon de l'amener à en prendre son parti.

— Est-ce que tu participes au match ? demanda-t-elle d'une voix hésitante.

— Oui. Et vu la forme que j'ai aujourd'hui, je terminerai probablement en morceaux sur le terrain.

Les yeux de Jennifer brillèrent.

— Bien, alors cela me plaira sûrement.

Cette déclaration de Jennifer, selon laquelle elle serait enchantée de le voir blessé, aurait pu le faire rire à un autre moment. Mais il sentit qu'elle avait parlé sérieusement. D'une certaine façon, c'était aussi bien. La haine est une émotion plus facile à gérer que l'amour. Après une liaison amoureuse désastreuse, elle pouvait même permettre une guérison plus rapide.

Cependant, le fait de savoir qu'elle était pour l'autre équipe et qu'elle souhaitait sa chute stimula l'agressivité de Christopher sur le terrain. Il avait le numéro trois, c'est-à-dire la position de capitaine dans son équipe, et jamais il ne joua mieux. Il marqua 5 des 7 buts, contre certains de ses adversaires les plus rudes.

Après le match, il confia sa monture à Jamie, le palefrenier qui avait amené trois de ses chevaux de Donan le matin, et traversa le terrain jusqu'à l'endroit où Jennifer se tenait toute seule. Il était couvert de boue et épuisé, les muscles endoloris, mais triomphant et pratiquement indemne.

La journée avait été bonne, il avait récolté près de dix mille livres. Les chèques avaient été établis à l'ordre de Saint James ou de l'une de ses œuvres de charité.

— Tu n'as pas laissé beaucoup de chance aux adversaires, protesta-t-elle. 7 à 2.

— Nous avions un handicap de trois buts, c'est pourquoi nous devions gagner avec une marge confortable.

Malgré sa détermination à le détester, Jennifer ne put s'empêcher de l'admirer.

Il lui sourit faiblement.

— Nous devons aller en voiture au club, pour la fête. C'est à un kilomètre et demi environ, les joueurs se laveront là-bas, j'ai des vêtements de rechange dans la voiture.

Elle hocha la tête.

— Parle-moi de ta fille.

Il ne s'attendait pas à cette demande, mais fut immédiatement sur ses gardes.

— Que veux-tu savoir ? demanda-t-il d'un air raide.

— Où est-elle ? Vit-elle avec sa mère ?

Il n'avait jamais parlé de cette partie de sa vie à quiconque.

Mais, en l'occurrence, cela lui semblait inoffensif. Demain, Jennifer quitterait sa vie, trop heureuse de se débarrasser de lui.

— Lisa fréquente l'école Saint James, près de Donan. Elle passe la plus grande partie de l'année là-bas. Pendant les vacances et pendant l'été, elle est chez sa mère.

Jennifer fronça les sourcils.

— Alors, tu ne la vois jamais ?

— Je la vois quand je vais à l'école — je fais partie du conseil d'administration — et j'y vais fréquemment. Je suis souvent chez sa mère, également, quand Lisa y est. C'est une petite fille formidable.

Jennifer s'assit dans la voiture, et étudia son expression sombre, troublée par ce qu'il lui avait dit. C'était absurde. De toute évidence, cet homme aimait sa fille, et elle ne vivait jamais avec lui ? A mi-chemin du club, la vérité se fit jour dans son esprit.

Elle se tourna pour faire face à Christopher.

— Elle ne sait pas ! Oh, mon Dieu, Chris, elle ne sait pas que tu es son père.

Il regardait fixement la route à travers le pare-brise, la mâchoire serrée, le pied lourdement appuyé sur l'accélérateur.

— Pourquoi ne lui as-tu pas dit ?

— Ce n'est pas en mon pouvoir, grinça-t-il. Maintenant, s'il te plaît, changeons de sujet. Cela ne te regarde pas.

Cela ne devrait pas me regarder, pensa-t-elle. Le fait que Christopher réclamât ou non l'amour de sa fille, du temps pour la voir, ne devrait avoir aucun impact sur elle. Et pourtant cela en avait. Elle sentait sa douleur, comme des piqûres d'épingle dans son propre cœur, alors qu'il demeurait muré dans son silence et conduisait trop vite.

— Je ne comprends pas, murmura-t-elle. As-tu fait quelque chose pour perdre ainsi le droit d'être son père ?

Il sembla fâché, puis un peu moins, mais il était encore indécis.

— A l'époque, je pensais qu'un tel arrangement était le mieux pour elle. Elle était si petite, et sa mère voulait qu'elle ait une famille normale. Elle s'était mariée avec un autre homme avant la naissance de Lisa. Il est au courant, il sait que Lisa est ma fille.

Mais sir Isaac, en vrai gentleman, n'a pas fait d'histoire. Sandra a promis de tout dire à Lisa dès qu'elle serait suffisamment grande pour comprendre.

— Et quel âge a-t-elle maintenant ?

— Sept ans.

— Mais bien sûr...

— Assez ! dit-il durement. Assez maintenant. J'habite en Ecosse pour être près de ma fille. Quand sa mère pensera que le temps est venu, je l'aurai au moins pendant une partie de l'année.

Jennifer hocha la tête mais ne dit rien.

Les espoirs de Christopher semblaient si fragiles. Au son de sa voix, elle avait compris que même lui commençait à douter que ce jour attendu si impatiemment pourrait ne jamais arriver. Si la mère de l'enfant n'avait pas tenu sa promesse jusqu'à maintenant, qu'est-ce qui pourrait la convaincre de changer d'avis ?

Jennifer ne parla plus de la fille de Christopher ce jour-là. Mais elle eut un aperçu de sa vie en le regardant en compagnie de ses amis. Les femmes étaient sophistiquées, brillantes. Même celles qui n'étaient pas belles naturellement réussissaient à paraître fascinantes et désirables. Les hommes se comportaient avec l'assurance que donne la richesse. Ils regardaient toutes les choses autour d'eux comme s'ils n'avaient jamais douté de leurs droits ou de leur capacité à les posséder, au gré de leur fantaisie.

Très peu de convives se donnèrent la peine de lui parler. Elle se sentit très mal à l'aise, pas à sa place, alors que Christopher était dans son élément. Elle le regarda aller et venir dans la pièce, rire avec ses amis, l'ignorant pendant la plus grande partie de la soirée.

Elle remarqua que beaucoup d'argent passait dans les mains de Christopher. De toute évidence, il récoltait les gains des paris sur le match. L'éclat de ses yeux lui rappelait celui qui brillait dans les yeux de son père après une journée de chance sur les champs de courses.

A la fin, elle ne put en supporter davantage, et se précipita à l'extérieur, dans le jardin.

Bien sûr, pensa-t-elle amèrement, il l'avait amenée ici pour lui donner une leçon. Christopher Smythe n'avait jamais envisagé une relation durable avec elle. C'était un aristocrate qui n'avait fréquenté que des princes et des enfants de riches de toute son existence. Elle, elle était une femme américaine qui travaillait pour gagner sa vie. Pendant quelques jours, elle l'avait amusé. Mais aussitôt qu'il avait réussi à l'attirer dans son lit, la fascination avait disparu.

Jennifer s'assit sur un banc de pierre glacial entouré de roses à l'éclosion tardive, et soupira devant le spectacle du crépuscule. Plus tôt je serai à la maison, mieux je me sentirai, pensa-t-elle tristement.

— Alors, on est toute seule ? demanda une voix raffinée.

Elle se retourna, leva les yeux, et vit un des hommes qui avaient joué au polo ce jour-là, avec beaucoup d'agilité et de maestria. Ses cheveux étaient d'un blanc d'argent. Il devait bien avoir soixante-dix ans, pensa-t-elle, en observant les traits mûrs de son visage, mais il avait l'air aussi en forme qu'un trentenaire. Il avait presque empêché Christopher de marquer deux buts.

— Pour le moment, dit-elle, je suis seule, oui.

— Je m'appelle Richard Crown. Je vous ai vue sur le terrain aujourd'hui. Vous êtes venue avec Christopher Smythe ?

Elle sourit, surprise qu'il l'eût remarquée dans le feu de l'action. Ou alors, elle supposa que, dans ces cercles très restreints et exclusifs, les aristocrates se surveillaient mutuellement.

— Oui. C'était un match très excitant. Je suis Jennifer Murphy.

Il hocha la tête en entendant son accent, et fronça légèrement les sourcils.

— Vous êtes américaine. Et très différente des compagnes habituelles de Christopher. Beaucoup mieux, d'ailleurs.

Elle remarqua qu'il n'avait pas dit « beaucoup plus belle ». Crown sembla peser ses mots avec plus de prudence encore.

— Vivez-vous en Angleterre, ou bien nous rendez-vous visite ?

— Je repars pour les Etats-Unis demain.

— Je suis vraiment désolé d'entendre cela. Une présence permanente aurait été la bienvenue dans la vie de Christopher, une compagne forte et bienveillante.

Une voix sourde se fit entendre dans l'ombre.

— Ce qui est bien ou pas pour Christopher n'est pas un problème.

Jennifer se retourna, et vit Christopher. Il les regardait d'un air sombre. Richard Crown hocha la tête poliment.

— Très beau match aujourd'hui, mon garçon. Le chèque que je vous dois sera posté demain.

Il se tourna vers la jeune femme.

— Au revoir maintenant, Jennifer. J'ai été très heureux de vous rencontrer. Je dois retourner à la réception. J'ai des affaires à traiter.

Elle fit un geste de la main.

Christopher la regarda intensément.

— Que voulait-il ?

— Nous étions seulement en train de bavarder. Il a l'air charmant. Qui est-ce ? Je veux dire, il m'a dit son nom, mais...

Elle haussa les épaules. Bien que déçue par Christopher, elle éprouvait de la curiosité pour tout ce qui l'entourait. Et Crown était la seule personne agréable qu'elle avait rencontrée ce jour-là.

— Lord Richard Crown, le duc de Worth. C'est un homme d'une grande bonté. Sa famille siège à la Chambre des lords depuis des temps immémoriaux. Deux de ses fils ont joué aujourd'hui aussi.

Il lui donnait l'information de mauvaise grâce, sa voix était dure, son attitude ennuyée.

Jennifer pâlit. Elle n'avait pas l'intention de rester et de se laisser rabrouer.

— Je suis prête à partir, dit-elle. Je dois me lever tôt pour faire mes bagages et me rendre à l'aéroport.

Il hocha la tête.

— Très bien, nous pouvons sortir par la porte du jardin. J'ai déjà remercié notre hôtesse.

Ils marchèrent en silence.

— Eh bien, dit Jennifer pour meubler le silence, vous ne devriez plus avoir de problèmes pour financer vos travaux de rénovation maintenant.

Elle l'avait vu, en début de soirée, enfouir une poignée de billets de cent livres dans sa poche, sans parler des nombreux chèques aux sommes astronomiques qu'on lui avait donnés en paiement des paris. Si son père avait gagné autant d'argent en jouant, sa mère n'aurait pas été si proche de la banqueroute.

— Pariez-vous à chaque match ? demanda-t-elle.

— Pratiquement à chaque match.

— Et vous gagnez...

— Pratiquement toujours, répondit-il avec une pointe d'ironie dans la voix.

Elle hocha la tête, sans dire un mot. Si elle avait appris une leçon de son père, c'était que la chance finissait toujours, tôt ou tard, par ne plus sourire.

5

Après Londres et Christopher, Baltimore parut une ville grise et déserte à Jennifer.

Elle venait de remplir un chèque à l'ordre de ce couple qui avait fait tant d'histoires durant le dernier voyage : comme prévu, ils avaient demandé un remboursement partiel. Elle prit plusieurs brochures publicitaires sur le dessus d'une pile, regarda sans les voir leur couverture multicolore, et les reposa.

— Apparemment, tu n'es pas très efficace ce matin, remarqua Evelyn Murphy de derrière son ordinateur.

— C'est le décalage horaire, soupira Jennifer.

Evelyn secoua la tête.

— Voilà trois jours que tu es rentrée !

— Je suis désolée. Je crois que je suis seulement... préoccupée...

— Tu veux me dire qui c'était ?

— Un homme que j'ai rencontré à..., commença-t-elle avant de s'arrêter et de sourire piteusement. Je suis tombée droit dans le panneau, n'est-ce pas ?

Se renversant dans son fauteuil, Evelyn prit une tasse de tisane posée sur sa table.

— Alors ? Comment s'appelle-t-il ? Et comment vous êtes-vous rencontrés ?

Ce n'était pas la peine, Jennifer le savait, d'essayer de tromper sa mère. C'était une femme obstinée, qui trouvait toujours les réponses à ses questions.

— Il s'appelle Christopher, et il...

Comment pourrait-elle exprimer par des mots les nombreuses choses troublantes que le jeune comte lui avait fait ressentir pendant ces quelques jours délicieux ? Elle ne pouvait certainement pas avouer à sa mère qu'elle avait couché avec cet homme !

— Nous nous sommes rencontrés au sud d'Edimbourg, dans la tourelle d'un château.

Elle hésita, envahie par la chaleur de l'émotion, par le souvenir de ses bras autour d'elle.

— C'est un très bel homme. Différent de tous les autres que j'ai rencontrés, finit-elle par dire doucement.

— Je vois.

Evelyn la regardait avec intérêt par-dessus sa tasse.

— Différent, dans quel sens ?

— Christopher Smythe a un titre, c'est le comte de Winchester. Et il habite dans un château.

Elle éclata de rire et se sentit rougir.

— Cela semble absurde maintenant.

— Smythe, répéta Evelyn d'un air songeur. N'est-ce pas ce nom que j'ai lu dans le journal que j'ai acheté à l'épicerie ?

— C'est possible. Bien qu'il ait deux frères qui ont probablement autant de raisons d'attirer l'attention de la presse. Mais, ajouta-t-elle rapidement, il n'est pas vraiment le play-boy qu'ils décrivent. Je veux dire, il est très riche, et très, très beau. Mais il a un côté sérieux aussi.

Evelyn hocha la tête mais ne fit pas de commentaire.

Jennifer envisagea de parler de la fille de Christopher, mais elle décida que cette information ne devait pas être divulguée. Elle chercha d'autres façons de le définir.

— C'est un homme très troublant.

Elle regarda une épaisse brochure qu'elle tenait à la main, mais ne se rappelait pas avoir prise.

— Tu as le béguin pour lui ?

Jennifer hocha la tête.

— Plus qu'un béguin ?

Jennifer haussa les épaules.

— Nous avons passé du temps ensemble. Il jouait le rôle de

guide local. Il connaît des choses extraordinaires sur la Grande-Bretagne. Le groupe l'a beaucoup aimé.

— Le groupe l'a aimé, n'est-ce pas ?

Jennifer détourna les yeux.

— Ne va pas chercher midi à 14 heures, maman. Il se trouve que, il me manque… Il était différent, et intéressant, et…

— Et tu l'as dans la peau, n'est-ce pas ?

D'une certaine façon, c'était vrai, pensa Jennifer, se sentant un peu gênée par cette pensée.

— Chris était une compagnie très agréable. Mais il ressemble trop à papa, dit-elle platement.

Et c'était bien là le problème, autant qu'elle pouvait en juger. Oui, Chris était gentil et affectueux envers sa fille. Mais le propre père de Jennifer ne l'avait-il pas gâtée de la même façon ? Ce qui ne l'avait pas empêché de l'abandonner, à plusieurs reprises.

Sa mère posa sa tasse, se leva et s'avança vers elle.

— Es-tu sûre que tu ne t'effarouches pas trop facilement ? Tu n'as jamais eu une vie sociale très remplie. Tous les hommes ne sont pas comme ton père, il y en a de gentils, de généreux, d'honnêtes, qui feraient tout pour protéger leur famille.

— Au lieu de leur faire du mal ?

Les mots amers sortirent malgré elle. Elle soupira.

— Papa a été horrible avec toi. Comment as-tu pu le laisser profiter autant de toi ?

Evelyn haussa les épaules, son visage s'adoucit pendant un moment, avant de reprendre son expression déterminée.

— Je l'aimais, alors je suppose que je l'ai laissé m'utiliser. Du moins pendant un certain temps. Ecoute, nos premières années ensemble furent merveilleuses. Si excitantes. Et il m'a donné toi. Je ne le regretterai jamais.

— Mais tu aurais dû le démasquer bien plus tôt, objecta Jennifer.

— Peut-être. Peut-être pensais-je qu'il changerait. Mais les gens ne changent pas, tu sais. Ils sont ce qu'ils sont. Et ton père aimait les femmes et avait un faible pour les chevaux.

— C'est si cruel et égoïste, dit Jennifer.

— Egoïste, oui. Mais, si étrange que cela puisse te paraître, je ne crois pas qu'il ait jamais voulu nous blesser, ni moi ni toi.

Jennifer se prit la tête entre les mains. Même maintenant, en sachant ce qu'elle savait sur Christopher, son mode de vie luxueux et insouciant, son penchant pour les liaisons passagères comme celle qu'il avait eue avec elle, elle ne pouvait le haïr. Même maintenant, une émotion l'envahissait quand elle pensait à lui.

Il l'avait touchée, et pas seulement physiquement. Elle se demanda combien de temps il faudrait avant qu'elle ne se languît plus de lui et qu'elle trouvât la paix.

Lord Smythe était descendu dans les écuries avant le lever du soleil. Les yeux encore gonflés de sommeil, les palefreniers le regardaient, étonnés, par-dessus leur tasse de café du matin. Avant cet été, ils n'avaient jamais eu besoin de se dépêcher pour accomplir leurs tâches matinales, puisque leur patron n'apparaissait pas dans la cour avant 10 heures. Mais, ces jours-ci, il était parfois déjà en selle dans la lumière grise de l'aube.

Il demandait toujours Prince's Pride, son cheval favori. Un quart d'heure plus tard, ils galopaient tous deux à travers les ravins et les collines rocheuses, l'étalon s'efforçant de répondre aux coups de talon pressants de son maître, la sueur dégoulinant sur le visage de l'homme et sur les flancs musclés de la bête. Après deux heures de chevauchée folle, Christopher ramenait l'animal épuisé à son palefrenier.

Ce matin-là, Jamie les regarda tous deux avec inquiétude.

— Si vous ne vous faites pas du mal à vous, monsieur, c'est sûr que vous en faites au cheval. Et un bel animal comme celui-ci ne le mérite pas...

Christopher sourit pour s'excuser.

— Je serai plus gentil la prochaine fois.

Il revint au château, mais son cœur n'était pas plus léger. La journée serait aussi mauvaise que toutes les journées depuis que Jennifer avait quitté Londres.

Aucune autre femme ne l'avait jamais affecté aussi profondément, et il en était vexé. Depuis un mois qu'il ne la voyait plus, il se sentait comme un écolier qui souffrait de son premier chagrin d'amour. Il ne pouvait s'empêcher de penser à la façon dont elle penchait légèrement la tête en l'écoutant raconter une bataille des temps anciens. Il avait l'impression de sentir partout le parfum de la vanille.

Et son corps ! Que tous les saints et les mânes des Smythe le protègent ! Il donnerait une fortune pour pouvoir passer une seule nuit entre ses bras.

Mais c'était impossible. Se laisser aller à cette étrange obsession d'elle et la suivre jusqu'aux antipodes ! Il ne pouvait pas faire ça !

En remontant vers le château, il regarda à travers la brume opalescente qui flottait sur le loch. Entre les vapeurs mystérieuses, il crut apercevoir un minibus rouge. Il s'arrêta, le souffle court, le pouls soudain plus rapide. Mais presque immédiatement la vision disparut.

La nuit dernière, la voix de Jennifer lui était parvenue doucement dans son sommeil, et il avait effectivement cherché son contact dans le lit.

D'un seul coup, Christopher sut qu'il ne pourrait pas rester une heure de plus à Donan. Il sentait la présence de Jennifer partout. Dès qu'il eut pris sa douche et se fut habillé, il prit la voiture pour se rendre à Saint James.

En sortant des bureaux, il vit la classe de Lisa, sous la surveillance de la maîtresse, se diriger vers la bibliothèque en bavardant gaiement. Il contourna le parking pour les intercepter.

— Bonjour, lord Smythe, dit la maîtresse en le saluant.

Il sourit et hocha la tête courtoisement.

Le visage de Lisa rayonnait quand elle passa près de lui.

— Hello, oncle Chris ! gazouilla-t-elle. Est-ce que tu viens dîner à la maison bientôt ?

— Très bientôt, c'est promis.

— J'ai une nouvelle poupée dans ma collection, lui lança-t-elle par-dessus son épaule.

— Je suis impatient de la voir.

Le nœud dans sa gorge l'empêcha de dire un mot de plus. Il était heureux d'avoir avec Lisa une relation aussi harmonieuse. Mais cela lui faisait mal de ne pouvoir courir vers elle pour l'étreindre.

Pas plus qu'il ne pouvait l'emmener à Donan pour le week-end, ou la sortir de l'école pour déjeuner en ville, comme d'autres pères le faisaient avec leurs filles. Il aurait fallu, pour cela, appeler sa mère pour obtenir une autorisation spéciale. Et il n'avait pas son mot à dire concernant son avenir : à quelle université elle irait, quelle sorte de profession elle pourrait choisir, qui seraient ses amis, et enfin qui elle épouserait...

Pour la millième fois, il regretta de tout son cœur d'avoir promis à Sandra de garder le secret. Mais il était un homme de parole.

D'ailleurs, à mesure que le temps passait, la situation devenait plus compliquée. Depuis toujours, il était « oncle Chris » pour Lisa. Elle avait commencé à l'appeler ainsi avant de savoir prononcer Christopher ou lord Smythe, ou tout autre mot. Que deviendraient leurs liens affectueux si elle apprenait soudain qu'il lui avait caché la vérité pendant toutes ces années ? Il ne pouvait supporter l'idée de la voir déçue.

Ce soir-là, quand il revint enfin à Donan, une lettre postée de Londres l'attendait. Il reconnut les armoiries de sir Isaac. Peut-être, pensa-t-il avec une bouffée de joie, était-ce le message qu'il attendait ? Il ouvrit l'enveloppe et en retira une feuille de papier vélin.

Il lut avidement, mais, dès les premiers mots, il comprit et son cœur s'alourdit. La lettre ne venait pas de sir Isaac, mais de Sandra. Elle ne le relevait pas du tout de sa promesse, elle l'informait simplement qu'elle emmenait sa fille dans le sud de la France pour des vacances de quinze jours. Il ne pourrait donc plus la voir du tout pendant deux semaines, la moitié d'un mois...

Il se sentit désespéré en laissant tomber la lettre sur la tablette en marbre de la console, et quitta l'entrée d'un pas lourd. La tristesse fit place à la colère lorsqu'il pensa au manque de contrôle qu'il avait sur sa propre vie, et sur la vie des gens qu'il voulait garder près de lui. Satanées vacances ! Satané sexe féminin qui avait un tel pouvoir sur lui !

En parvenant à l'escalier, il regarda les marches que Jennifer avait grimpées avec lui. Son visage tendre lui apparut dans un éclair, et il eut soudain une inspiration qui le remplit de joie.

— Vas-y, prends ton temps pour déjeuner, dit Jennifer à sa mère. Je n'ai pas très faim, de toute façon, et il n'y a pas foule aujourd'hui.

Evelyn observa sa fille pendant un moment.

— Depuis des semaines, ce que tu manges ne pourrait même pas nourrir un moineau. Que dirais-tu d'un bon plat de saucisses que je te rapporterais de chez Gino ? De la bonne viande bien épicée, sa merveilleuse sauce italienne, des poivrons verts grillés, des oignons et une épaisse tranche de mozzarella fondante sur le tout ?

— On dirait plutôt une publicité pour promouvoir le cholestérol, marmonna Jennifer.

— Oui, mais au moins tu mourras heureuse ! Tu es sûre que tu n'en veux pas ?

— Non, merci. Vraiment. J'ai apporté une salade, je m'en porterai mieux...

Evelyn se prépara à sortir, mais elle s'arrêta, la main posée sur le bouton de la porte, regardant à travers le panneau vitré.

— Oh ! mon Dieu !

— Quoi ? demanda Jennifer.

Soit il y avait un grave accident de la circulation sur Charles Street, soit sa mère avait vu sur une passante une robe qui lui plaisait.

— Regardez-moi ça ! Il serait bien capable de tourner la tête à une nonne et de lui faire renoncer à ses vœux !

— Maman, veux-tu bien arrêter de reluquer les hommes ! C'est ça qui nous perd, nous autres femmes. Les hommes sont comme les chocolats, ils ne sont jamais aussi bons qu'ils en ont l'air.

Evelyn soupira.

— Pas celui-ci. Oh ! ciel... Oh ! non, il... il vient par ici !

Jennifer éclata de rire en voyant sa mère reculer, et pratiquement plonger derrière son bureau, où elle s'assit sagement lorsque l'inconnu ouvrit la porte, faisant tinter la clochette de bronze qui la surplombait.

— Puis-je vous ai...

Jennifer ne put aller au bout de sa phrase, elle regardait, incrédule, l'homme grand et élégamment vêtu qui était entré dans l'agence de voyages Murphy.

— Chris ?

Il la regarda pendant un moment, puis, jetant un coup d'œil circulaire, il vit qu'elle n'était pas seule.

— J'ai décidé d'accepter votre proposition, mademoiselle Murphy.

Sa voix basse résonna agréablement en elle.

— Proposition ? demanda-t-elle en déglutissant.

Son esprit était vide comme une page blanche. Mais elle pouvait imaginer au moins une douzaine de choses qu'elle aurait pu proposer à Christopher Smythe dans le feu de l'action, mais aucune ne pouvait être formulée en présence de sa mère.

— Je... Je... Oui, bien sûr...

Machinalement, elle lui montra le fauteuil du client, de l'autre côté de son bureau. Puis son cerveau, heureusement, se remit à fonctionner.

— Une visite de Baltimore ! s'écria Jennifer triomphalement.

Sa mère lui lança un regard perplexe, puis son visage changea, et Jennifer sut qu'elle avait deviné l'identité de leur visiteur.

Christopher ignora le fauteuil, et se dirigea directement vers Evelyn.

— Vous devez être la mère de Jennifer. La ressemblance est frappante.

Il lui tendit la main. Quand elle avança lentement la sienne comme pour la lui serrer, il la porta à ses lèvres.

— Adorable ! dit-il en souriant, les yeux bleus étincelants.

Evelyn rougit.

— Oh ! mon Dieu, dit-elle en lançant un sourire approbateur à sa fille. Je ne me trompe pas en pensant que c'est ton comte ?

Jennifer ouvrit la bouche pour répondre, mais il ne lui en laissa pas le temps.

— Christopher Smythe, enchanté de faire votre connaissance. Jennifer vous a-t-elle tout dit sur nous ?

Jennifer tressaillit. Tout ! Elle lui lança un regard horrifié. Les yeux de Christopher devinrent plus sombres et semblaient rire de son embarras.

— Elle m'a raconté, répondit Evelyn avec circonspection, que vous vous étiez rencontrés et aviez passé quelques jours à voyager ensemble. Cependant, elle a plutôt l'habitude d'en dire moins que plus...

Elle fit un clin d'œil à Christopher.

Grands dieux, se dit Jennifer, elle est en train de flirter avec lui !

— Maman, dit-elle en se levant de son fauteuil, pourquoi ne vas-tu pas déjeuner ? Tu as besoin de faire une pause, je m'occupe de tout ici.

Elle avait besoin de connaître la raison de la présence de Christopher. Bien qu'elle ne crût pas que ce fût pour elle, elle ne voulait pas de témoin pour voir la déception sur son visage lorsqu'il l'aurait confirmé.

— J'ai une meilleure idée, dit-il. Je vous emmène déjeuner toutes les deux, ou pour le dîner si vous n'êtes pas libres à midi.

Evelyn était ravie.

— Oh ! c'est très gentil à vous, dit-elle en fronçant les sourcils comme dans un sitcom. Mais je crains que nous ne puissions nous absenter toutes les deux en même temps. En plus, c'est une journée très chargée aujourd'hui.

Jennifer la regarda avec réprobation. Moins d'une demi-douzaine de clients avaient franchi la porte de l'agence de toute la matinée !

— C'est dommage, dit Christopher. Peut-être dîner alors ?

Evelyn fit la moue.

— Je suis désolée, mais je suis prise ce soir.

Jennifer plissa les yeux encore plus. Les projets les plus fous de sa mère se réduisaient à une soirée de bridge chez son amie Bertha.

Christopher se tourna vers Jennifer.

— Alors j'imagine que nous ne serons que deux, chérie.

— Mais je ne peux pas laisser ma mère ici...

— Je me débrouillerai très bien, rétorqua Evelyn en lançant un regard complice à sa fille. Allez-y tous les deux. J'ai ma salade pour le déjeuner.

Jennifer soupira. Ces deux-là ne s'étaient jamais rencontrés auparavant, et voilà qu'ils complotaient déjà contre elle !

— Je prends ma veste, marmonna-t-elle.

Ils descendirent Charles Street vers les quais. L'air de l'automne était vif et agréable. Dans les vitrines des magasins, on voyait des citrouilles et du maïs indien. Enfin, Jennifer surmonta sa nervosité et réussit à parler.

— Pourquoi es-tu ici ?

— Affaires, répondit-il rapidement.

— Vraiment ?

Il réfléchit pendant un moment.

— J'imagine que c'est tricher un peu avec la réalité. Au début, c'est le hasard : Sandra m'a fait savoir qu'elle emmenait Lisa à l'étranger, et je ne savais pas trop quoi faire de moi.

— Je vois.

— J'ai commencé à penser que je n'avais pas pris de vacances depuis des années.

— Et tu travailles tellement dur que tu avais besoin de te reposer un peu de la vie de château, conclut-elle sèchement.

— Ne sois pas cynique, ça ne te va pas...

— Alors quoi ?

— Je me suis senti un goujat d'avoir joué ainsi le rôle d'aristocrate, reconnut-il. J'ai voulu crâner, en t'emmenant à un match de polo et à une fête où je savais que les gens allaient être prétentieux. Je voulais te dégoûter, j'ai eu tort.

— Tu voulais simplement faire la démonstration des différences entre nous. C'était très convaincant, alors je suis rentrée chez moi.

— Je ne crois pas qu'un titre et de l'argent aient de l'importance quand il s'agit de…

Il chercha les mots justes.

— D'affaires de cœur.

— Oui. Quand on en vient à ce qui pousse un homme et une femme à s'unir.

Ses yeux étaient d'un bleu intense, et lui demandaient de ne pas se détourner.

Ils traversèrent Charles Street, puis Light Street, et marchèrent en silence devant les restaurants et les magasins chic le long du port. Jennifer ne voyait rien de ce qui l'entourait, mais elle était consciente de chaque mouvement de Christopher. Lorsque son bras l'effleura, elle s'écarta pour se mettre hors d'atteinte. Mille questions l'assaillaient : que voulait-il vraiment d'elle ?

— Cela a fait vraiment mal quand tu as fait si peu de cas de ce qui s'est passé entre nous, dit-elle d'une petite voix, juste assez fort pour qu'il entendît malgré les bruits de la ville.

— Ce n'était pas bien de ma part, je suis désolé.

Elle respira profondément l'air humide, en essayant de démêler l'écheveau confus de ses sentiments.

— Alors tu as pris l'avion pour l'Amérique juste pour t'excuser d'avoir été un salaud ?

— Quelque chose comme ça, admit-il en souriant. Et peut-être plus.

— M'emmener dîner comme pénitence ?

— Plus encore.

Le sourire s'élargit encore. Elle le regarda avec méfiance.

Soudain, il fit un pas en avant, l'enlaça et la serra fermement contre lui. Le contact de leurs corps rappela à Jennifer l'intimité qu'ils avaient partagée.

— Je ne coucherai plus avec toi, affirma-t-elle catégoriquement.

— Je n'avais pas l'intention de demander une autre liaison d'une nuit.

— Heureusement !

Elle se sentit un peu plus optimiste : si elle était capable de badiner avec lui, alors que son système nerveux était sens dessus dessous, peut-être les choses allaient-elles s'arranger.

— Je veux que nous trouvions une façon d'être ensemble, dit Christopher.

Jennifer s'arrêta net, et le regarda, incrédule.

— Tu ne parles pas sérieusement.

— Si, tout à fait. Tu es une femme belle et fascinante, Jenny. Je n'arrête pas de penser à toi.

Elle se détourna pour contempler la mer au loin. Un goéland se posa non loin d'eux et les regarda, plein d'espoir, avant de conclure qu'ils n'avaient pas l'intention de le nourrir.

— Tu tiens ce discours parce que je représente un défi pour toi. Un défi du fait de la distance géographique, et du fait de la distance sociale entre nous. Je ne suis pas comme tes autres femmes, alors je suis...

Elle haussa les épaules, se sentant confuse et prise de vertige.

— Je ne sais pas ce que je suis pour toi. Une excentricité attachante ?

— Non ! trancha-t-il en l'agrippant par les épaules et en l'obligeant à lui faire face. Donne-moi le nom du meilleur restaurant de la ville. Je t'y emmène déjeuner et nous parlerons. Je te demande seulement de m'écouter.

Elle ne répondit pas, car elle en était bien incapable.

— Jennifer, j'ai fait tout ce chemin, et je t'ai dit que je ne quittais pas souvent ma petite île. Tu peux au moins me laisser faire mon numéro.

Jennifer savait que, si elle écoutait son instinct, elle prendrait ses jambes à son cou. Elle avait eu le cœur brisé une fois déjà, et c'était après avoir passé seulement quelques jours avec lui et passer une nuit entre ses bras. A quel degré atroce de douleur allait-elle s'exposer si elle se laissait entraîner dans une vraie relation avec le comte de Winchester ?

— Hamptons, le restaurant à l'intérieur du Harbourt Court Hotel, dit-elle enfin en faisant la moue. Tu es la seule personne que je connaisse vraiment qui peut se permettre d'y dîner. Mais rien de ce que tu vas dire n'aura d'effet.

— Ah, j'adore les défis ! dit-il en riant.

Son enjouement était feint, mais il espérait qu'elle ne le démasquerait pas. Il avait éprouvé une telle angoisse, en entrant dans l'agence de voyages, car il craignait d'être rejeté immédiatement. Même maintenant, alors qu'ils s'acheminaient vers l'hôtel, il se demandait si son voyage avait un sens. Que se passerait-il s'il mettait son âme à nu et qu'elle le renvoyait quand même ?

Le maître d'hôtel les installa près d'une fenêtre qui donnait sur le port. Après que le sommelier eut apporté une bouteille de chardonnay sec, Christopher se lança :

— Tu connais déjà mes raisons pour rester en Grande-Bretagne. A cause de Lisa, je ne peux habiter nulle part ailleurs.

— Je le sais, dit-elle doucement, en sirotant son vin.

— Et c'est ici chez toi, et où tu travailles.

— Tu as déjà dit la même chose il y a quelque temps, sur un autre continent.

Elle ne lui rendait pas les choses faciles, mais il ne lui en voulait pas. Il reconnaissait qu'il s'était mal comporté avec elle. Il se pencha par-dessus la table.

— Jennifer, j'essaie de dire que je te veux dans ma vie, même si la réalisation de ce rêve ne sera pas facile.

— Je ne suis pas sûre que ce soit ce que je veux, moi, dit-elle alors que ses yeux vert pâle devenaient d'un gris liquide.

Il était abasourdi.

— Tu ne sens pas que nous vivons quelque chose de spécial ?

— Je n'ai pas dit ça. Je ne suis simplement pas convaincue que poursuivre une relation maintenant en vaut la peine pour tous les deux.

Il prit sa main et la retint fermement en sentant qu'elle cherchait à la retirer.

— Je ne comprends pas. As-tu peur que je m'en aille de nouveau ?

Elle le regarda droit dans les yeux.

— Pas tout de suite… Mais, oui, tu finiras par t'en aller.

— Comment peux-tu le savoir ?

— Parce que toute ta vie tourne autour de la richesse,

comment l'acquérir, comment la protéger, dit-elle en voulant désespérément qu'il comprenne. J'ai vu avec quel enthousiasme tu ramassais tes gains après le match de polo. Alors que tu as déjà tant d'argent, tu étais si avide d'en amasser davantage encore.

— Mais ce n'était pas pour...

— Non, laisse-moi finir, insista-t-elle, alors qu'une émotion incontrôlable la submergeait. Tu ne me connais pas, Chris. Tu ne peux pas comprendre combien te voir comme cela m'a perturbée. Mon père collectionnait les jolies femmes et flambait au jeu chaque centime sur lequel il parvenait à mettre la main. Il aurait pu choisir une bonne vie honnête, avec ma mère et moi. Au lieu de cela, il a préféré tout risquer pour assouvir ses vices.

— Tu crois que nous sommes de la même race ? demanda-t-il en fronçant les sourcils.

Elle hocha solennellement la tête.

— Je me rappelle combien papa pouvait être charmeur. Je me rappelle la façon dont ma mère le regardait, les yeux pleins d'amour. Elle lui était dévouée, corps et âme. Quand je suis près de toi, je ressens la même chose.

Elle se redressa sur son siège, retira sa main, en se forçant à respirer lentement, calmement.

— Est-ce là la seule raison pour laquelle tu ne veux pas vivre avec moi ?

— N'est-ce pas suffisant ?

— Restes-tu seulement à la surface d'une personne ? demanda-t-il en colère. Ne regardes-tu jamais en dessous ?

Il n'aimait pas être jugé injustement. Il n'avait sans doute pas toujours été un ange. Lisa en était la preuve vivante. Mais il n'était pas aussi mauvais qu'elle l'imaginait.

— Bien sûr que je regarde en dessous ! objecta-t-elle, offusquée.

— Si un client potentiel n'a pas les moyens de prendre une chambre de luxe, tu ne refuses pas pour autant de faire affaire avec lui, n'est-ce pas ?

— C'est vrai.

— Alors pourquoi cette discrimination contre un homme seulement parce qu'il est né dans une famille aisée ?

— Ce n'est pas le fait d'être né qui importe.

— Alors quoi ?

— Eh bien, tu ne travailles pas du tout. Tu joues à des jeux de riches et tu bricoles avec un château.

— Je passe une bonne trentaine d'heures par semaine, sinon plus, à administrer l'école de ma fille, à rechercher des fonds pour elle, et pour d'autres écoles qui acceptent des enfants démunis.

— Vraiment ? demanda-t-elle en fronçant les sourcils.

— Tu te rappelles les paris que je récoltais à la fête ?

— Oui, dit-elle avec hésitation.

— Je parie toujours sur les résultats de mes matchs de polo. Je me défonce pour gagner parce que les enjeux sont élevés. Si mon équipe gagne, les perdants signent des chèques pour une des écoles que je soutiens. Si nous perdons, je dois retarder certains de mes projets de restauration à Donan.

Elle ouvrit de grands yeux, puis regarda ailleurs en se mordant pensivement la lèvre inférieure.

Bien, pensa-t-il, elle commençait au moins à comprendre un peu ce qui était important pour lui.

— Le château n'est pas un jeu pour moi, poursuivit-il avec ardeur. Je t'ai déjà fait part de mes projets. Si je peux terminer toutes les réparations nécessaires, j'offrirai Donan en cadeau au peuple d'Ecosse, comme un hommage à la mémoire de ceux qui ont donné leur vie pour défendre leur patrie.

Jennifer découvrait combien cet homme était plus complexe qu'elle ne l'avait imaginé. Il adorait sa fille, qu'il ne pouvait élever car il avait fait une promesse. Il se souciait d'autres enfants aussi, les pauvres aussi bien que les riches. Il valorisait les liens avec ses propres ancêtres et même avec leurs ennemis. Il choisissait d'honorer tous ceux qu'il aimait d'une façon particulière.

Il était attentionné et bon, sexy et fort, et il lui donnait envie de se rendre à lui sur-le-champ. Si un homme lui avait jamais donné raison de l'aimer, c'était bien Christopher.

— Peut-être ai-je été trop expéditive, chuchota-t-elle. Parlons un peu plus. Je ne peux pas prendre de décisions ce soir.

Il sourit, satisfait d'avoir au moins obtenu cela, et posa sa main sur la sienne. Elle sentit de nouveau une onde de chaleur remonter par son bras. Combien lui avaient manqué son corps vigoureux et les plaisirs qu'il était capable de lui donner !

— Je te fais confiance, Jennifer. Maintenant, laisse-moi te prouver qu'on peut me faire confiance aussi.

Confiance.

La peur familière s'insinua dans le cœur de Jennifer. Pourrait-elle jamais confier totalement son bonheur à un homme ? Il y a quelques mois, elle aurait immédiatement répondu par un « non » définitif. Mais être si proche de Christopher, et avoir appris autant de bonnes choses sur lui... Elle ne pouvait pas le renvoyer sans prendre le temps de la réflexion.

6

Christopher était à Baltimore depuis cinq jours, et Jennifer ne lui avait toujours pas donné de réponse.

Ils avaient savouré un dîner romantique espagnol chez Tio Pepe, la cuisine continentale du Brass Elephant, et avaient couronné le tout par un somptueux festin napolitain à Little Italy. Ils avaient eu des conversations interminables et fait des projets pour la restauration de son château bien-aimé de Donan. Chaque jour qui passait, il se sentait plus proche de Jennifer. Mais ils n'avaient pas couché ensemble.

Le soir, il retournait dans sa suite à l'hôtel, après avoir raccompagné Jenny. Il s'asseyait seul, contemplant les lumières de la ville éparpillées autour du port, en prenant son mal en patience. Mais il avait l'impression terrible de la perdre. Que pouvait-il lui offrir d'autre que l'amitié, l'admiration, et les plaisirs physiques qu'ils avaient déjà partagés ?

Si elle espérait un mariage, c'était hors de question. Aucune femme n'avait jamais retenu son attention plus de quelques mois. Jennifer était spéciale, mais il ne pouvait croire qu'à la fin elle serait différente des autres. D'ailleurs, au plus profond d'elle-même, elle était encore convaincue qu'il finirait comme son père, un bon à rien coureur de jupons, qui la laisserait sans le sou.

Vendredi soir, il devait passer la chercher chez elle. Ils avaient des billets pour un concert symphonique. Mais il se sentait trop énervé pour pouvoir rester assis dans une salle de spectacles.

Il avait tellement envie d'elle que cela lui faisait mal, mais il se refusait de la presser pour qu'elle couchât avec lui. Son seul espoir était qu'elle choisisse une robe sans goût et qu'elle aurait l'air peu attrayante ce soir.

Christopher frappa à la porte de l'appartement. Aucune réponse. Il essaya de nouveau, et perçut un changement subtil des bruits venant de l'intérieur. Etait-ce le robinet de la douche qu'on fermait ? Il regarda sa montre : il était en avance d'un quart d'heure. Il entendit des pas derrière la porte.

— Chris ? C'est toi ?

— Oui.

Il mit les mains dans ses poches pour les tenir tranquilles, tant il avait envie de la prendre dans ses bras.

— Désolé, grommela-t-il. Je crois que je suis un peu en avance.

— Ça ne fait rien.

La clé tourna, et Jenny ouvrit la porte.

— Je serai prête dans deux minutes.

Entrant dans l'appartement, il eut le temps de la voir, enveloppée d'une serviette, se glisser hors du salon. Toutes les parties stratégiques étaient recouvertes, mais malgré cela il n'avait jamais vu un spectacle plus aguichant.

— S'il te plaît, murmura-t-il faiblement, donne-moi la force de résister.

— Que dis-tu ? cria-t-elle depuis la chambre.

— Rien.

Christopher ne pouvait s'asseoir, ni réfléchir. Il marcha de long en large dans le salon, s'évertuant à se rappeler les raisons pour lesquelles il ne devait pas s'approcher de la chambre à coucher, dont il regardait la porte avec nervosité. Elle l'avait fermée en passant, mais le battant s'était ouvert tout seul de quelques centimètres. Par cette ouverture, il pouvait voir un bout de tapis vert jade, le coin d'une commode de bois sombre, un morceau de miroir reflétant une armoire.

Il se détourna, en se réprimandant d'être si faible. Un gentleman ne jetterait pas un second coup d'œil. Mais — bon sang !

— il ne se sentait pas très gentleman en ce moment. Il était si excité, si plein de désir contenu.

Il se planta fermement au milieu du salon, tournant le dos à la porte de la chambre à coucher. Mais ses yeux le trahirent, et glissèrent par-dessus son épaule comme s'ils étaient attirés par un puissant aimant. Un filet de sueur coulait sous son col. Il pouvait l'entendre bouger, mais ne pouvait la voir. Peut-être était-elle complètement habillée maintenant ?

Oui, sans doute l'était-elle. Presque certainement. Il devait se contenir. Il n'allait quand même pas se ridiculiser ou l'embarrasser en démolissant la porte de sa chambre.

Puis il retint son souffle. Car soudain il la vit, debout devant son armoire, vêtue d'une petite robe sans manches. C'était une simple bande de tissu passée par-dessus les épaules fines de Jennifer, et elle retombait en plis doux sur ses longues jambes.

Elle était si jolie, même si elle n'en avait pas conscience, que la vision lui coupa le souffle. Il ne pouvait détourner les yeux, même lorsqu'elle défit soudain la fermeture Eclair et ôta la robe. En dessous, elle ne portait ni soutien-gorge ni culotte, mais seulement un string. Maintenant, il ne pouvait vraiment plus détourner le regard, même s'il essayait très fort.

Elle prit une petite robe noire dans l'armoire, la plaqua sur son corps et fit face au miroir. Un sein, avec son mamelon sombre, et la courbe douce de sa taille s'y reflétèrent. Christopher fit un effort terrible sur lui-même et se détourna, s'avança en titubant vers la fenêtre et buta contre la table basse dont les pieds chromés protestèrent sur le parquet.

— Que se passe-t-il ? Tu vas bien ? cria Jennifer de sa chambre.

— Oui, tout va bien, grommela-t-il en se remettant debout et en replaçant la table à sa place.

Il regarda de nouveau la porte de la chambre, elle était fermée à présent. Il se crispa : quel stupide maladroit il avait été ! Elle avait dû deviner qu'il l'avait épiée.

Quelques minutes plus tard, Jennifer entra tranquillement dans le salon. Il s'était passé suffisamment de temps pour qu'il reprît contenance, mais son corps tressaillait encore de désir, et son érection ne diminuait pas du seul fait qu'elle soit décemment habillée.

Leurs regards se croisèrent, et il sut qu'il ne pourrait pas feindre l'innocence.

— Je suis désolé.

— De quoi pourrais-tu bien être désolé ? demanda-t-elle en rougissant.

— Tu savais que je te regardais quand... eh bien... quand tu as décidé de changer de robe...

Elle sourit et haussa les épaules.

— C'est ma faute, j'aurais dû fermer la porte dès le début.

— Je n'avais pas l'intention de t'espionner. Je ne suis pas un voyeur. C'est arrivé par hasard. Je jetais un coup d'œil, et tu étais là.

— Si la situation avait été inversée — que tu te changeais et que j'étais dans le salon —, peut-être serais-je celle qui s'excuserait.

Elle riait en faisant cette suggestion, et ses yeux brillaient.

L'idée qu'elle eût pu effectivement savoir qu'il la regardait et qu'elle en était aussi excitée que lui le frappa. Et une autre idée, qu'elle pourrait aimer l'observer à la dérobée, sans vêtement, lui parut encore plus étonnante.

— Je m'en souviendrai, dit-il sérieusement. Quand tu voudras que je fasse un strip-tease pour toi, il suffira de le dire.

L'expression de Jennifer devint plus énigmatique. Elle se passa le bout de la langue sur ses lèvres et regarda ailleurs.

— Que se passe-t-il, Jenny ?

Elle cligna des yeux, puis frappa dans ses mains.

— Je ne crois pas que je sois d'humeur à aller au concert ce soir.

Il sentit la température de son corps monter immédiatement, comme lorsque quelqu'un jette une nouvelle bûche dans la cheminée. Il demanda d'une voix qui avait baissé d'une octave :

— Ah... A quoi te sens-tu d'humeur ?

— La même chose à laquelle j'ai pensé depuis que j'ai quitté Londres, chuchota-t-elle. Vouloir faire de nouveau l'amour avec toi peut paraître déraisonnable, mais c'est ce que je veux... c'est ce dont j'ai besoin.

Les mots de Jennifer rendirent le corps de Christopher plus dur par anticipation.

— Mais tu as encore peur, dit-il.

— Oui, de te perdre.

— Tu ne me perdras pas.

Elle serra les dents, les yeux brillants, et se força à dire les mots :

— Ne me promets rien dont tu ne sois sûr toi-même.

— Je tiens toujours mes promesses.

Oui, pensa-t-elle, quand il s'agit de ta fille. Mais le fais-tu quand il s'agit des femmes ?

Comment pouvait-elle être sûre qu'il n'avait pas promis de lendemains à d'autres amantes ? Comment pouvait-elle être sûre qu'il n'avait pas l'intention de lui être fidèle, mais qu'il était tombé amoureux par la suite, ou par désir ?

— Nous ne pouvons pas rester ensemble longtemps, lui rappela-t-elle. Tu dois retourner en Ecosse, pour Lisa et pour Donan.

— Viens avec moi.

Il avait dit les mots avant même de sentir ses lèvres bouger. Mais, une fois suspendus dans l'air chargé d'émotion qu'il y avait entre eux, ils sonnèrent juste. Viens avec moi et sois mon amour. Oui, s'il pouvait lui faire comprendre que c'était la seule chose à faire.

— Viens en Ecosse avec moi, répéta-t-il d'une voix plus ferme.

Jennifer le regardait, les lèvres ouvertes, tremblante.

Elle savait bien qu'il ne prenait pas en considération les changements immenses qui bouleverseraient sa vie si elle acceptait sa proposition. Franchement, il s'en fichait. Tout ce qui lui importait était de la posséder, de toutes les façons possibles, pour aussi longtemps que possible. Si lui demander de venir vivre au château avec lui était le prix à payer, eh bien, soit.

Jennifer ne savait pas pourquoi elle envisageait cette proposition sérieusement, mais elle le faisait. Etre avec Christopher pendant les cinq derniers jours avait été un mélange de paradis et d'enfer. Elle avait langui après ses caresses, mais craignait le moment inévitable où il essaierait de la séduire et où elle serait obligée de le repousser. Elle voulait ses baisers, mais s'était arrangée pour les éviter. La souffrance avait été intolérable.

Toute sa vie, elle s'était comportée raisonnablement. Elle avait écarté les risques, les instabilités, les coups de foudre passionnés. Elle s'était juré de ne jamais tomber dans les filets d'un homme qui aimerait trop les femmes, les chevaux, et sa propre liberté.

Cependant, la tentation faite homme était devant elle, la regardant avec ces merveilleux yeux d'un bleu profond, lui offrant une vie de luxe et de romance dans un pays lointain.

Et elle envisageait sérieusement d'accepter !

— Tu aurais dû savoir, quand je t'ai suivie ici, que je n'allais pas partir sans toi, murmura-t-il en s'approchant d'elle.

L'avait-il su inconsciemment aussi ? Oui, pensa Christopher. Il saisit sa main et suivit les lignes dans sa paume avec le bout du doigt.

— Non... oui... eh bien, peut-être l'ai-je su, murmura-t-elle, se sentant complètement perdue.

— Je comprends tes craintes, Jenny. Je ne te laisserai pas tomber comme ton père l'a fait. Je te le promets.

— Ce n'est pas que je ne te croie pas, c'est seulement que je ne... Elle ne pouvait continuer.

— Tu ne me fais pas confiance ? ajouta-t-il. Ce n'est pas la même chose, n'est-ce pas ? Croire et faire confiance. Peut-être la confiance est-elle quelque chose qu'un homme doit mériter. Mais si tu ne me donnes pas une chance, comment pourrais-je te prouver que je la mérite ?

Il porta les doigts de Jennifer à ses lèvres, les embrassa délicatement, puis l'attira contre lui, en l'enveloppant de ses bras puissants.

Lorsqu'elle leva le visage vers lui, il baissa la tête et l'embrassa sur la bouche. Ils s'embrassèrent longtemps avant de reprendre leur souffle.

— Eh bien ? demanda-t-il.

— Mais l'Ecosse, objecta-t-elle.

— Ne me dis pas que tu te satisferais d'une relation

intermittente, dit-il en la serrant davantage. Parce que, moi, je ne m'en contenterais pas. Je te veux dans mon lit, femme… Et non à des milliers de kilomètres.

Le cœur de Jennifer s'emballa lorsque leurs lèvres se joignirent de nouveau. Sa tête, embrumée, lui tournait, et elle éprouvait un besoin humide d'être touchée comme il l'avait touchée auparavant. Et ils n'avaient eu, à Londres, que deux jours. Le rêve extravagant d'avoir Christopher pour elle toute seule pendant des semaines, des mois, et même éventuellement des années, était une tentation trop délicieuse pour qu'elle la laissât passer.

— Chris, murmura-t-elle.

Sous le ton suppliant de sa voix se trouvait toute la réponse dont il avait besoin. Il avança les mains vers la fermeture Eclair de la robe.

— Je préfère la rouge, chuchota-t-il dans son oreille d'une voix rauque, qui la fit frissonner avec délice.

— Je ne suis pas très satisfaite non plus de ce que tu portes, répliqua-t-elle effrontément, en lui enlevant sa cravate.

— La robe rouge ne nécessitait pas de sous-vêtements, indiqua-t-il, défaisant une bretelle sur son épaule.

Elle rit, les yeux pétillants.

— Les hommes et leurs costumes ! Rien de plus ennuyeux que ces tenues standard. Je pourrais m'en passer complètement.

Elle arracha sa veste, sortit la chemise du pantalon qu'elle commença à déboucler. Sous la soie blanche et moelleuse, il était torse nu. Elle aimait le regarder : sa mâle toison sur la poitrine, les muscles durs nettement dessinés. Elle passa une main tremblante sur son torse. Puis elle ferma les yeux quand il la déshabilla…

A présent, il l'embrassait à pleine bouche et lui caressait les seins, la menait vers le sofa, la couchait sur les coussins.

— J'ai de grands projets pour toi, dit-il.

Les baisers de Christopher descendirent de sa gorge vers ses seins. Elle frissonna lorsque sa langue humide en lécha la pointe. Elle laissa échapper un gémissement de plaisir, renversa la tête et s'arc-bouta contre lui.

— Tu me rendras folle…

Pendant ces moments privilégiés, elle était tout ce qu'il voulait, tout comme il était tout pour elle.

Jennifer s'allongea, étira les bras au-dessus de sa tête, l'invitant à la prendre. Elle aimait la façon dont il combattait sa faim.

Elle laissa échapper un léger gémissement de surprise lorsque les baisers de Christopher s'enfouirent dans le doux nid de sa féminité. Elle frissonna et se cambra pour pleinement rencontrer sa bouche. Des vagues montaient en elle, de plus en plus haut, encore plus haut, jusqu'à ce que, soudain, tout, autour d'elle, semblât se consumer dans une glorieuse jouissance. Et elle cria dans son extase.

Mais Christopher ne s'arrêta pas. C'était comme s'il savait mieux qu'elle ce dont elle avait besoin. Sa bouche généreuse et ses doigts experts déclenchèrent encore et encore d'autres délicieux frissons, jusqu'à ce qu'elle n'en puisse plus de crier son nom. Enfin, épuisée, elle se laissa aller mollement contre les coussins, le corps comblé.

Elle entendit alors son amant chuchoter d'une voix rauque :

— Je crois que j'ai besoin de toi, à mon tour, maintenant.

Elle sourit et s'ouvrit à lui.

Alors, Christopher plongea en elle avec passion…

7

Jennifer laissa Christopher dormir le lendemain matin. Elle avait très envie de rester avec lui, au chaud et en sécurité dans ses bras, rassurée par sa seule présence endormie. Mais, même après une semaine de préparatifs, il y avait tellement à faire avant qu'elle ne puisse partir en Ecosse avec lui.

Elle se tenait dans le bureau douillet où elle avait, enfant, fait ses devoirs pendant que sa mère travaillait, et où elle l'avait rejointe pour s'occuper de l'agence. Elle regarda les murs recouverts d'affiches multicolores. Ces images de terres exotiques, ces publicités pour les stations de ski et les croisières lui rappelèrent tous les endroits fascinants qu'elle avait visités en compagnie de ses clients, durant tant d'années. Les écrans d'ordinateurs, les téléphones et les piles de courrier évoquèrent aussi le dur travail qui avait été nécessaire pour faire de l'agence de voyages Murphy un modeste succès.

Etait-elle en train de jeter tout cela par la fenêtre, en échange d'un rêve qui pourrait finir comme un cauchemar affreux ? Elle sentit un poids sur son estomac, et, bien qu'elle respirât profondément à plusieurs reprises, lentement, elle ne put apaiser la tension qui montait en elle.

Une main tapota gentiment son bras.

— Il va arriver pour t'emmener à l'aéroport dans quelques heures, chérie. Ne crois-tu pas qu'il vaudrait mieux que tu finisses de ranger tes affaires sur le bureau ?

Jennifer se tourna vers sa mère, désespérée.

— Dis-moi que je ne fais pas une bêtise.

Evelyn sourit.

— Est-ce que tu l'aimes ?

Combien de fois Jennifer s'était-elle posé cette même question ? Elle n'avait jamais pu donner une réponse satisfaisante. Tout ce qu'elle ressentait en ce moment était une onde de nausée.

— Je crois que je l'aime. Je ne prendrais pas le risque d'abandonner ma maison et tout ce qui fait ma vie si je ne l'aimais pas.

— Essaie d'y penser comme s'il s'agissait d'une nouvelle excursion, suggéra sa mère. La seule différence est que Christopher et toi serez les seuls voyageurs.

Jennifer sourit avec une ironie désabusée et secoua la tête.

— Je ne connais même pas l'itinéraire, ni combien de temps va durer le voyage.

— Un peu comme le reste de la vie, n'est-ce pas ?

Elles s'étreignirent.

Quand elle se détacha de sa mère, Jennifer se sentait un peu mieux.

— C'est seulement que j'ai l'impression de risquer tout ce que j'ai, alors que je mets en jeu des choses qui ne me concernent pas moi seule.

Evelyn secoua la tête.

— Si tu veux dire que, d'une certaine façon, tu mets en danger mon avenir en partant avec ton jeune comte en Ecosse, oublie ça. J'ai une nouvelle assistante prête à venir au bureau. Dès qu'elle se sera formée, je serai ravie de reprendre les excursions. Ne te fais aucun souci pour les affaires.

— Mais toi, maman ? demanda Jennifer avec inquiétude. Est-ce que tu vas aller bien ?

— Tu me manqueras, bien sûr. Mais je ne résisterai pas longtemps à ma curiosité. Un jour, je sauterai dans un avion, et je viendrai vous voir tous deux, dans ce château dont tu m'as bassiné les oreilles.

Elle eut un sourire mystérieux.

— Entre-temps, ne crois pas que je n'aurai pas une vie privée. En fait, j'ai un rendez-vous galant samedi prochain.

— Un rendez-vous ? Avec un homme ? s'exclama Jennifer d'un air penaud. Je veux dire... Enfin, je ne veux pas dire que tu n'as plus l'âge...

— Tu aurais tort de le penser, ma jeune dame, dit Evelyn avec fermeté, les yeux brillants. Il est temps que j'arrête de considérer la moitié de la population du monde comme mes ennemis.

Son expression devint soudain sérieuse.

— Ne laisse pas mon expérience malheureuse avec ton père détruire tes chances de bonheur. Essaie de ne pas être cynique avec l'amour.

— J'essaierai, promit Jennifer.

— Bien. Maintenant, continua Evelyn en reprenant sa voix de femme d'affaires, range ce bureau pour que ma nouvelle employée ait de la place pour ses affaires. Et rappelle-toi, si ce voyage romantique ne se passe pas bien, tu auras toujours un endroit où revenir. Tu n'auras rien perdu.

Jennifer regarda ses poings serrés. Ce n'était malheureusement pas vrai, se dit-elle tristement. Car elle aurait sûrement perdu son cœur.

Comme Christopher engageait la Jaguar dans l'allée venteuse qui menait à Castle Donan, Jennifer, assise sur le siège du passager, sentit son cœur se gonfler délicieusement à la vue du magnifique édifice de pierre. Celui-ci semblait aussi maussade et avait la même beauté fruste que son propriétaire. Et elle les aimait l'un comme l'autre.

— A quoi penses-tu ? demanda-t-il en arrêtant le moteur, alors qu'elle restait immobile sur son siège, à regarder le haut de la tourelle où ils s'étaient embrassés la première fois.

— Comme cet endroit sera charmant lorsque tous les travaux auront été réalisés.

— Oui, c'est vrai, répondit Christopher, dont les yeux étaient fixés sur elle, et non sur la vieille forteresse. Nous avons tout le temps pour les travaux. Le voyage a été long, deux jours...

Défaisons nos bagages, voyons si Mme Clark nous a laissé quelque chose pour souper, et allons nous coucher.

Elle rougit, car elle savait que les éclats provocants dans ses yeux signifiaient qu'il allait lui faire l'amour longuement, lentement, là-haut, au-dessus des bruyères, avant qu'ils ne trouvent le sommeil.

Ils soupèrent avec du poulet rôti froid, des tomates fraîches du jardin assaisonnées d'huile d'olive et d'herbes aromatiques, d'épaisses tranches de pain d'avoine croustillant tartinées de beurre crémeux, un choix de fromages délicieux, des fruits en salade et des baies. Après cela, rassasiée de bonne nourriture et ensommeillée par le vin, Jennifer prit la main que lui tendait Christopher, et ils grimpèrent l'élégant escalier de pierre qui montait à leur chambre.

Il s'arrêta à chaque palier pour la serrer dans ses bras, et baiser tendrement ses yeux fermés, ses joues et sa gorge. Et à chaque arrêt, il chuchotait les mêmes mots :

— Merci. Merci d'être venue avec moi.

Christopher se réveilla bien avant que Jennifer ne remuât. Il se retourna pour la regarder dormir, reconnaissant au ciel de l'avoir ramenée à lui. Elle était la joie pure, la plus belle chose qui soit arrivée dans sa vie depuis très longtemps. Plus belle, d'une certaine façon, que la naissance de sa fille, car cela avait été une période douce-amère dans sa vie. Il n'avait pas été capable de réclamer Lisa. Mais Jennifer était à ses côtés, et il avait l'intention de la garder aussi longtemps qu'il le pourrait.

Christopher s'habilla rapidement, dévala deux à deux les marches, et salua Mme Clark qui s'affairait déjà dans la cuisine.

— Je vous présenterai Jennifer aujourd'hui, à un moment ou à un autre, promit-il. Mais je suis sûr que le décalage horaire va avoir raison d'elle pendant toute la matinée.

— N'allez pas brusquer votre précieuse fiancée, le gronda-t-elle. La dame me verra bien assez tôt. Pourquoi ne lui montez-vous pas un plateau, elle sera affamée en se réveillant.

— Bonne idée, dit-il en souriant affectueusement.

Il avait eu la présence d'esprit de téléphoner aux Clark avant de rentrer. Avec prudence, en choisissant ses mots, il avait décrit Mlle Murphy comme une amie. Il savait trop bien qu'Annabelle Clark lui en ferait voir si la relation n'était pas clairement définie dès le début.

Mais l'appel semblait n'avoir servi à rien. Bien qu'elle eût toujours traité ses petites amies avec cordialité, Mme Clark ne leur avait jamais accordé plus d'importance que lui-même n'en accordait. Pour des raisons insondables, cette fois-ci, elle commença par qualifier Jennifer de fiancée dès qu'il lui eut annoncé qu'elle resterait à Donan pendant une période indéfinie.

— Commençons par un pot de votre bon café, dit-il en rendant les armes.

— Et des scones tartinés avec du beurre frais, des flocons d'avoine et des fruits. D'après le peu que j'ai entr'aperçu d'elle hier soir, dans l'obscurité, de la fenêtre de notre cottage, je dirais que votre promise a besoin d'une nourriture solide, qui tienne au corps. Quelle petite chose décharnée elle fait !

Pas là où il faut, faillit dire Christopher.

Une demi-heure plus tard, il porta le plateau dans la suite, tout en haut de la tourelle. Jennifer se tourna dans le lit, remonta le drap sur sa poitrine et lui sourit. Ils avaient dormi sans pyjama, et elle avait l'air tout aussi désirable ce matin que la nuit dernière.

Il posa le plateau sur la table de nuit et l'embrassa.

— Bien dormi pour ta première nuit ?

— Divinement, dit-elle en soupirant et en tournant les yeux avec intérêt vers le plateau. Qu'est-ce que c'est ?

— Le petit déjeuner. Tout est pour toi, moi, j'ai mangé dans la cuisine.

— Tant mieux. Je suis affamée.

Elle saliva en découvrant un bol fumant de porridge écossais arrosé de crème et parsemé de sucre roux.

— Oh ! ça a l'air merveilleux.

— Je n'étais pas sûr que tu aimerais cela.

Elle avala une bonne cuillerée.

— J'adore les céréales chaudes. Cela me rappelle quand j'étais une petite fille, les matins d'hiver.

Il la regarda manger avec plaisir. Ils parlèrent des projets pour réhabiliter les jardins et remeubler certaines pièces vides. De nouveau, les idées de Jennifer l'inspirèrent. Il prit mentalement note qu'il fallait appeler un paysagiste local pour faire le gros œuvre dans le jardin avant que la terre ne gèle, afin que Jennifer puisse planter des bulbes pour le printemps.

— Avant d'aller plus loin avec cela, dit-il en chipant un toast, nous devrions discuter de ton salaire.

Elle le regarda et manqua d'avaler son café de travers.

— Mon quoi ?

— Ton salaire. Tu ne penses tout de même pas que je te demanderais de faire tout ce travail pour rien, n'est-ce pas ?

Jennifer posa la lourde tasse en faïence sur le plateau.

— A vrai dire, je ne pensais à rien du tout. J'ai accepté de venir à Donan parce que je voulais être avec toi. Et j'aime le travail difficile.

— Je ne crois pas que tu te rendes bien compte de quel labeur physique il s'agit.

— Je m'en rends parfaitement compte, répondit-elle d'un ton brusque, blessée de le voir rappeler de façon aussi insistante le caractère non encore défini de leur relation.

Dans son esprit, ils étaient entrés dans une sorte de partenariat très original. Elle n'avait aucune prétention matrimoniale sur ses terres, son château, ou quoi que ce fût qu'il possédât. Et cela ne l'intéressait pas. Mais la considérait-il vraiment comme une employée salariée ?

— Qu'est-ce qui ne va pas, Jenny ? demanda-t-il en posant la main sur la sienne.

Elle retira sa main, le regardant fixement.

— Pour moi, ce n'est pas un travail, Chris.

Il fronça les sourcils.

— Bien sûr, ce n'en est pas un. Mais il ne serait pas juste si tu ne retirais rien de tout ceci.

« Retirais »... comme s'il envisageait déjà le jour où ils se sépareraient.

— Non, ce ne serait pas juste, dit-elle d'une voix forte.

Puis elle se mordit la lèvre. Comme elle paraissait acariâtre ! Elle n'était pas du tout comme cela, et maintenant il la regardait d'un air perplexe.

— Je suis désolée, murmura-t-elle. Je suppose que je voyais cette aventure d'une façon plus... d'une façon différente.

— Je n'ai jamais transféré quelqu'un d'un poste de travail à ma chambre à coucher, répliqua-t-il.

Ses yeux pétillèrent, comme s'il se demandait si elle pouvait comprendre les choses par elle-même. Ils essayaient d'établir un fragile équilibre dans leur nouvelle relation. Cela, elle le comprenait. Mais il semblait toujours quelques pas devant elle.

— Je ne peux pas, poursuivit-il, en toute conscience t'imposer un labeur physique et ne rien te donner en retour.

Il lui lança alors un sourire plein de malice.

— A moins que nous ne puissions échanger une sorte de faveur contre une autre.

Il la souleva du lit aussi aisément qu'un coussin. Elle éclata de rire, consciente qu'elle avait perdu toute chance, pour le moment, de débrouiller ses sentiments ou de comprendre ceux de Christopher. Pour le meilleur ou pour le pire, son cœur était entre les mains de cet homme, comme son corps était dans ses bras.

— Qui a dit que je recevrai de telles faveurs sans même lever le petit doigt ? répliqua-t-elle en lui rendant la monnaie de sa pièce.

Il prit un air sérieux.

— Que dirais-tu d'un compromis ?

— Que suggères-tu ? demanda-t-elle avec circonspection.

Il embrassa le bout de son nez.

— Nous allons convenir d'une juste rémunération pour ton travail, qui sera envoyée directement à Evelyn. Elle peut investir la somme dans l'agence, à ton profit et au sien, puisque chacune en possède la moitié. Ou elle peut la déposer sur un compte pour les moments difficiles, si l'une d'entre vous en a un jour besoin.

L'idée plut à Jennifer. La sollicitude de Christopher la rassurait. Elle la rendait aussi un peu triste, car il devait avoir compris qu'elle ne lui faisait pas encore tout à fait confiance : elle n'était pas sûre de le retrouver devant elle si elle fermait les yeux trop longtemps.

— Merci, murmura-t-elle. C'est très généreux de ta part.

— Mieux vaut garder les remerciements pour plus tard, après quelques semaines de travail, femme. Je te promets que chaque centime sera durement gagné.

Mais le labeur ne faisait pas peur à Jennifer. Elle adorait vivre et travailler à Donan. Les jardins étaient restés à l'abandon, mais çà et là elle retrouvait les racines encore vivantes de rosiers devenus sauvages, ou les restes d'un potager où un cuisinier du XVIIIe siècle avait pu cueillir thym, basilic, marjolaine, romarin et lavande.

Elle adorait se promener dans la propriété. Il y avait des étables, les logements pour les palefreniers et les gardiens, et le cottage des Clark. Et partout on trouvait des ruines de huttes et des abris en pierre. Il avait dû y avoir un petit village sur cette propriété, à un moment ou à un autre.

Les journées étaient longues, bien qu'il y eût beaucoup à faire. Reconstruire un mur de pierre effondré autour des jardins de l'ouest. Replâtrer l'extrémité du hall du premier étage. Déposer et reposer les moulures de bois dans un petit mais élégant salon qui avait pu être, un jour, le boudoir d'une maîtresse de Donan.

Mais parfois ils prenaient le temps pour une chevauchée de détente à travers la lande. Et à la fin de chaque journée, il y avait un délicieux repas préparé par Mme Clark. Puis ils s'asseyaient longtemps, paresseusement, au coin du feu, un verre de vin local fruité à la main. Jennifer n'aurait pas pu être plus heureuse.

Deux semaines après son arrivée à Donan, Christopher

annonça qu'il devait prendre une demi-journée de congé pour s'occuper de certaines affaires à l'école de Lisa.

— Tu ne veux pas faire l'école buissonnière cet après-midi et venir avec moi, par hasard ?

Jennifer ne pouvait résister à une balade dans la campagne écossaise, avec l'homme qu'elle aimait de plus en plus chaque jour. Car c'était bien de l'amour, elle en était sûre à présent. Un amour qu'elle avait seulement rêvé, sans jamais croire qu'elle pourrait le trouver pour elle. Le temps promettait d'être doux et ensoleillé, une fois que les brumes du matin se seraient levées. Ils allèrent à une allure de sénateur, compte tenu de la préférence habituelle du conducteur pour la vitesse.

— Voilà la seconde abbaye que nous voyons en quinze kilomètres, commenta Jennifer.

Les ruines étaient marquées sur la carte qu'elle utilisait pour suivre leur route. Les pierres grises et froides devenaient vertes ou noires, à cause du lichen, de la mousse et des ravages du climat.

— Toutes deux détruites par Henri VIII en 1544 lorsqu'il envahit l'Ecosse. Marie, reine des Ecossais, était alors une enfant...

Les bâtiments ressemblaient à des fantômes tristes, mais encore fiers et beaux. Dans la voiture qui ronronnait, Jennifer regarda Christopher. C'était un homme à la sensibilité profonde et au sens de l'honneur très développé. Deux raisons pour qu'il voulût restaurer Castle Donan et l'offrir à son peuple. Deux raisons supplémentaires de l'admirer, pensa-t-elle en souriant aux anges.

Les murs de Saint James s'élevèrent dans la plaine à droite de l'autoroute. Des plants de bruyère et des arbustes à feuillage persistant atténuaient l'austérité des façades de pierre. Christopher gara la voiture en face de l'immeuble de l'administration.

— Je dois prendre quelques documents, le budget et des devis pour les nouveaux bâtiments. Fais un tour sur le campus si tu veux. Je te rejoindrai dans quelques minutes.

Jennifer s'éloigna de la voiture, en respirant profondément l'air doux de la campagne. L'école était formée de quatre bâtiments, le plus grand pour les bureaux, les trois autres pour les classes. Il y avait d'autres cottages de pierre, qui devaient servir de dortoirs aux filles, pensa-t-elle.

Derrière le dernier cottage, une allée de gravier menait à un terrain de sport. Elle vit un groupe d'environ vingt jeunes filles, courant après une balle, agitant des cannes pour la frapper, se ratant les unes les autres la plupart du temps mais pas toujours. Enfin, l'entraîneur siffla la fin de la partie, elles se mirent en rangs par deux pour revenir à l'école.

Christopher vint derrière Jennifer et mit ses bras autour d'elle.

— Souvenir de ton adolescence ?

— On a l'impression qu'elles s'amusent tellement !

— Saint James est une excellente école. Je suis content que Lisa y soit.

Elle le regarda, étonnée par son ton mélancolique. Une profonde tristesse creusait des rides autour de ses yeux expressifs et de sa bouche. Lorsqu'elle se retourna, la file de jeunes filles s'approchait. Jennifer les regarda et fut frappée par une paire d'yeux d'un bleu profond. Aussi fascinants que les yeux bleus de l'homme debout à côté d'elle. Elle prit une profonde inspiration.

— C'est Lisa, n'est-ce pas ? chuchota-t-elle.

Christopher ne dit mot. Elle leva les yeux, et le vit regarder intensément la petite fille.

— Nous ferions mieux de partir, dit-il en tournant les talons pour regagner la voiture.

— Attends. S'il te plaît, Chris, j'aimerais tant faire sa connaissance.

— C'est impossible, dit-il sèchement, en la tirant derrière lui.

— Pourquoi ? Chris, tu as dit que tu étais un ami de la famille. Elle te connaît et...

— Non ! coupa-t-il.

Jennifer sentit sa bouche s'assécher tout à coup. Une veine sur sa tempe palpitait follement. Pourquoi ne voulait-il pas qu'elle rencontrât sa fille ?

Mais elle n'eut pas le temps de s'attarder sur cette question, car un cri perçant et haut perché emplit l'air du matin.

— Oncle Chris ! Oncle Chris !

Le comte s'arrêta. Une adorable enfant avec une queue-de-cheval les rattrapa. Elle se jeta au cou de Christopher et l'embrassa avec fougue.

— Tu es venu me voir ! C'est vraiment, vraiment gentil... Et qui est ton amie ? demanda-t-elle, d'un ton trop mûr pour son âge, et, s'adressant à Jennifer : Je suis Lisa Ellington. Es-tu la nouvelle amie d'oncle Chris ?

Jennifer cligna des yeux devant la candeur de l'enfant. Apparemment, ce n'était pas la première fois que Lisa voyait Christopher accompagné par une femme.

— Voici Jennifer, dit-il rapidement. Elle vient des Etats-Unis pour nous rendre visite.

Jennifer tressaillit. Visite. Etait-ce donc ce qu'elle était venue faire ?

— Hello, mademoiselle Jennifer, dit Lisa gaiement.

L'entraîneur avait continué à faire avancer les filles vers l'école, et maintenant appelait Lisa, mais l'enfant faisait la sourde oreille.

— Tu es très jolie, dit Lisa. Est-ce que tu habites le château ?

— Oui, répondit Jennifer en souriant. C'est beau, ne trouves-tu pas ?

Lisa fronça le nez.

— Les chambres sentent mauvais.

Jennifer éclata de rire, enchantée.

— C'est parce qu'elles sont vieilles. Nous sommes en train de les réparer. Elles ne sentiront plus mauvais quand nous aurons fini.

— Bien, dit Lisa en se tournant vers Christopher. Regarde mes nouvelles chaussures. Elles sont belles, n'est-ce pas ? Pour des chaussures de sport, je veux dire...

Christopher semblait être moins mal à l'aise, comme s'il commençait à croire que tout se passerait bien.

— Très élégantes. Où les as-tu achetées ?

— C'est mon père qui me les a achetées à Paris. Nous y sommes allés ensemble, tu sais, maman, papa et moi. Ce fut un beau voyage, nous avons fait du shopping tous les jours.

Elle le regarda d'un air penaud.

— Je voulais te rapporter un cadeau, comme tu le fais pour moi parfois. Mais maman a dit que ce ne serait pas con-con-convenable...

Jennifer vit avec tristesse le sourire de Christopher se figer. Elle avait mal pour lui. Ce devait être terrible d'entendre son propre enfant appeler « père » un autre homme.

— Ne t'en fais pas, dit-il lentement. Tu ferais mieux de rejoindre ta classe avant qu'elle ne soit arrivée...

La petite fille regarda avec inquiétude par-dessus son épaule, et se mit à courir pour rattraper ses camarades.

— Viens nous rendre visite à la maison, oncle Chris, cria-t-elle. S'il te plaît...

— Oui, c'est promis, répondit-il avec l'enthousiasme d'une souche.

Jennifer le tira par le bras.

— Je suis vraiment désolée. Je ne m'étais pas rendu compte combien ce doit être difficile pour toi.

Il haussa les épaules.

— Elle n'avait pas l'intention de me blesser.

— Bien sûr que non. Elle n'est tout simplement pas au courant. Pourquoi ne pas lui dire la vérité ?

Il secoua la tête.

— La décision revient à sa mère. Nous avions un accord. Quand elle sera suffisamment grande.

L'incrédulité fit dire à Jennifer :

— Elle semble suffisamment grande et intelligente pour comprendre à présent. Tu te sens mal, et vous pourriez tous deux avoir plus de temps ensemble. Bientôt elle deviendra une adolescente, et puis une jeune femme. Tu regretteras de ne pas avoir été son père pendant...

— Je sais, cria-t-il en la regardant.

Elle lâcha son bras et recula d'un pas. Elle n'était pas habituée à cette colère dans ses yeux, et elle eut peur...

— Je suis désolée, je ne voulais pas...

— Tu crois que je n'ai pas conscience de chaque jour qui passe ? gronda-t-il. Tu crois que je ne veux pas avoir Lisa avec moi ?

Les yeux de Jennifer se remplirent de larmes. Elle tremblait, mais pas de peur. La compassion était la seule émotion qu'elle ressentait. Elle fit face à sa rage.

— Bien sûr, mais tu dois continuer à te battre, tu vois. Il doit y avoir quelque chose...

— Il n'y a rien que je puisse faire, bon sang ! Ce mensonge stupide nous a entraînés trop loin, dit-il en regardant au loin. Lisa a confiance en moi. Je suis son ami, son oncle Chris. Lui dire la vérité serait reconnaître que je lui ai menti pendant toutes ces années.

Jennifer secoua la tête, elle voulait le réconforter, mais ne trouvait pas les mots.

— Qui sait, grogna-t-il. Peut-être ne me croira-t-elle même pas !

— Et sa mère ? Ne te soutiendrait-elle pas si Lisa posait des questions sur toi ?

— Je n'en suis pas sûr, avoua-t-il en passant des doigts tremblants dans ses cheveux courts et noirs.

Son visage était encore congestionné de colère, mais sa voix paraissait vidée de son énergie habituelle.

— Sandra ne veut pas que ses amis sachent que Lisa n'est pas l'enfant de son mari. A un certain moment, elle a pu croire que cela ne poserait pas de problème. Mais maintenant...

Il soupira.

— S'il te plaît, Chris, pour l'amour de Lisa, sinon pour le tien...

— Je ne veux plus en parler, coupa-t-il. Cela ne te regarde pas, de toute façon.

Il se tourna brusquement et marcha vers le parking.

Jennifer avait l'impression d'avoir reçu une gifle en plein visage.

Ainsi, c'était là la limite imposée par Christopher. Sa fille, son père, ses frères, les épouses et les enfants de ses frères faisaient tous partie de la famille. Ils pouvaient ne pas se voir pendant des mois, ou même pendant des années. Mais ils constituaient une famille. La petite amie américaine, elle, était temporaire… exclue du cercle spécial. Et il avait bien l'intention de maintenir cet état de fait…

8

Jennifer passa toute la journée suivante dans le jardin ouest du château. Alors qu'elle taillait d'anciens buissons de roses et creusait des trous pour planter de nouvelles variétés qu'elle avait achetées, Christopher travaillait silencieusement sur le mur effondré derrière la colline, près du loch. Mme Clark avait dit à Jennifer que le mur était probablement resté en ruine depuis le dernier siège de Castle Donan, mais Christopher avait décidé que le mur devait être refait.

Bien qu'il fût torse nu et que l'air automnal fût frisquet, la sueur dégoulinait le long de son dos et sur sa poitrine musclée. Ils échangèrent à peine quelques mots de toute la matinée. Jennifer pouvait sentir l'abîme se creuser entre eux.

A la fin de l'après-midi, elle était si fatiguée qu'elle pouvait à peine tenir debout. Elle avait l'impression que chaque pore de sa peau était bouché par de la terre, et son cœur était lourd. Elle avait essayé, à maintes et maintes reprises, de renouer le lien avec Christopher, mais celui-ci s'était replié dans le monde secret de ses tourments.

Durant le dîner du soir, le silence continua. Jennifer soupira distinctement, posa sa fourchette et regarda Christopher à l'autre bout de la table.

— Tu devrais parler à sa mère.

Il coupa un morceau de mouton rôti, le mit dans sa bouche et mâcha. Il mangeait mécaniquement, mais ne leva pas les yeux vers elle.

— Chris, tu ne peux pas continuer ainsi. Selon la loi, Lisa devrait être avec toi pendant la moitié de l'année.

La voix de Jennifer tremblait d'émotion.

— Tu n'as rien fait pour mériter un tel traitement.

La colère qu'il avait contenue à grand-peine pendant la journée éclata.

— Tu as raison ! hurla-t-il, mais je te l'ai déjà dit, on ne peut rien faire !

Elle ignora la flamme froide dans ses yeux et continua.

— On peut faire quelque chose. Lisa est une enfant intelligente, et, de façon évidente, elle se sent déjà très proche de toi. Je ne crois pas qu'elle t'en voudra de ne pas lui avoir dit que tu étais son père. Elle a juste besoin qu'on l'aide pour comprendre les raisons pour lesquelles la vérité n'a pas pu lui être révélée jusqu'à maintenant.

— Ce n'est pas ce que pense sa mère.

Jennifer secoua la tête.

— Cette femme, de toute évidence, sait ce qu'elle veut. Elle ne se préoccupe nullement du bien-être de sa fille, ou du tien. Peut-être ne veut-elle pas mettre en péril sa position sociale. Est-ce que son mari connaît la vérité ?

— Bien sûr qu'il la connaît !

Pourquoi le harcelait-elle ? se demanda-t-il. Pourquoi ne le laissait-elle pas gérer cette douleur à sa propre façon ?

— Je n'aurais pas accepté de me taire si cela devait amener cet homme à croire qu'il était le père de Lisa.

— Alors il se passe quelque chose que nous ne savons pas. Le fait est que tu ne peux pas laisser cette femme accaparer Lisa, parce que c'est en train de te détruire.

— Je crois que c'est à moi de décider ce que je peux tolérer ou ne pas tolérer, s'exclama-t-il.

Elle le regarda, les yeux flamboyants.

— C'est des foutaises de macho ! Les hommes pensent qu'ils peuvent se sortir seuls de toutes les souffrances !

— C'est ce que j'ai fait jusque-là, affirma-t-il.

Mais, même si elle avait raison concernant ce qu'il devait à Lisa, que pouvait-il faire ?

— S'il te plaît, Chris, parle à cette femme. J'irai avec toi si tu veux. Peut-être le fait de voir que tu as quelqu'un de stable dans ta vie fera une différence.

— J'en doute.

Christopher s'arrêta, puis finit par céder.

— J'imagine que nous pouvons toujours essayer.

La résidence londonienne des Ellington était un gigantesque immeuble de quatre étages dans un quartier chic de la ville. Même si elle avait assuré à Christopher qu'elle voulait aller avec lui, Jennifer ne put tenir en place dans la voiture, tant elle se sentait nerveuse. Elle avait conscience de l'importance de cette rencontre avec les Ellington. Mais, durant tout le trajet, le beau visage de Christopher demeura dépourvu de toute émotion.

Un maître d'hôtel leur ouvrit, et les conduisit dans un petit salon intime où un feu ronflait dans la cheminée, derrière un pare-feu décoré. L'ameublement était léger et féminin, les murs étaient ornés de portraits dans des cadres dorés, qui représentaient des hommes et des femmes compassés, certains portant des perruques poudrées.

Les vénérables ancêtres, pensa Jennifer. Avant qu'elle n'ait pu en parler avec Christopher, la porte s'ouvrit et une belle femme, vêtue d'un ensemble de soie turquoise, entra. Jennifer comprit immédiatement pourquoi les hommes étaient attirés par elle. Bien qu'elle ne fût pas vraiment jolie, il émanait d'elle une sensualité sophistiquée que ne diminuait pas l'expression de mécontentement qu'elle portait sur le visage.

— Je vous en prie, asseyez-vous, tous les deux. Comment allez-vous, Christopher ?

Son ton était distant.

— Bien, et vous, Sandra ?

Elle hocha la tête, perchée sur un siège de brocart, et regarda Jennifer effrontément.

— Voici Jennifer Murphy, dit Christopher. Elle m'assiste dans les travaux de rénovation du château.

De nouveau, pas un mot qui indiquait qu'elle était pour lui plus qu'une employée. Jennifer essaya d'ignorer la douleur froide qui étreignait son cœur, mais c'était impossible.

— Je vois, dit Sandra. Alors vous avez une tâche gigantesque devant vous, ma chère. La dernière fois que je suis allée à Donan, à peine la moitié du château était habitable.

Christopher ne laissa pas à Jennifer le temps de répondre.

— Cela va s'arranger, dit-il froidement. Sir Isaac va-t-il se joindre à nous ?

— Il est désolé de ne pouvoir être là, dit-elle rapidement. Mais nous pouvons parler tous les trois. Vous avez dit que cette réunion avait quelque chose à voir avec ma fille ?

— Avec Lisa, notre fille, affirma-t-il avec emphase. Elle aura sept ans le mois prochain.

— Je connais son âge, répliqua Sandra en lançant un regard ennuyé vers Jennifer, comme si cela la dérangeait qu'elle connût leur secret.

Jennifer prit la parole :

— Il semblerait que Lisa soit suffisamment grande pour savoir qui est son père.

Le visage de Sandra se durcit, et perdit tout son charme.

— En voilà une parole stupide. Il est évident qu'une jeune enfant ne peut comprendre pourquoi l'homme qu'elle a toujours connu comme son père ne l'est pas en fait. Et comment pensez-vous qu'on la traitera à l'école après cela ? Tout le monde saura qu'elle est une bâtarde.

Christopher se crispa.

— Les gens n'ont plus l'esprit aussi borné de nos jours. De nombreux enfants naissent en dehors du mariage, ou ont des beaux-parents.

— Pas dans ma famille, déclara-t-elle catégoriquement. Je refuse de mettre mon mari dans l'embarras en causant un scandale.

— Vous avez promis, Sandra. Et maintenant vous dites que vous ne lui révélerez pas la vérité, quel que soit son âge !

— C'est dans l'intérêt de Lisa.

Jennifer regarda le visage impassible de Sandra. Il était clair qu'elle croyait avoir toutes les cartes en main, et pouvoir faire ce qu'elle voulait. Elle ne se préoccupait pas de savoir si Christopher souffrait, ou si sa fille allait manquer une relation merveilleuse avec son vrai père.

— C'est complètement injuste, explosa-t-elle.

— Injuste ou pas, c'est comme cela ! affirma Sandra. Et si vous, lord Smythe, vous osiez dire à ma fille que quelqu'un d'autre que sir Isaac est son père, je le nierais. Vous ne seriez plus le bienvenu dans cette maison, et Lisa aurait instruction de ne plus jamais vous parler !

Christopher bondit, les traits tordus par la colère.

— Vous n'oseriez pas faire cela !

— Bien sûr que si, dit Sandra qui semblait très contente d'elle-même. Peut-être, à un certain moment, cela ne semblait-il pas si terrible de reconnaître que j'avais eu des liaisons avant de me marier avec sir Isaac. Mais il se présente à la Chambre des communes, vous savez, cela signifie que nous devons plus que jamais mettre l'accent sur les convenances. Nous ne pouvons pas être l'objet de commérages.

Jennifer commença à objecter encore, mais, quand elle regarda Christopher, elle put voir qu'il avait déjà baissé les bras. Il se leva pour partir, et elle le suivit, en partageant sa douleur.

Le maître d'hôtel les attendait pour les accompagner à la porte d'entrée. Au moment où ils sortaient, ils croisèrent un gentleman aux cheveux gris et à l'allure imposante, qui gravissait les marches de pierre du perron.

— Smythe, dit-il brièvement, en faisant un signe de tête à Christopher.

— Bonjour, milord, répondit Christopher avec la même réserve.

Quand ils montèrent dans la voiture, elle demanda :

— Qui donc entrait quand nous sommes partis ?

— Sir Isaac, le mari de Sandra.

— Je croyais qu'il était pris à l'extérieur pour toute la journée.

Christopher haussa les épaules, quelle importance maintenant ?

— Peut-être ne voulait-il pas prendre part à la discussion. Il a dû penser que nous étions déjà partis.

— Je suis désolée que cela ne se soit pas mieux passé, chuchota Jennifer.

En engageant la voiture dans la circulation, Christopher mit la main sur le genou de Jennifer. Il avait été heureux de l'avoir à son côté en ce jour décevant. Sa présence fit qu'il se sentait moins vide à l'intérieur.

— Je ne m'attendais pas à cela, murmura-t-il. Sandra ne s'est jamais montrée aussi déraisonnable.

Jennifer hocha la tête, prit tendrement sa main.

— Elle te tient définitivement. Crois-tu qu'elle mettrait sa menace à exécution ?

— Sans hésiter un seul instant.

Elle soupira.

— Je ne connais pas la législation britannique, mais aux Etats-Unis, si elle te refusait le droit de visite, tu pourrais l'attaquer en justice. Même si tu ne faisais que la menacer dans ce sens, crois-tu qu'elle renoncerait ? Elle ne voudrait certainement pas avoir trop de publicité pendant la campagne de sir Isaac pour se faire élire au Parlement.

Il appréciait son soutien, mais les choses n'étaient pas aussi simples que cela.

— Je ne suis pas sûr que je puisse la mettre ainsi au défi. Que se passerait-il si elle décidait de se battre ? La presse subodorerait un scandale, au milieu duquel se trouverait Lisa. Je ne veux pas la mêler à tout cela.

— Non, dit Jennifer tristement. Bien sûr que non.

Mais, comme ils remontaient de nouveau vers le nord, Christopher songea qu'affronter Sandra n'était peut-être pas une mauvaise chose. Au moins avait-il agi. Sous l'impulsion de

Jennifer, il avait fait quelque chose au lieu de se lamenter sur son impuissance. Il se sentit mieux, du moins pour le moment.

Cette nuit-là, au moment de se coucher, Christopher dit bonne nuit à Jennifer en l'embrassant sur le bout du nez : c'était leur signe pour dire qu'ils ne feraient pas l'amour, mais que tout allait bien entre eux. Cependant, Jennifer prit les choses en main, des mains qui devenaient de plus en plus expertes.

Elle souleva les couvertures et se glissa sous le drap.

— Mais qu'est-ce que tu fais ? demanda-t-il avec un rire de surprise.

Elle colla les lèvres sur son ventre et caressa son torse musclé.

— C'était une mauvaise journée. Vous avez besoin de vous détendre, monseigneur, murmura-t-elle en badinant.

Cinq jours de mauvais temps, de pluie, ne laissant aucune possibilité de travailler dehors, assombrirent inévitablement l'humeur de Christopher.

Jennifer avait été très occupée. Elle inspectait les meubles de la chambre à coucher où elle refaisait les moulures — un mélange d'adorables antiquités du XVIIIe siècle, de rebuts de marchés aux puces, deux tables avec des dessus de marbre qui étaient aussi vieilles que le château lui-même, et une chaise longue des années 1950 mangée aux mites. Avec l'aide de deux palefreniers, elle fit emporter les meubles sans valeur, puis refit la décoration de la chambre avec les meubles d'époque seulement.

Christopher glissa la tête par la porte.

— On m'a dit que tu jetais des choses en parfait état.

— En parfait état pour une vente de charité, déclara-t-elle. Mettre des meubles modernes bon marché à côté de magnifiques objets anciens est un crime. On peut mélanger les siècles et les styles, tant que chaque objet respecte les traditions de Donan.

— Mais cette chambre a quand même besoin d'un lit, dit-il avec sérieux.

— Quand il fera meilleur, j'irai rendre visite à quelques salles des ventes près d'ici. Entre-temps, nous pouvons parcourir les autres pièces et choisir ce qui est à garder ou à donner.

Jennifer travaillait énergiquement, elle goûtait pleinement le plaisir et le défi que constituait l'identification des trésors présents dans les chambres oubliées de Donan, grâce à des catalogues commandés dans les musées d'Edimbourg.

Christopher essayait de montrer de l'enthousiasme pour ses efforts, mais elle le trouvait souvent errant dans le château, en proie à une humeur de chien. Lorsqu'il essayait de l'aider, son esprit s'échappait, et il était de peu d'utilité. Elle craignait que tout son entrain et son dur labeur ne lui fassent pas de bien.

Un jour, sa bonne humeur réapparut de façon inattendue. Il annonça que le temps allait s'améliorer dans l'après-midi, et qu'ils allaient se rendre dans la propriété d'un de ses amis, où aurait lieu un match de polo. Il lui affirma que le groupe était amical et lui ferait le meilleur accueil.

Les palefreniers firent monter les quatre chevaux favoris du patron dans un van, car, dans un match de polo aussi dur, les cavaliers étaient obligés de changer fréquemment de monture. Le van fut accroché à un camion conduit par Jamie, le chef palefrenier. Jennifer et Christopher prendraient la Jaguar.

Christopher parla sans arrêt sur le chemin. Jennifer était ravie de le voir ainsi changé, mais elle était circonspecte aussi, car un tel changement d'humeur avait de quoi inquiéter.

— Je monterai Prince's Pride d'abord, dit-il à Jamie en arrivant. Nous ne commencerons pas avant plusieurs heures sans doute, mais tu ferais mieux de le préparer dès maintenant.

Une foule de voitures, de vans, de cavaliers et d'observateurs se rassembla rapidement au bord du vaste terrain qui s'étendait en contrebas d'une élégante maison de campagne. Sous une tente, une grande variété de nourriture attendait les invités affamés. Christopher présenta Jennifer à tout le monde. Beaucoup de gens avaient entendu dire que, à Castle Donan, de grands travaux étaient en cours, et tous voulaient avoir des détails.

— Jenny est étonnante, dit Christopher avec un sourire

d'admiration en serrant la main de la jeune femme. Elle a d'excellentes connaissances en histoire et fait toujours les bons choix.

— J'aimerais beaucoup que vous jetiez un coup d'œil chez moi, dit leur hôtesse avec un sourire d'espoir. Est-ce que la restauration est votre métier ?

— Non, admit Jennifer, mais j'aimerais bien que ce le soit. Je m'amuse énormément.

— Alors, allons faire un petit tour, dit l'hôtesse en lançant à Christopher un clin d'œil complice. Si lord Smythe peut se passer de vous ?

Il l'embrassa de tout cœur sur la bouche et lui donna un petit coup de coude d'encouragement.

— Vas-y alors, je vais rester avec les chevaux.

Le petit tour dans quelques pièces devint une visite d'une heure dans la villa de style victorien. Mais Jennifer était si contente qu'elle ne vit pas le temps passer. Elle put donner à Emma Dorchester plusieurs bonnes idées pour refaire sa décoration. Et pendant qu'elles parlaient d'ameublement, de papier mural et des détails historiques concernant la maison, Jennifer en apprit davantage sur Emma. Tout ce que celle-ci lui dit la ravit. Mariée à un importateur de diamants, Emma était la petite-fille d'un fameux Premier ministre anglais. Elle aimait ses grands jardins et y travaillait souvent, mais ce qu'elle préférait, c'était de dessiner des bijoux. Ses créations étaient très demandées dans des magasins chic de Londres.

A la fin de la visite, elles s'arrêtèrent devant une large baie qui surplombait le terrain de polo. Les cavaliers s'entraînaient déjà en frappant avec leurs longs maillets de petites balles cachées par l'herbe.

— Oh ! ils commencent déjà, s'écria Jennifer tout excitée.

Cette fois-ci, elle soutiendrait Christopher, et ne souhaiterait pas sa mort.

— Effectivement, dit Emma en prenant son bras. Descendons, je croyais qu'on attendrait encore un peu, mais apparemment quelqu'un avait très envie de jouer.

Chris, se dit Jennifer immédiatement.

Elle pouvait le voir aller et venir à toute allure sur le terrain, monté sur le dos chatoyant de Prince's Pride. L'étalon noir pilait sur ses sabots en tournant brutalement pour obéir à la saccade sur ses rênes, projetant des mottes de gazon.

Voilà pourquoi nous sommes ici aujourd'hui, comprit-elle.

Pendant quelques heures, Christopher essaierait d'effacer de son esprit l'amère déception qui le rongeait. Des images de l'accident de cheval tragique d'un acteur célèbre fusèrent en un éclair dans sa tête. Jennifer sentit qu'elle devait le surveiller de très près.

— Oui, allons-y, dit-elle en haletant.

Christopher vit Jennifer à l'autre extrémité du terrain. Il termina de négocier un handicap avec le capitaine de l'équipe adverse, tourna casaque et galopa à fond de train pour s'arrêter à quelques centimètres d'elle.

Il se sentait plus fort que jamais. Prince reniflait et gonflait les naseaux, se dandinant nerveusement comme s'il était aussi désireux de commencer que son maître.

— Souhaite-moi bonne chance, chérie. Nous avons un enjeu important sur ce match, et j'ai dû donner à l'autre équipe quatre satanés points !

— Plus d'argent pour l'école de Lisa ? demanda-t-elle.

— Cette fois-ci, la plus grande partie ira à une école pour enfants handicapés à Edimbourg.

Elle lui sourit et caressa le museau velouté du cheval.

— On dirait que la collecte de fonds est devenue un métier pour toi.

Il haussa les épaules.

— J'aime les enfants, qu'est-ce que j'y peux ?

— Sois seulement prudent, murmura-t-elle.

Il se pencha sur sa selle et l'embrassa sur la bouche, amusé mais aussi ému par l'appréhension qu'il lisait dans ses jolis yeux verts.

Il la laissa chercher une place sur une des chaises pliantes disposées sur l'un des côtés du terrain, et fit galoper Prince alors que les autres joueurs prenaient position sur le terrain. Quatre dans chaque équipe, et les deux arbitres. L'arbitre de touche donna le signal de la première période, et ils s'élancèrent.

— Avez-vous déjà joué au polo ? demanda Jennifer à Emma lorsque celle-ci vint s'asseoir à côté d'elle.

— Il y a trop d'os cassés pour mon goût. Je préfère regarder.

Jennifer suivit le match, haletante sur sa chaise. La vitesse des chevaux, les cris des joueurs, les claquements des maillets et la terre qui tremblait sous les sabots lui donnaient l'impression d'être au milieu de l'action.

Elle fut surprise de constater que tous les chevaux étaient des pur-sang, des bêtes grandes et fortes qui atteignaient cinq cents kilos chacune, ce n'étaient pas les agiles chevaux de polo qu'elle avait imaginés galopant légèrement sur le terrain. La première des six périodes de sept minutes s'acheva avec un score de 2 à 1 en faveur de l'équipe adverse.

Christopher avait joué énergiquement et pris bien plus de risques que lors du match précédent. Plusieurs joueurs avaient changé de monture, mais pas lui.

Durant la seconde période, il joua encore plus imprudemment. Il poussait son cheval à toute vitesse sur la balle, faisait tournoyer son maillet au long manche comme un guerrier écossais à l'attaque. Debout sur ses étriers, il hurlait des ordres à ses compagnons, et échangeait des malédictions ou des beuglements de triomphe. Des montures toujours nerveuses se heurtaient, jusqu'à sortir du terrain, avant de répliquer en bousculant un adversaire. Mais, bien que le jeu lui semblât brutal, les arbitres signalaient peu de fautes.

Apparemment, les riches aimaient jouer à la dure.

A la seconde pause, Christopher ne ramena toujours pas Prince's Pride. Jennifer remarqua Jamie qui faisait de grands signes à son maître depuis le bord du terrain, en montrant la bride d'un de ses autres chevaux. Mais Christopher l'ignora.

— Qu'il aille au diable ! murmura Jennifer.

Elle quitta son siège et courut jusqu'à Jamie, qui paraissait ennuyé.

— Qu'est-ce qui ne va pas, Jamie ?

— Lord Smythe est comme un fou aujourd'hui, grommela le vieil homme. S'il ne change pas de cheval bientôt, il va tuer ce bel animal.

Jennifer sentit son cœur se serrer en voyant Prince's Pride trébucher dans un virage trop rapide. Les yeux de Christopher brillaient en fixant la balle et il talonnait son cheval. Prince reniflait, épuisé, roulait les yeux, mais obéissait.

Impulsivement, Jennifer courut sur le terrain, aussi près que possible du tourbillon de chevaux et de cavaliers enveloppés dans un nuage de poussière.

— Christopher, cria-t-elle en mettant ses mains en porte-voix. Prends un autre cheval !

Il la fusilla du regard et continua de chevaucher.

— Tu vas le tuer si tu...

Trois chevaux virèrent dans sa direction. Elle eut juste le temps de sauter pour les éviter. Christopher lui lança un regard d'avertissement.

— Quel imbécile arrogant ! jura-t-elle.

Son cœur battant à tout rompre, elle courut vers Jamie.

— Ne faites pas ça, mademoiselle, dit Jamie. C'est dangereux de se tenir debout comme ça sur le terrain.

— Alors donnez-moi ce cheval, et je ne resterai pas debout là-bas, cria-t-elle par-dessus le tonnerre des sabots.

Il la regarda ébahi.

— Mais lord Smythe va en avoir besoin...

— Il en a besoin tout de suite, et il va le prendre, même si je dois cogner pour le faire descendre d'un cheval et le jeter sur le dos d'un autre !

Sans attendre de réponse, elle prit les rênes du cheval marron.

Heureusement, elle avait passé du temps à monter entre ses différents travaux à Donan. Le deuxième cheval était impatient de prendre son tour dans le jeu. Elle était à peine en selle qu'il déboula sur le terrain. Elle n'avait même pas besoin de le conduire dans la bonne direction. Son instinct le mena directement au milieu de la mêlée autour de la balle.

Le sifflet retentit, et les cris des arbitres arrêtèrent soudain le match. Christopher se retourna sur sa selle avec un regard surpris et la vit finalement qui s'avançait vers lui.

— Mais que diable es-tu...

— Toi, cria-t-elle, tu vas changer de cheval. Tout de suite !

Elle amena le cheval marron à côté de Prince et sauta à terre. Avant que Christopher puisse protester, elle avait agrippé la bride de son cheval pour l'empêcher de s'éloigner.

Un éclat de rire général monta des cavaliers couverts de poussière qui les entouraient.

— Obéis à la dame, Smythe !

— On sait qui porte la culotte à Donan ces jours-ci !

Jennifer craignait le pire. Christopher avait un tempérament explosif, et son expression, à cet instant, était sombre et menaçante. S'approchant de lui, elle posa la main sur son genou, alors que le cheval haletait lourdement, le museau couvert d'une écume blanchâtre.

— Tue-toi si tu veux, chuchota-t-elle sèchement, mais laisse cet animal tranquille !

Christopher n'en croyait pas ses oreilles. Personne, à part les arbitres, n'avait jamais interrompu un match, et même eux parfois avaient du mal à se faire entendre dans la chaleur du jeu. Jennifer était comme une miniature fragile entourée par dix chevaux énervés et leurs cavaliers athlétiques.

La colère se retira de son cœur. Il était étonné par son audace. Peu à peu, son esprit s'éclaircit, et il prit conscience de l'état de sa monture. Les flancs massifs du cheval avaient du mal à se soulever ; ses pattes tremblaient ; il était couvert de sueur.

— Merci, dit Christopher en pressant une main moite sur celle de Jennifer, et en descendant de Prince.

Ils allèrent à pied jusqu'à une table où des boissons fraîches étaient mises à la disposition des joueurs. Jamie emmena Prince's Pride pour l'étriller et le faire se reposer. Christopher but avidement une bouteille d'eau de source.

— Ne t'inquiète pas, tu auras ton argent pour les écoles, lui dit-elle, même si elle savait que c'était plus que la charité qui le conduisait à jouer avec sa propre vie.

Finalement, l'équipe de Christopher gagna avec une bonne avance, en dépit de leur handicap. Mais il était si fatigué qu'ils décidèrent de ne pas rester au dîner d'Emma.

— Tu veux bien conduire ? demanda-t-il en retirant sa chemise pleine de boue et sa culotte de cheval, dans le van qui faisait office de vestiaire.

Elle lui tendit une chemise propre et un pantalon.

— Moi, conduire la Jaguar ? le taquina-t-elle. Tu dois être vraiment fatigué pour la confier ainsi à une conductrice.

— Si je peux la confier à quelqu'un, c'est bien à toi, dit-il en lui souriant avec lassitude. Pendant que tu conduiras, je compterai le butin.

Quinze minutes plus tard, Jennifer engageait la voiture sur le chemin de retour à Donan.

— Combien avons-nous gagné ? demanda-t-elle, se sentant comme le chauffeur de fugitifs après un hold-up à la banque.

Elle pouvait voir des billets de vingt et de cent livres, mais aussi une dizaine de chèques sur lesquels dansaient les zéros.

Christopher fit l'addition en silence, avant de déclarer :

— Près de cinq mille.

Elle avait le souffle coupé.

— Cinq mille livres sterling !

— Cela devrait suffire, dit-il en riant, pour acheter à ces petits voyous quelques nouveaux livres, et trois ou quatre ordinateurs pour leur classe, tu ne crois pas ?

— C'est merveilleux, dit Jennifer, avant de fixer de nouveau son attention sur la route.

Il la regarda conduire pendant un moment, puis s'appuya contre le siège, alors que l'adrénaline baissait lentement dans son corps. Lorsqu'il ouvrit les yeux, elle lui lança un regard interrogateur.

— Réveillé à présent ?

— Oui. Frais comme un gardon.

Sauf que, lorsqu'il bougeait, une douleur aiguë vrillait son côté gauche, si bien qu'il se demanda s'il ne s'était pas brisé une côte.

— Formidable, j'ai une idée intéressante, dit-elle avec précaution en dépassant un camion. Pourquoi ne prendrais-je pas le train pour Londres, un jour de la semaine prochaine, toute seule ?

— Pour acheter des meubles ?

— Pour déjeuner avec lady Ellington.

C'était comme si elle avait planté un couteau dans sa poitrine, songea Christopher en se redressant sur son siège, sans un mot.

— Je parle sérieusement, Chris, dit-elle avec douceur. Je peux ramener Sandra à la raison si je peux lui parler seule. De femme à femme. Elle ne peut pas ne pas comprendre combien cela est difficile pour toi d'être séparé de Lisa...

— Non, gronda-t-il.

Les mains de Jennifer serrèrent le volant.

— Tu es impossible, rétorqua-t-elle. Je comprends que ta fierté est en jeu. Mais il serait fou de continuer ainsi. Il doit y avoir moyen de trouver un compromis.

— Arrête la voiture ! cria-t-il.

Ils allaient à plus de quatre-vingt-dix kilomètres à l'heure, et il n'y avait pas de bande d'arrêt d'urgence.

— Arrête-toi. Je reprends le volant.

Elle appuya sur l'accélérateur.

— Enfer et damnation ! jura-t-il en cherchant à s'emparer du volant.

Si elle refusait de s'arrêter sur le bord de la route, songea Jennifer, il le ferait de sa place. Il était plus fort qu'elle, et elle ne serait pas assez stupide pour essayer de lui résister.

— D'accord, cria-t-elle. Lâche ça. Tu vas nous tuer tous les deux. Je vais m'arrêter !

Dès que la voiture se fut immobilisée, Christopher se précipita, alla ouvrir la portière de la conductrice, qu'il fit sortir de force. Elle n'eut d'autre choix que de faire le tour et de s'asseoir sur le siège du passager. Il pouvait sentir la colère en elle, mais il s'en fichait.

Christopher conduisit en silence. Toutes les voitures lui

paraissaient trop lentes, il en dépassa trois ou quatre, puis trouva la route libre devant lui.

— Tu agis de façon déraisonnable, lui dit-elle enfin.

— Je suis pragmatique. Tout ce que tu feras ou diras à Sandra ne pourra que rendre la situation encore pire. Je t'interdis de t'approcher de cette femme.

Il sentait son regard sur lui, mais continua à fixer la route.

— Je ne vois pas comment la situation pourrait être pire, répliqua-t-elle. Tu es malheureux. Lisa ignore totalement sa vraie histoire, ce qui pourrait être un jour important pour elle. Et tout le monde autour de toi, des palefreniers à Mme Clark, doit supporter tes humeurs !

— Faudra t'habituer, grommela-t-il.

— Je ne suis pas sûre d'en être capable, dit-elle avec passion.

Il lui lança un rapide coup d'œil et vit sa crainte mélangée à de l'obstination. Elle donnait l'impression qu'elle allait se mettre à pleurer à tout moment, ou lui jeter quelque chose à la tête.

Peut-être avait-il été trop dur, mais il devait lui faire comprendre combien lui importait le risque de perdre sa fille. Il essaierait de faire la paix avec Jennifer plus tard.

9

Jennifer n'avait jamais laissé à d'autres le soin de prendre des décisions pour elle. Elle n'allait pas commencer avec Christopher.

D'ailleurs, elle était sûre qu'elle pourrait trouver une façon de convaincre les Ellington de dire la vérité à leur fille. Une façon qui protégerait la fragile relation de Lisa avec Christopher, tout en préservant la carrière politique de sir Isaac et le statut social de sa femme. Une fois qu'elle aurait tout arrangé avec les Ellington, Christopher se rendrait compte qu'elle avait pris la bonne décision pour tous.

Mais que se passerait-il si elle échouait ?

Quel prix aurait-elle à payer pour avoir suivi son instinct contre les souhaits de Christopher ? Elle pouvait le perdre ainsi que Castle Donan, qu'elle en était venue à aimer autant que l'homme. Sa seule consolation serait alors de savoir qu'elle aurait fait tout ce qu'elle pouvait pour lui.

Un matin, une semaine après le match de polo, Jennifer resta au lit après le départ de Christopher pour sa chevauchée matinale. Une épaisse brume grise tournoyait de l'autre côté des fenêtres. Elle entendit le craquement des bottes quand il prit l'allée de gravier qui menait aux écuries. Il serait absent pendant plusieurs heures.

Jennifer repoussa les couvertures et s'habilla en vitesse, mais pas avec ses vêtements de travail habituels. Vingt minutes plus tard, elle dévalait silencieusement les marches de pierre jusqu'au grand hall, et laissait un message sur la table où l'on déposait le courrier.

« Suis partie faire du shopping. De retour pour le dîner. Bises. J. »

Elle demanda à l'un des palefreniers de la conduire à la gare, acheta un billet et, plus tard dans la matinée, arriva à Victoria Station. La veille, de peur de ne pas trouver les Ellington en ville, elle avait téléphoné pour s'en assurer. Une bonne avait répondu que sir Isaac et sa femme étaient là jusqu'à la fin de la semaine. Jennifer ne demanda pas à parler à Sandra. Elle était sûre que celle-ci refuserait de s'entretenir avec elle. Tout ce qu'elle pouvait espérer était de les trouver chez eux.

Elle arriva en taxi à la résidence des Ellington, située dans le quartier à la mode de Chelsea. Elle paya le chauffeur, gravit les marches de marbre, et heurta le marteau de la porte en bronze poli. Elle inspira profondément pour se calmer devant l'épreuve à venir. Ses mains tremblaient, ses boyaux se tordaient, et elle pria pour que la mère de Lisa fût dans une disposition plus raisonnable.

Enfin, des pas s'approchèrent de l'autre côté de la porte. Le même maître d'hôtel ouvrit, et leva un sourcil interrogateur.

— Je souhaite parler à lady Ellington, dit-elle rapidement.

— Et vous êtes ?

— Jennifer Murphy, une amie du comte de Winchester.

Un éclair dans les yeux gris et ternes du maître d'hôtel montra qu'il l'avait reconnue.

— Lady Ellington reçoit à déjeuner. Je lui dirai que vous êtes venue, mademoiselle Murphy.

Il commença à refermer la porte.

Jennifer se faufila précipitamment dans l'étroite ouverture.

— C'est une affaire de la plus grande importance, qui ne peut attendre, insista-t-elle.

— Je regrette, mademoiselle.

A la grande surprise de Jennifer, il essaya de fermer la porte de force, bien qu'elle fût dans le passage.

Elle mit un pied dans le hall.

— J'attendrai ici pendant que vous transmettez le message à lady Ellington. Dites-lui que soit elle me parle maintenant, en privé, soit je me joindrai à ses convives. Et nous pouvons tous discuter de l'avenir de sa fille au dessert.

Des éclats de rire et des cliquetis d'argenterie et de vaisselle se faisaient entendre dans la pièce à leur droite. Momentanément distrait, le maître d'hôtel avait tourné la tête. Jennifer en profita pour pénétrer complètement dans le hall.

— Veuillez sortir tout de suite, mademoiselle. Je ne veux pas avoir à vous jeter dehors.

Il s'avança d'un pas, mais elle esquiva sur le côté, puis maintint sa position.

— Si vous voulez éviter un scandale, transmettez-lui juste le message.

Qu'est-ce qui lui avait pris ? Jusqu'à ce jour, elle n'aurait jamais imaginé forcer le passage pour entrer chez quelqu'un. Mais les situations désespérées exigeaient parfois une petite folie. Si les menaces et les ultimatums étaient le prix à payer pour que Christopher retrouvât sa fille, qu'il en soit ainsi !

De mauvaise grâce, l'homme hocha la tête, puis entra dans la salle à manger, en fermant la porte derrière lui.

Le cœur de Jennifer battit très fort. Ses mains étaient moites d'anxiété. Bientôt la porte de la salle à manger s'ouvrit, et elle vit sortir le maître d'hôtel, le visage sombre, suivi de la maîtresse de maison.

— Que croyez-vous faire ici ? demanda celle-ci sèchement.

— Notre dernière conversation n'était pas satisfaisante, dit Jennifer. Vous ne traitez pas correctement Christopher Smythe et votre fille. Il faut qu'il y ait une sorte de compromis.

Sandra la toisa.

— Cela ne vous regarde pas. Mon mari et moi faisons ce qui est le mieux pour Lisa.

— Vous ne tenez pas votre promesse envers Christopher.

Sandra leva un sourcil parfaitement dessiné.

— Parker, mettez-la dehors.

Le vieux Parker obéit avec une agilité étonnante. Avant que

Jennifer ne pût s'écarter, il avait fermement agrippé son bras et la traînait vers la porte d'entrée.

— Arrêtez ! cria Jennifer, en se débattant pour se libérer. Vous n'avez pas le droit de...

— Que se passe-t-il ici ? dit une voix qui retentit dans le hall.

Jennifer regarda par-dessus son épaule pour voir l'homme qu'ils avaient croisé lorsqu'ils quittaient la maison des Ellington, lors de leur première visite. Sir Isaac. Il ignora la jeune Américaine, mais regarda d'un air interrogateur sa femme.

— Cette jeune femme a forcé le passage pour entrer dans la maison, et Parker allait la jeter dehors.

Les yeux de Sandra lançaient des flammes.

— Pourquoi ne retournez-vous pas voir nos invités, j'arrive tout de suite.

Sir Isaac se tourna pour observer Jennifer, toujours prisonnière de la main de Parker.

— Je vous ai déjà vue, dit-il lentement.

— Oui, répondit-elle en haletant. Il y a quelques semaines. Je suis venue avec Christopher Smythe pour parler avec votre femme de...

Elle s'arrêta. Se pourrait-il qu'il ne sût rien quant à l'entrevue ?

— Allez-y... Continuez... On m'avait dit que l'entretien concernait Lisa. Sandra voulait proposer à lord Smythe la possibilité de prendre sa fille pour les prochaines vacances scolaires. Mais, comme d'habitude, cet homme n'avait pas de temps à consacrer à son enfant !

Le cœur de Jennifer battit si fort qu'elle crut défaillir. Elle lança un rapide coup d'œil au visage livide de Sandra Ellington, dont les yeux gris et froids, un instant pris de panique, se détournèrent ostensiblement.

Oh ! mon Dieu ! songea Jennifer. Pendant tout ce temps, on avait fait croire au beau-père de Lisa que Christopher ne voulait rien savoir de l'éducation de sa petite fille !

— Sir Isaac, dit-elle prudemment. Je crois qu'il y a eu un terrible malentendu.

Une demi-heure plus tard, Jennifer finissait d'expliquer à sir Isaac avec quel désespoir Christopher avait toujours voulu faire partie de la vie de sa fille. Lord Ellington resta silencieux pendant un long moment, et sembla sincèrement choqué.

— Chaque fois que je demandais à Sandra si nous devions dire la vérité à l'enfant sur son vrai père, elle disait que ce n'était pas ce que Smythe voulait.

Sir Isaac était apparemment très embarrassé par la traîtrise de sa femme. Elle était retournée s'occuper des invités, sous l'injonction expresse de son mari, qui était resté seul avec Jennifer.

— Sandra dit que Christopher préférait être débarrassé de toute responsabilité, sauf pour son travail au conseil d'administration de l'école, et l'argent qu'il récolte pour l'éducation de Lisa.

— Ce n'est pas vrai, affirma Jennifer avec fermeté.

— Je le comprends maintenant. Mais tout cela me semblait très logique, à l'époque. Vous connaissez la réputation de cet homme.

Les yeux de sir Isaac s'adoucirent, comme s'il avait peur de blesser ses sentiments. Il avait la cinquantaine, mais ses traits étaient vigoureux, ses yeux brillaient d'intelligence et de gentillesse.

— Tout va très vite chez votre comte, ma chère. Il a eu, avec ma femme, une brève liaison, avant que nous ne nous mariions. La liaison, malheureusement, se termina par une grossesse, mais je ne renoncerai à Lisa pour rien au monde. Elle m'est aussi précieuse que si elle était de moi.

Il sourit fièrement.

— Peut-être, de façon inconsciente, ne vouliez-vous pas la partager, suggéra Jennifer.

— Peut-être cela fait-il partie de mon désir de croire ma femme, admit-il. Mais si j'avais su qu'elle me mentait...

— Elle pourrait l'avoir fait pour essayer de vous protéger du scandale.

Ellington éclata d'un rire presque enfantin.

— Je me fiche complètement que les gens croient que Lisa est ma fille ou celle du roi de Siam. Quand un homme a autant d'argent et de pouvoir que moi, il ne s'inquiète plus de ce que les autres pensent.

Son sourire s'évanouit, il croisa les bras, soudain sérieux de nouveau.

— Mais Sandra ne vient pas d'un milieu aisé. Elle est fille d'ouvrier, et a toujours été sensible aux commérages. J'imagine que c'est pourquoi elle tenait tant à cette tromperie.

Jennifer comprit tout à coup. Sandra Ellington ne voulait pas que même un soupçon d'inconvenance pût souiller la perfection du monde aristocratique dans lequel son mariage l'avait introduite.

— Alors, que faisons-nous maintenant ?

— Je crois que nous devrions parler à Lisa. Elle a besoin de savoir ce qu'on lui a caché pendant si longtemps. Je suis certain qu'elle saura s'adapter assez facilement. De façon évidente, elle adore Smythe, et cela même quand elle était un bébé.

Jennifer sourit, son cœur empli de gratitude.

— Merci. Vous ne savez pas combien tout cela représente pour Christopher.

Sir Isaac se leva et lui tendit la main.

— Dites à Smythe que je vais prendre contact avec lui. Et sachez que j'apprécie votre franchise, mademoiselle Murphy. Vous êtes une femme admirable.

Midi était passé déjà lorsque Christopher quitta les écuries, ce jour-là. Il avait chevauché plus rudement et plus loin que jamais. Mais son corps était encore insatisfait, et son cœur souffrait toujours d'une certaine solitude. Celle que seul un parent séparé de son enfant pouvait connaître.

Il enleva ses bottes boueuses dans la sellerie derrière la maison, et enfila des chaussures de cuir avant d'entrer dans la cuisine.

— Qu'est-ce que nous aurons pour déjeuner, madame Clark ? demanda-t-il.

— Ce que vous voudrez, monsieur, répondit-elle en soupirant, puisqu'il n'y a que vous aujourd'hui.

Il s'arrêta, se retourna pour la regarder.

— Quoi ?

— Mlle Murphy est allée faire du shopping. N'avez-vous pas vu son message ?

— Non, marmonna-t-il, irrité. Non, je ne l'ai pas vu.

Il avait cru que Jennifer travaillait dans une chambre dans les étages. Pourquoi ne lui avait-elle rien dit la veille sur ce shopping ? Ce n'était pas gentil de sa part de s'en aller sans le prévenir.

Après avoir avalé un sandwich, Christopher retourna travailler sur le mur en pierre. Il songea un moment à prendre la voiture pour aller rendre visite à Lisa. Et peut-être lui apporter ces crayons spéciaux pour pastel dont elle avait besoin, lui avait-elle dit, pour la classe de dessin. Il en avait commandé une boîte pour son anniversaire, mais il pouvait toujours les lui donner avant.

A la fin, il décida qu'il n'irait pas à l'école de sitôt. Voir Lisa lui donnait une sensation de chaleur paternelle tant qu'il était avec elle. Mais dès qu'il partait, le monde devenait lugubre de nouveau. S'il n'avait pas Jennifer dans sa vie, il ne savait pas ce qu'il deviendrait.

La journée se traîna en longueur. Enfin vint le crépuscule sur le loch Kerr, et il rentra, épuisé et sale, à la maison où Mme Clark l'attendait à la porte de derrière.

— Mlle Murphy vient juste de rentrer, monsieur. Elle a dit qu'elle descendrait pour un souper léger après s'être changée.

Il hocha la tête.

— Je vais monter et lui parler. Il faut que je me lave, de toute façon.

Si Jennifer était comme les autres femmes, elle était revenue avec des montagnes de paquets remplis des dernières nouveautés. Il serait obligé de feindre l'enthousiasme à mesure qu'elle les lui montrerait.

Il sourit d'un air amusé et fatigué à cette pensée. Tout ce qu'il voulait, c'était se laver, mettre de la nourriture dans son estomac et s'écrouler sur le lit. Mais, supposa-t-il, pour Jennifer il pouvait faire semblant d'éprouver de l'excitation sur ses choix.

Puis il la réduirait au silence comme chaque nuit, en la prenant dans ses bras, en lui faisant l'amour, pour évacuer toute la tristesse de sa vie.

Jennifer était impatiente d'annoncer à Christopher les bonnes nouvelles.

Jetant son sac et ses paquets sur le lit, elle se déshabilla et se précipita sous la douche. Sa peau frémissait sous l'eau brûlante et elle fredonnait gaiement.

Elle entendit la porte de la chambre s'ouvrir et se fermer avec un claquement sonore.

— Chris, est-ce toi ? cria-t-elle.

— Jenny, est-ce toi ? dit-il en écho pour la taquiner.

Elle rit.

Une main toucha le rideau de la douche et tâtonna.

Le rideau de plastique s'écarta, et Christopher rejoignit Jenny sous le jet.

Jennifer mit les bras autour de son cou, ferma les yeux et soupira.

— J'ai des nouvelles intéressantes pour toi, murmura-t-elle.

Il leva un sourcil interrogateur.

— La douche n'est pas le bon endroit, je te le dirai à table.

Aussitôt qu'ils se furent assis dans la salle à manger, Mme Clark leur apporta la soupe — un riche bouillon, plein d'oignons frais et de légumes finement coupés en lanières. Jennifer en mangea deux cuillerées avant de regarder Christopher, qui attendait de l'autre côté de la table, les yeux emplis de curiosité.

— Alors, quelles sont ces merveilleuses nouvelles ?

Elle s'était imaginé ce moment durant le trajet de retour en train :

— C'est à propos de Lisa.

Il fronça les sourcils et posa sa cuillère.

— Je croyais que tu étais allée faire du shopping. Tu as vu Lisa ?

Jennifer se pencha sur la table, ne voulant rien perdre de son expression quand elle lui aurait raconté les nouvelles.

— Non. Je suis allée rendre visite à Sandra. Je sais, tu as dit que ce n'était pas une bonne idée, et au début il semblait que je n'allais même pas être capable de mettre un pied dans la maison. Mais j'ai bien fait comprendre que je ne partirais pas tant qu'elle ne m'aurait pas écoutée… Et puis sir Isaac apparut, et…

— Quoi !

Le hurlement lui fit si peur qu'elle se tut.

— Que diable as-tu donc fait ?

— Je voulais seulement raisonner cette femme, balbutia-t-elle.

Peut-être avait-elle mené cette conversation dans une mauvaise direction, compte tenu du caractère de Christopher et de son manque de patience.

— Je savais qu'il devait y avoir une raison pour laquelle…

Christopher se mit debout si brusquement que sa chaise tomba avec fracas. Il la regardait.

— Tu n'as aucun droit de t'immiscer dans mes affaires. Je t'ai dit de ne pas essayer de voir Sandra. Maintenant tu as rendu la situation bien pire !

— C'est faux, objecta-t-elle, des larmes de frustration plein les yeux. Ecoute-moi, Christopher. Tout va aller bien maintenant. Sir Isaac a dit…

— Bon Dieu, tu as entraîné ce pauvre homme dans cette galère aussi. Es-tu folle ?

Quelque chose se cassa en elle. Ce n'était pas juste !

Après tout ce à quoi elle avait renoncé pour être avec lui. Après tout ce qu'elle avait fait pour le réunir avec sa fille. Et il ne l'écoutait même pas. Une fois de plus, il avait tracé une ligne infranchissable entre sa famille et elle. Lisa était sa fille. Il l'aimait, et il n'éprouvait pas de difficulté à le dire. Mais jamais dans la chaleur sauvage de leur passion, ou dans les moments de tranquillité partagés dans la journée, il n'avait dit ces mots précieux à Jennifer.

Christopher était furieux contre elle, mais les mots ne parvenaient plus à l'atteindre tant elle était déçue. Jennifer regarda stupidement la table, des larmes chaudes de désespoir brouillaient sa vue. Elle aurait pu le forcer à l'écouter, mais son orgueil ne le lui permettait pas.

— Va-t'en, tonna-t-il.

Elle se leva en chancelant.

— De toute façon, je ne pourrais pas manger maintenant, chuchota-t-elle.

— Je ne parle pas de quitter la salle à manger. Je veux que tu t'en ailles de ma maison. Tu m'as trahi !

— Ce n'est pas vrai ! cria-t-elle. Comment peux-tu être aussi stupide !

— Va-t'en ! ordonna-t-il froidement.

Quel que soit son amour pour lui, elle ne pouvait permettre à aucun homme de la traiter aussi durement.

— Si tu ne me fais pas confiance pour cela, nous n'avons aucune chance ensemble, murmura-t-elle faiblement. Tu n'as pas besoin de me dire de partir. Je ne resterai pas, maintenant, à aucun prix.

Elle lui fit face.

— Je partirai tôt demain matin. Un des palefreniers m'emmènera à la gare. Ne te donne pas la peine de te lever pour un au revoir de politesse.

10

— Au moins, tu as fait tout ce que tu pouvais pour cet homme, dit Evelyn, après que Jennifer eut bredouillé quelques mots à propos de leur rupture.

Un seul regard sur le visage de sa fille lorsqu'elle était entrée dans l'agence de voyages avait suffi à Evelyn, qui n'avait même pas demandé d'explication. Elle vint seulement à elle, la prit dans ses bras, et pleura avec elle.

— Un jour, il prendra conscience de tout ce que tu lui as donné. Et de tout ce qu'il a perdu en te laissant partir. L'amour est comme cela, parfois. Tu peux donner tout ce que tu as, mais si tu ne reçois rien en retour, tu dois juste continuer...

— Le salaud, bafouilla Jennifer.

— C'est mieux, dit Evelyn en souriant. Quelques jurons bien sentis n'ont jamais fait de mal.

Mais jurer ou insulter ne servait à rien, Jennifer le savait bien, pas plus que pleurer. Elle essuya ses larmes et se promit de se recomposer un cœur, un jour.

— Que crois-tu que ton comte arrogant fera quand il saura les résultats de ton entrevue ? demanda Evelyn.

— Si tu crois qu'il va se précipiter pour traverser l'Atlantique et venir me chercher, tu te trompes lourdement, répondit-elle avec tristesse. Tout ce que Christopher a vraiment voulu, toujours, c'est sa fille.

Sa mère ébaucha un geste de protestation.

— Comprends-moi bien, l'interrompit Jennifer, je ne suis pas jalouse de Lisa. C'est une petite fille délicieuse. Tous deux vont s'entendre comme larrons en foire. Lisa vénère Christopher, tout le monde peut le voir.

Elle haussa les épaules.

— Je crois que j'étais une sorte de distraction temporaire, quelque chose pour détourner son esprit de ses problèmes. Maintenant qu'il a ce qu'il recherchait, il n'a plus besoin de moi.

— Tu crois vraiment cela ?

— De toute mon âme, dit Jennifer à voix basse.

Elle sentit ses paupières la piquer, mais refusa de laisser jaillir de nouvelles larmes. Assez, c'en était assez ! Sa mère avait raison, il était temps d'avancer.

— Bon, dit-elle en jetant un regard circulaire dans le bureau, il semblerait que quelques nouvelles affiches ne seraient pas de trop sur ces murs. Quelque chose de tropical et d'ensoleillé : la Jamaïque, les Bermudes, le Mexique !

— Jennifer, dit sa mère avec inquiétude.

Elle esquissa un sourire presque convaincant, et serra la main que sa mère lui tendait.

— Ça va aller. Vraiment. J'ai seulement besoin d'un peu de temps.

Les jours qui suivirent le brusque départ de Jennifer de Castle Donan furent parmi les plus noirs de la vie du comte de Winchester. Durant toutes ces années, les femmes étaient régulièrement entrées et sorties de son existence. Parfois, il avait éprouvé un pincement de regret pour la perte d'une compagnie agréable. Mais jamais comme cette fois-ci.

Christopher se retrouva à galoper pendant des heures, sans but. Jamie prit l'habitude de tenir Prince's Pride sellé et prêt aux premières lueurs du jour.

Il ne pouvait plus dormir dans son propre lit, car elle l'avait partagé. Le parfum de Jennifer demeurait entre les draps, même après lavage. Lorsque l'épuisement le terrassait, il sommeillait dans le fauteuil de cuir de la bibliothèque, devant le feu qui s'éteignait. Il évitait de manger dans la salle à manger car la chaise vide de Jennifer le hantait. Des repas rapides, informels, dans la cuisine, avec les Clark, devinrent son habitude, lorsqu'il se rappelait qu'il fallait manger.

Il avait arrêté les travaux sur le mur du jardin, et abandonné l'idée d'engager quelqu'un pour reprendre la restauration des étages supérieurs. Pendant des jours, il n'ouvrit pas son courrier, et les messages téléphoniques, dûment notés sur le carnet à côté du téléphone, dans le hall, ne reçurent pas de réponses, car il ne se donnait pas la peine de les lire.

A la fin, Mme Clark le prit à part.

— Pardonnez-moi de me mêler de ce qui ne me regarde pas, monsieur. Mais quelqu'un devrait répondre au courrier et aux appels qu'on reçoit tous les jours. Il peut y avoir quelque chose d'important.

Tout ce qui était important dans sa vie était loin, pensa Christopher. Sa fille chérie. L'amour d'une femme américaine dont le rire apportait la joie dans son cœur. Elles étaient hors d'atteinte, maintenant et pour toujours. Pourquoi devrait-il se soucier de problèmes mineurs, comme les factures d'électricité, les invitations à une chasse au renard, ou les commandes de mobilier ?

— Monsieur ? dit Mme Clark en tapant impatiemment du pied.

— Occupez-vous-en pour moi, vous voulez bien ?

— Non, monsieur, je ne le ferai pas ! répliqua-t-elle sèchement. Il recula devant cette réaction inattendue. Il la connaissait depuis son enfance, et elle n'avait jamais élevé la voix à son encontre.

— Comment ?

— Je ne peux pas faire tout ça, et en plus tenir cette maison ! Lord Smythe, vous êtes suffisamment âgé pour vous occuper de votre propre vie.

Il ne put s'empêcher de grimacer : elle parlait comme la cuisinière de son enfance, quand elle le réprimandait gentiment pour avoir dérobé un gâteau avant le repas.

Puis il pensa : suffisamment âgé, oui. Mais suffisamment raisonnable ? Il semblait qu'il ne l'était pas du tout.

— Excusez-moi d'avoir trop compté sur vous, dit-il en lui tapotant le bras. Bien sûr, je vais m'occuper du courrier et des appels téléphoniques. Dites-moi seulement, si possible, ce qui vous semble le plus important. Y a-t-il des urgences ?

— Je ne pourrais pas dire s'il y a des urgences, mais votre frère d'Amérique a appelé il y a deux jours, et sir Isaac vous a envoyé une lettre.

— Bon Dieu ! marmonna Christopher.

Il était toujours content d'avoir des nouvelles de Matthew, qui appelait rarement. Le frère cadet avait bâti une prospère société d'import-export aux Etats-Unis. Bien qu'ils ne se voient qu'une ou deux fois par an, ils se parlaient au téléphone pratiquement tous les mois. Il était mécontent d'avoir manqué l'appel de Matthew, surtout en cette période où il avait besoin de réconfort. Peut-être pourrait-il l'appeler un peu plus tard.

Quant à sir Isaac, il craignait d'avoir à affronter l'inévitable explication sur l'invasion de sa maison par Jennifer. Il faudrait faire des excuses, apaiser des susceptibilités offensées...

Il prit les lettres et le carnet des messages sur la table de l'entrée, les emporta dans la bibliothèque. De son bureau, il fit le numéro de Matthew, qui n'était pas là. Il laissa un bref message sur le répondeur.

Il devait à présent lire ce que sir Isaac avait à dire, si humiliants et douloureux que ses propos puissent être. Il espérait seulement qu'Ellington n'aurait pas complètement fermé la porte en l'empêchant de voir Lisa.

Il ouvrit l'enveloppe gris perle avec le coupe-papier d'argent que Lisa lui avait offert pour le Noël de l'année précédente. Il lut la lettre d'une seule traite, puis une seconde fois avant que le sens ne devînt clair.

L'émotion lui serra la gorge, il eut l'impression d'étouffer. Etouffer sous l'impossible joie qui montait en lui à mesure que le sens des mots de sir Isaac s'imposait.

Lisa était à lui !

Ils allaient se rencontrer tous les quatre — les Ellington, Lisa et lui-même. Sa fille allait apprendre la vérité, et saurait qu'il était son père. Des dispositions seraient prises pour que Lisa vienne vivre avec lui pendant de longues périodes dans l'année. Tout cela était écrit dans la lettre — tout ce pour quoi il avait prié, et plus encore.

Mais, aussi rapidement que la joie qui l'avait submergé, la honte tomba sur lui. C'était là, il s'en rendait compte à présent, le cadeau d'adieu de Jennifer. Elle lui avait rendu sa fille, en sachant probablement qu'elle prenait le risque de le perdre, puisqu'elle allait voir Sandra contre sa volonté. Il avait rejeté la femme qui avait sacrifié son propre bonheur pour qu'il pût trouver le sien.

Comment avait-il pu ne pas voir ce qu'elle faisait ? Si seulement il n'avait pas été si prompt à condamner !

Christopher laissa tomber la tête entre les mains, terrassé par sa perte.

— Jenny, murmura-t-il, oh, Jenny, je suis si désolé...

Quelques jours plus tard, un visiteur inattendu arriva à Donan. Christopher revenait juste d'une de ses chevauchées sauvages à travers la lande, quand il vit la berline noire aux lignes pures garée dans l'allée. Il laissa le cheval entre les mains de Jamie et revint rapidement vers la maison. Il trouva Thomas, son frère aîné, qui contemplait le mur à demi terminé du jardin.

— Cela se présente plutôt bien, n'est-ce pas ? commenta Thomas Smythe d'une voix neutre.

Leurs conversations débutaient toujours ainsi, comme s'ils poursuivaient une discussion commencée quelques minutes auparavant, alors que, souvent, de nombreux mois séparaient leurs retrouvailles.

— Se présentait, reprit Christopher, laissant ses yeux errer sur les pierres qu'il avait mises en place sous la direction de Jennifer, qui était alors à ses côtés.

Ses rosiers n'étaient pas loin, mais il ne pouvait supporter de les voir. Il sentit le regard de Thomas sur lui, et se demanda comment son frère savait que quelque chose n'allait pas. Thomas savait toujours, d'une façon ou d'une autre. Peut-être était-ce dû à son expérience professionnelle. Le garde du corps d'un roi devait toujours voir les problèmes avant qu'ils n'arrivent vraiment. Mais comment avait-il su, s'il se trouvait dans la lointaine Elbie ?

— Cela fait une semaine que je suis en vacances à Londres, avec Diane, dit Thomas.

— Comment va la mariée ? demanda Christopher, curieux de voir l'expression d'un ancien célibataire endurci.

— Diane va on ne peut mieux. Et moi aussi, répondit-il doucement, avec une joie évidente.

C'était un homme très grand, et cela paraissait d'autant plus miraculeux qu'une mère célibataire avec trois enfants l'ait apprivoisé aussi complètement. Le mariage, Christopher le voyait bien, avait fait beaucoup de bien à son frère.

— Alors, comment va Londres ? demanda-t-il.

— Bourdonnante de rumeurs scandaleuses, chuchota Thomas sur un ton mélodramatique.

Il s'arrêta, et leva un sourcil, comme s'il attendait une autre question.

— Des rumeurs sur qui ?

— Sur toi, mon cher frère. Sur toi.

— Ah oui ?

Ainsi, on avait passé le mot. Il n'avait pas fallu longtemps pour que tout le monde fût au courant de sa paternité. Mais il avait été plus ou moins préparé à cela. Et dans sa vie, au sens plus large du terme, cela n'avait plus d'importance. Ce qui importait était que Lisa et lui pouvaient être fille et père, en oubliant les faux-semblants.

— Ce n'est pas quelque chose dont je suis fier, Thomas, d'avoir un enfant en dehors des liens du mariage. Mais il vaut mieux que les choses soient dites. Lisa est parfaite. Je l'adore et j'aimerais que tu fasses sa connaissance prochainement.

Thomas étudia le visage de son frère pendant un long moment.

— Tu sembles assez satisfait de la situation. Alors pourquoi as-tu l'air de quelqu'un qui a été piétiné par un troupeau d'éléphants furieux ?

Christopher haussa les épaules. A tout autre moment de sa vie, il aurait gardé sa peine pour lui. Mais celle-ci était bien particulière. Le sentiment de perte était trop lourd pour qu'il pût le porter seul plus longtemps.

— J'avais une relation avec une femme... une femme très spéciale, dit-il en clignant des yeux pour repousser les larmes indésirables. Elle essayait d'arranger les choses entre Lisa, sa mère et moi... Eh bien, la situation est devenue assez difficile, et Jennifer a été prise dans ce tourbillon... Je l'ai très mal traitée. Je l'ai accusée de...

Il déglutit, mais il avait la gorge si serrée que les mots avaient du mal à passer.

— Ça ne fait rien... En résumé, je l'ai forcée à rentrer en Amérique. Elle ne méritait pas un tel traitement. C'était elle qui avait fait en sorte que les Ellington acceptent de me laisser ma fille.

— Je vois, dit Thomas. Ainsi, outre le fait d'être amoureux de cette dame, tu as envers elle une immense dette personnelle.

— Je suppose que...

Christopher s'arrêta, et regarda son frère avec ébahissement.

— Amoureux d'elle ? As-tu dit que j'étais amoureux d'elle ?

— Cela me semble pourtant être le cas. Je ne t'ai jamais vu éprouver du remords après le départ d'aucune femme ayant croisé ton chemin.

— Mais c'était différent. Elle était différente. Je ne crois pas... Je veux dire, nous nous sentions bien ensemble, vraiment, mais de l'amour... Je ne sais pas...

Christopher était plus que troublé. Il n'avait pas mis un nom sur ses sentiments jusqu'ici, mais la nécessité de les définir semblait urgente tout à coup. Il l'aimait ? Etait-ce vrai ? Il s'était senti profondément et passionnément attaché à Jennifer, mais de l'amour ?

Cependant, quand Thomas, un homme dont la connaissance

intime de ce mystérieux phénomène était récente, disait qu'il aimait Jennifer... il écouta et réfléchit très fort à ces mots.

Il ne lui avait jamais dit ce qu'il ressentait pour elle. Et si c'était vrai ? Il secoua violemment la tête.

— Mettre une étiquette précise sur les sentiments ne sert plus à rien, marmonna-t-il, inconsolable. Elle est partie. C'est trop tard.

Christopher chercha le regard de son frère, espérant qu'il comprendrait ce que lui-même ne pouvait pas comprendre.

— Elle m'avait confié son avenir. J'ai trahi sa confiance. Et ce n'est pas elle, comme je l'ai accusée.

— Tu peux encore essayer, dit Thomas en posant une main lourde, mais étrangement réconfortante, sur l'épaule de son frère. Tu le regretteras si tu ne le fais pas. Crois-moi, je le sais. J'en suis passé par là.

— Non, chuchota Christopher tristement. Elle m'est déjà revenue une fois. Cette fois-ci, je suis allé trop loin. Elle ne me croira plus jamais.

Evelyn leva les yeux du catalogue des cours universitaires qu'elle parcourait.

— Ma chérie, dit-elle. J'adore t'avoir avec moi dans l'agence. Mais je crois que ce serait merveilleux si tu trouvais quelque chose pour toi-même, quelque chose que tu aimes vraiment faire, par exemple restaurer les vieux bâtiments.

Jennifer hocha la tête, se laissant entraîner de nouveau dans les souvenirs de Castle Donan, du loch Kerr et des landes immenses alentour.

— Je ne regretterai jamais d'avoir vécu avec lui, tu sais. J'ai tant appris durant le peu de temps que nous avons passé ensemble. Mais pour ce qui est des restaurations, j'aurais besoin d'une formation qui permette à mes intuitions instinctives de dépasser le stade du hobby.

— Alors, je t'en prie..., dit Evelyn en tendant le catalogue à sa fille.

Une semaine se passa, et une autre. Les vents froids de l'automne venant de Chesapeake Bay rendaient les promenades le long du port moins agréables. Néanmoins, Jennifer continuait de se rendre à pied de son appartement à l'agence de voyages, pour profiter de l'air frais et du soleil avant de commencer sa longue journée de travail.

Pendant ces promenades, le souvenir de Castle Donan revenait vivement à son esprit. Jamais elle ne pourrait oublier sa beauté à couper le souffle, ni le comte de Winchester. Il avait touché son cœur, son corps, son âme, plus intimement et avec plus de compréhension qu'aucun autre homme ne l'avait fait, ou ne pourrait jamais le faire. Elle se demanda si de tels sentiments vous venaient seulement une fois dans la vie.

C'était vendredi, les vacances d'hiver approchaient, et l'agence aurait donc beaucoup de travail. Les gens ont tendance à penser davantage aux vacances, ou à prendre des dispositions pour leurs voyages d'affaires, à l'approche des week-ends. Jennifer entra dans le petit bureau, à l'abri du vent froid, et afficha la pancarte « Ouvert », malgré l'heure matinale. Elle fit du café, mais, avant qu'elle n'ait pu retourner à son bureau, la clochette au-dessus de la porte tinta.

— Est-ce toi, maman ? cria-t-elle de derrière le paravent qui dissimulait la kitchenette.

L'autre employée, Jackie, ne devait pas arriver avant midi. Pas de réponse. Elle tendit l'oreille. Des pas sur le parquet du bureau. Des pas d'homme, à en juger par leur lourdeur.

Elle posa la cafetière et revint dans le bureau. Il se tenait de trois quarts dos à elle. C'est pourquoi elle aperçut d'abord son profil, et eut un coup au cœur en voyant la silhouette familière et les cheveux noirs à la coupe impeccable.

Chris ?

Son cœur battit à se rompre.

Il se retourna et lui sourit.

— Mademoiselle Murphy, n'est-ce pas ?

Non. Non, ce n'était pas Christopher. Mais sa bouche demeura sèche, et son cœur était chaviré par l'étonnante ressemblance, qui la laissait sans mouvement et sans voix.

— Est-ce que ça va, mademoiselle ? demanda-t-il en s'avançant d'un pas, effrayé par cette stupeur soudaine.

— Je... ça va, bégaya-t-elle. C'est que, vous me rappelez quelqu'un.

Allait-elle encore et toujours reconnaître Christopher chez des inconnus ?

Mais cet homme... cet homme n'était pas un inconnu. Elle l'avait vu quelque part, bien qu'elle ne pût se souvenir de l'avoir jamais rencontré. Etait-ce sur une photo au château ?

Alors la lumière se fit.

— Vous êtes Matthew Smythe !

— Oui, admit-il en souriant de nouveau.

Jennifer se souvint d'un autre sourire, qui n'avait été que pour elle, et elle sentit ses genoux faiblir.

— J'étais en ville, et Chris m'a demandé de passer pour prendre de vos nouvelles.

— De mes nouvelles ?

Son cœur battait si fort qu'elle en avait mal. Elle entendait les mots, elle voyait son interlocuteur, mais ne comprenait rien.

— Oui, il voulait savoir comment vous alliez.

— Je vais... eh bien, je vais bien.

Elle se redressa et leva le menton pour se ressaisir. Elle réussit même à esquisser un brave petit sourire qui était, espérait-elle, suffisamment convaincant pour le tromper.

— Et comment vont le comte et Castle Donan ?

— Je crois que tous deux vont bien... aussi bien que possible sans votre présence, dit-il en la scrutant d'un regard intense.

Jennifer se raidit.

— On m'a demandé de partir.

— C'est ce que j'ai entendu dire. Franchement, en vous voyant maintenant, je dois dire que mon frère est un sacré imbécile !

Elle laissa échapper un petit rire, comme pour le remercier du compliment. Ah, ils étaient bien frères, avec ce charme particulier aux Smythe.

— C'était probablement mieux ainsi, dit-elle stoïquement.

— Alors vous ne l'aimiez pas ?

Elle fut si choquée par le caractère indiscret de la question qu'elle ne put répondre. Enfin, elle se força à dire les mots nécessaires.

— Je ne vois pas en quoi mes sentiments à l'époque peuvent avoir de l'importance. C'est fini.

— C'est important, affirma-t-il en s'avançant.

Elle vit, dans le regard de Matthew Smythe, la même lueur arrogante, le même refus des réponses négatives, qui l'avaient tant séduite chez Christopher et, en même temps, la rendaient folle. Si cet homme avait le même caractère que son frère, ce qu'elle soupçonnait fortement, il ne quitterait pas le bureau avant d'avoir obtenu des réponses satisfaisantes.

— Si votre frère vous a envoyé pour enquêter sur les possibilités de notre réconciliation, dit-elle sèchement, vous pouvez lui dire de laisser tomber.

— L'aimiez-vous ? répéta-t-il.

Elle leva les yeux au ciel, priant pour une intervention divine, ou pour que sa mère entrât soudainement. Pourquoi la cavalerie n'arrivait-elle jamais quand on avait besoin d'elle ?

Il la regardait toujours, attendant sa réponse.

— Je l'aimais, oui ! cria-t-elle enfin. Ça vous va ? N'est-ce pas ce que vous vouliez entendre ? J'aimais cet homme exaspérant de toute mon âme ! Vous êtes content ?

Elle savait qu'elle avait haussé le ton, mais elle s'en fichait.

— Maintenant, allez-vous-en, s'il vous plaît.

Il ne bougeait pas.

— L'aimez-vous encore ?

Elle le toisa.

— Ça, ça ne vous regarde pas.

— L'aimez-vous encore ?

Son insistance était énervante. Mais Jennifer se résigna au fait qu'elle ne pourrait pas se débarrasser de la branche américaine de la famille Smythe sans passer par une confession complète et honnête, dût-elle la mettre dans l'embarras.

— Ecoutez, dit-elle. Je crois que jamais je n'oublierai ou cesserai d'aimer cet homme. Mais c'était, de façon évidente, une relation unilatérale. Christopher est incapable d'aimer vraiment une femme. Je ne doute pas qu'il me voulait du bien, à sa manière très particulière. Mais quand il a cru que j'avais agi contre sa volonté, il m'a exclue de sa vie.

Elle chercha le regard de Matthew, espérant qu'il comprendrait.

— Il faut oublier. Dites-lui qu'il faut oublier, aussi.

— Non !

Jennifer était sûre que la dénégation était venue de l'homme qui se tenait devant elle. Il lui fallut plusieurs secondes avant de se rendre compte que ses lèvres n'avaient pas bougé, et que la voix était venue de la porte derrière lui.

Matthew fit un pas de côté. Son frère benjamin entra dans le bureau. Les yeux de Christopher brillaient de détermination.

« Seigneur, sauvez-moi de ces deux hommes ! » ce fut tout ce qui vint à l'esprit de Jennifer.

— Vous feriez mieux de vous en aller tous les deux, chuchota-t-elle d'une voix rauque. Sinon, j'appelle la police.

— J'attendrai dehors, proposa diplomatiquement Matthew en faisant un clin d'œil à son frère. Bonne chance. Je crois que tu en as besoin.

Christopher fit un geste de la main pour le remercier, sans détourner le regard, toujours fixé sur Jennifer.

— Tu m'aimais.

— Oui, murmura-t-elle. Je t'aimais.

— Mais tu ne l'as pas dit.

— Toi non plus, répliqua-t-elle.

— Oui, acquiesça-t-il, mais j'étais un imbécile. Toi, tu ne l'es pas.

— Je ne peux pas revivre cela, Chris, dit-elle en plissant les yeux. Ne me le demande pas. Tu m'as brisé le cœur.

— Eh bien, nous sommes deux, bon sang !

Il prit une profonde inspiration.

— Jenny, je t'ai aimée dès le moment où tu as fait irruption dans mon château à bord de cet horrible minibus rouge. Je ne l'ai pas compris jusqu'à ce que tu me quittes. Et après, j'ai découvert ce que tu avais fait pour moi et pour Lisa.

Elle déglutit, essayant de retenir les larmes chaudes qui menaçaient de couler de ses yeux.

— Alors, tu l'as maintenant ? Tu as tout arrangé avec les Ellington ?

Il hocha lentement la tête.

— On a dit à Lisa que j'étais son père. En fait, je crois qu'elle est plus excitée par le fait de recevoir des cadeaux d'anniversaire et de Noël de deux pères qui l'adorent. Elle est déjà venue passer quelques week-ends à Donan. Les Clark sont ravis, et je n'ai jamais été aussi heureux de ma vie.

— Je suis contente, murmura-t-elle doucement. Vraiment, Chris.

Il fit un pas en avant et prit sa main.

— Mais je pourrais être encore plus heureux.

— Ne me le demande pas, supplia-t-elle, s'il te plaît, non...

— Epouse-moi, dit-il rapidement. Jennifer, pour l'amour de Dieu, épouse-moi !

Le souffle coupé par la surprise, elle secoua la tête, incrédule. Peut-être dans ses rêves les plus fous avait-elle imaginé Christopher revenir vers elle, implorant son pardon. Elle avait sûrement rêvé de retourner à Donan avec lui, pour reprendre le cours de la vie là où ils l'avaient laissé, comme amants et amis. Mais le mariage ? Elle avait cru que c'était un pas qu'il ne franchirait jamais.

— Chris, je...

A travers la fenêtre, elle pouvait voir Matthew monter la garde, adossé à la porte de verre. Il faisait la conversation à sa mère, qui était arrivée, gagnant du temps et de l'intimité pour son frère.

— Tu n'es pas vraiment sérieux quand tu dis ça...

— Je n'ai jamais été aussi sérieux sur aucun sujet dans toute ma vie, assura-t-il. Je n'ai pas demandé l'aide de mon frère pour ramener une petite amie dans mon lit. Je lui ai demandé de m'aider à convaincre ma future femme. En fait, il s'est assuré que mes intentions étaient honorables avant d'accepter de venir.

Je devais t'entendre dire, de ta propre bouche, que tu m'aimais. Mais j'avais peur que tu ne veuilles même pas me parler si je venais tout seul.

— Et tu avais raison, dit-elle sèchement.

Christopher la prit par les épaules et la secoua gentiment.

— Jenny, s'il te plaît. Si tu m'aimes et que je t'aime, nous devrions être ensemble. C'est aussi simple que cela. Mais il y a d'autres raisons aussi. Castle Donan a besoin d'une maîtresse. Et Lisa devrait avoir une maman même quand elle est avec moi, loin de Sandra. Je ne vois personne de plus aimant et de plus sensible, pour les deux postes. Reviens-nous. S'il te plaît.

Elle ne pouvait retenir ses larmes plus longtemps. Même lorsqu'elle avait rêvé de retrouver les bras de Christopher, les images n'avaient jamais été aussi douces qu'en ce moment.

— Oh ! tu es un homme impossible, impossible, sanglota-t-elle en tombant dans ses bras. Je t'aime tant.

Il l'embrassa profondément, de manière possessive. Dans son cœur, il savait qu'il ne la laisserait jamais partir. A compter de ce jour, il ferait tout ce qu'un homme pouvait faire pour la rendre heureuse.

KATE HARDY

À la rencontre du destin

PASSION EN ÉCOSSE

Traduction française de
MARIE-HÉLÈNE VEZIEN

HARLEQUIN

Titre original :
THE DOCTOR'S RESCUE

Ce roman a déjà été publié en 2019.

1

— Laisse-moi tranquille, lutin, bredouilla Will. Je veux dormir.

— Il n'en est pas question. Je vous en supplie, restez éveillé. Pour moi...

Will aperçut, sous une capuche jaune d'or, deux grands yeux bleu vif qui se voulaient persuasifs.

Vraiment, ce n'était pas chic de le torturer ainsi, quand il ne rêvait que de s'endormir — pour oublier la douleur lancinante qui accablait ses membres.

Mais pourquoi ce lutin braquait-il maintenant une torche sur lui ?

La voix se fit plus douce, aussi douce que les mains qui caressaient son visage. De jolies mains, ma foi...

— Quel est votre nom ?

— Will...

Il ne put terminer. Soudain, tout s'évanouit dans un brouillard et il éprouva une agréable sensation de flottement.

Une douleur terrible pulsait à ses tempes et vrillait son corps.

Will tenta de soulever une paupière et la referma aussitôt. Cette lumière était trop forte. Et il ne pourrait fuir sa souffrance dans le sommeil : il y avait trop de bruit. Il entendait des voix et des sons, à la fois familiers et étranges...

Où était-il ?

Avec résignation, il ouvrit les yeux et reconnut « le lutin » de tout à l'heure.

Les jambes croisées, elle était assise sur la chaise au pied de son lit, absorbée dans une lecture. Sans son imperméable jaune étincelant, elle ressemblait plutôt à une sylphide.

Elle leva la tête en souriant et posa son livre sur la table.

— Du lutin à la sylphide, j'ai franchi d'un coup plusieurs échelons dans la hiérarchie mythologique !

Oh non ! songea Will. Il n'avait tout de même pas parlé tout haut...

— Bien sûr que si !

— Quoi ?

Elle décroisa les jambes pour se lever et s'approcha du lit.

— Voudriez-vous de l'eau ?

Il hocha la tête avec un sourire de gratitude. Finalement, c'était peut-être un ange...

Si, du moins, les anges avaient des cheveux auburn aussi ébouriffés que les siens, et se faufilaient incognito dans notre monde, sans ailes blanches ni auréole !

Comme elle ne fit aucun commentaire, il en déduisit que, cette fois, il ne s'était pas exprimé à voix haute.

Elle lui tendit un gobelet en plastique et une paille, et il but une gorgée, puis une autre et une autre encore, sans pouvoir s'arrêter.

— Pas trop, tout de même, dit-elle.

Will lui jeta un regard chargé de ressentiment. Au nom du ciel, il mourait de soif ! L'ignorait-elle ? Lorsqu'il voulut tendre le bras gauche vers le liquide convoité, qu'elle avait posé sur la table de chevet, il prit tout à coup conscience que celui-ci était plâtré.

Incroyable...

— Vous souvenez-vous de ce qui s'est passé ? s'enquit-elle calmement.

Will écarquilla les yeux.

Bien sûr qu'il se rappelait ! La voiture débouchant au coin de la rue principale de Darrowthwaite juste au moment où une petite fille se précipitait sur la chaussée. L'expression horrifiée du conducteur et le grincement des pneus. L'odeur de caoutchouc brûlé...

Et puis l'impact — la sensation d'avoir les os broyés.

— La voiture...

Ce fut tout ce qu'il put articuler.

— Autre chose ?

Il la considéra d'un air soupçonneux.

— Etes-vous journaliste ?

— Non. Quel jour sommes-nous aujourd'hui ?

— Jeudi.

Brusquement, il comprit la raison de cet interrogatoire. Elle voulait s'assurer que le choc ne l'avait pas rendu amnésique.

— Combien de temps a duré ma perte de conscience ?

— Vous voulez dire, la seconde fois ?

Ainsi, il avait subi deux commotions !

— Seulement quinze minutes. Vous nous avez fait peur.

— Je me sens mieux. Je vais...

Quand il s'avisa qu'il ne pouvait pas sortir du lit, sa voix s'altéra. La réminiscence de plusieurs détails le mit mal à l'aise...

« Je comprends pourquoi ma jambe est enveloppée d'un énorme bandage », se dit-il.

Il la dévisagea.

— Qui êtes-vous ?

— Je m'appelle Mallory Ryman.

Cela ne lui disait rien. Pourtant, Mallory Ryman était le genre de femme qu'on ne pouvait oublier : petite, menue, très jolie, avec de grands yeux bleus et de ces lèvres qui...

« Holà ! Ce n'est pas à l'hôpital, et dans l'état où tu te trouves, que l'on peut se permettre d'avoir de telles pensées ! »

Puis il paniqua. Pourquoi cette confusion subite dans son esprit ?

Connaissait-il Mallory ? Etait-elle une collègue, une voisine ? Ou bien la femme qui avait réussi à le faire revenir sur sa décision de ne plus jamais s'engager sentimentalement ?

— Vous souvenez-vous de votre nom ?

Oui, il en avait l'intuition : il la connaissait. Alors pourquoi ne savait-il plus qui elle était ?

— Je m'appelle Will Cooper.

Elle eut un large sourire.

— Bien. Cela correspond à ce qui est inscrit dans votre dossier et à ce qu'on m'a dit à Darrowthwaite.

Il se détendit. Ouf ! Il n'était pas atteint d'amnésie.

Pourtant, curieusement, il se sentait déçu, comme après l'anéantissement d'un fol espoir. Et cependant, il avait appris — et de cruelle façon — qu'il était inutile de chercher l'amour, car il n'existait pas...

— J'ai pensé que vous aimeriez peut-être avoir des nouvelles de la petite fille ?

— La petite fille ? répéta Will distraitement.

— La cause de l'accident, précisa Mallory d'une voix douce.

Comme s'il avait oublié ! Son cerveau fonctionnait un peu plus lentement que d'habitude, c'était tout.

— Oui. Kelly Beswick. Comment va-t-elle ?

— Elle n'a même pas un hématome. C'est vous qui avez pris le choc de plein fouet. Par contre, sa mère semblait si mal en point que j'ai dû prescrire du thé chaud, bien sucré !

A l'évidence, son lutin — sylphide ou ange, peu importait —, était doté d'un certain sens de l'humour. En outre, Wendy Beswick devait lui avoir dit qu'il était médecin généraliste.

— Le pilote de la voiture s'étant plaint de douleurs cervicales, continua Mallory, on l'examine en ce moment aux urgences. Je pense qu'il s'agit d'un simple coup du lapin. Quant à Wendy, elle a promis qu'à l'avenir elle surveillerait un peu mieux sa fille. En particulier quand celle-ci se met en tête de vouloir traverser la rue pour aller caresser un chat sur le trottoir d'en face !

— ...Sans faire attention aux voitures qui débouchent inopinément de ce tournant, acheva Will.

— Heureusement pour elle, vous vous êtes jeté sur la chaussée pour la prendre dans vos bras.

Conscient que la violence du choc allait tuer l'enfant, Will avait certes pris un risque énorme. Mais il avait sauvé une vie et ne le regrettait pas. Ensuite, il se souvenait d'avoir heurté le macadam.

— Par chance, reprit Mallory, nous ne sommes pas en été…

Il savait pertinemment ce qu'elle voulait dire.

En effet, une chemise à manches courtes ne l'aurait pas protégé de la même manière que le ciré entièrement doublé qu'il portait au moment de l'accident.

— Enfin, j'avais promis à Wendy de vous donner des nouvelles de la petite ; voilà qui est fait !

— Merci.

Il lui adressa un sourire qui se transforma bien vite en un rictus de douleur.

— Désolé d'avoir gâché vos vacances, ajouta-t-il.

— Mes vacances ?

— Eh oui ! Avec vos chaussures de montagne, imperméable, sac à dos… Que feriez-vous donc dans les parages, munie de cet équipement digne d'une alpiniste expérimentée ?

— Bonne déduction, monsieur Cooper, le taquina-t-elle. Bien que, à vrai dire, je ne sois pas en vacances.

— Quoi qu'il en soit, je vous suis redevable…

Elle secoua la tête.

— De quoi ? Vous devez vous reposer, dit-elle d'un ton faussement péremptoire.

— Mais je me repose !

Il jeta un coup d'œil autour de lui.

Pas la moindre trace de béquilles ! Il se retrouvait donc cloué au lit, alors qu'il avait un million de choses à faire — notamment un cabinet de consultation à gérer, une tonne de travail administratif à terminer, et…

Il avait dû parler tout haut, car il la vit hocher la tête.

— Et vous avez le sentiment d'être passé au rouleau compresseur.

— Effectivement, hélas !

Mallory jeta un coup d'œil à la feuille d'observation accrochée au pied de son lit.

— C'est l'heure de votre analgésique. Je vais prévenir l'infirmière.

Will nota qu'elle avait dit « analgésique », et non pas « calmant ».

Puis il se rappela que, juste après l'accident, elle avait testé en femme du métier ses réflexes oculaires.

— Vous êtes médecin, dit-il.

— J'étais médecin, précisa-t-elle d'une voix triste — avant de sortir.

Que voulait-elle dire ? Avait-elle été radiée ? Ou... ? Mais son esprit lui refusait tout service. En proie à une vague de douleur, il se laissa aller contre les oreillers.

Mallory revint quelques minutes plus tard, accompagnée d'une infirmière, une tasse contenant deux comprimés à la main.

— Du paracétamol ? demanda-t-il avec espoir.

— Ne croyez-vous pas que vous avez besoin de quelque chose d'un peu plus fort ? observa la jeune femme sur un ton chaleureux.

Will gémit malgré lui.

— Vous n'avez pas tort...

— Avant de vous laisser avaler les pilules, je vais d'abord procéder aux examens de routine : température, pouls et rythme respiratoire, annonça l'infirmière.

Ses mains, froides et professionnelles, ne rappelaient en rien celles de Mallory, dont le toucher lui avait enflammé le sang.

Mais il se refusait d'évoquer Mallory en ces termes...

Toutefois, il s'autorisa un coup d'œil oblique — pour s'en repentir aussitôt, car leurs yeux se croisèrent... et il eut l'impression que la foudre entrait en lui.

Comment expliquer à l'infirmière que les battements précipités de son cœur n'étaient pas imputables à son état, mais au regard d'une femme qu'il connaissait à peine ?

Et pourquoi donc, en cet instant, se sentait-il aussi gauche qu'un adolescent lors de son premier rendez-vous ?

Imperturbable, l'infirmière compléta le tableau de température.

— Bien, dit-elle. Je vous le confie, docteur Ryman. Je sais qu'entre vos mains expertes, il est en sécurité.

— Avez-vous déjà pris du co-proxamol ? demanda Mallory une fois l'infirmière partie.

— Oui.

— Cela a-t-il provoqué des effets secondaires : étourdissements, troubles de la vue, difficulté de prononciation ?

Elle savait qu'il souffrait atrocement. Pourquoi diable ne lui donnait-elle pas son analgésique ?

— Aurais-je affaire au médecin chef ?

Elle rougit de façon spectaculaire, puis elle devint complètement livide.

— Non...

Will eut envie de se donner une gifle.

Considérant qu'elle l'avait secouru après l'accident et qu'elle veillait maintenant sur lui avec sollicitude — alors que rien ne l'y obligeait —, il s'accusa d'avoir manqué de délicatesse.

Pire, il craignait d'avoir mis le doigt sur un point sensible.

— Désolé, je n'avais pas l'intention de vous blesser...

— C'est ma faute. Vous souffrez, et je retarde l'absorption de l'analgésique. Après tout, il est inutile de procéder à cette contre-vérification puisque le médecin du service a dû prendre connaissance de vos antécédents avant de prescrire le co-proxamol.

Elle lui tendit la tasse et, avant de lui donner un gobelet d'eau, attendit qu'il ait pris les comprimés dans sa bouche.

— Avez-vous besoin d'autre chose ?

D'une nouvelle tête, pensa-t-il, qui me ferait moins souffrir...

— Non. Tout va bien.

— Très bien. Je vais vous laisser.

— Restez... Si cela ne vous dérange pas ?

Ces mots lui avaient échappé : en plus de lui avoir broyé les os, cet accident avait dû bousculer son cerveau...

— Je... Soyez raisonnable. Il faut vous reposer, dit-elle.

C'était indéniable, sa manière de refuser était charmante. Elle lui avait déjà consacré tant de temps... Peut-être ses compagnons d'excursion l'attendaient-ils ?

Il n'avait pas envie de la laisser partir.

— Navré. Je joue les égoïstes. Vos amis...

Incapable de formuler sa pensée, il s'interrompit.

— Je suis seule, dit-elle.

Par conséquent, rien ne l'empêchait de lui tenir compagnie. Si elle voulait…

— Il fait trop sombre pour aller marcher à présent.

— Grimper, corrigea-t-elle.

Will tressaillit.

Ce seul mot rouvrait en lui de vieilles blessures morales, auprès desquelles celles, physiques, dont il souffrait aujourd'hui n'étaient rien. La varappe lui avait déjà fait perdre Roland et Julie, son frère et sa fiancée. Après cette nuit terrible, il aurait dû déménager aussi loin que possible des montagnes.

— Avez-vous mal quelque part ?

« Seulement au cœur. Et cela remonte à longtemps, longtemps… Quand ma fiancée est tombée amoureuse de mon frère. Et dire que, par manque de disponibilité, je n'avais pas pu me joindre à l'équipe de secouristes alpins, alors qu'ils avaient besoin de moi ! »

Et Roland…

— Non. Tout va bien.

Will fit un effort pour chasser ce pénible souvenir.

— J'espère que les médecins de cet hôpital sont tous aussi expérimentés que vous.

— Je préfère vous prévenir : s'ils me ressemblent, vous feriez mieux de vous faire admettre ailleurs ! murmura-t-elle.

Un voile de tristesse avait assombri le regard de Mallory.

La souffrance, se dit Will, celle qu'il connaissait bien, et qu'aucune médecine au monde ne pouvait guérir — hormis une introspection sincère. Pour cela, il fallait avoir le courage d'affronter ses propres démons…

— Comment vous sentez-vous ?

— …Demande l'homme avec une fracture comminutive du tibia, un radius brisé et une commotion cérébrale, enchaîna Mallory.

A l'évidence, l'impact du véhicule n'avait pas seulement brisé sa jambe. Lorsque Will avait heurté la chaussée, il avait atterri sur son bras, maintenant plâtré…

— Et vous vous en êtes bien sorti, avec juste une fracture fermée du tibia !

Or, le tibia aurait pu percer la membrane interosseuse, provoquant une fracture ouverte.

— M'a-t-on posé une broche ?

Mallory opina.

— Tout à fait. Donc pas de pression sur cet os jusqu'à ce qu'il se ressoude.

Will ferma les yeux.

— Trois mois. Trois mois cloué au lit, à ne rien pouvoir faire ! Au minimum...

— Cela aurait pu être pire, car en cas de fracture du fémur, par exemple, vous seriez sous traction, sans espoir de pouvoir bouger de sitôt. Même avec des béquilles.

« Correct. La traction aurait été nécessaire pour prévenir la rétraction des grands muscles de la cuisse, laquelle entraîne parfois des désordres circulatoires ou même un déplacement des fragments d'os... »

— Et vous auriez perdu beaucoup plus de sang.

— Je l'ai échappé belle ! s'exclama-t-il en ouvrant les yeux. Mais... vous ne semblez pas bien.

Elle haussa les épaules.

— Si.

— Allez donc vous chercher une tasse de café au bar. Ensuite, vous vous assoirez bien gentiment en face de moi et vous me direz tout.

Etait-ce bien *lui* qui venait de parler ?

— Je n'ai rien à raconter.

— Pourtant, j'ai l'impression que vous auriez besoin de vous confier. Je suis médecin. Je vous écouterai sous le sceau du secret professionnel.

— Vous oubliez qu'il faut vous reposer.

— Hum... il faut que j'occupe mon esprit en attendant que le co-proxamol fasse son effet. Alors parlez-moi. Qu'est-ce qui ne va pas ?

Le regard de Will fit capituler Mallory.

Un regard à la fois sérieux et bienveillant qui l'invitait à la confiance et à la confidence. En plus, il était sexy...

Non ! Interdit de se laisser aller à de telles pensées.

Même si Will, en dépit de ses nombreux hématomes, était attendrissant sur son lit d'hôpital, avec ses cheveux bruns qui retombaient en mèches irrégulières sur son front, ses yeux aussi bleus que l'horizon vu du haut des montagnes, sa barbe de plusieurs jours qui donnait dans le genre pirate — et, surtout, les exquises fossettes qui creusaient ses joues lorsqu'il souriait.

Ce serait si facile de céder à cette attirance, se dit-elle.

Hélas, après ce qu'elle venait de vivre avec Geoff, c'était impossible. Elle lui avait tout donné et se sentait dévastée.

Machinalement, elle jeta bref un coup d'œil à la main gauche de Will et nota que son annulaire était dépourvu d'alliance.

Cela ne signifiait rien. S'il n'était pas marié, il vivait probablement avec quelqu'un.

Il n'était donc pas disponible...

En revanche, il ne se trompait pas. Elle avait besoin de parler.

— Le bar se trouve au rez-de-chaussée. Les consommations sont d'une qualité supérieure à celles du distributeur, insista-t-il.

— Je vous ramène quelque chose ?

— Non merci. La caféine grillerait le peu de neurones qui me restent !

— Bon. Je n'en ai pas pour longtemps.

Devant le présentoir du café, Mallory couva du regard un assortiment, très appétissant, de cakes à la cannelle et au gingembre. Elle résista vaillamment à la tentation et commanda un double espresso.

Quand elle pénétra dans le box, Will paraissait dormir, la tête abandonnée sur les oreillers.

Elle sourit tristement.

Leur conversation n'aurait pas lieu... Elle rassembla en hâte ses affaires et se dirigea vers la sortie.

— Où allez-vous ? questionna une voix rauque.

Sous l'effet de la surprise, Mallory faillit lâcher sa tasse de café.

— Moi qui croyais que vous savouriez un bonheur mérité dans les bras de Morphée !

— Eh bien, non ! Je reposais simplement mes yeux. Alors, que faites-vous ici en plein mois de janvier, période peu propice aux vacances ?

Elle frissonna.

— Will, vous avalez vos mots et vous avez l'air si fatigué ! A moins que ce ne soit l'effet du co-proxamol ?

— Ni l'un ni l'autre. Parlez-moi.

Mallory soupira. Puis elle posa son sac à dos et son imperméable sur la table et s'assit en face de lui.

— Il fallait que je m'accorde le temps de la réflexion. Afin de prendre certaines décisions, dans le calme…

— Telles que ?

La jeune femme hésita. Bah ! N'étant pas impliqué dans l'affaire, il pourrait peut-être l'aider à considérer son problème sous un angle différent…

— Laisser tomber ou non ma carrière médicale.

Oui, comment trouver la force de continuer après ce qui s'était passé ? Hélas, si elle abandonnait la médecine, elle briserait le cœur de son père. Quel que soit son choix, il la mènerait au désastre…

— Je puis témoigner qu'en ce qui me concerne, vous avez fait tout ce qu'il fallait.

Elle se mordit la lèvre inférieure.

— Quand j'ai vu l'accident, mon instinct a pris le dessus. Peut-être est-ce le signe que je devrais m'accrocher. Malgré tout…

— Et pourquoi donc cesseriez-vous d'exercer ?

Elle baissa le nez sur sa tasse et se mit à remuer nerveusement son café.

— C'est que… J'ai failli tuer quelqu'un, dit-elle enfin.

2

Mal à l'aise, Mallory n'osait pas regarder Will. Un silence pesant s'était installé, que ce dernier se chargea de rompre.

— Que s'est-il passé ?

La jeune femme leva les yeux et, convaincue qu'il saurait comprendre sans juger, entreprit le récit de ses erreurs passées.

— Au cours d'une consultation, l'une de mes patientes s'était plainte d'une douleur à l'épaule...

Elle déglutit avec difficulté et poursuivit :

— Comme Lindy avait l'habitude de porter son jeune enfant, j'ai cru à une foulure. J'aurais dû penser qu'une épaule douloureuse pouvait provenir d'une irritation du diaphragme.

— Vous avait-elle dit qu'elle était enceinte ?

— Non, répondit Mallory en se mordant la lèvre. Elle m'avait prévenue qu'elle prenait la pilule et qu'elle avait eu une courte période menstruelle deux semaines auparavant. Sachant qu'il peut y avoir des saignements vaginaux en période de grossesse, j'aurais dû m'inquiéter. Elle avait probablement oublié de prendre son contraceptif un soir, et concevoir. Mais je n'ai pas pris la peine de pousser plus loin mon enquête.

Elle but une gorgée de café.

— Grossesse extra-utérine ? avança Will.

— En fait, oui. Et je ne m'en suis pas douté.

— Souffrait-elle de douleurs abdominales ?

— Non.

Will haussa les épaules.

— En l'absence de symptômes décisifs, je conçois qu'un médecin puisse se tromper…

Mallory remarqua que Will avait les lèvres sèches.

Comment pouvait-elle se montrer aussi égoïste en l'accablant ainsi de ses problèmes, alors qu'il devait mourir de soif et avait, en outre, besoin de surveillance ?

Elle abandonna sa tasse sur la table de chevet et approcha le gobelet d'eau et la paille de sa bouche.

— Merci.

Will aspira l'équivalent de deux gorgées puis s'arrêta.

— Je ne veux pas que vous me grondiez, dit-il, esquissant un sourire à faire fondre les neiges des plus hauts sommets. Cela dit, la proportion est d'un cas sur cinq.

— Pardon ?

Elle avait perdu le fil de leurs réflexions.

— Je veux parler des femmes qui font une grossesse extra-utérine, accompagnée de règles normales.

Certes, elle connaissait aussi les statistiques !

— J'aurais dû l'examiner de plus près, Will. Et je ne l'ai pas fait…

Pourquoi ? Parce que, trop préoccupée par la demande en mariage de Geoff, elle avait tergiversé au lieu de lui répondre franchement qu'elle ne l'aimait pas assez pour oublier sa passion pour la montagne et s'installer à New Forest. Finalement, elle avait posé sa démission du cabinet où ils exerçaient ensemble et sollicité un poste de suppléante dans le comté de Cumbria — aussi loin que possible de lui.

Durant les pénibles semaines de son préavis, Geoff avait tellement maigri qu'elle s'était reproché d'avoir manqué de courage, privilégiant son propre bonheur plutôt que celui de l'homme qui l'aimait.

Et c'est à ce moment-là que Lindy, sa patiente, faillit mourir…

— Le jour suivant, reprit-elle, l'une de ses trompes a cédé. Elle a perdu énormément de sang. C'était affreux. Il a fallu l'opérer d'urgence et la transfuser. Si j'avais agi consciencieusement, on aurait détecté le problème au cours de la scanographie, que malheureusement je n'avais pas prescrite.

Will posa sa main valide sur la sienne.

— Nous sommes médecins, mais humains aussi — donc faillibles.

Mallory sentit des frissons courir le long de son dos. Si le bon sens lui commandait de retirer immédiatement sa main, elle ne put s'y résoudre, tant la sensation était agréable.

— Nous sommes tous susceptibles de faire des erreurs, dit encore Will.

Pas de cette ampleur, songea-t-elle.

Et tout ça, parce que son esprit était encombré de ses lamentables dilemmes sentimentaux...

— Mon égoïsme et mon incompétence ont gâché les fêtes de fin d'année de trois familles : celle de Lindy, celle de Geoff, et la mienne !

— Mallory, tout de même, votre patiente n'est pas morte...

— Non.

— S'il lui reste une trompe, elle pourra encore avoir des enfants.

Mallory secoua la tête.

— Oui. Mais cela n'aurait pas dû arriver.

— Votre associé principal vous aurait-il congédiée ?

— Non. J'ai démissionné, dit-elle calmement.

— Pourquoi ?

A cause de Geoff. Or, cela, elle ne pouvait le lui dire.

— Parce que, j'en ai peur, je ne suis pas faite pour la médecine ! Quoique j'appartienne à une famille de médecins depuis des générations et que, depuis l'enfance, j'aie été programmée pour l'être...

— Vous êtes trop sévère envers vous-même.

— Vous croyez ? Je ne suis pas de votre avis. Je suppose que je tiens cela de ma mère. Au moindre ennui, mon premier réflexe est de fuir dans la varappe.

Tout à coup, Will devint livide.

— Ça ne va pas ? s'enquit Mallory d'une voix où perçait l'anxiété.

— Si…

Elle posa une main sur son front. Pas de température. Puis elle lui prit le pouls. Son rythme cardiaque était un peu rapide, tout en étant dans la norme.

Sans doute était-il simplement fatigué…

— Will, je vais vous laisser.

Il secoua la tête.

— Tout va bien. En fin de compte, qu'avez-vous décidé ?

— Je ne suis pas encore fixée, mais je pencherais pour l'abandon de la médecine. Et sinon, faire de la suppléance pendant un temps, ou alors partir à l'étranger dans le cadre de Médecins sans frontières.

A la suite de sa rupture avec Geoff, son père l'avait traitée de lâche : il ne lui avait jamais dissimulé sa joie à la perspective d'un mariage qui lierait deux familles amies de longue date…

L'alpinisme comme moyen de réflexion, songea Will.

Deux de ses proches partageaient ce même point de vue.

L'un était mort, et l'autre — que Mallory l'envisageât pour elle-même n'était pas sans une cruelle ironie — exerçait dans un pays en guerre dans le cadre de Médecins sans frontières.

Et c'était sa faute. Il allait vivre avec cette culpabilité pour le restant de ses jours. Si seulement il avait eu autant d'audace que Roland, son frère jumeau ! Mais on ne pouvait se refaire, et Julie, sa fiancée, était finalement tombée amoureuse de lui…

Le soir où Roland et Julie lui avaient avoué leur liaison, Will, désespéré, avait déconnecté son portable et décroché son téléphone fixe. Il n'était pas de garde ce week-end-là et les secouristes alpins n'avaient donc pas pu le joindre.

Par contre, ils avaient réussi à contacter Roland. Celui-ci avait descendu en rappel la falaise pour aller secourir une excursionniste aussi étourdie qu'irresponsable et qui s'était lancée, dans des conditions météorologiques épouvantables, sur la paroi la plus dangereuse de la région. La corde avait rompu et Roland s'était écrasé dans la faille...

Après ce drame, Julie était partie risquer sa propre vie pour le bien des victimes de quelque guerre lointaine, car rien ne lui importait plus...

Will se secoua intérieurement et chassa ces sinistres souvenirs. Il n'était pas question de lui en ce moment, mais de Mallory.

— Il se pourrait que je détienne la solution, dit-il avec un sourire énigmatique.

Mallory fronça les sourcils.

— Hmm ?

Il pointa son pouce vers sa poitrine.

— Regardez-moi. Je suis médecin, mais complètement infirme. Si vous acceptiez de me remplacer, cela résoudrait nos problèmes respectifs....

— Je viens de vous dire que j'ai failli tuer quelqu'un !

— Cela aurait pu arriver à n'importe quel autre médecin. Et j'ai pu constater que vous aviez déjà tiré les leçons de cet épisode malheureux, puisque vous avez contre-vérifié mes éventuelles réactions au co-proxamol.

— Oui...

Le co-proxamol qui l'avait soulagé de ses terribles souffrances, et lui permettait de s'exprimer de façon cohérente en ce moment.

— Il arrive à tout le monde de douter de soi.

— Rien à voir avec cette erreur qui aurait pu être fatale...

— Erreur que vous ne répéterez pas, enchaîna Will. Tout le monde a droit à une seconde chance.

— Vos associés ne pourraient-ils pas vous relayer ?

— C'est ce qu'ils feront pour les quelques jours à venir. Du reste, je ne suis pas de garde ce week-end. Mais je ne peux leur en demander plus. Dès lundi prochain, il me faudra quelqu'un. Et ceci pour toute la durée de mon congé de maladie.

— Plus la période de rééducation destinée à prévenir l'atrophie musculaire. Et n'oubliez pas : pas d'effort avec cette jambe, car vous risqueriez une mauvaise soudure du tibia.

— Hé, Mallory ! Voilà le discours d'une professionnelle.

— Peut-être...

— Même si vous n'acceptiez de me remplacer que pour un mois, cela soulagerait mes collègues.

— Parlez-en d'abord à votre associé principal, c'est la moindre des choses...

— Il approuve toujours tous mes faits et gestes.

Les yeux plissés, Mallory le scruta.

— Je m'étonne qu'il ne soit pas encore venu vous voir...

— Parce que c'est moi, en fait !

— Quoi ? Vous êtes incroyablement jeune pour occuper ce poste !

Depuis qu'il avait perdu son frère et sa fiancée, il avait tenté d'oublier son chagrin en travaillant comme un fou...

— J'ai trente-quatre ans.

— Que penseront vos collègues quand vous leur raconterez que vous engagez une parfaite inconnue, trouvée par hasard dans la rue ?

— Un médecin qualifié, corrigea Will. Oh, je sais d'avance que Siobhan jurera ses grands dieux que c'est une rencontre du destin ! Tel que je connais Tom, il sera enchanté de vous accueillir. Quant à Nathan, mon gestionnaire, il se réjouira de ne pas avoir à s'épuiser en entretiens de recrutement pour dénicher un suppléant quelconque, qui, en plus, ne voudra travailler qu'une matinée par semaine, comme d'habitude.

Il marqua une pause.

— Hmm... J'espère que... éventuellement, vous consulteriez un peu plus souvent ?

— Bien entendu. Trois ou quatre fois par semaine. Si ce n'est cinq. Et il me resterait encore du temps libre pour explorer les environs.

A l'évidence, elle voulait dire « grimper », et Will lutta pour ignorer la pointe qui s'enfonçait dans son cœur.

— Votre formation professionnelle est-elle à jour ?

— Mes certificats le prouvent.

— Assurance en règle ?

— Tout à fait. Papiers à l'appui.

Elle le gratifia d'un sourire.

— Ne craignez-vous pas, reprit-elle, de vous sentir déphasé après une si longue période sans activité professionnelle ?

— Pas du tout. Ce qui n'est pas le cas de Marion.

— Marion ?

— Marion Prentiss, notre réceptionniste. Je vous préviens, c'est un véritable dragon — et de la vieille école, de surcroît.

— Pas besoin de me faire un dessin !

Il haussa les épaules.

— Mais ça marche ! Aucun patient ne manque un rendez-vous. Et gare au médecin qui arriverait en retard ! Néanmoins, en cas de maladie, c'est toujours notre Marion qui nous vient en aide. Elle est adorable. Il faut juste savoir comment la prendre.

— Au nom du ciel, expliquez-moi !

— Soyez ponctuelle et préparez-lui une tasse de café tous les matins, et elle mangera dans votre main. Et puis il y a la favorite de l'équipe : Hayley, notre infirmière, qui est du genre mamie-gâteau.

— Laissez-moi un temps de réflexion...

— Je vous l'accorde volontiers... Ah, j'ai oublié de vous demander : êtes-vous immatriculée dans la région ?

— Oui. Sachant que mes économies ne seraient pas éternelles, c'est la première démarche que j'ai faite en arrivant dans le comté de Cumbria — quoique je n'avais pas l'intention de m'inscrire avant d'avoir eu l'occasion de faire certaines excursions qui me tiennent à cœur. Cependant, j'ai obtenu ma licence juste avant Noël.

— Les démarches administratives se présenteront donc aucun problème. Réfléchissez à mon offre. Pourquoi ne rencontreriez-vous pas mon équipe qui, j'en suis sûr, vous adopterait d'emblée ? D'autre part, si vous décidez de partir en excursion, je vous demande expressément de me prévenir, et de me communiquer l'heure approximative de votre retour. D'accord ?

Mallory le considéra froidement.

— Vous pouvez compter sur moi. Mais je vous signale que je grimpe depuis vingt ans. Ma mère, qui était très expérimentée, a commencé à nous entraîner, mes frères et moi, dès l'enfance. Et je porte le nom d'un célèbre ascensionniste, George Mallory.

Will nota qu'elle n'avait pas du tout mentionné son père.

— Bien. Ainsi, je serai informé de vos escapades. Une précision : si un jour vous appelez les services de secours depuis votre portable, n'oubliez pas de leur indiquer que vous vous trouvez dans le Lake District. Car au sommet du Scafell, la connexion change et vous obtiendriez Inverness ou l'Ile de Man.

— O.K. Vous savez, j'aime le défi auquel me confronte ce sport. Quand je vois une paroi, je n'ai qu'une envie : la vaincre ! Et rien ne remplace le sentiment de victoire que j'éprouve sur les sommets.

Will leva sa main valide en signe de capitulation.

Certes, il se souvenait de cette sensation enivrante...

Mais la dernière fois qu'il avait enfilé ses chaussures de montagne, il avait été immédiatement submergé par un affreux doute et avait renoncé pour toujours à cet exercice.

De la pure folie, pensa-t-il.

Devant l'air stupéfait de Mallory, il comprit qu'il venait encore de s'exprimer à voix haute.

— Je ne prends aucun risque inutile ! commenta-t-elle d'un ton acerbe.

Comment lui dire que cette remarque ne lui était pas destinée ?

— Désolé. Je ne me permettrais pas de mettre en doute votre bon sens.

— Il n'y a pas de mal.

— Très bien, Mallory. Partez à la conquête de vos montagnes. Mais en toute sécurité, je vous en conjure.

Will préféra ignorer le regard courroucé qu'elle lui lança en rassemblant ses affaires.

— J'attends donc votre réponse à ma proposition demain. *Sans faute.*

— Entendu. Je vous laisse enfin vous reposer. Voudriez-vous que je passe un coup de fil à quelqu'un de votre part ?

— Non merci. Le téléphone arabe marche à la perfection,

dans la ville. Dès l'ouverture du cabinet, vous pouvez être sûre que Nathan se précipitera ici. Bonne soirée, Mallory.

En dépit des douleurs qui l'assaillaient de nouveau, il lui adressa un sourire qu'elle jugea absolument irrésistible...

— Vous de même.

Curieusement, lorsqu'elle disparut derrière le rideau du box, Will éprouva instantanément un intense sentiment de solitude.

Mais qu'est-ce qui lui avait pris de l'embaucher ainsi, sans avoir vérifié au préalable ses références ? Quelle aberration !

Mais voilà ! Mallory Ryman n'était pas ordinaire...

« Inutile de te cacher la vérité, Will Cooper. Cette femme est belle. Belle à tomber par terre ! »

Et ces cinq dernières années, il avait plutôt suivi sa tête que son cœur...

Pourtant, il n'était pas prêt à changer de ligne de conduite. Si Mallory acceptait de le suppléer, et si ses papiers étaient vraiment en règle, ils seraient amis.

Rien de plus.

Car comment pourrait-il flirter avec une fanatique de l'alpinisme, quand la montagne avait déjà bouleversé sa vie ?

3

Mallory agrippa l'arête rocheuse d'une main. Ses muscles tiraient. C'était ce qu'elle aimait dans l'ascension : pousser son corps au-delà de ses propres limites avant de côtoyer, triomphante, les cimes.

D'étirements en contractions, elle se hissait sur la paroi, enfonçant les crampons de ses chaussures dans le roc neigeux. Puis elle tâtonnait encore, à la recherche de la prochaine prise...

Oui, elle aimait prendre des risques.

Elle n'en prenait pas, cependant, de trop grands. Elle s'abstenait, par exemple, de grimper par temps de pluie ou de brouillard, ou lorsque la température descendait au-dessous de zéro et qu'une glace noire recouvrait les rochers.

A moins que ce ne fût dans le cadre d'un entraînement en groupe, ce qu'elle considérait comme une préparation pour l'ascension de l'Everest — son rêve secret...

Tout en grimpant, elle réfléchissait.

Fallait-il accepter l'offre de Will ? Avait-il raison ? Méritait-elle une autre chance ?

Sans doute...

L'une de ses consœurs aurait-elle commis la même erreur, elle ne l'aurait probablement pas jugée aussi durement...

Ce n'en était pas moins pour elle une leçon d'humilité. Sans cette expérience malheureuse, elle se serait crue à l'abri de ce genre de méprise, frôlant la perfection dans sa profession, en digne fille de son père et de ses aïeux à la réputation sans tache.

Pour l'avoir fait plusieurs fois, elle savait comment procéder pour résoudre un problème : se concentrer dans l'effort et laisser son subconscient travailler.

Essoufflée mais grisée, elle parvint au sommet de l'Helvellyn et s'assit sur une grosse pierre, plongeant un regard ébloui dans la vallée.

A l'est et à l'ouest, Ullswater et Thirlmere étincelaient sous le pâle soleil de janvier. C'était une journée merveilleusement claire, sans le moindre nuage. Au loin, Blencathra et les pics étincelants de Siddaw se détachaient sur le ciel bleu.

Il faisait un froid glacial et elle ne sentait plus le bout de son nez. Fouettées par le vent, les parties exposées de son visage devaient avoir rougi. Mais elle ne put s'empêcher de sourire, comme si elle était enfin parvenue à son lieu de prédilection.

Chez elle, enfin.

Pendant les jours sombres qui avaient précédé sa démission, elle avait senti l'appel des cimes de Cumbria. Si elle acceptait de suppléer Will, songea-t-elle soudain, elle pourrait jouir quand bon lui semblerait de leur présence toute proche...

Hélas, Will présentait un autre problème. A l'évidence, ils éprouvaient de l'attirance l'un pour l'autre.

A la rigueur, s'ils s'étaient rencontrés dans d'autres circonstances...

Et puis non !

Et au cas où ils travailleraient un jour ensemble — ce qui paraissait peu probable —, elle se promit de maintenir leur relation sur le plan strictement professionnel.

La sonnerie de son portable la fit sursauter. Sans regarder le cadran, elle le sortit de sa poche intérieure et le colla à son oreille.

— Mallory Ryman.

— Salut, beauté !

Mallory gloussa en reconnaissant la voix de la seule personne à qui elle souhaitait justement parler à cet instant : Renée — sa belle-sœur.

— Renée ! Comment vas-tu ?

— Très bien, chérie. Où es-tu ?

— Au sommet de l'Helvellyn. Je contemple une vue splendide. Tu adorerais.

— Tu plaisantes ? Avec tout cet effort à fournir d'abord ? Je préfère le jacuzzi !

Mallory éclata de rire. Renée était une hédoniste avouée.

Quand elle lui avait exposé son dilemme, sa belle-sœur lui avait suggéré un séjour d'une semaine dans un centre de thalassothérapie, avec caisse de flottaison, massages et bains de boue, sans oublier l'entraînement en salle — le tout ponctué par de sérieuses séances de shopping.

— As-tu enfin réussi à ruiner Mikey ?

— J'ai encore de la marge, mais je m'y emploie ! Sans blaguer, chérie, cela fait une semaine que tu n'as pas téléphoné. La famille rouspète. Et Geoff voudrait te voir.

Mallory faillit s'étrangler.

— Tu ne lui as pas dit où je me trouvais, j'espère ?

— J'aurais eu du mal, chérie ! Tout ce qu'on sait, c'est que tu séjournes quelque part dans le Lake District pour « faire le point ». De toute façon, je lui ai parlé, et je crois qu'il a compris que ta décision était irrévocable.

— Merci, Renée.

— Il est charmant, mais trop casanier pour toi. Il te faut un grimpeur qui partage tes aspirations.

— Bien que tu n'accompagnerais pour rien au monde Mikey sur les parois, tu m'as toujours comprise.

— Et je n'ai jamais cherché à éloigner ton champion de frère de sa passion. Cela fait toute la différence. Alors, la grimpette t'a-t-elle aidée à trouver la solution ?

— Oui et non...

— Tu veux mon avis ?

Renée n'attendit pas son feu vert :

— Tu es un excellent médecin, Mallory. Mais tu es obnubilée par cette triste erreur médicale et tu te déchires. Ecoute-moi. Je t'assure que tu ne regardes pas dans la bonne direction.

— Que veux-tu dire ?

— Tu as tort de te culpabiliser. Cela aurait pu arriver à Mikey, à Jonno, à ton père. Les Ryman ne sont pas parfaits ! Chérie, voilà le problème : tu exerçais trop près du cabinet familial.

— New Forest n'est pas si proche de Gloucestershire.

— Aux Etats-Unis, on considère que c'est la porte à côté. Mais ne m'entraîne pas sur un autre sujet. Ne reviens pas ici où les hommes de ta famille ont l'œil rivé sur toi. Redémarre ailleurs sur de nouvelles bases, dans un cabinet où nul ne te connaît et où tu seras appréciée au mérite.

Mallory soupira.

— Hmm... Tu as peut-être raison. Quoi qu'il en soit, tôt ou tard, il va bien falloir que je travaille, car je n'ai presque plus d'argent. J'ai... On m'a proposé un poste de suppléante.

— Sur place ?

Mallory raconta rapidement comment elle avait rencontré Will.

— Je lui ai tout dit. Selon lui, j'ai droit à une autre chance.

— Je ne le contredirai pas ! s'exclama Renée. Il faut battre le fer tant qu'il est chaud, Mallory. Va tout de suite visiter ce cabinet et rends-toi compte par toi-même. Si tu t'y sens bien, commence par une période d'essai qui te permettrait, le cas échéant, de quitter ton poste sans que personne n'y trouve à redire.

— Très juste.

Renée pouffa.

— Je ne te le fais pas dire, chérie. J'ai *toujours* de bonnes idées ! Tiens-moi au courant. Au fait, sache que ta mère partage mon avis. Et compte sur moi, je ne dirai rien aux hommes. Quand tu seras sûre de ton coup, tu les préviendras. O.K. ?

— O.K.

— Prends soin de toi.

— Toi aussi. Et... Renée ?

— Oui ?

— Merci.

— De rien, chérie. N'hésite pas à m'appeler au moindre souci.

Mallory redescendit dans la vallée en hâte et prit la route de Darrowthwaite.

Construit en matériaux traditionnels dans le style des maisons du quartier, l'immeuble qui abritait le cabinet de Will était superbe. Après avoir garé sa voiture non loin, elle sonna à la porte.

— Aucun des médecins ne pourra vous recevoir aujourd'hui, mademoiselle, annonça la réceptionniste sans ménagement.

Mallory lui tendit la main.

— Madame Prentiss, je suppose ?

Cette dernière fronça les sourcils.

— Vous êtes ?

— Mallory Ryman. J'aimerais échanger quelques mots avec le gestionnaire.

Mme Prentiss pinça les lèvres et détailla Mallory des pieds à la tête.

— Cela vous décevra peut-être, madame Prentiss, mais vous n'avez pas affaire à une droguée, comme vous semblez le penser. Je me suis occupée du Dr Cooper après son accident, et c'est lui qui m'a conseillé de prendre rendez-vous avec Nathan.

Le café. Will lui avait dit quelque chose au sujet du café...

— M'introduirez-vous, si je... Si je vais vous chercher une tasse de café ?

A sa grande surprise, la réceptionniste éclata de rire.

— Je vois que Will vous a expliqué comment m'amadouer, n'est-ce pas ?

— C'est-à-dire... balbutia Mallory en rougissant.

— Troisième porte à droite, coupa Mme Prentiss. Nathan vous attend. Je parie que le sommet de l'Helvellyn était glacial, non ?

— Froid mais revivifiant.

La porte du bureau s'ouvrit comme Mallory s'apprêtait à frapper.

— Je suis heureux de vous voir, docteur Ryman, dit Nathan. Will ne me lâche pas. Il m'a au moins téléphoné six fois aujourd'hui pour me demander si vous étiez passée ! L'ascension était-elle bonne ?

— Excellente.

— Je suppose que Will vous a déjà mise au parfum. Si vous avez des questions, je me ferai un plaisir de vous répondre.

A son goût, cela allait trop vite. Elle n'avait même pas encore donné son accord !

— Désolé... je vois que je précipite un peu les choses, reprit Nathan. Suivez-moi, je vais vous faire visiter.

Très cossu, le cabinet comprenait quatre salles de consultations et une infirmerie.

— Cette pièce supplémentaire est destinée aux spécialistes qui consultent chez nous sur une base hebdomadaire, un jour chacun : un phlébologue, un ostéopathe, un chiropracteur et un kinésithérapeute. Il y aussi un autre cabinet, plus petit, dévolu à la gynécologue.

— C'est admirablement organisé, observa Mallory.

Lorsque Nathan l'escorta vers son bureau, toutes les portes qui donnaient dans le couloir s'ouvrirent au même instant.

— Mallory, je suppose ? Je suis Siobhan Reilly, lui dit une jolie blonde en la saluant. Et voici Tom Fitzgerald.

Rond et jovial, Tom la gratifia d'un sourire chaleureux.

— Vous êtes ascensionniste ! Quel courage !

— Hep, vous deux, retournez à vos patients ! A moi, maintenant ! lança une voix rieuse derrière eux.

Les médecins gloussèrent.

— Oui, Tati, répondirent-ils en chœur, avec un signe d'adieu à l'intention de Mallory. A bientôt !

Puis ils disparurent derrière leurs portes respectives.

— Je suis Hayley, l'infirmière de service. Je voulais vous dire bonjour. Et merci par la même occasion d'avoir veillé sur notre Will.

— De rien.

— Nous avons été effarés en apprenant qu'il avait eu un second accident. C'est trop injuste ! Mais il semble aller le mieux possible. Grâce à vous.

— Je n'ai pas fait grand-chose, vous savez... Je l'ai simplement empêché de s'endormir en attendant l'arrivée de l'ambulance.

Que voulait dire Hayley par « un second accident » ?

— Très heureuse de vous avoir rencontrée. Malheureusement, je dois vous laisser : j'ai deux patients qui attendent leur piqûre de tétanos. Si je les retiens plus longtemps, la frousse les gagnera et ils seront tentés de repartir chez eux !

Après un tel accueil, Mallory ne pouvait que suivre le conseil de Renée...

Elle pivota vers Nathan qui rangeait des dossiers sur son bureau.

— J'accepte l'offre de Will, déclara-t-elle. Mais ne lui dites rien ; j'aimerais le lui dire moi-même.

— Oh, après m'avoir importuné toute la journée à votre sujet, il ne mérite que mon silence !

— Asseyez-vous, je vous prie. L'escalade était-elle bonne ? s'enquit Will, à peine Mallory avait-elle écarté le rideau du box.

— Oui. Merci. Je vous ai apporté du raisin sans pépins. Je l'ai lavé pour vous, il est propre et tout frais.

Elle déposa les grappes sur la table qu'elle fit pivoter jusqu'à son lit pour lui permettre d'y goûter.

— Comme c'est gentil ! A propos, avez-vous rencontré Nathan ?

— Il ne vous en a pas informé ? fit-elle, une lueur de malice dans les yeux.

— Pas du tout !

— Rassurez-vous : je l'ai vu.

— Et ?

Mallory lui tendit une enveloppe en souriant.

— Qu'est-ce que c'est ?

— Mes diplômes et certificats divers.

— Alors, c'est d'accord ? dit-il en jetant un regard distrait sur ses papiers.

Mallory hocha la tête.

— En principe, jusqu'à ce que vous soyez remis. Néanmoins, je préférerais commencer sur une base d'une semaine à l'essai.

— Tout à fait correct.

— Une fois que vous aurez pris connaissance de mes attestations.

— En avez-vous remis une copie à Nathan ?

— Oui. En même temps que tous les autres documents administratifs.

Il la gratifia de son fameux demi-sourire.

— Parfait. Bienvenue à bord du cabinet médical de Darrowthwaite, docteur Ryman ! A présent, puis-je vous demander une faveur ?

— Laquelle ?

Sa voix passa au registre grave :

— Sortez-moi d'ici ! Je ne pourrai pas supporter une nuit de plus dans un établissement aussi bruyant.

— Will... Avec un bras dans le plâtre et une broche à la jambe, ce n'est pas raisonnable. Vous n'êtes pas autonome !

— Mon cottage comporte une salle de bains au rez-de-chaussée et il y a un convertible dans le séjour. Je me débrouillerai.

— Ma tête à couper qu'il est encore en train de se plaindre ! s'écria l'infirmière en pénétrant dans le box. Je vous le garantis, les médecins sont les pires patients qui soient ! Ils demandent sans arrêt à consulter leur suivi, râlent pendant l'examen de routine, et prétendent rentrer chez eux quand rien ne les y autorise !

Elle prit la température de Will et vérifia son pouls.

— Pouls apyrétique normal. Pas de nausées. Pas de douleurs. Plaies saines, sans trace d'infection ni irritation, murmura-t-elle en changeant les pansements.

Après avoir ponctué chacun des commentaires de l'infirmière en levant un doigt de sa main valide, Will hasarda :

— Maintenant, puis-je rentrer chez moi ?

— Rappelez-vous ce que le médecin vous a dit ; à une seule condition : que vous ayez quelqu'un à domicile pour prendre soin de vous.

— Will, vous êtes dans le meilleur établissement qui soit, fit valoir Mallory.

— Je vais appeler un taxi et signer tout de suite une décharge, maugréa-t-il.

— S'il vous plaît, mademoiselle, ramenez votre petit ami à la raison ! plaisanta l'infirmière en tournant les talons.

Mallory se sentit rougir.

— Qu'en dit votre femme ou votre petite amie ? lança-t-elle prudemment.

— Je suis célibataire, répondit Will d'un ton sec. Et je tiens à le rester.

Au vu de sa réaction, songea Mallory, elle venait de raviver d'anciennes blessures.

— Et votre mère ?

— Je vous en supplie ! Cela s'est suffisamment mal passé quand je l'ai informée de cet accident. Surtout après...

Will s'interrompit brusquement.

— Ecoutez, je peux m'arranger. Mme Hammond viendra un peu plus souvent pour s'occuper de la maison et si je le lui demande gentiment, elle me fera la cuisine et la vaisselle. Et puis il y a vous ! Tout ce dont j'ai besoin, c'est d'une chaise longue dans le jardin.

— C'est risqué, plaida Mallory.

Will serra les dents.

— L'idée de rester ici un jour de plus me rend fou ! Tous les patients savent maintenant que je suis médecin et ils défilent dans mon box pour me demander ce que je pense du moindre de leurs bobos. C'est pire que tout !

Il marqua une pause. Juste le temps d'esquisser un sourire — un peu amer.

— Vous m'avez dit que vous acceptiez de me suppléer pour une période déterminée... Chercheriez-vous autre chose ? Serait-ce indiscret de vous demander où vous séjournez ?

Mal à l'aise, Mallory anticipa le reste.

— A l'hôtel Les Tilleuls, répondit-elle, ignorant une partie de la question.

— Je vous propose une meilleure solution. J'ai une chambre d'amis... Et si vous acceptiez d'habiter chez moi, ils me laisseraient partir d'ici sans problème puisque j'aurais un médecin à domicile !

Il fit une petite grimace et ajouta :

— Mallory, ceci n'est pas du tout une tentative de séduction. Partager mon cottage jusqu'à ce que je sois sur pied n'implique pas que vous deviez partager mon lit !

Elle sentit tout à coup une étrange chaleur irradier dans tout son corps. Il lui fallait avouer qu'elle n'avait pas encore songé à cette éventualité.

Mais puisqu'il l'avait mentionnée...

Et puis non ! Will Cooper avait beau être craquant, elle s'interdisait absolument d'avoir une liaison avec lui.

Cette fois, pas question de mêler relations amoureuses et travail, se persuada-t-elle.

— Je l'espère bien ! s'exclama-t-elle.

— Alors qu'est-ce qui ne va pas ?

— C'est que... je ne suis pas femme d'intérieur.

— Expliquez-vous.

Elle releva le menton :

— Ne comptez pas sur moi pour les travaux ménagers.

— Je n'avais pas l'intention de vous atteler à la tâche. Comme je vous l'ai dit, Mme Hammond est à mon service.

— Je ne sais pas non plus cuisiner...

Will leva un sourcil.

— Puis-je vous demander ce que vous savez faire ?

— Garder les troupeaux et tondre les moutons. Je l'ai fait en Australie pendant un an, juste après mes études. Pour le reste, je ne vaux rien.

— Cela me convient très bien. Nous nous nourrirons de pizzas et de frites. Mais pour l'amour du ciel, sortez-moi de là !

Mallory laissa échapper un soupir.

— Entendu. Je vais essayer de vous obtenir la permission de quitter l'hôpital demain.

— Aujourd'hui, Mallory ! S'il vous plaît...

Il lui adressa un regard si doux qu'elle sentit fondre toute sa détermination.

Mallory revint quelques minutes plus tard.

— C'est impossible avant demain, annonça-t-elle.

— Demain ? répéta Will, horrifié.

— Ils vous libèreront dans la matinée, après la tournée du médecin. Et seulement si celui-ci juge que vous êtes en état. Ils sont inébranlables sur ce point et je n'ai rien pu obtenir de plus.

Will secoua la tête.

— Je vous assure que je me sens mieux. Beaucoup mieux ! Je promets de me reposer, de m'astreindre à la rééducation, de…

— Will, vous avez été renversé par une voiture hier matin !

— Mais elle ne roulait pas très vite et le conducteur a fait en sorte de m'éviter !

— Vous voulez dire que le véhicule vous a bel et bien heurté, et que vous avez failli y passer ! Un peu de bon sens !

Avec ses folles échappées sur les montagnes, elle avait beau jeu de parler de bon sens ! pensa Will.

— Bien ! Je capitule. Mais gare à vous : laissez-moi ici un jour de plus, et j'éclate ! Si vous voulez vous installer chez moi dès ce soir, prenez mes clés. Elles sont dans le placard. Celle qui porte un morceau de scotch vert ouvre la porte d'entrée, et l'autre, la porte de service. Je possède un trousseau supplémentaire à la maison, il sera pour vous.

— Après tout, vous ne me connaissez pas. Vous prenez un grand risque… Et si j'étais une voleuse ou une meurtrière, au lieu du médecin que vous croyez ?

Il leva la paume de sa main valide.

— Je vous invite chez moi avec plaisir, docteur Ryman. Vendez ma chaîne stéréo, emparez-vous de l'argenterie de famille. Faites ce que vous voudrez, mais, par pitié, sortez-moi d'ici !

— Un peu de sérieux, Will !

— J'ai confiance en vous, Mallory. Rien ne vous obligeait à me parler de l'erreur médicale que vous avez commise. J'étais prévenu. Malgré cela, j'ai jugé bon de vous offrir ce poste. Et s'il y avait quelque chose de louche vous concernant, Nathan qui a accès à certains fichiers l'aurait su et il me l'aurait immédiatement transmis.

— Prenez-vous toujours des décisions aussi hâtives ?

— Oui.

C'était un demi-mensonge puisqu'il venait d'innover. Habitué à réfléchir longuement avant d'agir, voilà qu'il se retrouvait en train de prier une femme quasi inconnue de partager sa maison. Cela semblait insensé !

Mais, tout bien considéré, se dit-il, il était peut-être temps de prendre certains risques...

— Les clés, lui rappela-t-il.

Elle se tourna vers le placard, ouvrit le battant et saisit le trousseau sur l'étagère.

— Aviez-vous réservé votre chambre pour un nombre de jours déterminé ?

— Non.

— Comment êtes-vous venue ? En voiture ou en train ? Je ne sais même pas si vous savez conduire.

— Ne vous inquiétez pas ! Ma voiture est garée sur le parking de l'hôpital.

Soulagé, Will s'enfonça contre l'oreiller.

— Bien, docteur Ryman. Et soyez là demain matin. Sinon, ma vengeance sera terrible !

4

Mallory régla sa note d'hôtel et s'installa dans le cottage de Will le soir même. Celui-ci était petit et fonctionnel et l'on aurait été bien en peine d'y déceler la moindre touche féminine. Fallait-il en conclure que Will n'avait jamais vécu avec celle qui semblait lui avoir brisé le cœur ?

Aucune des trois photos sur le buffet du salon ne lui fournit l'indice qu'elle cherchait. L'une représentait un couple qu'on devinait être ses parents, l'autre un colley au poil brun et blanc, et la troisième montrait Will en compagnie d'un homme qui lui ressemblait fort, n'était sa blondeur.

Soudain, prêtant attention au paysage, elle remarqua qu'ils se trouvaient au sommet d'une montagne. Si Will était alpiniste, pourquoi donc avait-il fait tant d'histoires quand elle avait évoqué ce sport qui la passionnait ?

C'était incompréhensible.

Tout compte fait, ce mystère ne la regardait pas et, repoussant ces vaines pensées, elle entreprit de se familiariser avec son nouveau logement.

La cuisine américaine lui parut bien aménagée. Au milieu de la table en pin trônait un compotier rempli de fruits qui conférait à la pièce une plaisante sensation de prospérité. Des bouteilles, soigneusement rangées sur une étagère, clamaient sur leurs belles étiquettes l'excellence de leur cru — et du goût de leur propriétaire...

Dans le séjour, dépourvu de télévision, des rayonnages remplis de livres et de CD couvraient les murs, et la chaîne stéréo portait le logo de l'une des meilleures marques. La salle de bains était sobre, mais confortable. Le jardin, quoique petit, comportait un abri pour la tondeuse et quelques outils de jardinage.

Après un dîner frugal, elle se glissa dans le lit de la chambre d'amis et, pour la première fois depuis des semaines, dormit d'un sommeil réparateur.

Le lendemain, en fin de matinée, elle se présenta à l'hôpital.

Assis dans un fauteuil roulant, les doigts de sa main valide tambourinant d'impatience sur la table, Will l'attendait, habillé et rasé de frais.

« Cet aspect lisse et soigné lui sied aussi bien que le look pirate qu'il affichait la veille», se dit Mallory.

Mais quand donc perdrait-elle l'habitude de le considérer comme un parti potentiel ?

— Ouf ! vous voilà ! s'exclama Will dès qu'il l'aperçut. J'ai l'impression de moisir ici depuis des siècles ! Merci d'être venue me chercher, Mallory.

Elle lui sourit chaleureusement.

— Maintenant, rentrons à la maison !

Sitôt tenus, la portée de ses propos la frappa. Fort heureusement, Will, tout à sa hâte de quitter les lieux, ne sembla pas y prêter attention.

Elle poussa son fauteuil roulant jusqu'au parking et, tant bien que mal, réussit à l'installer sur le siège passager de sa petite Renault.

— Pour les visites à domicile, je vous prêterai mon 4x4. Les routes peuvent s'avérer glissantes par mauvais temps. Je vais faire inscrire votre nom sur ma police d'assurance.

— Si vous voulez...

Il eut un sourire en coin.

— On dirait que nous sommes sur la même longueur d'onde...

Une fois de plus, elle sentit des frissons courir sur sa peau et la surprise la laissa muette. Pour masquer sa gêne, elle se concentra sur sa conduite et, un quart d'heure plus tard, elle freinait devant le cottage.

Avec son aide mais avec peine, Will traversa le jardin sur ses béquilles. Puis il soupira de soulagement en s'abandonnant contre les coussins moelleux du sofa.

— Après tous ces efforts, un petit verre de vin ne me déplairait pas. Un chablis bien frais.

— Pas d'alcool avec le co-proxamol ! se récria Mallory.

Il eut une petite moue comique.

— Premier inconvénient : partager sa maison avec un autre médecin ! Vous pourriez m'octroyer un petit écart, non ? se plaignit-il.

— Hors de question. Vous pouvez choisir entre un thé… et un thé !

— Ne me feriez-vous pas l'aumône d'un café, implacable geôlier ?

— Puisque vous le demandez si gentiment…

Elle tourna les talons et revint quelques minutes plus tard avec un plateau.

Amusée, elle nota que Will en rosissait de plaisir.

— Du vrai café ? s'enquit-il. Alors vous savez tout de même faire quelque chose dans une cuisine…

— C'est une question de survie ! dit-elle avant de verser le liquide chaud dans les tasses. Du lait ? Du sucre ?

— Ni l'un ni l'autre. Merci.

Il avala quelques gorgées brûlantes qui lui procurèrent un réconfort immédiat.

— Mmm… Il est délicieux !

Il s'attarda sur l'assortiment de gâteaux.

— Vous avez deviné ou quelqu'un vous a dit…

— Quoi ?

— Que j'aimais le cake aux noix de pécan.

— Une intuition.

— Et le pain d'épice aussi. De mieux en mieux ! Mais saurez-vous passer avec succès cette épreuve : aimez-vous les anchois sur la pizza ?

— Je déteste !

— Un pas en avant, un pas en arrière…

Il savoura une autre gorgée de café. Après cette rebuffade, comment enchaîner naturellement ?

— Pourquoi aviez-vous choisi d'exercer à New Forest ?

— Quoi ? fit-elle en sursautant.

— New Forest est très éloigné de la montagne. Pourquoi ne pas avoir choisi le Pays de Galles, le Derbyshire, ou même cette région pour pouvoir pratiquer votre sport favori ?

Elle demeura silencieuse quelques secondes, refusant d'en dire davantage. Mais Will était expert dans le maniement de l'arme la plus sûre d'un médecin : la patience.

Finalement, elle dut céder.

— Charles est le meilleur ami d'université de mon père, commença-t-elle. Après mes études, il m'a offert un poste dans son cabinet, pensant que ce serait mieux pour moi de débuter ailleurs que dans le cabinet familial. A ce moment-là, cela m'avait semblé une bonne idée.

— Et l'alpinisme ?

— Je passais mes week-ends dans l'un des centres sportifs de la région, où il y avait un mur d'escalade. Je me rendais aussi régulièrement dans le Derbyshire. Un été, j'ai participé au championnat des trois pics, le Ben Nevis, le Scafell et le Snowdonia. J'ai toujours été reconnaissante envers Charles de m'avoir fait bénéficier d'un crédit spécial vacances à cette occasion.

— Mais ?

Elle baissa les paupières.

— De toute façon, il aurait fallu que je parte. A un moment ou à un autre... Même sans l'incident de Lindy.

— Parce que la montagne est une nécessité pour vous.

Certes, songea-t-elle. Mais aussi à cause de Geoff...

— Un jour, j'espère pouvoir me joindre à une expédition sur l'Everest.

Tout à coup, Will se raidit et son visage se ferma.

— Si cela vous tient à cœur...

Avait-il perdu la femme qu'il aimait en montagne ? se demanda-t-elle.

Préférant éluder, Mallory déclara :

— A vrai dire, je voulais vous parler des consultations de lundi.

— Elles commencent à 8 h 30. Et l'après-midi... la réunion hebdomadaire du personnel aura lieu.

— Hmm... J'ai pensé qu'il serait souhaitable que vous assistiez à ma première consultation.

Will fronça les sourcils.

— Pourquoi ? Vos compétences sont indéniables... Bah ! si vous y tenez, j'accepte. Pour tout vous dire, j'ai eu Charles au téléphone ce matin. Juste avant que vous ne veniez me chercher à l'hôpital.

Mallory écarquilla les yeux.

— Et que vous a-t-il dit ?

— Que vous étiez un bon médecin. Mais que vous aviez besoin de mettre de l'ordre dans votre vie.

Charles lui avait-il parlé de Geoff ? Will voulait-il insinuer qu'il était au courant ?

— Je présume qu'il vous a parlé de Lindy...

Will secoua la tête.

— Je lui ai dit que vous m'aviez informé. Et nous sommes tombés d'accord sur le fait qu'il s'agissait d'une erreur honnête, si je puis m'exprimer ainsi. Une erreur que n'importe quel autre médecin aurait pu commettre.

Will haussa un sourcil avant d'ajouter :

— Il est aussi d'avis que vous serez plus heureuse ici.

Mallory se décontracta. Ainsi, Charles ne semblait pas avoir précisé qu'elle avait failli devenir sa belle-fille...

Le week-end passa à toute allure.

Will s'avéra un hôte aux manières charmantes. Respectant leur accord au sujet des tâches ménagères, il suggéra de tester, un par un, les restaurants de plats à emporter de la rue principale.

Toutefois, Mallory s'avisa qu'il riait rarement.

A de nombreuses reprises, elle l'avait surpris, le regard fixe et voilé de tristesse, comme claquemuré dans un mutisme douloureux.

Le dimanche, Will lui ayant promis de se cantonner à un immobilisme de bon aloi pendant son absence, Mallory, désireuse de mettre en fuite ses démons intérieurs, partit escalader le Scafell.

Le lundi, en forme pour attaquer la semaine, elle se rendit au cabinet avec Will qui lui indiqua sans tarder l'emplacement des différents instruments avant l'arrivée du premier patient.

— Je vous présente Craig Clarke et sa mère Rita, annonça Will. Rita, voici le Dr Mallory Ryman, ma remplaçante.

— Enchantée. D'après la rumeur, c'est vous qui vous êtes portée au secours de notre Dr Will, n'est-ce pas ?

— En quelque sorte, répondit Mallory, intimidée.

Il n'était pas exagéré de supposer que cette même rumeur avait véhiculé la nouvelle de son installation chez Will. Chassant cette pensée désagréable, Mallory s'agenouilla devant le garçonnet.

— Qu'est-ce qui t'arrive, Craig ?

L'enfant renifla bruyamment.

— Maman n'arrête pas de répéter qu'elle en a marre de me voir enrhumé. Elle dit que vous allez me donner des antibiotiques qui me feront du bien.

— S'il s'agit d'un simple rhume, les antibiotiques resteront sans effet, observa Mallory d'une voix douce en se relevant. Madame Clarke, son état empire-t-il à certaines heures ?

— Oui. Pendant les week-ends. Et il tousse beaucoup la nuit.

Cela ressemblait plutôt à une sorte d'allergie chronique, pensa Mallory. Ou à de l'asthme.

— Que fais-tu pendant les week-ends, Craig ?

— Je m'occupe des moutons avec papa et je joue dans la grange.

— La grange est-elle vide ?

— Peuh ! Bien sûr que non ! C'est là que nous entreposons le foin.

— Et après l'école, vas-tu y jouer ?

— Parfois...

Mallory hocha la tête et ouvrit un tiroir du bureau.

— Je vais t'ausculter, Craig, dit-elle en se munissant du stéthoscope. Soulève ton sweater, veux-tu ?

En effet, sa respiration était rauque — mais pas sifflante.

— Très bien, mon grand. Maintenant, nous allons jouer ensemble : montre-moi jusqu'où tu peux faire monter la flèche que tu vois sur ce tube. Allons-y, prends une grande inspiration et souffle dans ce tuyau aussi fort que possible !

Craig s'exécuta et Mallory nota le paramètre qu'elle trouva trop bas pour un enfant de sa taille.

— Tu veux bien recommencer une seconde fois ?

Craig acquiesça avec un sourire.

— Aurait-il de l'asthme, docteur Ryman ? fit Rita.

— C'est possible. Je refuse de me prononcer avant les résultats de la radio que je vais lui prescrire avec une analyse de sang, par précaution. Etes-vous sujets à l'asthme dans la famille ?

— Non.

— A l'eczéma ou à d'autres allergies ?

— Non plus.

— Votre fils pourrait réagir aux spores de moisissure du foin. Qu'en pensez-vous, docteur Cooper ?

Will approuva d'un signe de tête.

— A mon avis, renchérit Mallory, nous avons affaire à une alvéolite extrinsèque. Ces fameux spores de moisissure provoquent une inflammation des alvéoles pulmonaires, ce qui entrave la respiration.

Mallory se tourna vers Craig.

— Est-ce que tu t'essouffles vite quand tu cours ?

— Je déteste la gymnastique. Ça me fait tousser.

— Pour t'amuser, tu devras trouver un autre endroit que la grange, Craig. Ou alors il faudra que tu portes un masque spécial, ce qui n'est pas drôle.

Puis Mallory s'adressa à Rita.

— Comme il est jeune, nous allons pouvoir enrayer ça avant que ses poumons ne soient endommagés. Je vais prescrire un traitement à base de stéroïdes. Rassurez-vous : ils n'ont rien à voir avec ceux que l'on prend pour favoriser la musculation. Tu aimes le chocolat ? demanda-t-elle encore au petit garçon.

— J'adore !

— Dans ce cas, concluons un marché. Si tu me laisses prendre un peu de ton sang, je t'en donnerai. Je te promets que ça ne te fera pas plus mal qu'une légère égratignure.

Craig, quoique arborant un air dubitatif, se prêta au jeu de bonne volonté.

— Oh, tu as vu le joli rouge-gorge qui volète derrière la fenêtre ? lui dit Mallory en désinfectant le pli de son coude gauche.

A peine le petit garçon avait-il tourné la tête, qu'elle introduisit l'aiguille dans la veine.

— Je n'ai pas vu le rouge-gorge ! maugréa-t-il en reportant son attention sur elle.

— Les oiseaux sont plus rapides que nous, tu sais. Ça ne fait rien, tu as été super ! le félicita Mallory en rebouchant prestement le flacon.

Elle ouvrit la porte d'un petit placard et lui tendit un énorme rocher praliné.

— Merci, docteur Mallory.

— Avec plaisir, mon cœur.

Elle tapa l'ordonnance sur ordinateur et l'imprima.

— Madame Clarke, j'ai prescrit un inhalateur à Craig. Veillez à ce qu'il l'utilise régulièrement. Cela enrayera l'inflammation des tissus, et facilitera sa respiration. Si quoi que ce soit vous inquiète, n'hésitez pas à m'appeler. J'aimerais vous revoir dans deux semaines.

Rita se leva et, posant une main affectueuse sur la tête de son fils, se dirigea vers la sortie.

— Merci, docteur, et à bientôt.

— J'ai noté le truc du rouge-gorge dans mes tablettes ! observa Will. Prête pour la prochaine consultation ?

Mallory appuya sur l'Interphone pour signaler à Marion qu'elle était disponible.

— Tout à fait.

Consciente qu'elle venait de reprendre sans heurt un travail qu'elle avait failli abandonner, Mallory s'étonna de l'heure tardive lorsqu'elle raccompagna le dernier patient de la matinée.

— Comment vous sentez-vous ? s'enquit Will.

— Beaucoup mieux que je n'aurais cru.

— Vous êtes un bon médecin, Mallory.

Il se pencha légèrement vers elle et lui caressa la joue.

Au contact de sa main, elle éprouva une réaction si intense qu'elle dut se retenir pour ne pas exprimer son saisissement.

— Reposez-vous un peu. Le boulanger d'à côté vend les meilleures baguettes de la ville. La réunion du personnel n'aura lieu qu'à 13 h 30 dans le bureau de Nathan.

Puis il se hissa péniblement sur ses béquilles et quitta la pièce.

Pourquoi ses lèvres tremblaient-elles ainsi après cette simple caresse amicale destinée l'encourager ? s'interrogea Mallory.

A peine avait-il refermé la porte derrière lui, que Will s'en voulut de l'avoir touchée.

Car à présent qu'il avait senti le velours de sa peau, il en voulait plus. Beaucoup plus...

En outre, elle avait réagi à son geste.

Bien qu'elle n'eût rien dit, ses yeux, soudain langoureux, l'avaient trahie. Et sa bouche, si belle et pulpeuse...

Il ne lui restait plus qu'à soumettre sa libido à un contrôle rigoureux !

Car après Julie, il s'était juré de s'attacher à quelque fée du logis qu'il pourrait chérir tout à loisir, sans redouter qu'elle ne l'entraîne sur les pics escarpés.

Et ce n'était pas du tout le genre de Mallory...

S'en souvenir l'aiderait à résister.

5

Plus les jours passaient, plus Mallory se sentait à l'aise avec tout le monde dans le cabinet médical de Darrowthwaite.

Avec tous, sauf avec Will...

Cela ne l'empêchait pas de rechercher sa présence. Bien trop souvent à son goût, son image la hantait ; et le soir, elle ne pouvait se garder de venir le rejoindre dans le salon, sous un prétexte ou un autre.

Avant de gâcher définitivement sa vie, comme elle avait gâché celle de Geoff, ne devrait-elle pas songer à déménager ?

« Pour me sortir Mallory de l'esprit, j'ai besoin d'une douche ! » Fort de cette résolution, Will clopina vers la salle de bains.

Hélas ! Le ruissellement de l'eau chaude sur son corps parut au contraire fortifier son imagination. D'une pichenette, il fit passer le curseur du thermostat du rouge au bleu, et s'infligea le martyre nécessaire d'une eau presque glacée. Dix minutes plus tard, il crut avoir retrouvé le contrôle de ses sens. Mais, de nouveau assailli par d'indésirables pensées, il faillit glisser sur le carrelage en sortant de la douche.

Contrariée, Mallory croisa les bras sur sa poitrine et toisa Will.

— Inutile de m'accompagner en visite à domicile ! Vous oubliez que votre jambe a besoin de repos.

— Je vous attendrai dans la voiture. Pour moi, c'est du repos !

— Non !

— Il faut que je vous présente à mes patients. Je crains que certains ne se montrent récalcitrants avec vous. Et puis comme vous ne connaissez pas la région, je vous indiquerai la route. Vous irez plus vite ainsi.

— Bon sang ! Je ne suis pas idiote au point de ne pas savoir lire une carte !

Will émit un grognement.

— Mallory, si je continue à rester enfermé, je vais devenir fou ! Vous aurez été prévenue...

— Lisez un livre, écoutez de la musique !

— O.K...

La jeune femme s'étonna de cette capitulation si rapide, de la part d'un homme qu'elle savait obstiné. Elle subodora une entourloupe.

— Qu'avez-vous en tête ?

— Rien, repartit-il avec un regard faussement candide qui la fixa. Vous ne serez pas là pour le voir...

— Je ne serai pas là non plus pour vous transporter à l'hôpital si vous perdez l'équilibre. Vous êtes exaspérant, à la fin ! Vous allez m'obliger à vous emmener !

Will leva son bras valide en signe de victoire.

— J'ai gagné !

Mallory fut malgré elle assaillie par la vision d'une bataille avec Will au terme de laquelle il se penchait sur elle pour effleurer ses lèvres, une fois, deux fois...

— Mallory ? Nous allons être en retard...

Tandis qu'elle l'aidait à s'installer dans la voiture, Mallory évita soigneusement Will du regard. Quant à lui, il se disait qu'il paierait cher pour pénétrer ses pensées à cet instant...

Pourquoi avait-elle rougi tout à l'heure ?

En chemin, Will expliqua à Mallory qu'en accord avec sa famille, Mme Sherman, atteinte d'un cancer en phase terminale, avait opté pour les soins palliatifs à domicile et que Valérie, sa fille, avait renoncé à son métier d'avocate pour s'occuper d'elle.

Après avoir examiné la patiente, Mallory augmenta la dose d'antalgiques et prescrivit une médication contre la nausée.

— Vous faites un excellent travail, Valérie. Bien meilleur qu'à l'hospice.

— C'est ma mère... dit Valérie, les yeux brillant de larmes.

— A votre place, j'en ferais certainement autant.

— En ce moment, elle a tout le temps la langue chargée...

— Essayez de lui faire mâcher un petit morceau d'ananas. L'enzyme qu'il contient la nettoiera. Si ce n'est pas possible, donnez-lui des éclats de glaçons pour humidifier sa bouche, ou même un peu de beurre.

— Du beurre ? Je n'y aurais jamais pensé.

— J'ai l'impression que vous vous surmenez...

— Ça ira. Je suis solide.

— Souvenez-vous que nous sommes à votre disposition, à n'importe quelle heure du jour ou de la nuit, déclara Mallory en prenant congé.

— C'est ce que le Dr Will me dit toujours.

Mallory s'arrêta devant le domicile d'Olivia Hart, leur patiente suivante.

— Sa dernière rechute date d'il y a huit mois, fit Will. Elle va bien depuis, mais, naturellement, son état justifie une surveillance constante.

Mallory hocha la tête.

Maladie imprévisible, la sclérose en plaques endommageait la myéline, substance lipidique qui formait un manchon autour de certains nerfs. Plus les années passaient, plus les malades se remettaient difficilement entre deux attaques, pour voir peu à peu leurs facultés diminuer.

Will présenta Mallory à Olivia.

— Comment allez-vous aujourd'hui ? s'enquit-il.

Olivia eut un sourire triste.

— Fatiguée.

Mallory prépara l'injection de béta interféron, produit qui agissait sur le système immunitaire pour l'empêcher d'attaquer la myéline.

— Avez-vous noté des réactions à ce produit ? demanda-t-elle.

— Rien. Hormis les symptômes grippaux habituels.

— Je crois que je n'ai pas besoin de vous préciser que le paracétamol combat ce genre d'effets secondaires. Vous en savez à peu près autant que moi sur le sujet.

Olivia acquiesça d'un signe de tête.

— Voudriez-vous me parler d'autre chose ? reprit Mallory en faisant la piqûre.

— C'est-à-dire... Kevin et moi aimerions fonder une famille. J'ai trente-deux ans. Si nous ne nous décidons pas maintenant, il sera trop tard...

— A condition d'interrompre le béta interféron, vous pouvez tout à fait avoir un enfant. En général, la récurrence des rechutes décroît pendant la grossesse. Cependant, j'estime que, dans votre cas, vous en serez préservée pendant les six mois post-partum.

— Le bébé risque-t-il d'hériter de ma maladie ?

— D'après les statistiques, il y a deux pour cent de risques, ce qui est minime.

— Que pensez-vous de l'acupuncture ? demanda à brûle-pourpoint Olivia.

— Cela peut avoir, selon les gens, de bons résultats. De même que le yoga, l'aromathérapie, les techniques de relaxation et certaines plantes...

A ces mots, Olivia se mit à rire.

— Désolé, dit Will à l'adresse de Mallory, j'aurais dû vous prévenir. Kevin a entretenu quelque temps ce que j'appellerais des... plantes orientales. Et si je n'avais plaidé en sa faveur auprès de la police, il aurait été fortement pénalisé...

— Du cannabis... commenta Mallory, perplexe.

Certes, bien qu'elle se révélât efficace pour combattre la

raideur musculaire, les douleurs et les troubles de la vessie chez les malades atteints de sclérose en plaques, cette plante était encore illégale au Royaume-Uni...

Avant de partir, Will et Mallory promirent à Olivia de lui envoyer des informations sur les médecines douces susceptibles de la soulager.

— Je sais que ce n'est pas prévu, dit Will dans la voiture, mais nous sommes tout près de la propriété des Johnson et j'aimerais que nous y fassions un saut. Je sais par Marion qu'Anita Johnson a appelé hier. Elle s'inquiète pour son mari qui refuse de se montrer.

— Quels sont ses symptômes ?

— Elle n'a rien mentionné. Mais Anita n'a pas l'habitude de faire des histoires. Le père de Mark est mort d'un cancer du foie et, hormis les visites de dépistage de routine et les vaccinations, il faut dire que nous voyons rarement la famille au cabinet.

— Hmm...

Will guida Mallory dans un dédale de chemins sans signalisation. Sans lui, songea-t-elle, elle aurait mis deux fois plus de temps pour se rendre sur les lieux — dans l'hypothèse heureuse qu'elle ne se serait pas tout à fait perdue.

A peine s'étaient-ils engagés sur l'allée qui menait à la propriété, qu'ils entendirent les aboiements des chiens de garde, suivis de l'ordre bref de leur maîtresse pour les faire taire. Mallory se gara aussi près de la maison que possible, aida Will à s'extirper de la voiture et saisit sa sacoche.

Petite et replète, Anita les invita à entrer en souriant.

— Merci d'être venue. Docteur... ?

— Ryman. Mallory Ryman.

— Enchantée, dit-elle en lui serrant la main. Que faites-vous là, dans votre état ? lança-t-elle à Will.

— Je suis là pour m'assurer que ma remplaçante ne fera pas fuir mes patients, plaisanta-t-il.

— Une tasse de thé ? proposa Anita en les faisant asseoir dans la cuisine.

— Très volontiers.

— M. Johnson sait-il que nous sommes là ? fit prudemment Mallory quand Anita versa le thé fumant dans les tasses.

— Bien sûr. C'est pourquoi il s'est enfermé dans la porcherie. Je... C'est plutôt personnel.

— Vous pouvez compter sur mon entière discrétion, assura Mallory.

— Sur la mienne aussi, renchérit Will.

La voix d'Anita descendit de plusieurs tons jusqu'à devenir à peine audible.

— Il semble que... Il se désintéresse de moi. Je veux dire la nuit, vous comprenez ? J'ai longtemps cru qu'il avait une aventure, poursuivit-elle en rougissant. Mais je ne sais plus...

— S'est-il plaint de douleurs thoraciques ? demanda Mallory.

— Maintenant que vous en parlez... Oui.

Mallory jeta un coup d'œil entendu à Will.

— Avez-vous noté un brunissement de sa peau ?

Anita fronça les sourcils.

— Oui. Pourquoi ?

— Il faudrait que l'examine, et surtout qu'il accepte de se soumettre à certains tests.

— Hélas, il refusera de vous voir, je peux vous le certifier.

— Vous avez un fils, non ? S'entend-il bien avec lui ?

— A merveille.

— Laissez-moi faire. Je sais comment m'y prendre. Amenez-moi à la porcherie, je vous prie, madame Johnson. Et vous, ne bougez pas d'ici ! ordonna-t-elle à Will avant d'emboîter le pas à Anita.

— Mark ! appela celle-ci, le médecin voudrait te voir. Tu sais, c'est la suppléante de Will, la personne qui l'a secouru après l'accident.

M. Johnson apparut sur le seuil, la mine sombre.

— Je n'ai pas besoin de médecin ! rétorqua-t-il, en se dirigeant à grandes enjambées vers le portail.

— C'est au sujet de votre fils...

Mark s'arrêta net à la hauteur de Mallory.

— Quoi ? David ? Qu'est-ce qu'il a ?

— Il pourrait être atteint d'une maladie génétique qui se transmet en général aux mâles d'une même famille et que l'on appelle hémochromatose, ou « diabète bronzé ».

— Que me chantez-vous là ? Notre David a une santé de fer !

— Pour le moment. Cela pourrait changer...

Mark la considéra d'un air soupçonneux.

— Et alors ? Quels sont les symptômes de votre « diabète bronzé » ?

— Le corps absorbant trop de fer, les excès s'accumulent dans le foie, le pancréas, le cœur, les articulations et les testicules. Peu à peu, des pigments ferrugineux se déposent sous la peau, lui donnant un aspect mat qui n'a rien à voir avec une exposition prolongée au soleil.

M. Johnson la scruta, effaré.

— On enregistre aussi une perte d'impulsion sexuelle, continua Mallory, imperturbable, avec atrophie des testicules. Si l'on ne traite pas à temps, l'organisme ne produit plus suffisamment d'insuline et c'est le diabète. Dans certains cas, le rythme cardiaque devient fantaisiste, le foie augmente de volume et la cirrhose — qui n'est pas toujours due à une trop forte absorption d'alcool — peut se déclarer. L'une des évolutions malignes de cet état étant le cancer du foie.

— Est-ce... guérissable ? hasarda Mark, d'une voix rauque.

— Oui. Chez un sujet jeune, on peut éviter les complications, à condition de s'y prendre à temps. Pour les autres, on peut tout au plus rallonger leur espérance de vie. Votre... votre père a été emporté par un cancer du foie, n'est-ce pas ?

— Oui, marmonna Mark.

— Cela peut sauter une génération. Néanmoins, ses descendants, proches ou éloignés, courent le même risque.

— Comment dépister cette maladie ?

— Par une simple analyse de sang.

Mallory gratifia Mark d'un sourire chaleureux.

— Vous êtes-vous senti plus fatigué que d'habitude, ces temps derniers, monsieur Johnson ?

— C'est de mon âge...

— Avez-vous des douleurs articulaires ? insista-t-elle.

Mark laissa échapper un soupir.

— Oui... Alors, je vais finir comme mon père ? Et j'aurais passé ça à mon garçon ?

— Je ne peux l'affirmer sans examen...

Le silence de Mark fut interminable. Puis il opina du chef.

— Bien. Rentrons, et examinez-moi.

Mallory ne s'était pas trompée. Outre les symptômes spécifiques, les articulations de l'homme étaient enflées et elle constata une arythmie sensible.

— Je vous téléphonerai dès que j'aurai les résultats du laboratoire, dit-elle après lui avoir prélevé un échantillon de sang. Et vous aurez droit aussi à un électrocardiogramme. Avec un peu de chance, nous réussirons à enrayer l'évolution de la maladie, avant qu'elle n'endommage votre foie de façon irréversible.

— J'aurais dû consulter plus tôt, balbutia Mark. C'est que... Je me disais que si je ne m'en occupais pas, ça passerait...

— Cette attitude n'est ni très logique ni très responsable, Mark ! Quand je pense qu'Anita se demandait si vous la trompiez...

Mark devint littéralement cramoisi.

— Bien sûr que non ! Je l'aime. C'est ma femme !

— Et elle s'inquiète à votre sujet, Mark. Vous devriez lui parler.

Il soupira bruyamment.

— Je ne lui sers à rien ! Elle a besoin d'un homme !

— Elle en a un ! Et un bon, affirma Mallory.

— Donc, si vous me soignez... Est-ce que cela me permettra de...

— Avec un traitement adéquat et à la grâce de Dieu, vous pourrez de nouveau honorer vos devoirs conjugaux.

— Et mon fils ?

— L'hémogramme sera déterminant.

— Je me suis entêté...

— Malheureusement, vous n'êtes ni le premier ni le dernier

dans ce cas… Allez ! Offrez des fleurs à votre femme et invitez-la au restaurant.

•

— J'ignore ce que vous avez dit à Mark, mais ça a marché ! s'exclama Will, une fois installé sur le siège passager.

Mallory lui exposa tous les arguments qu'elle avait déployés.

— Bonne prestation, docteur Ryman ! Vous méritez une invitation à dîner !

— Inutile. Je n'ai fait que mon travail.

— Oh, pour l'amour du ciel ! Pas de pizza ce soir ! Pour tout vous dire, j'en ai assez des pizzas ! J'ai envie d'un steak ! D'un steak épais et saignant comme je les aime. Avec mon bras plâtré, je suis incapable de m'en faire griller un, et si je vous le demande, vous refuserez.

— Je vous avais mis en garde. Je ne cuisine pas. Et ne vous attendez pas à me voir changer !

Pour Will, ce fut un avertissement… de plus.

— Mais d'accord pour le steak, ajouta-t-elle. J'ai repéré un restaurant qui m'a paru convenable.

6

La résolution de Mallory fut sévèrement mise à l'épreuve le lendemain lorsqu'elle trouva Will dans la cuisine, le visage ensanglanté, se regardant avec consternation dans un miroir posé, sur la table, à côté d'un récipient d'eau.

— Au nom du ciel, qu'avez-vous fait ?

— Vous voyez bien, je me suis rasé ! Qu'en pensez-vous ?

— Ce n'est pas bien brillant. Et le rasoir électrique, ça existe, non ?

Visiblement choqué, il la toisa.

— J'ai une peau sensible à la brûlure du rasoir, d'accord ?

« Peau délicate et beauté de type celtique. Ça se tient !», se dit-elle.

— Laissez-vous pousser la barbe !

— Pour avoir des démangeaisons... Merci ! Nom d'une pipe, ce bras plâtré me rendra fou !

— Will Cooper semble s'être levé du mauvais pied, ce matin ! Je vais préparer le café, dit-elle, allumant le gaz sous la bouilloire. O.K. passez-moi ce rasoir.

— Quoi ?

— Je répète : passez-moi ce rasoir. Et laissez-moi faire.

— Vous risquez de me couper.

— Ce ne sera pas difficile de faire mieux que vous.

— Soyez gentille avec moi, doc...

Et c'est là que tout se gâta.

La position la plus pratique pour elle fut de se tenir entre ses jambes, maintenant son visage d'une main, tandis qu'elle faisait glisser le rasoir sur ses joues de l'autre. Et bien qu'elle évitât soigneusement de croiser son regard, elle éprouvait les sensations les plus étranges.

A la fois délicieuses et… dangereuses.

Elle tamponna son visage avec une serviette et désinfecta les estafilades qu'il s'était infligées.

A ce moment précis, elle aurait dû s'éloigner…

Mais, sans qu'elle sache trop pourquoi, ses doigts lui désobéirent et elle se surprit en train d'écarter une mèche rebelle sur son front, consciente que, malgré elle, ses lèvres s'entrouvraient, comme appelant un baiser.

Will pencha alors la tête en arrière, le regard presque suppliant.

Mallory fut tentée, au point d'en oublier tout à fait ses bonnes résolutions, et se retrouva assise sur sa cuisse valide, humant à satiété son parfum cependant qu'il l'embrassait passionnément… Enivrée, elle sentait sa main fiévreuse sur sa peau… Il dégrafa son soutien-gorge — et cette audace la dégrisa brusquement.

Seigneur ! Elle perdait l'esprit… Cinq minutes de plus, et ils faisaient l'amour sur la chaise !

— Je vais être en retard pour mes consultations, dit-elle en s'écartant pour remettre de l'ordre dans ses vêtements.

— Mallory…

— Je vous laisse.

Il eut un sourire résigné.

— D'accord…

Loin d'être remise de ses émotions, Mallory introduisit Cathy, sa première patiente qui, à peine assise, entama une longue description de symptômes nébuleux.

— Je voulais vous demander… La cyclothymie, est-ce transmissible ?

— Certains scientifiques affirment qu'il existe un lien génétique. Mais pour que la maladie se déclare, il faut généralement un événement déclencheur. Pourquoi ?

— Je... Ces jours-ci, je me suis sentie déprimée. Pire que pendant la période menstruelle. Je passe la moitié de mon temps dans l'angoisse, j'ai envie de pleurer à tout propos et...

— Et l'autre moitié, vous débordez d'énergie, n'est-ce pas ?

Cathy soupira.

— Non. Je ne suis pas encore dans l'état de papa. Et autant que possible, je voudrais l'éviter.

— Les études de cas prouvent que les enfants ne développent pas obligatoirement les mêmes maladies mentales que leurs parents, la rassura Mallory. Nonobstant, le cas échéant, rassurez-vous, il existe des traitements efficaces.

— A condition de prendre les comprimés, murmura Cathy.

— Votre père en prend-il ?

— Disons qu'il devrait. Je l'ai surpris plusieurs fois en train de se débarrasser de ses pilules dans les toilettes. Vous comprenez, il craint que ça se sache... Résultat, c'est nous, à la maison, qui en subissons les conséquences quand il sombre. Je ne saurais vous dire ce qui est pire : qu'il soit en forme et ne cesse de déblatérer, ou qu'il déprime et traîne au lit.

Mallory nota que Cathy n'avait pas mentionné sa mère.

— Vit-il seul ? demanda-t-elle prudemment.

Cathy secoua la tête.

— Maman n'en pouvait plus. Elle l'a quitté quand j'étais encore adolescente... Il y a deux ans, il a complètement plongé et j'ai tellement eu peur qu'il mette fin à ses jours que j'ai insisté pour qu'il vienne vivre avec nous. Sauf que...

Cathy réprima un sanglot.

— La cyclothymie est une maladie égotiste, très éprouvante pour l'entourage...

— Mon mari dit qu'il le fait exprès pour qu'on s'occupe de lui. Chaque fois que nous prévoyons de faire quelque chose, il arrête son traitement et tombe malade, nous obligeant à abandonner nos projets. Nos enfants vivent dans une atmosphère délétère. Si ça continue ainsi, ils seront tentés de nous quitter le plus vite possible et nous ne les reverrons plus.

— Votre père fréquente-t-il l'hôpital de jour ?

— Non. Il dit qu'il ne veut pas se retrouver avec des fous.

— Pourtant, ce serait l'occasion pour lui faire des connaissances et de s'ouvrir à autre chose. En outre, il recevrait de l'aide et de précieux conseils.

Cathy eut un geste d'impuissance.

— J'ai vainement tenté de le convaincre. Et le Dr Will aussi. Papa se montre d'une opiniâtreté à toute épreuve.

— Avez-vous pensé à demander une aide-soignante à domicile ? Juste pour vous permettre de respirer pendant quelques jours ?

— Bien sûr ! Pour l'anniversaire de nos quinze ans de mariage, nous avions voulu nous échapper un peu. Mais papa s'est enfermé dans un mutisme forcené, refusant toute nourriture et finalement, deux jours plus tard, on nous a avertis qu'il avait été transporté d'urgence à l'hôpital.

Cathy se mordit la lèvre.

— Je me suis sentie si coupable... Malheureusement, je ne pense pas que Mick supportera ce cinéma plus longtemps. Or, au risque de briser notre mariage, je ne peux me résoudre à abandonner mon père dans une maison de santé.

— A mon avis, vous n'êtes pas du tout atteinte de dépression. N'importe qui dans votre situation éprouverait la même chose. Si vous pouviez convaincre votre père de venir me voir, je m'efforcerais de le convaincre de s'inscrire à deux ou trois séances par semaine à l'hôpital de jour.

— Vous croyez vraiment qu'il vous écoutera ?

— Rien ne coûte d'essayer. Il y a toujours une lumière au bout du tunnel.

— Et s'il refuse de venir vous voir ?

— Dans ce cas, c'est moi qui irai à lui, promit Mallory.

— Merci, docteur Ryman. Vous m'avez réconfortée. Le Dr Will a toujours su écouter et aider, mais je regrette son sourire d'autrefois — du temps où mes enfants étaient petits. C'était avant l'accident...

Une fois de plus, quelqu'un évoquait un accident, antérieur à celui d'il y a quelques jours...

Avant que Mallory ait eu la présence d'esprit de l'interroger, Cathy avait déjà gagné la porte.

— Au revoir, docteur Ryman.

— Comment allez-vous, Laura ? s'enquit Mallory en serrant la main de la jeune fille.

— Ça va, repartit celle-ci d'un ton léger, que contredisait l'expression anxieuse de ses yeux.

Mallory l'invita à s'asseoir.

— De quand date votre dernière crise d'épilepsie ?

— Des lustres... Je ne me souviens pas. Si, quelques mois.

Mallory consulta l'écran de l'ordinateur, où apparaissait son dossier.

— Quels effets secondaires au traitement ? Etourdissements ? Maux de tête ?

Mallory remarqua que Laura n'avait ni acné ni duvet sur le visage, effets indésirables des anti-épileptiques.

— Non. Tout va bien.

Bien au contraire, pensa Mallory, en rédigeant un renouvellement d'ordonnance.

— Alors, dites-moi, Laura, à quand le permis de conduire ? Après un an sans crise, vous savez que vous pourrez vous présenter, n'est-ce pas ?

— Pourquoi apprendre quoi que ce soit ? marmonna-t-elle. Je ne suis bonne à rien !

— Si vous suivez sérieusement le traitement, vous devez pouvoir mener une vie normale.

— C'est vous qui le dites ! En réalité, je suis continuellement à la merci d'une crise. Et puis, mes parents...

— Qu'y a-t-il ?

— J'aimerais que mon père soit fier de moi ! Mais à cause de ma maladie, je ne réussirai jamais à obtenir le certificat de guide du Club Aventure de Darrowthwaite ni à faire partie de l'équipe de secours en montagne.

— Vous pourriez diriger le service de communication. C'est un travail très important, sans lequel les secouristes sont inopérants.

Laura fit la moue.

— Un travail de bureau… Ça décevrait papa !

— Tout d'abord, déclara Mallory d'une voix douce mais ferme, c'est une erreur de vivre pour réaliser les rêves de quelqu'un d'autre. Si votre père vous aime autant que vous l'aimez, il comprendra…

— Voilà la question, l'interrompit Laura. Je ne crois pas qu'il m'aime. Il me juge incapable.

— Quelles études faites-vous ?

— Je prépare une maîtrise de maths, d'arts plastiques et d'informatique.

Mallory sourit.

— Etes-vous libre cet après-midi ?

— Oui.

— Je suis aussi disponible. Je vous emmène en promenade, et par la même occasion, nous discuterons de votre avenir.

— Chic !

— Je suis sûre que vous connaissez les environs comme votre poche, ce qui n'est pas mon cas. Vous savez, j'adore marcher.

— Et… si j'ai une crise ?

— Je suis médecin, non ?

— Oui…

— Je parlerai à votre maman. D'accord ?

— Vous feriez ça pour moi ?

— Bien sûr.

Pour la première fois, Laura la gratifia d'un vrai sourire.

— Merci. A quelle heure nous retrouvons-nous ?

— Je termine les consultations à midi. Juste le temps de finir mon travail administratif et je vous rejoins au Club Aventure à, disons, 13 heures ? Mes chaussures sont dans ma voiture.

— Entendu, docteur Ryman.

A l'heure du déjeuner, Mallory ne revint pas.

Après un après-midi interminable, la lumière du jour déclina lentement et Will commença à s'alarmer.

Mallory serait-elle partie en montagne ? Aurait-elle glissé dans une faille ? Après ce qui s'était passé entre eux ce matin, tout était possible. S'il était arrivé quelque chose à Mallory, ce serait, une fois de plus, sa faute...

Soudain, les phares d'une voiture balayèrent l'obscurité. C'est alors que Will se rendit compte à quel point il était tendu, car il s'affaissa littéralement contre les coussins du sofa en entendant le gravier crisser sous les pneus.

— Où diable étiez-vous ?

Mallory lâcha sa sacoche sur le carrelage, et croisa les bras.

— Bonsoir à vous ! dit-elle sèchement.

Il se sentit un peu honteux.

— Navré, c'est parce que... Je m'inquiétais terriblement...

Mallory laissa échapper un soupir.

— C'est vrai qu'étant censée veiller sur vous, j'aurais dû vous dire où j'allais. L'après-midi a passé si vite. Bref ! J'étais en randonnée avec l'une de mes patientes.

Wil eut un pincement de lèvres très significatif.

— Mallory, à l'instar de mes autres associés, vous êtes tenue de respecter le règlement en vigueur, et je vous rappelle que les sorties avec les malades sont interdites !

— Si vous n'étiez pas incapable de vous défendre, je vous giflerais ! dit-elle d'un ton cinglant. Primo, je connais le règlement. Secundo, ma vie privée ne vous regarde pas. Et c'est uniquement par déférence pour votre position hiérarchique que je vous informe que j'étais avec Laura Mercer.

— Ah ?

— Je ne vous apprends rien en vous rappelant qu'elle est épileptique. Or, elle est extrêmement stressée en ce moment, ce qui aggrave son état. J'ai pensé que le meilleur moyen de la faire parler serait de l'emmener en promenade. Sachez que je ne le regrette pas car elle s'est confiée, et je pense avoir la solution à son problème. La suite au prochain numéro !

— Bien. Je vous fais confiance.

Levant le menton, Mallory le toisa et, en un éclair, Will sut ce qu'elle attendait de lui.

— O.K. Je m'excuse. Je n'aurais pas dû vous parler ainsi.

— J'accepte vos excuses. Cependant, j'aimerais connaître la raison profonde de cet emportement injustifié.

— Où voulez-vous en venir ?

— Arrêtez cette comédie, Will ! Quelque chose ne va pas et je soupçonne que cela a à voir avec la varappe et votre petite amie, épouse… ou autre ! Une femme en tout cas.

— Vous vous trompez.

— Je ne suis pas idiote.

Il plissa le front, manifestement embarrassé.

— Cela ne vous concerne pas…

— Si, justement ! Je suis censée veiller sur vous. Or, si quelque chose vous tracasse, vous savez comme moi que cela peut retarder la guérison. Alors, parlez !

— Je n'ai rien à dire.

— Je vous laisse le choix : une conversation digne et civilisée autour d'une tasse de café, comme je l'ai fait au sujet de Lindy. Ou la manière rude.

Se gardant bien de mordre à l'hameçon, Will lui décocha un regard noir.

Elle lui retourna un sourire mielleux.

— Marion m'a dit que vous aviez téléphoné une demi-douzaine de fois au cabinet, aujourd'hui. En invoquant un prétexte ou un autre pour tenter de vous infiltrer dans des activités professionnelles préjudiciables à votre état de santé.

— Je n'ai pas l'habitude de rester assis sans rien faire…

— Votre corps a besoin de repos pour se rétablir. Que diriez-vous si je vous enlevais vos béquilles ? Imaginez-vous cloué à votre chaise, privé de livres, de journaux et de la télécommande de votre chère stéréo !

— C'est une menace ?

— A votre avis ?

Elle leva le menton et soutint son regard sans ciller. A l'évidence, elle ne cèderait pas d'un millimètre.

Et il n'avait plus le choix.

7

— Vous êtes dure, dit-il.

— Ecoutez-moi, je sais que vous avez eu un accident avant celui-ci. Et je vois que cette photo avec... votre frère, je suppose, a été prise sur une cime. Vous m'avez envoyée balader tout à l'heure quand j'ai mentionné votre petite amie. Mais elle s'est tuée en excursion, n'est-ce pas ?

— Non. Julie vit toujours. Elle travaille pour « Médecins sans frontières».

— Alors, où est le problème ? Quand vous étiez à l'hôpital, vous m'avez poussée à parler et je vous ai avoué que j'avais failli tuer une de mes patientes. Quoi qu'il vous soit arrivé, cela ne peut être pire !

— Si, affirma Will, amer. Mon frère est mort par ma faute.

Mallory inspira profondément.

A vrai dire, elle ne s'attendait pas à un tel aveu.

— Will, grâce à vous, j'ai affronté mes démons intérieurs. Il serait peut être temps que vous affrontiez les vôtres. Mais je vais d'abord nous préparer du café. Vous en voulez ?

Il ignora sa question.

— Ne vous y trompez pas, enchaîna-t-elle d'une voix ferme, je ne vous laisserai pas vous enfermer dans le silence.

Il la regarda se diriger vers la cuisine. Bien que petite et menue, Mallory n'en avait pas moins le caractère bien trempé — du genre à s'attaquer à n'importe quel sommet.

Comme lui autrefois...

Mais la conquête particulière à laquelle elle l'invitait aujourd'hui lui semblait trop difficile.

Quelques minutes plus tard, elle disposa devant lui un plateau contenant un grand café, fumant et bien noir, comme il l'aimait, et un gâteau aux noix de pécan.

— Voilà ! Parlez-moi de votre frère, à présent. Est-ce bien lui qui est à vos côtés sur cette photo ?

— Oui, c'est Roland.

— Etait-il plus âgé que vous ?

— J'étais son aîné de quinze minutes.

— Hum... Votre jumeau...

Will soupira.

— Roland était médecin urgentiste. Etant donné son tempérament excessif, il n'aurait pas pu faire autre chose. C'est aussi la raison pour laquelle il aimait l'ascension. Il disait qu'assis sur le toit du monde, tout devenait plus clair.

— J'approuve ! Et vous devriez le savoir, puisque vous grimpiez aussi, n'est-ce pas ?

— Oui...

— Et que s'est-il passé ?

Will eut une moue réprobatrice.

— Will, quand on pratique la varappe, on n'ignore pas que l'on prend des risques.

Surpris, il nota que le regard bleu de Mallory avait viré à l'outremer.

— Avant l'accident, poursuivit-elle, étiez-vous casse-cou ?

— Non. Au contraire. J'évaluais les dangers.

— Donc, ce qui est arrivé n'était pas votre faute.

— Si...

— Je ne comprends pas. Expliquez-vous.

Il serra les mâchoires.

— Cela n'y changera rien.

— Certes, mais vous m'avez fait raconter mon passé. A votre tour !

Will soupira.

— O.K. Roland et moi... Avoir un jumeau n'est pas drôle, je

vous assure. L'un des deux semble en constante recherche de sa propre identité, en compétition avec l'autre...

— C'était le cas de Roland, n'est-ce pas ?

Will hocha la tête.

— Cela s'aggrava à l'époque de l'adolescence. Etant plus jeune que moi, il s'imaginait devoir me surpasser en tout. Quand j'ai commencé à grimper, il s'y est mis aussi. Il adorait le défi et prenait d'énormes risques... Il était charmeur, courageux, et, bien entendu attirait les filles. Trop, peut-être. A l'université, il sortait avec celles que tout le monde convoitait et, finalement, il a été recalé en première année.

— Et vous êtes sorti dans les premiers.

— Là n'est pas la question. Toutefois, il aurait été renvoyé si je n'étais intervenu en sa faveur auprès du recteur... Heureusement, il ne l'a jamais su. Ça l'aurait tué de m'être redevable de quelque chose.

— En fait, c'était le jeu de l'amour et de la haine entre vous...

Un soupir lui échappa.

— L'année où il a redoublé, cet esprit de compétition a disparu par la force des choses puisque nous avons dû nous séparer. Après, notre entente a été meilleure.

Visiblement gêné, Will se mit à tambouriner des doigts sur la table.

— Puis j'ai décidé de revenir à Cumbria pour y exercer en tant que médecin généraliste. J'ai toujours été plus heureux à la campagne qu'à la ville. Quant à Roland, il est parti, à la fin de ses études, se spécialiser en traumatologie aux Etats-Unis. A son retour, je lui ai offert tout naturellement ma chambre d'amis en attendant qu'il trouve un logement...

— Et ? insista-t-elle comme il hésitait.

— J'ai cru que nous avions évolué, que nous pourrions enfin devenir amis... Mais Roland s'enrôla dans l'équipe de sauvetage en montagne de Darrowthwaite, dont je faisais partie depuis des années. Une nuit, on fit appel à lui. La corde lâcha et il tomba au fond d'une faille. Il a trouvé la mort en mission. Et c'était ma faute.

Mallory lui prit doucement les mains.

— Non. Cet accident est horrible, mais vous ne devez pas vous sentir coupable.

— Vous ne comprenez pas…

Plissant le front, Will dégagea ses mains.

— C'était moi que le service de communication essayait de joindre ! J'avais déconnecté mon téléphone… je n'étais pas joignable.

— On a parfois besoin d'un peu de répit… C'est compréhensible.

— Non ! Je faisais ma crise aiguë de nombrilisme.

— Et c'est vous qui dites ça ? Vous qui n'hésitez pas à visiter vos patients à n'importe quelle heure du jour ou de la nuit, vous qui ne prenez jamais de vacances ? Bon. Je ne vous dirai pas qui de vos patients a vendu la mèche. Mais si vous avez maintenu ce rythme depuis cet accident — qui a eu lieu quand ?

— Il y a cinq ans.

— …estimez vous heureux de ne pas avoir craqué avant ! Vous défiez l'hypertension et l'attaque prématurée. Ne croyez-vous pas que, depuis, vous avez largement rattrapé vos cinq minutes de répit ?

— Il ne s'agissait pas de cinq minutes, Mallory.

— Dix, admettons. Quelle importance !

Will secoua la tête.

— Non, même s'ils avaient pu me joindre, je n'aurais pas été en état. J'avais bu, Mallory.

Elle soupira, consternée.

— Pour l'amour du ciel, nous avons tous fait cette expérience au moins une fois pendant nos études ! Et cela peut encore arriver au cours d'une sortie si l'on s'oublie un peu. Etre médecin, Will, cela ne vous interdit pas d'être humain !

— Ce soir-là, je m'étais délibérément soûlé, avoua-t-il enfin, serrant les dents.

Dans la seconde qui suivit, il regretta cet aveu, car Mallory enveloppa de nouveau ses paumes dans les siennes.

— Pourquoi, Will ? Nous arrivons au cœur du problème…

— Je ne veux pas en parler, dit-il, troublé par la tiédeur de son contact.

Elle lâcha ses mains sans crier gare.

— O.K ! Privé de béquilles, de télécommande, de livres...

— Vous n'allez tout de même pas...

— Je me gênerais, tiens !

Will grimaça misérablement.

— Mallory, je...

— Hé ! Si vous constatiez un traumatisme psychologique chez l'un de vos patients, vous l'inciteriez à parler pour le soulager, non ?

— Effectivement...

— Très bien. Vous vous rongez de l'intérieur, et je prescris une confession complète. C'est important, Will. Vraiment important.

— C'est un secret que je n'ai jamais dit à personne.

— A plus forte raison...

Pendant quelques secondes interminables, Will garda le silence. Puis un long soupir lui échappa.

— Pendant le séjour de Roland aux Etats-Unis, j'ai rencontré Julie dont je suis tombé follement amoureux. Elle était infirmière en chef à l'hôpital. Elle adorait la varappe et nous avions les mêmes goûts. Je croyais avoir trouvé mon âme sœur... Nous avions même fixé la date de notre mariage.

A cette évocation, le regard de Will se voila.

— Mais dès que Roland s'est installé à la maison, ce fut le coup de foudre entre eux...

Mallory écarquilla les yeux.

— Vous voulez dire qu'ils ont eu une relation ?

— Ils m'ont juré que non, prétextant qu'ils ne pourraient me trahir ainsi...

— Vous ne les avez pas crus ?

— A vrai dire, je ne sais plus que penser...

— Et Julie ?

— Je... J'aimerais croire qu'elle m'a dit la vérité. Or, connaissant Roland... Il entourloupait tout le monde.

Will déglutit avec difficulté.

— Le soir où nous en sommes venus aux explications, Roland a immédiatement déménagé, et Julie l'a suivi. N'étant pas de garde ce week-end-là, j'ai déconnecté mes téléphones, mis la stéréo à plein, et j'ai bu une demi-bouteille de whisky pour noyer mon chagrin. Comme je n'apprécie pas particulièrement ce genre d'alcool, je n'y ai pas retouché depuis. Mais quelle inconscience !

— Cela a dû être un choc terrible, Will. N'importe qui à votre place en aurait fait autant !

Il ignora sa remarque.

— Pourquoi avoir arrêté de grimper ? reprit-elle, plissant les yeux.

— Chaque fois que je regarde une montagne, je pense à Roland. Il aimait tellement l'ascension. Je suis bloqué, je ne peux plus.

— C'était un accident, Will. Un accident tragique. Souvenez-vous de ce que vous m'avez dit : tout le monde mérite une seconde chance. Pourquoi pas vous ?

— C'est impossible. Face à une paroi, je perds tous mes moyens. Mon pouls s'accélère, mon sang se glace, ma...

— Parlez-moi du chien.

Il la dévisagea, décontenancé.

— Le chien ?

— Qui est sur l'une des trois photos. Julie l'aurait-elle emmené ?

— Rusty n'appartenait pas à Julie. Il vit désormais chez quelqu'un d'autre. Je l'avais spécialement entraîné pour le sauvetage en montagne. C'est un champion.

— Oh, Will, pourquoi ne pas l'avoir gardé ?

— Parce que je ne pratique plus, et qu'il a besoin d'exercice. Ce fut un crève-cœur de m'en séparer.

— C'est stupide ! Réfléchissez... Votre frère est mort dans un accident. Et comment réagissez-vous ? Vous abandonnez l'ascension et votre chien. Désolée, mais ça ressemble à de la mortification !

— Mallory, vous...

— En tant que médecin et alpiniste expérimenté, le coupa-t-elle, vous pourriez sauver des vies, Will...

— Je vous ai déjà dit que je ne peux plus grimper.

— Pas avec un bras dans le plâtre et une jambe invalide, je vous le concède ! Néanmoins, une fois rétabli, je ne vois pas pourquoi vous ne recommenceriez pas, car cette obstination ne ramènera pas votre frère.

Piqué au vif, Will la fusilla du regard.

— C'est la vérité, Will. Il est temps maintenant de surmonter ce choc et d'entamer une vie nouvelle.

— Je n'en crois pas mes oreilles...

— Oui, vous me trouvez insupportable ! Engagerez-vous quelqu'un d'autre à ma place ? Quelqu'un qui vous laissera macérer complaisamment dans votre chagrin ?

— De quel droit me dites-vous ce que j'ai à faire ?

— Après cinq ans passés à vous culpabiliser, vous devriez comprendre !

— Déclare la femme qui a démissionné à la suite d'une seule erreur ! riposta méchamment Will.

— Contrairement à vous, je cherchais à résoudre mon problème.

Exaspéré, Will esquissa un mouvement pour se lever, avant de se souvenir en être incapable.

— Vous feriez mieux de dénicher un autre hébergement, lança-t-il.

Mallory se planta devant lui, les mains sur les hanches.

— Très bien ! Mais je ne vous autorise pas à rester seul ici. Bien que vous ne vouliez pas l'admettre, votre état ne le permet pas. Dois-je téléphoner à votre mère ou à une maison de repos ?

— Vous savez taper en dessous de la ceinture !

— Mes deux frères aînés se sont chargés de m'instruire quand j'étais petite.

— Et que pensent-ils de vos échappées sur les hauteurs ?

— La même chose que moi au sujet de votre rejet de la montagne : que c'est de l'égoïsme.

Désarmé par sa candeur, Will ne put retenir un sourire.

— En quelque sorte, vous prêchez ce que vous ne pratiquez pas ?

— Peut-être...

Soudain, un sourire malicieux illumina le visage de Will.

— Oh, asseyez-vous, Mallory ! s'exclama-t-il, la poussant de sa main valide. Je ne vous mettrai ni à la porte du cabinet ni de chez moi. Cela n'arrangerait pas nos affaires. Je vous l'accorde, vous avez réussi à faire sortir le lion de sa tanière !

Souriant, Will Cooper était encore plus dangereux qu'en colère, songea Mallory, déstabilisée.

— Je pense plutôt avoir réussi à y glisser un pied, commenta-t-elle en s'asseyant, les jambes en coton.

— Battez en retraite, Mallory ! implora-t-il.

— O.K. Pour l'instant.

Il la scruta.

— Voyons jusqu'où ira votre témérité !

— Pourquoi ?

— Parce que nous avons autre chose à discuter.

— Autre chose ? Vous voulez parler des examens de Craig Clarke ? avança-t-elle avec une feinte désinvolture. Je n'aurai les résultats que la semaine prochaine. Espérons qu'il ne sera pas trop tard pour enrayer la fibrose des poumons...

— Perdu !

— De quoi s'agit-il ?

— De ce qui s'est passé entre nous ce matin.

— Je n'ai rien à en dire...

— Vraiment ?

— Epargnez-moi... J'ai passé l'après-midi à marcher et je suis affamée. Pourquoi ne commanderiez-vous pas le dîner pendant que je prends un bain ?

Cette façon de se dérober lui parut tout aussi intrigante que l'expression de panique qu'il lisait dans ses yeux...

8

Toute la soirée, Mallory se montra méfiante.

Will renonça pour l'heure à l'explication qu'il envisageait — et, à son grand soulagement, elle ne fit aucune allusion à Roland.

— Votre semaine à l'essai se termine aujourd'hui. Quel est votre verdict ? demanda-t-il le lendemain.

— Nous avions conclu un accord bilatéral. Je vous retourne la question. A vous l'honneur.

Will hocha la tête.

— En ce qui me concerne, ça marche. Votre entente avec l'équipe me paraît bonne. Les patients vous apprécient et j'irai même plus loin, vous avez réussi à gérer certains cas difficiles.

— Si vous me jugez capable…

— Cela ne fait pas l'ombre d'un doute ! fit-il, un accent de sincérité dans la voix. Etant à la fois dans la position de patron et de patient, j'ai vu que, en plus des soins médicaux, vous aviez tout organisé pour me rendre aussi autonome que possible. En particulier, votre idée d'installer une chaise en plastique dans la douche pour me permettre de me débrouiller tout seul est vraiment géniale !

Il regretta immédiatement ses propos, car, en un éclair, il se visualisa dans la salle de bains, Mallory nue dans ses bras.

Pendant la séance de rasage matinale, il s'était avisé que ses doigts tremblaient légèrement — ce qui entraînait automatiquement une accélération de son propre rythme cardiaque...

— Alors, que décidez-vous ? s'enquit-il, se ressaisissant.

— J'aime travailler dans votre cabinet. Et en plus, j'aime la région qui me permet de pratiquer mon sport favori — l'alpinisme, pour ne pas le nommer ! Au fait, je vais grimper demain avec Laura Mercer.

— Ce n'est pas sérieux, Mallory ! Et si elle a une crise ?

— Dans ce cas, elle aura un médecin sous la main !

— Je précise que je ne dis pas cela pour l'enfoncer.

— Elle n'a certes pas besoin de vous ! Son père s'en charge.

— J'ai l'impression que les pères en général attirent votre courroux, non ?

— Que voulez-vous dire ? dit-elle d'une voix altérée.

A l'évidence, il venait de toucher un nerf sensible...

— Je parie que le vôtre n'apprécie pas vos grimpettes régulières. Je me trompe ?

— Mon père doit apprendre que sa fille entend mener sa propre vie, et non faire ce qu'il attend d'elle !

Elle avait lancé cette réplique comme d'autres larguent des bombes.

Puis, prétextant, comme d'habitude, qu'elle devait prendre son bain avant le repas du soir, elle tourna les talons.

Quand Will s'éveilla le lendemain matin, Mallory était déjà partie.

Sans elle, le cottage lui sembla vide et bien trop grand. Dans la semaine, c'était tolérable, puisqu'il savait toujours à peu près à quelle heure elle rentrerait. Mais là...

Il clopina jusqu'à la cuisine et s'établit sur une chaise avec difficulté. Puis il actionna le piston de la Thermos de café que Mallory lui avait préparée, et se remplit un grand bol qu'il s'empressa de porter à ses lèvres. La première gorgée avalée, il laissa échapper un grognement, tant le liquide était brûlant.

Non ! Il ne pouvait se permettre de tomber amoureux de Mallory, se dit-il, essayant en vain de la chasser de ses pensées. Ce n'était plus le genre de femme qu'il lui fallait. Il devait s'en souvenir.

Aussi, lorsque Debbie, sa voisine, femme d'intérieur hors pair, frappa à la porte et, pénétrant dans la cuisine, lui demanda s'il n'avait besoin de rien, il se montra charmant.

— N'aimeriez-vous pas un changement de décor ? Cela doit être frustrant de passer son temps à l'intérieur, non ?

— Je ne vous le fais pas dire !

— Peut-être… Hmm… Et si nous allions prendre un verre ce soir ?

— Un verre qui pourrait se transformer en dîner. Qu'en pensez-vous ?

Debbie rougit comme une petite fille.

— J'accepte avec plaisir.

— Vous avez été formidable ! affirma Mallory en s'asseyant à côté de Laura sur le gros rocher qui couronnait le Blencathra. En plus, ça m'a fait du bien.

— A moi aussi ! C'était la première fois depuis des lustres ! Et pas un instant, je n'ai craint la crise.

— Bien. Cela devrait vous donner confiance.

Mallory pensa inopinément qu'il lui faudrait obtenir la même chose de Will. Mais c'était une tout autre affaire…

— Et que pense votre père de votre projet ? Le site Internet destiné à l'entreprise familiale dont nous avons parlé l'autre jour ?

Les traits de Laura s'éclairèrent.

— Ça lui a plu. Je lui ai déjà soumis plusieurs ébauches qui l'ont satisfait. Il a même vanté mon intelligence. Je n'en revenais pas !

Là où, justement, Laura venait de réussir, Mallory avait toujours lamentablement échoué, affrontant l'opposition de son père à chacune de ses décisions…

— Curieux ! fit Debbie. Cela fait plus d'un an que nous sommes voisins, et nous nous connaissons à peine.

— Nous travaillons tous les deux, et nos week-ends sont plutôt chargés...

— J'aurais dû vous inviter au barbecue que j'ai organisé dimanche dernier en l'honneur de mes collègues.

— J'effectue beaucoup de visites à domicile, vous savez. C'est déjà vraiment gentil à vous d'être venue prendre de mes nouvelles.

— J'étais disponible...

Pas tant que cela. Le doux sourire de Debbie ne parvenait pas à lui faire oublier le visage de Mallory, auréolé d'une belle chevelure auburn, ni ses yeux bleu vif qui le fascinaient.

— Will, vous m'avez l'air à mille lieues d'ici...

— Je suis un peu fatigué...

Comme il mentait mal !

— Désolée. J'aurais dû y penser. Votre accident est encore frais et vous...

— Ne vous inquiétez pas, je suis solide ! l'interrompit-il.

Comment avait-il pu accepter de sortir avec cette femme, alors qu'il en avait une autre en tête ?

— Nous devrions peut-être rentrer ?

Il secoua la tête.

— Impossible. Nous venons de commander le pudding.

— Je peux m'en passer...

Après tout, décida-t-il subitement, ce n'était pas juste de faire marcher ainsi Debbie. Il fallait arrêter ce petit jeu sur-le-champ.

— Je suis content de cette soirée, commença-t-il.

Le visage de son interlocutrice s'illumina.

— Vraiment ?

— Je sais dorénavant que je peux compter sur ma voisine...

— Oh oui !

Encore cette roseur sur ses joues, preuve qu'elle n'avait pas saisi ce qu'il voulait dire.

— C'est-à-dire que... Je ne cherche pas à nouer une relation.

— Bien sûr que non ! Vous et Mallory...

— Il n'y a pas de « vous et Mallory». Elle me remplace au cabinet. Point. Et elle habite chez moi parce que le médecin de l'hôpital n'a daigné me laisser sortir prématurément qu'à la condition que j'aie quelqu'un à domicile.

Il hésita.

— J'ai été fiancé… Mais ça n'a pas marché. Et je ne me sens pas du tout prêt à m'engager de nouveau.

C'était faux…

— Je comprends, acquiesça Debbie.

— Mais je ne refuse pas l'amitié, précisa-t-il. Que pensez-vous de renouveler cette petite sortie de temps à autre ?

— Bien sûr !

En savourant son pudding, Debbie ne fut pas très loquace.

Quant à Will, plus les minutes passaient, plus il se sentait mal à l'aise.

« Sorti dîner avec Debbie. A plus tard. W.»

Mallory froissa nerveusement le message épinglé sur la porte et se dit qu'elle venait de récolter ce qu'elle avait semé en priant Debbie de veiller sur Will pendant son absence. D'ailleurs, elle avait même envisagé de les pousser adroitement dans les bras l'un de l'autre. Pourquoi pas ? Le médecin du village et l'institutrice, parfaite femme d'intérieur, formeraient un couple parfait…

A l'image de ce dont rêvait probablement Will…

A cette heure, peut-être savourait-il chez sa voisine les bons petits plats qu'elle lui avait cuisinés en toute simplicité ?

Elle aurait dû accepter l'invitation à dîner des Mercer, songea-t-elle, serrant les mâchoires.

Non ! Will Cooper ne l'intéressait pas et elle s'interdisait la moindre jalousie !

Et pourtant, le bien-être qu'elle éprouvait normalement après une ascension s'était évanoui d'un coup en lisant son petit mot…

Contrariée qu'une telle pensée puisse lui traverser l'esprit, elle prit une douche rapide, se frictionnant énergiquement avec son gel favori à l'huile essentielle de citron, et partit faire des courses au supermarché où elle opta pour des épinards, du roquefort, du bacon et des muffins.

Elle venait juste d'enfourner son repas quand Will fit son apparition dans la cuisine.

— Quel événement ! s'écria-t-il, feignant la surprise. Il faudrait prendre une photo !

— Ha, ha !

— Mallory Ryman transformée en fée du logis. C'est la meilleure !

— La ferme, Will ! Ça n'a rien à voir avec de la cuisine ! J'ai grimpé toute la journée et j'aimerais pouvoir manger en paix, d'accord ?

Will se baissa pour regarder à travers la vitre du four.

— Si ce n'est pas de la cuisine, comment appelez-vous ce qui frémit là-dedans ?

— Un toast au fromage.

— Un toast ? La forme et la couleur sont plutôt bizarres...

Piquée au vif, Mallory détourna le regard.

— Je me passerai de vos commentaires ! Le principe est le même, qu'il s'agisse d'un toast, d'un petit pain, ou de ces muffins que j'ai recouverts d'un fromage quelconque.

— C'est ainsi que vous traitez le noble roquefort ? fit Will, jetant un coup d'œil à l'emballage sur la table.

— Pourquoi rentrez-vous si tôt ? N'étiez-vous pas censé passer la soirée avec Debbie ?

— Elle avait des copies à corriger.

— Un samedi soir ?

— Et un rapport à rédiger pour la réunion des parents d'élèves de la semaine prochaine.

A en juger par le ton neutre de Will, le sort de l'institutrice ne l'intéressait guère et Mallory en conçut un soulagement certain.

— Prendrez-vous un verre de vin en accompagnement ?

— Oui. Quant à vous, étant sous analgésique, vous n'y aurez pas droit.

— Du vin rouge, dit-il, se penchant sur l'étiquette de la bouteille déjà ouverte. Pas mal avec le roquefort ! Alors, d'après vous, je dois m'asseoir et vous contempler sagement en train de vous régaler ?

— Hors de question.

— J'ai mal aux jambes...

— Allez prendre votre médecine. Et arrêtez de m'énerver ou je vais brûler mon dîner !

— Quel caractère !

— Bon, d'accord ! Je vous autorise un verre de vin, dit-elle, les dents serrées. Mais pas plus. Si vous vous sentez mal ensuite, ce sera votre faute !

Will sortit deux verres du placard.

— C'est gentil ! dit-il, une lueur de malice dans les yeux.

Ignorant sa remarque, elle sortit les muffins du four avec précaution tandis qu'il servait le vin.

— Pour quelqu'un qui ne sait pas cuisiner, ça semble alléchant...

— Je n'ai jamais dit que je ne savais pas cuisiner. J'ai dit que je ne voulais pas. Nuance ! A mon avis, tout ce qui prend plus de dix minutes constitue une perte de temps.

— Quelle est votre spécialité ? Les frites ?

Elle le considéra avec circonspection.

— Où voulez-vous en venir ?

— Nulle part, dit-il en s'asseyant.

Il leva son verre et trinqua avec elle.

— A votre santé ! Bonne ascension ?

— Oui. Merci.

— Est-ce que je peux me servir du fromage ?

Elle écarquilla les yeux.

— Ne venez-vous pas de dîner ?

— Je ne peux pas résister au roquefort.

Mallory soupira. Puis, se levant à contrecœur, elle sortit du placard une assiette et des couverts, qu'elle disposa devant lui.

— Maintenant, vais-je pouvoir manger en paix ? maugréa-t-elle. Ou avez-vous besoin d'autre chose ?

« Un baiser», faillit-il lâcher.

Eh ! Il avait beau se persuader que Mallory lui rappelait trop son passé, qu'elle n'était pas la femme qu'il lui fallait, il devait à la vérité de reconnaître qu'il la désirait follement…

9

— Ah, Will ! Je viens de recevoir les résultats des analyses de Mark Johnson. Nous ne nous étions pas trompés. L'hémogramme révèle un taux élevé de fer et la biopsie du foie est à l'avenant. Demain, il subira sa première phlébotomie et je verrai son fils dans quelques jours.

— Autre chose ?

— Bonne nouvelle au sujet de la radio des poumons de Craig Clarke. Nous avons enrayé la fibrose et il a promis — croix de bois, croix de fer ! — de ne plus aller jouer dans la grange.

— La prévention constitue le meilleur des traitements.

— J'ai envoyé à Olivia Hart les informations qu'elle nous avait demandées sur les médecines douces. Elle m'a dit avoir déjà pris rendez-vous avec un acupuncteur de Keswick. Quant à Cathy Becker, elle n'a toujours pas convaincu son père de venir me voir. Je passerai donc chez eux en fin de semaine, comme convenu.

— Bonne chance ! Vous aurez besoin de toute votre force de conviction…

Mallory le gratifia d'un sourire, puis pivota vers la fenêtre au rebord encore blanc de gel.

— Et ce vent glacial qui continue de souffler ! Comme je refuse de prendre des risques inutiles, je m'abstiendrai de grimper tant qu'il ne sera pas tombé.

— Mais je parie que ça vous démange !

Elle haussa les épaules.

— Ça ne m'empêche pas de vivre. Un café ?

— Merci.

Hormis le manque d'exercice, elle avait d'autres soucis, Will en était certain. Néanmoins, il évita les questions embarrassantes.

Quelques jours plus tard, Mallory feuilletait tranquillement des livres dans une librairie quand son portable sonna.

— Mallory ?

Celle-ci reconnut aussitôt la voix.

— Laura ! Que se passe-t-il ?

— Je vous appelle depuis le Centre de sauvetage en montagne de Darrowthwaite. Nous venons d'enregistrer un appel à l'aide, et il me manque un secouriste pour constituer une équipe digne de ce nom. Seriez-vous disponible ?

— Tout à fait.

— Je suis désolée de vous déranger, mais comme vous m'aviez dit que vous aviez déjà effectué plusieurs missions de ce genre...

— Vous avez bien fait. Cependant, je ne fais pas partie de l'équipe de Darrowthwaite et...

— Je sais, je sais. Et vous n'avez pas non plus passé les épreuves probatoires. Mais pour vous inclure dans l'équipe, j'aurais juste besoin d'une garantie. Si le responsable du Centre où vous avez travaillé pouvait vous la fournir, ce serait parfait. Au fait, j'oubliais de vous préciser qu'il s'agit de Ian Cawsey — qui est diabétique. Il vient d'avoir un malaise. Lui et son compagnon de cordée sont tous les deux coincés sur une corniche de Sharp Edge.

— Aïe ! O.K. Contactez Becky Hunter de ma part, elle vous faxera mes références.

— Merci, Mallory, dit Laura après avoir griffonné en hâte le numéro de téléphone.

Pour éviter une perte de temps précieux en explications, Mallory jugea bon d'appeler Will sur-le-champ.

— Will, c'est moi.

La tension qu'elle éprouvait devait être perceptible, car il demanda :

— Quelque chose ne va pas ?

Mallory inspira profondément.

— J'ai reçu un coup de fil de Laura. Vous savez qu'elle s'occupe des effectifs du Centre de sauvetage en montagne… Ian Cawsey a perdu connaissance en pleine ascension, Will. Il risque le coma diabétique. Je sais que cela vous rappellera de mauvais souvenirs, mais je ne peux refuser d'aller lui porter secours. C'est un de vos patients, je crois ?

— Oui. Où se trouve-t-il ?

Lui avouer qu'il s'agissait du sommet où son frère avait trouvé la mort s'avéra plus que difficile.

— Hmm… A Sharp Edge.

— Je m'en doutais…

— Will, je rentre immédiatement. J'ai rangé ma sacoche dans le placard du séjour. Tenez-la prête, s'il vous plaît.

— Contient-elle du glucose et du glucagon ?

— Je pense que oui.

— Je vais vérifier. Le cas échéant, je téléphonerai à Marion pour lui demander de vous en préparer. Vous n'aurez qu'à faire un saut à la réception.

— Merci. Par la même occasion, regardez s'il y a de l'insuline, en cas d'hyperglycémie.

— Ian Cawsey est un diabétique récent. A mon avis, il doit être en hypoglycémie.

Will marqua une pause qui parut interminable.

— Prenez ma voiture, dit-il enfin, la voix rauque.

— Je vous remercie.

— Si vous avez besoin de moi, n'hésitez pas à m'appeler.

Elle n'en crut pas ses oreilles.

Venait-il vraiment de proposer ses compétences médicales à l'équipe de sauvetage ? Ou avait-elle rêvé ?

— Que pensez-vous d'une poêlée de gambas au gingembre pour dîner ? Ça prend quatre minutes à préparer.

— D'accord, j'y compte !

Dix minutes plus tard, Mallory se dirigeait vers Sharp Edge, accompagnée des secouristes Rob Viner, Euan Patteson et Bryan Gould.

— En plus des références que nous avons reçues, lui dit Rob, le Dr Cooper nous a téléphoné. Il a longtemps été notre assesseur, et sa seule caution me suffit.

Incroyable ! songea Mallory.

Il fallait à tout prix qu'elle parvienne à convaincre Will de reprendre ses fonctions dans l'équipe de secours. N'avait-il pas tout autant besoin de ses services que ses patients ?

— Merci pour cette dérogation ; je sais que normalement vous n'admettez personne avant les épreuves probatoires. Que savez-vous sur Ian Cawsey ?

— La cinquantaine. Grimpeur émérite. Comme son compagnon, Martin Evans.

— Les avez-vous localisés ?

— Oui. A cent cinquante mètres au-dessous du couloir habituel...

Rob se rembrunit.

— ... « habituel », parce que, malheureusement, c'est le lieu de tous les accidents.

— Même pour des ascensionnistes expérimentés, à ce qu'il semble. Mais enfin, en tant que diabétique, Ian Cawsey aurait pu trouver mieux à faire que de prendre de tels risques ! Comment s'effectuent les transferts à l'hôpital ?

— L'ambulance stationnera ici. A moins que vous ne jugiez bon de réquisitionner un hélicoptère ?

— J'aviserai après examen. Cela dit, l'ambulance devrait suffire.

Ils s'installèrent dans la voiture et tandis que Rob manœuvrait, Euan initia Mallory aux commandes radio dont elle connaissait déjà le fonctionnement.

Rob se gara aussi près du fameux couloir que le véhicule le permettait, et, sans perdre un instant, Mallory se glissa à l'intérieur du harnais de secours. Euan la coiffa du casque de protection, la sangla et positionna l'auto-assurance destinée à freiner une chute éventuelle.

Puis, s'étant assurée qu'elle avait un accès facile à son matériel médical et radio, Mallory se déclara prête à se laisser hisser par l'équipe de secouristes qui, depuis le sommet, actionnait un système de poulies.

— Bonjour ! Je suis Mallory Ryman, dit-elle en débarquant sur la plate-forme abrupte. Vous êtes Martin, je suppose ?

L'homme opina.

— Je m'en veux. J'aurais dû mieux le surveiller...

Ian étant inconscient depuis plus de vingt-cinq minutes, l'heure n'était pas aux états d'âme, pensa Mallory sans répondre. Il fallait organiser son transfert le plus rapidement possible...

— Vous souvenez-vous s'il a reçu un choc en perdant connaissance ?

— Non. Il s'est d'abord montré très irritable, puis s'est plaint d'étourdissements. Comme il ne nous restait que quelques mètres à franchir avant d'atteindre la saillie où nous avions décidé de faire halte, je lui ai demandé de faire un petit effort. Hélas, dès que nous y sommes parvenus, il a pâli et s'est affaissé !

— Je vois.

Mallory prit le pouls de Ian qu'elle jugea beaucoup trop rapide, puis piqua l'extrémité de son majeur gauche pour mesurer le taux de glycémie — qui se révéla au plus bas. Elle lui injecta alors en hâte une dose de glucose.

— Cette injection devrait le sortir du coma en cinq minutes maximum, déclara-t-elle.

Les yeux fixés sur sa montre, elle croisa les doigts.

Le cas échéant, il faudrait lui injecter du glucagon dans un muscle... Au grand soulagement de la jeune femme, Ian ouvrit les yeux avant la fin du délai admis.

— Salut Ian ! Je suis contente de vous voir revenir parmi nous. Vous étiez en hypoglycémie. Vous avez fait peur à votre ami.

— Je...

Elle lui tendit un gobelet.

— Buvez cette boisson sucrée, s'il vous plaît.

Cela fait, elle annonça à Rob que l'hélicoptère ne serait pas nécessaire : dans dix minutes, Ian serait à même de descendre jusqu'à l'ambulance.

— Maintenant, Ian, il faut que je vous parle. Depuis quelques mois, vous souffrez d'un diabète de type deux. Tout le monde pense qu'à ce stade, la maladie est bénigne, mais c'est un mythe, car elle peut se révéler aussi dangereuse que le type un, lequel exige un traitement à l'insuline.

— J'ai été imprudent…

— Certes, dans votre cas, l'exercice est bénéfique, mais point trop n'en faut ! En outre, vous devez consommer quotidiennement des hydrates de carbone, contenus dans les féculents et, surtout, vous abstenir de sauter un repas. A plus forte raison quand vous grimpez ! Sinon vous risquez le coma, comme aujourd'hui. Oh ! J'allais oublier : où que vous alliez, emportez toujours avec vous une réserve de bonbons au glucose.

Ian baissa le nez, l'air honteux.

— Je sais… Cette fois, j'ai joué au petit malin…

— Heureusement que vous n'étiez pas seul ! Savez-vous ce que vous risquez en cas de coma diabétique prolongé ?

— Non.

— Le tissu cérébral enfle, entraînant d'éventuelles lésions. En plus, si vous perdez conscience, vous pouvez vous étouffer. Vous devez apprendre à interpréter les signaux que vous envoie votre corps. Par exemple, les étourdissements, les suées, les lèvres qui picotent, les palpitations, l'irritabilité… A ces moments-là, prenez immédiatement une boisson sucrée ou du glucose en comprimés, puis un sandwich ou une barre aux céréales. Quinze minutes plus tard, votre taux de glucose augmentera.

— D'après ce que vous me dites, il n'est donc pas indispensable que j'abandonne l'ascension ?

— Non. A condition de vous montrer raisonnable. De même si vous devez conduire sur de longues distances, arrêtez-vous pour prendre quelque chose toutes les deux heures. Et pour l'amour du ciel, ne grimpez jamais seul ! Sans Martin, vous auriez pu basculer et tomber dans le vide.

Ian adressa un sourire reconnaissant à son compagnon.

— Vous avez mille fois raison…

— Bon ! Je vais vous passer mon harnais. Prêt pour la descente vers l'ambulance qui vous transférera à l'hôpital ?

Ian acquiesça d'un mouvement de tête.

Avec l'aide de Martin, Mallory harnacha son patient, puis boucla soigneusement les sangles.

— A vous de jouer, à présent, dit-elle par radio à l'équipe de secouristes.

« Voyons, cela n'a rien à voir avec cette nuit fatidique où Roland a perdu la vie ! », se répétait Will, seul dans son cottage.

Contrairement à son jumeau, Mallory l'avait assuré qu'elle ne prenait jamais de risques inutiles. Du reste, il s'agissait d'une mission de secours tout à fait classique.

Will ne se rongeait pas moins les sangs…

Cloué sur place, puisqu'il ne pouvait arpenter la pièce avec ses béquilles, tour à tour il tambourinait des doigts sur la table avec frénésie, feuilletait quelques pages d'un traité médical qu'il abandonnait aussitôt pour jeter un regard las sur la petite aiguille de l'horloge, soupirait, tempêtait…

La sonnerie du téléphone sans fil le fit soudain violemment sursauter.

— Allô ? hurla-t-il dans le récepteur.

— Salut, Will, c'est moi ! répondit joyeusement Mallory.

Conscient qu'il avait retenu son souffle tout ce temps, il inspira enfin profondément.

— J'appelle juste pour vous dire que l'ambulance vient d'emporter Ian vers l'hôpital. L'injection de glucose s'est avérée efficace et son état s'est stabilisé. Je lui ai fait la leçon, vous pouvez me croire ! Et il m'a promis de se montrer prudent à l'avenir.

— Et vous, ça va ? demanda-t-il d'une voix rauque d'émotion.

— Pour le mieux, dit-elle d'un ton enjoué. Je fais un saut au supermarché afin d'acheter le nécessaire pour la poêlée de gambas promise, et je rentre !

— Vous allez vraiment me cuisiner quelque chose ?

— Oui. Ce soir, exceptionnellement. Je vous autoriserai même à boire un peu de vin. Accueillez-moi avec le sourire. C'est un ordre. Ciao !

Elle raccrocha.

Quarante minutes plus tard, Mallory faisait irruption dans la cuisine, les bras chargés.

— Une bouteille de vin blanc, énuméra-t-elle en ouvrant le réfrigérateur, des gambas, du gingembre frais, du citron, des pousses de soja, des poivrons et des nouilles. Pas très pratique avec votre bras plâtré, je l'admets… J'aurais dû opter pour le riz, mais cette graminée ne fait pas partie de mes spécialités.

— Je présume que la cuisson est trop longue pour vous.

— Bingo… Alors que choisissez-vous : nouilles hachées ou pas de nouilles du tout ?

— Je sens que je vais vous détester, rétorqua Will, les mâchoires serrées.

— Estimez-vous heureux ! Normalement, ce plat se mange avec des baguettes…

Will leva le menton et la toisa.

— Votre taux d'endorphine me semble élevé, dit-il.

— Eh ! je viens de faire de l'exercice.

Si elle continuait à le narguer ainsi, songea-t-il, il se mettrait à crier…

— Je voulais vous remercier, dit-elle à brûle-pourpoint, un sourire dans la voix.

Will fronça les sourcils.

— De quoi ?

— D'avoir téléphoné à Rob Viner pour me cautionner.

— Oh ! Ce n'est rien.

— Vous ne m'aviez pas dit que vous étiez autrefois assesseur au Centre de sauvetage en montagne. Quelles autres fonctions occupiez-vous ?

— Ceci est hors sujet.

Elle secoua la tête.

— Et je parie aussi que c'est le passé. Oh, Will ! Comment vous faire comprendre que la vie doit continuer ?

— De quoi vous mêlez-vous ?

— Très bien ! Alors promettez-moi de ne pas vous opposer à ce que je travaille de nouveau avec l'équipe de secours.

Il darda sur elle un regard noir.

— Une fois pour toutes, arrêtez de me narguer !

— Et vous, de fuir la réalité !

Elle ouvrit la bouteille de vin, remplit deux verres et lui en tendit un.

— Avant de me lancer dans la cuisine, trinquons. A la santé de Roland !

Sidéré, Will écarquilla les yeux.

S'attendait-elle vraiment à ce qu'il obtempère ?

— A Roland ! insista-t-elle, soutenant son regard sans faiblir.

— A Roland, fit-il d'une voix blanche.

— A présent, qu'il repose en paix ! Et cessez de vous torturer.

Elle savoura une gorgée et s'exclama :

— Mmm... Merveilleux ! Juste après mes études, j'ai fait les vendanges dans cette propriété.

Will accueillit ce changement de conversation comme une aubaine.

— Avant ou après votre stage chez les moutons ? ironisa-t-il.

— Avant. Et vous, comment avez-vous occupé l'année intermédiaire que tout le monde s'octroie entre fin d'études et travail ?

— J'ai boulonné.

— Evidemment. Tiens ! j'y pense, pourquoi ne prendriez-vous pas une année sabbatique quand on vous aura enlevé le plâtre ?

— Ne me fatiguez pas. Racontez-moi plutôt vos aventures.

— Eh bien... je suis partie pour l'Australie où, soit dit en passant, j'ai appris à composer différentes poêlées.

— Qui n'ont rien à voir avec de la cuisine. Précisons-le.

— Je vois que le métier rentre ! s'exclama-t-elle en mélangeant les ingrédients.

Ses imitations burlesques des paysans locaux et des sautes d'humeur des grands chefs pour lesquels elle avait fait la plonge — ce qui justifiait pleinement son horreur de la vaisselle — le firent rire aux larmes.

Et non seulement la poêlée fut réussie, mais elle lui apprit beaucoup sur l'œnologie, sujet qui le passionnait.

Depuis des années, il ne se souvenait pas s'être autant amusé.

Même en compagnie de Julie, se dit-il.

Quand ils eurent fini de savourer les *crackers* aux riz soufflé et aux algues que Mallory avait achetés, ils s'installèrent confortablement sur le sofa — avec en sourdine le murmure sublime, tantôt exalté, tantôt mélancolique, des préludes et fugues de Bach.

Will faillit craquer…

Faute de mieux, il lui prit la main et déposa un baiser sur chacun de ses doigts. Puis il plongea ses yeux dans les siens — devenus presque noirs, tant ses pupilles s'étaient agrandies.

En plus du pouvoir de le rendre à moitié fou avec ses histoires de varappe, Mallory Ryman possédait celui de lui faire perdre la tête, tant elle l'attirait, songea-t-il en lui embrassant la paume.

— Mallory, qu'allons-nous faire de… ce qui existe entre nous ?

— Rien. Je n'ai pas l'habitude de m'offrir des aventures. Et je parierais cher que vous non plus. N'est-ce pas ?

— Vous avez raison.

— Depuis votre rupture avec Julie, vous est-il arrivé de sortir sérieusement avec quelqu'un ?

— Sans commentaire.

— Vous voulez dire que non ?

— Je n'en ai pas eu le temps.

— Toujours la fuite dans le travail…

— J'aimais Julie, corrigea-t-il calmement.

— Vous n'étiez probablement pas faits l'un pour l'autre ! C'est la seule explication, Will.

Le silence retomba.

— J'admets que j'aimerais faire l'amour avec vous, dit-elle soudain d'une voix aux accents sexy. Mais je sais que ce ne serait pas une bonne idée. Je… J'ai besoin d'indépendance, aussi bien sur le plan professionnel que sur le plan privé.

Subodorant qu'elle lui cachait quelque chose, Will plissa les paupières.

— Expliquez-vous, dit-il.

— Je veux dire qu'avant de céder à l'impulsion que nous paraissons partager, je vais me mettre au lit !

Elle se pencha et l'embrassa sagement sur la joue.

— Bonne nuit, Will !

10

— J'ai besoin de votre aide, docteur Cooper, annonça Mallory deux jours plus tard.

— Que se passe-t-il ? Un problème de paperasse ?

— Non. C'est au sujet de Frank Wolsey. Je lui ai rendu visite aujourd'hui.

— Et il a refusé de vous parler ? Je vous avais pourtant prévenue…

— Il faut trouver une solution. Cathy n'en peut plus. La dépression la guette. Si elle craque, ils entreront tous deux dans un cercle vicieux. Frank sombrera à son tour en se reprochant l'état de sa fille, et celui-ci empirera…

Mallory secoua la tête.

— Je dois parvenir à le convaincre de fréquenter l'hôpital de jour au moins deux fois par semaine pour soulager Cathy et Mick, son mari. Mais Frank ne veut pas en démordre : pour lui, c'est la porte ouverte vers l'hôpital psychiatrique.

— Je sais, c'est un cas difficile.

— Il est buté. Plus on tente de le persuader, plus il se bloque.

Accablée, Mallory écrasa un biscuit entre ses doigts.

— Et si nous inversions la situation ? dit-elle soudain. L'hôpital de jour pourrait avoir besoin de ses services au lieu du contraire. Qu'en pensez-vous ?

— Certes, il s'en sentirait valorisé !

— Exactement. Et c'est là que j'ai besoin de vous car vous

connaissez vos patients mieux que moi. Quel était son hobby ? Et que faisait-il avant de prendre la retraite ?

— Il était menuisier. Et il adorait réparer des meubles anciens pendant ses loisirs.

— Il faut à tout prix qu'il donne des cours de menuiserie ! Ainsi, il serait obligé de se rendre à l'hôpital et, se sentant apprécié, il serait peut-être tenté d'y rester pour déjeuner, ou même de s'inscrire à différents programmes...

— C'est un bon stratagème. Au préalable, vous devrez discuter ferme avec l'administration de l'hôpital de jour...

Elle roula des yeux.

— Qui va noyer ce projet sous un flot de considérations budgétaires et de problèmes en tout genre !

— Le directeur général de l'hôpital de jour et moi avons longtemps joué au squash ensemble... hasarda Will.

Le visage de Mallory s'illumina.

— Pourquoi ne pas profiter de la filière « anciens copains » pour m'introduire ?

— Je croyais que vous désapprouveriez le piston.

— Bien que je préfère la varappe, dites-moi si je dois me maquiller, enfiler une minijupe et des talons hauts ! Pour le bien de mes patients, je suis prête à enfreindre certains principes !

Amusé, Will désigna du regard son bras plâtré et sa jambe.

— Vous connaissez les raisons pour lesquelles il m'est impossible d'inviter Paul à une partie de squash...

— Alors invitons-le à déjeuner, ou à dîner. Peu importe ! C'est moi qui paierai la note. Si Paul pouvait accepter les innovations...

— Cela dépendra de bon nombre de facteurs, parmi lesquels les frais d'assurance figurent en premier.

— Hé ! Je croyais que vous me souteniez ?

— Je vous suis tout acquis. Mais nous devons anticiper les arguments qu'il risque de nous opposer — afin de pouvoir ensuite avancer des solutions.

Les yeux de Mallory pétillèrent.

— Très astucieux ! s'exclama-t-elle, admirative.

— Servez-nous le café, et nous en discuterons plus amplement.

Mallory gloussa en se dirigeant vers la cuisine. Tout à coup, elle fit volte-face.

— Jouons franc jeu. Et si vous vous y refusez, je vous prive de gâteau aux noix de pécan pendant un an !

Un an ! Elle envisageait donc un aussi long séjour...

Pourquoi eut-il brusquement l'impression que la pièce s'emplissait de soleil ?

Mais cette légèreté entre eux ne dura pas.

Le visage subitement fermé, la bouche pincée, Mallory s'avança vers lui. Puis, saisissant sa sacoche au pied du sofa, elle la lâcha violemment sur la table.

— Que vous arrive-t-il ?

Elle eut un petit rire méprisant.

— Ne faites pas l'innocent, Will Cooper ! Vous savez très bien ce qui ne va pas.

Will fronça les sourcils.

— Euh... Je ne vois pas.

— Ne jouez pas au plus malin avec moi, s'il vous plaît ! Si vous doutez de mes compétences médicales, dites-le-moi en face, au lieu de vérifier par-derrière tout ce que je fais.

— Vous vous trompez, Mallory !

— Dans ce cas, expliquez-moi pourquoi Greg Foulger a téléphoné au cabinet en se recommandant de vous. Il a demandé qu'on lui prescrive des antibiotiques contre l'eczéma, alors que je lui avais conseillé une pommade aux stéroïdes.

— Greg ne m'avait pas précisé qu'il vous avait vue...

— Voilà ! C'est bien ce que je pensais ! Vous lui avez téléphoné.

— Erreur ! Il m'a appelé.

Mallory, les poings sur les hanches, le scruta.

— Pourrais-je savoir pourquoi ?

— Vous n'ignorez pas la récurrence de ce genre d'eczéma discoïde chez les sujets de sexe masculin — et en général d'âge moyen ?

Certes, non, pensa-t-elle.

— Comme je l'avais déjà traité pour cette même affection, poursuivit Will, Greg voulait simplement savoir s'il pouvait finir le tube de crème que je lui avais prescrit, au lieu d'en acheter un autre. Son budget est un peu juste en ce moment et il ne possède pas de mutuelle. Et vous savez bien qu'en cas de rechute, une infection pourrait se déclarer...

Mallory se mordit la lèvre.

— Je comprends... D'où l'utilité des antibiotiques que vous aviez prescrits. Je lui avais pourtant dit de revenir me voir s'il constatait une aggravation. J'en conclus que les patients n'ont aucune confiance en moi !

— Mais non ! C'est tout bêtement parce qu'il avait l'habitude d'avoir affaire à moi depuis trop longtemps.

— Néanmoins, il n'est pas le seul à s'être adonné à cette petite tactique, n'est-ce pas ?

Mallory lui mit sous le nez une liste de quatre patients.

— Personne ne vous surveille, Mallory ! Mais je ne peux pas interdire aux patients de me demander conseil.

— Dites plutôt que vous aimez garder la mainmise sur eux !

— O.K. Je plaide coupable ! Oui, j'ai bien donné des consultations impromptues à tous ceux qui m'ont téléphoné. *Mea culpa*. J'aurais dû les rediriger vers le cabinet.

— Pourquoi ?

— Parce que je m'ennuie comme un rat mort ! Voilà !

— Will, ce n'est pas raisonnable...

— Vous ne m'apprenez rien. Mais j'en ai marre d'être bloqué ici sans pouvoir exercer mon métier !

— Si vous n'arrêtez pas de vous agiter ainsi, vos fractures prendront plus de temps à se ressouder, et je ne peux pas vous guérir d'un coup de baguette magique. Que puis-je faire pour vous rendre la vie plus douce ?

Question d'importance, songea Will, visualisant en un éclair tous les moyens à la disposition de Mallory pour le sortir de l'ennui.

A commencer par un baiser...

Non, il devait arrêter de gamberger !

— Je m'excuse de vous accabler avec tout ça, dit-il.

Mallory brancha la bouilloire électrique.

— Hé ! A mon tour de m'excuser ! Je n'aurais pas dû tirer des conclusions si hâtives.

— C'est compréhensible et vous avez raison. A moi d'accepter de me reposer sans rechigner.

Mallory contourna le comptoir de la cuisine américaine et vint s'asseoir à côté de lui.

— Mais ça vous rend fou ! A l'inverse de la plupart des gens, votre travail ne constitue pas une simple occupation rémunératrice, il fait partie intégrante de vous.

— Il m'a fallu cet accident pour en prendre conscience.

— Hum... Voyons ce qu'il serait possible d'envisager. Certaines activités médicales n'exigent ni une mise à jour de dossiers ni la rédaction d'ordonnances. Il y a deux maternités à visiter par semaine, n'est-ce pas ?

— Oui.

— Pourquoi n'animeriez-vous pas des entretiens-conseils hebdomadaires destinés aux jeunes mamans sur différents thèmes comme la poussée des dents, le sevrage et autres ?

— Intervenir ainsi en amont préviendrait les problèmes médicaux ultérieurs...

— Exactement. Et vous n'aurez pas besoin de bouger de votre chaise, puisque les infirmières se chargeraient des pesées, mensurations, etc.

— Je crois que la prochaine session en maternité doit avoir lieu demain. Je vais prévenir l'infirmière dès maintenant.

Mallory lui passa le téléphone sans fil et Will composa le numéro tout en se disant que les compétences de Mallory constituaient un réel atout pour le cabinet de Darrowthwaite...

« Et pour ta propre existence... », ajouta une petite voix dans sa tête.

En pleine nuit, la sonnerie du téléphone réveilla Mallory en sursaut. Elle émit un grognement en se retournant et saisit le récepteur.

— Docteur, veuillez m'excuser de vous sortir du sommeil.

C'est au sujet de ma petite Maisie. Elle a une forte fièvre que je n'arrive pas à faire baisser.

L'esprit encore embrumé, Mallory s'assit sur son lit.

— Maisie ? répéta-t-elle.

— Maisie Foster. Je suis Gillian, sa mère.

Mallory loucha vers le réveil. Il était à peine 2 h 30 du matin.

— Bien. Quelle âge a-t-elle ?

— Deux ans.

— Quand la température a-t-elle commencé à monter ?

— Hier soir. Elle a probablement attrapé le virus qui circule en ville.

— Lui avez-vous donné du paracétamol pour enfants ?

— J'ai essayé... Hélas ! elle le régurgite aussitôt ! Oh, Seigneur, non !

— Que se passe-t-il ?

— Elle... Je crois qu'elle a une crise, dit Gillian d'une voix vacillante. Son corps est devenu raide, ses yeux roulent vers l'arrière, ses bras et ses jambes sont pris de spasmes !

— Ne vous inquiétez pas. C'est ce qu'on appelle une convulsion fébrile. Son corps réagit à la fièvre. Je sais que c'est effrayant, mais ce n'est rien de grave, je vous assure. Je serai chez vous dans peu de temps. Lorsque Maisie reprendra conscience, dans cinq minutes environ, ne vous étonnez pas de la voir se rendormir. A ce moment-là, changez ses draps, déshabillez-la et passez-lui une éponge trempée dans de l'eau tiède sur le corps. Laissez sécher à l'air, cela abaissera la température. J'insiste sur l'eau tiède, et non pas froide, qui pourrait aggraver son état.

Mallory griffonna l'adresse de Gillian, raccrocha et enfila ses vêtements en hâte. Puis, sur la pointe des pieds, elle descendit au rez-de-chaussée. La sonnerie du téléphone, Dieu merci, ne semblait pas avoir réveillé Will.

Elle s'apprêtait à quitter le cottage quand la porte du séjour s'ouvrit, laissant apparaître Will, appuyé sur ses béquilles, le regard interrogateur et les cheveux sensuellement en bataille.

Il portait un vieux T-shirt blanc, un short froissé à carreaux, et Mallory dut faire un effort pour détourner les yeux de ses cuisses musclées.

— Qu'y a-t-il ?

— Maisie Foster a des convulsions fébriles. Moi qui croyais que vous dormiez à poings fermés...

— Voulez-vous que je vous accompagne ?

— Pas la peine. Gillian m'a bien indiqué la route. Continuez votre nuit.

Lorsque Mallory revint une heure plus tard, elle trouva la salle à manger complètement illuminée.

— Vous devriez être en train de vous reposer, reprocha-t-elle à Will qui l'attendait.

— Ouais-ouais ! Vous m'avez déjà fait la leçon plusieurs fois.

— Et vous vous obstinez à désobéir.

— Je me suis reposé toute la journée. De toute façon, j'avais des insomnies. Dites-moi plutôt comment va Maisie.

— Aussi bien que possible. Je lui ai administré un suppositoire de paracétamol, puis du diazépam pour arrêter les convulsions. Comme c'est la première fois que ça lui arrive, j'ai conseillé à Gillian de l'amener à l'hôpital. Je lui ai donné une lettre de recommandation pour le pédiatre. Une boisson chaude vous ferait-elle plaisir ?

— Vous feriez ça pour moi ? railla-t-il.

— Réchauffer du lait au micro-ondes n'est pas sorcier ! Y a-t-il de la cannelle ?

— Non.

— Du chocolat ?

— Non plus.

— Bon. Vous aurez le choix entre lait chaud et lait chaud !

Cahin-caha, Will lui emboîta le pas et, une fois dans la cuisine, se jucha tant bien que mal sur une chaise.

— Je regrette que vous ayez été dérangée en plein sommeil. Il faudra que je pense à passer le relais à un service de nuit.

— Jusqu'à preuve du contraire, je vous remplace. Quand j'ai

accepté votre proposition, je n'ignorais pas que je serais amenée à faire des visites de nuit. Et il faut dire qu'elles sont plutôt rares.

Avec un sourire de gratitude, Will prit le bol de lait chaud qu'elle lui tendit.

— C'est vrai. Merci.

— Pourquoi cette insomnie ? Souffrez-vous de la jambe ? Du bras ?

— Non. Je reste éveillé. C'est tout.

Il n'allait tout de même pas lui avouer qu'il n'arrêtait pas de penser à elle ! Qu'il aimait sa présence et appréciait ses conseils judicieux — par exemple, celui d'assurer deux après-midi par semaine en maternité, ce qui lui avait permis d'utiliser son énergie de manière constructive sans fatiguer sa jambe.

Certes, glissant dans une agréable routine, il avait pris l'habitude de commander un repas indien ou asiatique tandis qu'elle se douchait et que flottaient dans le cottage d'enivrantes senteurs, tour à tour citronnées ou fleuries. Mais, s'objecta-t-il, ne faudrait-il pas interrompre ce doux compagnonnage avant qu'il ne soit trop tard ?

Car comme fée du logis, on faisait mieux dans le genre que Mallory ! Et il ne se résoudrait jamais à la suivre sur les parois escarpées avec lesquelles elle adorait se mesurer au moins trois fois par semaine. Alors...

Soudain, leurs yeux se croisèrent et Will ne put s'empêcher de convoiter ses lèvres, rondes, presque pourpres, pulpeuses...

— Vous feriez mieux d'aller vous mettre au lit, dit-il, se ressaisissant. Vos consultations démarrent dans quelques heures à peine.

Il sentait croître en lui un désir si fulgurant qu'il se leva et, s'emparant de ses béquilles, claudiqua vers la porte.

— A demain, marmonna-t-il d'une voix rauque, abandonnant son bol de lait à moitié plein sur la table.

11

Ce soir-là, Mallory prenait des notes en parcourant un article du dernier hebdomadaire médical ; Will l'observait à la dérobée par-dessus son magazine auto préféré.

Les cheveux ébouriffés grâce à un gel coiffant dont elle les avait généreusement enduits, la langue pointant entre les lèvres, Mallory ressemblait à un elfe espiègle, un brin sexy. S'il n'avait dû ménager sa jambe, il se serait précipité à ses côtés...

Soudain, la lumière vacilla puis s'éteignit tout à fait. De manière réflexe, Mallory inséra son bloc-notes dans le journal pour marquer sa page et se leva.

— Où se trouve le boîtier électrique ?

— Je ne crois pas qu'il s'agisse des fusibles. C'est probablement une coupure de courant, comme chaque fois que le vent souffle trop fort.

— Moi qui voulais me mettre à jour de mes lectures, c'est raté ! Combien de temps cela dure-t-il, d'habitude ?

Will haussa les épaules.

— Entre quelques minutes et deux heures.

Mallory se dirigea vers la fenêtre et fureta à l'extérieur.

— Hum... vous avez raison, c'est un panne de secteur. La rue est plongée dans l'obscurité. Ce soir, nous n'échapperons pas aux sandwichs...

Elle soupira.

— Préparons-nous en cas d'appel d'urgence. Il y a une lampe torche dans ma voiture. En avez-vous une ici ?

— Oui. Et il devrait y avoir des bougies dans l'un des tiroirs du vaisselier.

— Où sont les allumettes ?

— Au même endroit. Je n'ai plus de camping-gaz ; je me suis débarrassé de mon équipement avec celui de Roland.

Bien que son regard fût désapprobateur, elle acquiesça d'un signe de tête et se mit en quête des bougies.

— Pour quelqu'un qui, dirait-on, essuie de fréquentes pannes, vous êtes plutôt mal outillé ! lança-t-elle bientôt en brandissant deux chandelles à moitié consumées. Il ne me reste plus qu'à aller en acheter !

Will s'approcha de la fenêtre.

— Il souffle de véritables bourrasques, Mallory. Il serait stupide de prendre des risques en sortant, alors que ce n'est pas vraiment nécessaire. Il ne fait pas encore nuit. Nous nous débrouillerons.

— Je vais appeler la centrale, décida Mallory, inquiète.

Après plusieurs tentatives infructueuses, elle raccrocha dans un claquement sec le récepteur. La ligne était surchargée.

— Cela semble affecter tout Darrowthwaite, commenta Will. Nous en saurons plus en écoutant la radio.

— Sauf que votre radio est branchée sur secteur.

— Non. Le poste de la cuisine fonctionne sur piles.

— J'ose espérer que vous êtes mieux approvisionné en piles qu'en bougies...

Il n'en était rien. Mais, au moins, la radio marchait.

Pour l'instant.

— Quel âge ont ces piles, Will ?

— Je n'en ai aucune idée.

Mallory fronça les sourcils.

— Elles pourraient s'épuiser rapidement. La station locale nous donnera des nouvelles à l'heure du prochain journal... nous n'allumerons la radio qu'à ce moment-là, pour les économiser.

— Je suis peut-être légèrement imprévoyant, admit Will.

— Pour l'amour du ciel ! Vous êtes médecin généraliste, tout de même ! Vous pourriez vous organiser un peu mieux !

Will fit la moue.

— Ne faites pas tant d'histoires ! Vous verrez, dans quelques minutes, le courant sera rétabli.

Il se trompait.

Quatre heures plus tard, à la lumière de l'une des deux bougies, ils savouraient les sandwichs que Mallory avait confectionnés, agrémentés d'une salade de fruits et d'une bouteille de jus d'orange. Pour remplacer le café, elle avait disposé sur une assiette un assortiment de biscuits au chocolat.

A 9 heures du soir, le présentateur du journal radiodiffusé annonça que l'électricité ne reviendrait pas avant le lendemain matin.

— Merveilleux ! Il ne nous reste plus qu'à attendre en frissonnant.

Devant l'air courroucé de Mallory, Will pouffa de rire et elle s'écria :

— Qu'y a-t-il de si drôle ?

— La femme qui rêvait de conquérir l'Everest se plaint après quelques heures de froid ! railla-t-il.

— Quel rapport ? s'indigna Mallory. Ici, nous sommes à Cumbria, entourés de tout le confort.

— Mallory, n'exagérez pas !

— Je suis gelée ! Si encore nous pouvions, à défaut de chauffage, nous préparer une boisson chaude !

— Vous semblez en manque de caféine, la nargua-t-il.

— Je ne vous le fais pas dire ! Hélas ! comme toute la ville subit le même sort, je ne peux même pas aller nous chercher du café.

— Sans compter qu'il est dangereux de sortir par ce temps-là. J'espère que personne n'aura eu l'idée d'aller grimper cet après-midi, dit-il d'une voix grave.

— Bah ! Il faudrait être complètement cinglé !

— Si on jouait au Scrabble, à la lueur de notre dernière bougie ?

— Je n'en ai pas envie. Et je ne jouerai pas non plus à la bataille avec vous : je sais que vous trichez. Et dire que je ne peux même pas me préparer une bouillotte ! Vous auriez au moins pu garder votre camping-gaz !

— Insiste la femme qui refuse de cuisiner ! plaisanta-t-il.

Will marqua une pause.

Il allait lui dire de prendre la torche et de ramener les couvertures rangées dans le placard du premier étage, quand il s'entendit prononcer autre chose :

— Vous savez comment lutter contre le froid en montagne, n'est-ce pas ?

Elle hocha la tête.

— Oui, on se réfugie sous la tente et on se pelotonne dans un gros duvet.

— Faute de mieux, que penseriez-vous d'une retraite stratégique sur le sofa que voici, sous deux couettes ?

Mallory en resta bouche bée.

— Ce n'est ni plus ni moins qu'une invitation à coucher avec vous !

Ni plus ni moins, en effet, songea Will.

Néanmoins, pas précisément dans les conditions rêvées...

— Mallory, fit-il, avec un bras dans le plâtre et une jambe invalide, je serais bien incapable de vous déshonorer, si c'est ce que vous craignez ! Je suggère seulement qu'afin d'économiser notre chandelle, nous nous couchions tôt et partagions un peu notre chaleur corporelle.

Mallory hésita.

C'était une proposition plus que périlleuse car, handicapé ou pas, Will Cooper n'en était pas moins terriblement attirant. En outre, au souvenir de ses baisers, son cœur se mettait déjà à battre la chamade...

D'un autre côté, elle grelottait.

— O.K., lâcha-t-elle, ouvrant le convertible pour le préparer. Je... Euh... Je vais aller chercher ma couette pendant que vous vous... Hum... déshabillez.

Heureusement, à la lumière trop faible de la bougie, il ne pouvait la voir rougir.

C'était complètement ridicule, pensa-t-elle. Elle avait presque trente ans, n'était plus vierge depuis belle lurette, et, en tant que médecin, elle était habituée à examiner sans frémir le corps d'un homme, dénudé ou pas.

Cela posé, pourquoi cette pudeur ?

Pourquoi réagissait-elle ainsi à la perspective de s'allonger près de Will, décemment vêtu de son T-shirt blanc et de son short à carreaux ?

Elle tâtonna jusqu'au premier étage, enfila son pyjama et saisit sa couette.

Même dans la semi-obscurité, les nounours de son pyjama étaient nettement visibles et elle sut gré à Will de ne pas se moquer d'elle. Convaincue cependant qu'une étincelle de malice brillait dans ses yeux, elle s'abstint de le regarder.

Déjà installé sous la couette, Will tapota le vide à côté de lui. La bouche sèche, Mallory tergiversa.

— Ajoutez l'autre couette par-dessus, et blottissez-vous contre moi, dit-il, la voyant frissonner. Moi aussi, j'ai froid, et ce n'est pas bon pour ma jambe.

— Ah ! la bonne excuse ! s'écria-t-elle.

Will ayant détendu l'atmosphère, elle en profita pour se glisser sur le sofa et se pelotonner contre lui.

— Faites de beaux rêves, lui souffla-t-il.

— Oui, vous aussi.

Elle avait craint de ne pas trouver le sommeil tant elle était exaltée et bouleversée ; pourtant, aux petites heures du matin, elle s'éveilla, la joue appuyée contre le torse nu de Will.

Pendant la nuit, non seulement son T-shirt s'était retroussé, mais aussi la veste de son pyjama à nounours ! Et la main plaquée contre son dos, Will la maintenait serrée contre lui.

Comme un amant...

Elle retint sa respiration. Quand elle sentit la caresse imperceptible de ses doigts, elle sut que Will était éveillé.

Autant réticents l'un que l'autre à faire le premier geste, ils n'osaient bouger et elle percevait la tension de son corps, au moins égale à la sienne.

« Ça suffit ! Fais semblant de dormir. Ne sois pas réceptive », s'exhorta-t-elle.

Mais, indifférents à ses ordres, ses doigts lui désobéirent et se mirent à former, en réponse à ses caresses, des petits cercles autour de la taille de Will.

Lequel posa ses lèvres, douces et sans exigence, sur ses cheveux.

Certes, à ce stade, elle pouvait s'arrêter quand bon lui semblerait…

Au lieu de cela, elle renversa la tête et Will l'embrassa tendrement ; puis, à mesure que son baiser se faisait plus profond, un désir passionné la saisit et elle captura ses lèvres en retour.

Et le dilemme commença.

Parce qu'elle en voulait plus, toujours plus, elle se retrouva en train de lui ôter son T-shirt et, pire encore, de se débarrasser de son propre pyjama.

— Mallory, j'ai envie de toi, murmura-t-il, la voix rauque de désir.

— Attention à ta jambe…

— S'il te plaît, Mallory, implora-t-il.

Comment le repousser ?

Mais à qui voulait-elle en faire accroire ? Elle l'avait désiré dès le premier regard. Et c'était l'une des raisons pour lesquelles elle avait passé presque tout son temps libre à grimper.

Avec précaution, elle se mit à califourchon sur lui. Il haleta.

— Je ne te fais pas mal ?

— Si, mais c'est délicieux. Mallory, j'ai envie de te faire l'amour, dit-il en agaçant le bout durci de ses seins. Tu peux refuser… balbutia-t-il.

— Oui…

Immédiatement, il arrêta ses attouchements.

— Je ferai ce que tu voudras…

— Non… je veux dire, oui, marmonna-t-elle, confuse.

Il l'enlaça par le cou de son bras valide.

— Dis-moi, Mallory…

— J'en ai autant envie que toi…

Leurs baisers, tout d'abord légers comme un vent de printemps, se firent passionnés. Nus l'un contre l'autre, ils se grisaient de caresses ; l'excitation croissait en eux comme un incendie, grondait telle la lave d'un volcan.

— Maintenant, dit-elle.

Will eut un gémissement de plaisir quand elle bascula sur lui.

— Tu ne peux imaginer à quel point j'ai rêvé de cet instant, confessa-t-il.

L'esprit vide, Mallory se laissa entraîner vers un sommet inconnu où ils crièrent ensemble — comme s'ils découvraient, éblouis, l'emplacement caché du paradis perdu.

La tête contre l'épaule de Will, Mallory écoutait le silence.

Il desserra quelque peu son étreinte... et elle s'endormit avec l'étrange sensation d'être enfin, après un long périple, rentrée chez elle.

12

Mallory ouvrit les yeux, cilla, et se souvint du rêve curieux qu'elle venait de faire. Blottie au chaud, elle avait passé la nuit dans les bras de l'homme qu'elle aimait...

Non. Ce n'avait pas été un rêve.

Elle sursauta légèrement.

L'homme qu'elle aimait ?

Hors de question !

Bien que leurs corps nus, enlacés, témoignaient de leurs ébats nocturnes, elle ne pouvait se permettre de tomber amoureuse de Will Cooper.

Avait-elle perdu l'esprit ?

Comment s'extirper à présent de ce pétrin sans lui faire mal ?

Si Mallory gardait les paupières closes, Will savait pertinemment qu'elle ne dormait plus : il avait senti son corps se raidir quelques minutes auparavant.

Il venait de faire la chose la plus stupide de sa vie.

Ne s'était-il pas juré de garder ses distances ?

Déchirant le silence, un « clic» se fit entendre... et la lumière fut.

— L'électricité revient, murmura Mallory.

— Bonjour ! hasarda-t-il d'une voix douce, sans oser la regarder. Hmm... Nous allons devoir assumer les conséquences de nos actes, ajouta-t-il, visiblement gêné.

— Une malencontreuse panne de courant, le froid, la promiscuité, voilà les coupables !

Si c'était tout ce qu'elle éprouvait après ce qui s'était passé entre eux, se dit-il, mieux valait être prévenu !

Il feignit l'indifférence :

— Je constate que notre réaction est identique. Tu sembles regretter cet incident autant que moi.

Une préoccupation d'ordre médical surgit dans son esprit encore embrumé.

— Mallory, nous n'avons pris aucune précaution...

— Non.

— Je veux dire... Ecoute, si jamais... Je ferais le nécessaire.

— Euh... Je suis pratiquement certaine que je ne risquais rien, dit-elle d'un ton neutre.

— Désolé pour ton éventuel petit ami... Mallory.

A ces mots, il vit qu'elle marquait le coup.

— Il n'y a pas de petit ami, précisa-t-elle.

Digérer l'information lui prit quelques secondes.

N'avait-il pas gaffé ? Telle qu'il la connaissait, Mallory Ryman ne se serait jamais permis une infidélité...

— Je suis censée démarrer les consultations dans une demi-heure, remarqua-t-elle en jetant un coup d'œil à la pendule sur le manteau de la cheminée.

— Veux-tu que je te prépare un café pendant que tu te douches ?

— Inutile. Je me débrouillerai. Tu sais bien que tu es incapable de remplir la bouilloire d'une main !

Elle s'assit sur le sofa et Will, réprimant une envie de lui faire l'amour une seconde fois, contempla ses formes sculpturales.

Avait-elle perçu ses pensées ? Mallory saisit la deuxième couette et se déroba à sa vue.

— Je... Je vais te laisser t'habiller en paix.

Quinze minutes plus tard, elle réapparut, toute fraîche, sur le seuil de la cuisine.

— J'ai mis des toasts à griller. Malheureusement, tu devras les beurrer toi-même...

Elle toussa pour s'éclaircir la gorge et brancha la bouilloire.

— Merci. En attendant que l'eau boue, je vais fermer le convertible.

Quelle folie ! pensa-t-elle tout en fourrant les draps dans le tambour de la machine à laver.

Puis elle passa le café.

— Will... commença-t-elle, en versant le liquide fumant dans sa tasse. Je crois... qu'il faudrait que nous parlions.

— Au sujet d'hier soir ? Il n'y a rien à dire.

— Néanmoins... Will, je n'ai pas été complètement franche avec toi.

Le regard bleu de Mallory croisa le sien.

— Que veux-tu dire ?

— Quand je t'ai dit tout à l'heure que je n'avais pas de petit ami. A vrai dire, il y a eu quelqu'un dans ma vie.

— Il y a eu, répéta Will.

Son expression était indéchiffrable. Mallory soupira longuement.

— J'ai été fiancée avec l'un des médecins du cabinet où je travaillais.

— Je vois.

Ainsi, quand elle disait ne pas vouloir mêler vie privée et vie professionnelle, c'était en connaissance de cause...

— Geoff est un médecin hors pair, bon, marrant et beau. Nous devions nous marier...

Will ne dit rien. Absolument rien.

Qu'attendait-elle de lui ? Croyait-elle qu'il allait la serrer contre lui en lui certifiant que ça n'avait pas d'importance ?

— Je savais que ses sentiments étaient plus forts que les miens, poursuivit-elle. Je l'aimais beaucoup. Mais seulement en tant qu'ami. Et puis, il détestait l'alpinisme, si bien que j'ai dû refuser de l'épouser, le blessant terriblement...

Elle déglutit avec difficulté.

— J'ai gâché beaucoup de choses, Will. Et c'est à ce moment-là que, totalement déstabilisée, j'ai failli tuer une de mes patientes.

— Lindy.

— Oui.

Il la vit se raidir.

— Autre chose : Geoff était le fils de Charles.

La trotteuse semblait égrener les secondes avec une lenteur inaccoutumée.

— Le fils du meilleur ami de ton père...

— C'est pourquoi je n'ai pas seulement fait souffrir Geoff, mais aussi Charles et mon père qui se réjouissaient de cette union.

— Je comprends.

Mallory prit une longue inspiration. Devant tant de froideur, sa gorge se nouait.

— Si je ne veux pas essuyer les foudres de Marion, il faut que je parte, dit-elle sans crier gare. Veux-tu que je te ramène quelque chose pour déjeuner ?

Will secoua la tête.

— Non, merci.

— A plus tard, dit-elle dans un bref sourire.

— Ciao !

Au cabinet, elle afficha une bonne humeur qu'elle était loin d'éprouver.

— Bonjour, madame Montgomery. Que puis-je pour vous ?

Elle fit asseoir Roisin Montgomery qui lâcha un profond soupir.

— J'ai l'impression d'avoir tous les symptômes de la ménopause. Pourtant, je n'ai que trente-cinq ans.

— Vous avez au moins dix bonnes années devant vous ! Que ressentez-vous ?

— Comme j'ai parfois très chaud, je me suis demandé si je n'avais pas des bouffées de chaleur. J'ai de moins en moins d'énergie, je me trouve pâle et je souffre de douleurs diffuses, accompagnées de fortes migraines — que Philip, mon mari, attribue au surmenage professionnel.

Mallory regarda attentivement sa patiente. Elle était lourdement fardée — ce qui ne lui permettait pas de diagnostiquer avec certitude l'érythème qu'elle soupçonnait.

— Roisin, avez-vous perdu du poids récemment ?

— Oui, en effet. Mais je me préfère ainsi.

— Et votre peau ? Avez-vous remarqué un changement ?

— Il y a quelques mois, j'ai dû changer de maquillage, celui que j'utilisais ayant provoqué une allergie — de grandes marbrures rouges sur tout le visage qui ont ensuite disparu.

Mallory hocha la tête. Ses suspicions se confirmaient.

— Particulièrement sur les joues et la base du nez ?

— Oui. Philip appelait ça mon masque de papillon. Enfin, c'est un artiste !

— Avez-vous eu des problèmes avec vos cheveux ?

— J'en perds beaucoup plus quand je me brosse. Bah, ce doit être le stress ! J'ai eu un travail fou, ces temps-ci !

— Rien à signaler au niveau des yeux ?

— D'insupportables picotements m'ont obligée à abandonner les lentilles.

— Eh bien ! Mon opinion est faite : il ne s'agit pas de la ménopause, mais d'un lupus.

Mme Montgomery porta la main à sa bouche.

— Un lupus ! C'est mortel, n'est-ce pas ?

— Plus de nos jours. La maladie peut être stabilisée, bien qu'elle soit incurable. Le lupus est un dysfonctionnement du système immunitaire ; celui-ci sécrète un excès d'anticorps, induisant un déséquilibre général. Environ une femme sur mille en souffre.

— Quelle en est la cause ?

— On l'ignore. Mais le traitement aux stéroïdes ou à l'aspirine que je vous prescrirai, selon les résultats de l'analyse de sang, vous apportera un grand soulagement.

— Un traitement à l'aspirine ?

— A moins que vous n'y soyez allergique ?

— Heu... Non. Pas que je sache.

— Bien. Je vous conseille d'appliquer un écran solaire total dès les beaux jours, car le soleil aggrave l'inflammation.

— Est-ce contagieux ?

— Pas du tout, affirma Mallory avec un sourire.

Roisin se mordit la lèvre.

— Philip et moi aimerions avoir un bébé. Est-ce que...

— Autrefois, on décourageait d'enfanter les patientes atteintes de cette affection. Ce n'est plus le cas actuellement, à condition d'interrompre la prise de certains médicaments. Au pire, votre enfant naîtrait avec une irritation temporaire de la peau due aux anticorps que vous produisez.

Roisin secoua la tête, comme si elle voulait chasser cette éventualité.

— Revenons au présent. Que dois-je faire ?

— Je vais d'abord vous faire une prise de sang.

— C'est dur d'apprendre ça ! marmonna peu après Roisin, pliant son coude sur le tampon de coton imbibé de désinfectant.

— Je comprends... Autre chose. Au cas où vous souhaiteriez essayer les médecines douces, sachez que certaines médications naturelles sont contre-indiquées avec le traitement que je vais vous prescrire. L'aromathérapie peut certes vous aider, mais évitez à tout prix les massages des zones irritées. Sachez aussi que certaines huiles essentielles comme le citrus et la bergamote induisent une photosensibilisation de la peau. Mme Prentiss vous préviendra dès que j'aurai les résultats. Prenez à ce moment-là un autre rendez-vous et revenez me voir — avec Philip, si vous le désirez.

— Je n'y manquerai pas. Merci, docteur Ryman.

Tout en déplorant que les mauvaises conditions météorologiques exclussent l'escalade, Mallory prit le chemin du retour. Quand elle pénétra dans la cuisine, Will lisait son journal.

— Tout s'est bien passé ? s'enquit-il, levant le nez.

— Oui. Deux infections de l'oreille, deux virus érythémateux qui risquent de faire le tour du jardin d'enfants de Darrowthwaite, un kyste graisseux à exciser... Bref, rien de bien grave. Hormis un cas de lupus, à confirmer.

Will lorgna son sac à dos.

— Tu ne vas pas grimper aujourd'hui ?

— Avec cette masse nuageuse ? Ce n'est pas marrant quand on arrive au sommet. On n'y voit rien ! Et puis, je me sens si mal !

— Hmm... Et moi ? Qu'est-ce que tu crois ? Abordons le sujet, si tu veux.

— Dis-moi, maintenant que tu ne grimpes plus, que fais-tu quand ça ne va pas ?

— Je vais en salle de sport, je me jette dans une piscine ou je rame. Mais par beau temps uniquement.

— Cela n'induit pas le même taux d'endorphine que l'escalade, observa-t-elle en soupirant. J'ai acheté une baguette ; elle sort tout droit du four. Que préfères-tu ? Fromage, jambon ou pâté ?

— Ce qui te tombera sous la main.

Elle fouilla dans le réfrigérateur.

— Ce sera du fromage. Qu'as-tu fait ce matin ? demanda-t-elle en confectionnant les sandwichs.

— Rien d'excitant, dit-il avec un coup d'œil consterné à son bras plâtré.

— Un petit changement d'air te ferait du bien. Et si nous partions en balade cet après-midi ?

— Merci, mais... je préfère décliner l'invitation.

Mallory s'empourpra. Après ce qui s'était passé la veille entre eux, mieux valait, en effet, garder ses distances...

Pendant le déjeuner, Will n'ouvrit la bouche que pour la remercier froidement de ses bons soins. C'était pire, bien pire, que ce qu'elle avait vécu avec Geoff...

Elle brancha la bouilloire avant de débarrasser la table en silence.

— Je ne vais plus pouvoir rester, n'est-ce pas ? dit-elle enfin.

— Que veux-tu dire ?

— J'avais promis d'occuper ton poste jusqu'à ce que tu sois rétabli. Mais après cet incident désastreux... Peut-être devrais-tu commencer à chercher quelqu'un pour me remplacer ?

— Pourquoi cette réaction ? Je suis tout à fait satisfait de ton travail — et de notre cohabitation.

— On ne dirait pas...

— Il ne faut jamais se fier aux apparences. Si je semble tendu, c'est peut-être que je refuse de t'accabler avec mes ennuis.

— Cet immobilisme forcé te ronge.

— On ne peut rien te cacher.

— Je m'en veux de t'avoir asticoté plusieurs fois et je voudrais me faire pardonner...

— Vraiment ?

Sans bien se rendre compte de ce qu'elle faisait, elle s'avança vers lui, se pencha... Il détourna la tête.

— Non, Mallory. Ce n'est pas raisonnable.

— Je sais.

Alors pourquoi l'enlaça-t-elle par le cou ?

— Nous ne sommes pas faits l'un pour l'autre, insista-t-il.

Faisant fi de cette assertion, elle se mit à lui mordiller la lèvre inférieure.

— Ça ne marchera pas...

— Sans doute, dit-elle, s'asseyant sur sa cuisse valide, avant de glisser la main sous son T-shirt.

Chaque fois, la même ardeur, la même passion dévorante s'emparait d'eux — et lorsque quelqu'un frappa à la porte, Mallory, déjà grisée, crut qu'il s'agissait des battements fous de son cœur.

Au second coup, cependant, ils marquèrent une légère pause et au troisième ils se regardèrent, interloqués, comme au sortir d'un rêve.

— J'y vais, dit Mallory.

Elle lissa rapidement ses cheveux et gagna l'entrée. Dès qu'elle ouvrit la porte, Marion Prentiss, comme à l'accoutumée, la détailla de la tête aux pieds de ses yeux de lynx.

— Hello ! Je voulais juste dire un petit bonjour à Will.

— Entrez donc, balbutia Mallory, tournant les talons pour la conduire dans la cuisine.

Le cheveu en bataille, Will affichait une mine réjouie. Comme une conversation animée s'engagea aussitôt entre lui et Marion, Mallory en profita pour s'éclipser et se rua dans la salle de bains.

Devant l'image que lui renvoya le miroir, elle paniqua.

Décoiffée, écarlate, la bouche gonflée par les baisers, elle semblait sortir du lit après une nuit de plaisir.

Elle s'aspergea rapidement le visage d'eau froide, s'essuya, et, relevant bravement la tête, quitta la pièce.

13

Comme Mallory s'y attendait, Marion Prentiss, un plateau à la main, s'immisça dans son bureau le lendemain matin.

— Une tasse de café ?

Mallory eut un sourire contraint.

— Merci, Marion. Mais je sais que vous avez beaucoup à faire...

— Ce n'est pas un problème. A vrai dire, je voulais échanger quelques mots avec vous au sujet de Will. Vous savez, il a beaucoup souffert...

Mallory hocha la tête.

— Je sais.

Cela parut surprendre la réceptionniste, qui s'exclama :

— Il vous en a parlé ?

— Je l'y ai quasiment obligé.

— C'était un homme si décontracté, si souriant ! Tout le contraire de ce qu'il est devenu. Il aurait besoin de quelqu'un pour l'empêcher de s'encroûter.

— Et vous pensez peut-être que je pourrais me charger de cette tâche ?

Levant le menton, Marion se leva brusquement.

— Pas du tout, Mallory... Je vous envoie votre première patiente, docteur Ryman ?

Que la réceptionniste pût passer avec autant d'aisance d'un amical « Mallory » à un protocolaire « Docteur » força l'admiration de l'étrange créature à deux têtes ainsi désignée.

— Oui, s'il vous plaît.

Après le départ de Marion, Mallory savoura une gorgée de café. Les sous-entendus de cette femme plus brave que sévère ne lui déplaisaient pas. Il y avait au moins une personne au monde qui estimait qu'elle était faite pour Will !

Emma Wilson s'assit dans le fauteuil face à Mallory.

— C'est peut-être bête de venir vous consulter pour si peu, mais j'ai parfois des fourmillements. Il n'y a rien d'anormal à cela, n'est-ce pas ?

— Cela dépend de leur fréquence et de la localisation.

— Toutes les nuits, mes mains picotent douloureusement, au point de devenir complètement insensibles, surtout la gauche.

— A quel endroit en particulier ?

— Vers le pouce et le majeur.

— Quel métier exercez-vous ?

— Je suis fleuriste.

— Ce qui implique que vous effectuez beaucoup de gestes répétitifs, non ?

— Pas tellement, comparé à d'autres professions.

— Vous souvenez-vous d'avoir souffert de ces mêmes symptômes étant enceinte ?

Emma fronça les sourcils.

— En effet, ça a dû commencer à cette époque...

— Quand vous secouez la main, éprouvez-vous un soulagement ?

Emma acquiesça d'un signe de tête.

— Je vais vous faire subir un petit test. Vous permettez ?

— Bien sûr.

Mallory se mit à tapoter le nerf.

— Que sentez-vous ?

— Ça picote un peu. Mais pas autant que la nuit.

— Hum... Je pense qu'il s'agit du syndrome du tunnel carpien. Quelques kilos en moins soulageraient vos articulations.

Emma fit la grimace.

— J'ai essayé de nombreux régimes. Des plus stricts aux plus farfelus. Il m'a semblé que leur point commun était une certaine forme de torture… Et je n’en ai jamais tenu un plus de dix jours ! Je suis un peu ronde, peut-être, mais pas sado-masochiste.

Mallory éclata de rire, puis, redevenant sérieuse :

— Plutôt que de vous priver, vous devez plutôt songer à vous nourrir de façon saine, sans dépasser mille cinq cent calories par jour, et en pratiquant certains exercices.

— Je peux toujours essayer !

— Les petits changements d’habitudes alimentaires font toute la différence. Comme, par exemple, diminuer le beurre dans les sandwichs, ou prendre un petit déjeuner aux céréales complètes sans sucre ajouté. En outre, pourquoi ne pratiqueriez-vous pas la natation ? Ce serait bon pour vous — en y ajoutant une randonnée de temps à autre.

— Pourquoi pas ?

Puis Mallory se mit à rédiger l’ordonnance.

— Je vous marque de l’ibuprofène, un anti-inflammatoire, à raison de deux comprimés avant le coucher. Si cela s’avérait inefficace — cependant je ne le crois pas, car l’ibuprofène est une formidable molécule, aux résultats vraiment étonnants — nous essaierions l’attelle, ou l’injection de cortisone. Dans ce cas, vous remarqueriez que la douleur augmente les deux premiers jours pour diminuer ensuite de façon sensible, voire disparaître. En dernier recours, nous pourrons sectionner le ligament. C’est une intervention rapide que j’effectuerais ici même.

Emma écarquilla les yeux.

— C’est tout de même de la chirurgie.

— Rassurez-vous, ce ne sera certainement pas nécessaire. Au point de vue exercice, renseignez-vous sur le yoga. Une étude qui date de quelques années a démontré que les femmes pratiquant régulièrement le *namaste*, la salutation indienne, pouvaient se passer de l’intervention dont je viens de vous parler.

— Tiens, c’est intéressant ! dit Emma en rangeant l’ordonnance dans son sac. Merci, docteur Ryman. Au revoir.

Mallory raccompagna Emma à la porte. Puis elle mit à jour son dossier et signala à Marion qu’elle pouvait introduire le prochain patient.

Tout se déroulait selon le cours normal des choses.

Excepté le fait qu'elle ne parvenait pas à chasser Will Cooper de son esprit et que cette hantise de tous les instants la désolait…

Mallory et Will passèrent les jours suivants à s'éviter, sans parvenir pour autant à se libérer de l'obsession du plaisir qu'ils avaient éprouvé ensemble.

Un matin, Will reçut une visite inattendue.

— Tu n'as pas bonne mine, lança Anne Cooper à son fils en fermant la porte de la cuisine derrière elle. Que fabrique ce fameux médecin, censée s'occuper de toi ?

Les mères ne perdent jamais de temps. Quand elles ont quelque chose à dire, elles le disent, sans détour, pensa Will. Elles nous ont dit bonjour une bonne fois pour toutes à l'heure de notre naissance !

— Elle n'a pas que ça à faire, elle me remplace au cabinet ! répondit-il d'un ton sec.

Anne ouvrit le réfrigérateur et examina son contenu d'un œil suspicieux. Les mères, etc.

— Hmm… Dis donc, elle a plutôt l'air d'être fâchée avec la cuisine, non ?

— Ça ne faisait pas partie du contrat. Maman, je t'en prie, ne crée pas de problème là où il n'y en a pas !

Anne plissa les paupières, de l'air de penser que ce genre de phrase était l'aveu involontaire qu'il y *avait* un problème.

— Tu sais très bien que si tu me l'avais demandé, je serais venue m'occuper de toi, dit-elle, les lèvres pincées. Ou tu aurais pu venir à la maison.

Will secoua la tête. Il avait passé l'âge de revenir à la maison. Et une bonne tasse de chocolat chaud ne le consolerait que médiocrement.

— Merci. Ne rejouons pas éternellement la même scène. Elle ne nous a pas réussi dans le passé.

— Hmm… Je m'inquiète pour ta santé, Will, et pour tout te dire, je déteste ta fermeture d'esprit depuis la mort de Roland.

— Laisse tomber, maman !

— Non, Will. Je me suis toujours gardée d'intervenir. Mais tu ne sembles pas avoir surmonté l'épreuve.

— Ne commence pas ton plaidoyer, s'il te plaît. Tu n'es pas au tribunal en train de défendre un client.

— S'il ne s'agissait que d'un plaidoyer, comme tu dis, ce serait beaucoup plus facile !

Surpris, Will écarquilla les yeux.

— Je me suis souvent reproché de ne pas t'avoir assez dit combien je suis fière de toi, continua-t-elle, et que je t'aime. Et quand je te vois t'enfoncer ainsi, ça me fait de la peine. Le travail n'est pas tout, mon fils.

— Venant de toi qui a repris ton métier d'avocate après trois mois de retraite, c'est un comble !

— Je l'admets !

— Alors, arrête de me harceler, maman ! Dis moi plutôt ce qui se cache derrière ta visite impromptue.

— Julie. Je lui avais promis de ne rien te dire, mais... Ecoute, je sais tout ce qui s'est passé cette fameuse nuit. Elle m'a tout raconté.

Will sentit des gouttes de transpiration glaciales glisser le long de sa colonne vertébrale.

— J'ai toujours vu ton frère convoiter ce qui t'appartenait.

— J'ignorais que tu y voyais si clair...

— Erreur, mon fils ! Il valait mieux ne rien dire plutôt que de provoquer une scène et de le voir ensuite perpétrer un autre méfait. Oh ! ne va pas en conclure que je ne l'aimais pas ! Il me manque, mais je savais ce dont il était capable.

— Pourquoi lâches-tu le morceau après toutes ces années ?

— Parce que j'ai reçu une lettre de Julie. Elle a quitté Médecins sans frontières et vit actuellement en Australie.

Will avala une gorgée de café.

— Je me trompe, ou tu tournes autour de je ne sais quel pot, chère maman ?

— Bon. J'ai essayé la méthode douce. Comme ça ne marche pas, j'irai droit au but. Je sais que tu l'as beaucoup aimée, et que tu as longtemps espéré qu'elle te reviendrait. Mais ce n'est plus possible, Will : elle a épousé un des associés du cabinet médical où elle est infirmière.

La nouvelle ne lui fit pas mal. Non. Au contraire, elle lui indifférait presque, et Will s'en étonna.

— J'espère simplement qu'elle est heureuse...

— En tout cas, elle en a l'air. Elle prétend avoir trouvé un sens à sa vie.

— Tant mieux pour elle.

— Alors, cesse de te culpabiliser pour une faute que tu n'as pas commise. C'est ce que je suis venue te dire.

— Penses-tu que Roland ait jamais regretté ce qu'il m'avait fait ?

— Non. Pour la bonne raison qu'il suivait sa nature, sans se poser de questions. Tu le sais bien...

Will ne démentit pas.

— Mallory m'a fait bonne impression...

Will en resta bouche bée.

— Me ferais-tu espionner ?

— Eh ! tu ne donnes jamais de tes nouvelles ! C'est le seul moyen à ma disposition pour en obtenir !

— Ma vie privée ne te regarde pas. Je n'aime pas que...

Anne Cooper emprunta les plus nobles accents à la tragédie antique.

— Si tu as une vie privée, c'est grâce à moi, peut-être, et elle me regarde au nom de l'amour que je te porte !

Abandonnant le rôle de la mère outragée, elle ajouta, vexée :

— Et ne compte pas sur moi pour te livrer le nom de la personne qui m'informe.

Will crut bon de mettre les points sur les trois *i* de son intimité :

— Maman, je te préviens ! Surtout, n'échafaude aucun plan ! Mallory me remplace. Point.

— D'accord, chéri.

L'image de Mallory en grande discussion avec sa mère, tandis qu'une fillette leur trottinait autour, s'imposa soudainement à son esprit. Une fillette qui, curieusement, semblait avoir hérité des yeux bleu vif de Mallory et de l'auburn magnifique de sa chevelure.

Bon sang ! Il perdait l'esprit...

— Réfléchis à tout ce que je viens de te dire.

— Tu es impossible, maman...

— Telle mère, tel fils. J'aimerais tant te voir plus souvent, Will !

D'un geste affectueux, elle lui ébouriffa les cheveux.

— Il faut que je sois au tribunal dans une demi-heure, enchaîna-t-elle en consultant sa montre. Oh ! J'allais oublier ! Je t'ai apporté un gâteau.

— Fait maison par la pâtisserie de Darrowthwaite, non ?

— Tu en as de bonnes ! Figure-toi que de mon temps, les femmes devaient se défendre bec et ongles pour se tailler une carrière. Cela demandait beaucoup d'énergie. Et honte à elles si la maison n'était pas propre, le jardin impeccable, les plats soigneusement mijotés à chaque repas — tout cela sans aide ménagère. Sans parler de l'éducation des enfants ! Comme je ne pouvais tout mener de front, j'ai sacrifié la cuisine.

Oui, il en connaissait une autre dans ce cas...

— Pourtant, j'ai le souvenir d'une super maman, dit-il, un accent de sincérité dans la voix.

Anne le gratifia d'un très joli sourire.

— Si seulement tu acceptais de profiter un peu de la vie, je serais prête à te confectionner les meilleurs gâteaux du monde !

— Dans la famille, on disait toujours que j'étais le jumeau sérieux.

— Tu ne me la feras pas ! Je sais très bien que tu t'amusais... Autrefois. Tu avais même une sacrée réputation de boute en train à l'université... Bon, je te laisse, souffla-t-elle, en l'embrassant sur le front. N'oublie pas de me prévenir le jour où tu seras papa !

— J'ai eu l'impression d'avoir mangé quelque chose qui ne m'aurait pas réussi, déclara Zoé.

— Avez-vous eu des diarrhées, des nausées ?

— Non. J'ai seulement un peu mal quand j'urine.

« Alerte rouge !», songea Mallory.

— Où exactement ?

Zoé indiqua le côté droit de son abdomen.

— Je vais vous ausculter.

Zoé hocha la tête et s'allongea sur la table d'examen. Une légère palpation lui arracha un :

— Oh ! ça fait mal !

— Ne seriez-vous pas enceinte ?

— J'espère que non ! Nous prenons toujours des précautions.

— De quand date votre dernière période menstruelle ?

— C'était... Il y a environ quatre à cinq semaines. Je n'ai jamais été très régulière.

— Des douleurs à l'épaule ?

— Non.

Le souvenir de l'erreur commise à l'encontre de la pauvre Lindy ne devait pas la rendre paranoïaque, tout de même ! Pourtant on n'était jamais trop prudent...

— Je vais vous faire admettre à l'hôpital. L'échographie s'avère indispensable. Je crains qu'il ne s'agisse d'une grossesse extra-utérine — au cours de laquelle l'embryon s'implante dans la trompe de Fallope au lieu de l'utérus.

— Si c'était le cas, que m'arriverait-il ?

— Nous vous ferions subir une laparoscopie. Cela consiste à inciser l'abdomen afin d'y introduire une caméra miniaturisée grâce à laquelle le chirurgien suit ses mouvements pendant l'ablation de l'embryon. Je vais immédiatement prévenir l'hôpital, d'accord ?

— Tout à fait. Je vous remercie, docteur.

Quand Mallory revint au cottage, elle paraissait épuisée.

— Ça va ? s'enquit Will.

— A peu près. Sauf que de vieux fantômes resurgissent...

Le front de Will se divisa en trois lignes soucieuses.

— Ce qui signifie ?

— Je viens juste d'examiner une femme que je soupçonne

de faire une grossesse extra-utérine. Je peux me tromper, mais par acquit de conscience, je l'ai envoyée à l'hôpital.

— En effet, mieux vaut prévenir que guérir.

— Pour le déjeuner, j'ai prévu des petits pains, du saumon et de la mayonnaise à l'aneth. Qu'en penses-tu ?

— Avec un gâteau au chocolat pour dessert, ce sera parfait.

— Il n'y a pas de gâteau au chocolat.

— Si, dit-il, pointant le doigt vers le paquet sur le plan de travail.

— Cadeau d'un patient qui désire te voir revenir au plus tôt et ne plus entendre parler de ta terrible suppléante ? plaisanta-t-elle.

— Perdu. De ma mère !

— De ta mère ?

Will ayant à peine mentionné ses parents depuis qu'elle le connaissait, Mallory en avait conclu qu'il n'entretenait avec sa famille, comme beaucoup d'autres, que le strict minimum : les fêtes et les anniversaires — au cours desquels l'obligation de paraître s'aimer à la folie interdit heureusement d'évoquer les raisons d'une faible affection.

— Elle voulait me donner des nouvelles de Julie.

Mallory s'immobilisa.

Julie, l'ex-fiancée de Will et dont il était encore amoureux — bien qu'il refusât de l'admettre. Décidément, c'était la journée des fantômes. Ils n'étaient pourtant pas à la veille de Halloween.

— Comment va-t-elle ?

— Elle habite en Australie où elle a épousé un médecin généraliste.

— Oh !

D'instinct, elle eut envie de l'étreindre. Mais, sachant où cela les mènerait, elle s'abstint juste à temps.

— C'est la première fois que j'entends parler d'elle depuis très longtemps.

Il la regarda droit dans les yeux.

— Tu lui ressembles beaucoup, ajouta-t-il gravement.

Que voulait-il dire ? Qu'elle n'était pour lui qu'un substitut ? Qu'en lui faisant l'amour, il avait, en fait, pensé à Julie ?

— Je ne sais pas comment prendre cette remarque, dit-elle.

— Au pied de la lettre ! Vous êtes toutes deux des esprits libres, et des grimpeuses émérites, capables de travailler dans des conditions extrêmes.

Préférant ignorer cette déclaration, Mallory disposa les mets dont elle avait fait l'emplette sur des assiettes.

— Finalement, as-tu pris une décision concernant ta carrière ? demanda-t-il en jouant distraitement avec son petit pain.

— En quelque sorte... Je continue d'exercer le métier que j'aime.

— Et envisages-tu toujours, simultanément, de te préparer à l'ascension de l'Everest ?

Mallory haussa les épaules.

— Cela dépendra si l'on me propose un poste de généraliste ou pas.

Will roula des yeux.

— Tu plaisantes ? Nous sommes en pleine pénurie !

— Je précise : un poste qui me conviendrait.

— En tout cas, pour les références, ne t'inquiète pas. Celles que Charles nous avait fournies constituaient un excellent bagage, et nous en ferons de même à la fin de ton contrat.

A l'évidence, Will, désireux de reprendre le travail, attendait son départ avec impatience. Bouleversée, elle vit s'écrouler, en quelques secondes, les espoirs secrets qu'elle avait nourris. Non, Will Cooper ne la prierait pas de demeurer au cabinet de Darrowthwaite.

Combien était grande sa désillusion !

14

Will leva les yeux de l'hebdomadaire médical qu'il était en train d'étudier.

— Mallory, appelle l'hôpital.

— Quoi ?

— Tu ne seras tranquille que lorsque tu auras obtenu des nouvelles de ta patiente.

Il avait raison. Cependant, craignant d'avoir fait une erreur de diagnostic, Mallory hésita avant de décrocher le récepteur.

— J'aurais pu m'en charger, mais... je pense que c'est à toi de le faire, dit-il d'une voix douce.

— Je sais.

Elle composa le numéro de l'hôpital et il remarqua que ses doigts tremblaient, au point qu'elle se trompa deux fois avant d'obtenir le service.

— Il s'agissait bien d'une grossesse extra-utérine, dit-elle en raccrochant. Mais qui fut prise à temps, ce qui a permis de réparer la trompe de Fallope.

Will saisit ses béquilles et clopina jusqu'à elle. Puis il lui posa une main sur l'épaule.

— C'est bien, dit-il chaleureusement. A présent, les démons qui te hantaient peuvent reposer en paix.

— J'ai affronté mes démons. A ton tour, maintenant ! s'entendit-elle prononcer d'un ton acerbe.

Aussitôt, il retira sa main, comme après une brûlure.

— En ce qui me concerne, tout va très bien.

Elle lui jeta un regard dubitatif. Comme elle n'avait pas envie de discuter, elle préféra quitter la pièce.

Trois jours de rapports tendus quoique civilisés — faute de mieux —, trois jours durant lesquels les conditions météorologiques demeurèrent médiocres, proscrivant la varappe ou même la promenade, la menèrent presque au point de rupture.

Puis elle reçut un appel sur son portable émanant du Centre de secours en montagne de Darrowthwaite.

— Bonjour, Mallory. Rob Viner à l'appareil. Une équipe de secouristes accompagnée des chiens recherche le jeune Eddie Becker. Nous aurions besoin de vous. Pourriez-vous nous rejoindre au Centre ?

— J'arrive. Que sait-on de lui ?

— Age : quinze ans. Il a fait l'école buissonnière et, d'après l'un de ses camarades, il serait parti escalader le Skiddaw. Son téléphone portable étant déconnecté, impossible de le joindre. Sa mère est folle d'inquiétude.

Eddie... Ce nom lui disait quelque chose.

— Ne serait-ce pas le fils de Cathy, par hasard ?

— Si. Vous le connaissez ?

— Non. Mais j'ai vu son nom sur la liste de nos patients. Je prends mon matériel d'urgence, au cas où.

— A tout à l'heure.

Mallory traversa le séjour et se posta devant Will.

— Rob Viner vient de me demander de me joindre à la recherche du jeune Edward Becker. Je pars immédiatement pour le Centre de secours.

— O.K.

— Que puis-je faire pour toi avant de disparaître ?

Pour toute réponse, Will secoua la tête.

— Te souviendrais-tu par hasard de ses antécédents médicaux ?

Will fronça les sourcils.

— Le fils de Cathy ? Il n'en a aucun.

— Par contre, nous n'avons toujours pas réussi à trouver

une solution pour soulager la pauvre Cathy qui subit un stress important à cause de la maladie de son père...

— Je vais lui téléphoner pour lui dire que tu t'es jointe à l'équipe de secouristes. Ça la rassurera. Et dès que tu sauras quelque chose...

— Je t'appellerai, promit-elle.

— Sois prudente, d'accord ?

— Oui.

Mallory inspira profondément, attrapa sa sacoche, son équipement de montagne, et sortit.

Cathy sanglotait à fendre l'âme. Entre deux spasmes, elle gémissait :

— Il manque l'école depuis des semaines. C'est ma faute. Il n'était pas bien... j'aurais dû m'occuper de lui... J'étais si absorbée par papa ! Mon Eddie est peut-être blessé ou mort, qui sait ?

— N'imaginons pas le pire. Les secouristes le trouveront, cela ne fait aucun doute, affirma Will.

— Seigneur ! Pourquoi ne me suis-je aperçue de rien ? poursuivit Cathy, inconsolable.

— Avec votre père, vous avez eu plus que votre compte ! Ne culpabilisez pas. Je vous rappelle dès que j'aurai des nouvelles.

— Un couple de passage dans un gîte de montagne nous a dit qu'ils avaient repéré un adolescent, il y a deux heures, dit Rob. Concentrons-nous donc sur la zone indiquée.

— Très bien, approuva Mallory.

Le jour déclinait et bientôt ils seraient dans l'impossibilité de poursuivre leurs recherches. La température baissait, elle aussi, avec une constance effrayante ; Eddie risquait l'hypothermie — sans parler d'une hémorragie, d'un choc cérébral, ou des fractures multiples occasionnés par une chute...

— Espérons qu'il s'agit d'une fausse alerte et qu'il aura pu se réfugier quelque part, déclara Rob, comme s'il lisait dans ses pensées.

Le secouriste soupira.

— Ce gosse grimpe depuis l'âge de dix ans, reprit-il. Il a commencé sur le mur d'escalade et s'est entraîné avec nous pendant des mois. Quelque temps avant Noël, il a subitement cessé de nous rejoindre et je m'en veux de ne pas m'en être inquiété à ce moment-là. C'est vraiment un gosse adorable, très correct, pas du tout le genre à abandonner ce qu'il avait entrepris...

— Ne soyez pas injuste envers vous-même, Rob. Vous n'y êtes pour rien. C'est sur le présent que nous devons agir. C'est du reste sur lui seul que nous le pouvons.

— L'autorité qui émane de vous n'est pas à la mesure de votre petite taille ! gloussa Rob.

— Déformation professionnelle, blagua-t-elle. Allez, commençons nos recherches. Qui part en tête, vous ou moi ?

Will s'était cru capable d'attendre tranquillement Mallory.

Il s'était surestimé...

Ne s'était-il pas pourtant persuadé qu'il pourrait se séparer d'elle n'importe quand et sans frémir ?

Et voilà qu'il se retrouvait en train d'arpenter le séjour sur ses béquilles, sans parvenir le moins du monde à adoucir l'angoisse qui l'étreignait.

Bien qu'il sût devoir garder la ligne libre, il ne put s'empêcher d'appeler le Centre de secours.

Laura Mercer lui répondit.

— Avez-vous des nouvelles ?

— La recherche continue.

— Hmm...

Par expérience, Will savait que plus le temps passait, plus la condition physique de la victime diminuait. Mallory aurait probablement besoin de conseils médicaux le moment venu. Et au cas où elle se trouverait dans une zone morte, elle ne pourrait même pas le contacter sur son portable.

Mieux valait donc qu'il se rende au Centre où il pourrait communiquer avec elle par radio...

— Laura, je commande un taxi et j'arrive.

Après deux heures de recherches, alors qu'ils étaient gelés, épuisés et au bord du découragement, ils entendirent enfin la radio de Rob grésiller.

— Le chien Rusty a trouvé Eddie !

Rusty, le chien de Will... Mallory en eut les larmes aux yeux.

— Est-il conscient ? s'enquit Rob.

— On n'en sait rien. Après une chute, il a atterri sur une saillie. Selon Euan, avec une température de moins un, il doit être en hypothermie.

— Où se trouve-t-il ?

Laura leur indiqua une référence de grille.

— Nous envoyons une civière.

Mallory, qui avait suivi la communication, poussa Rob du coude, avant de prendre l'appareil.

— Nous ne sommes pas loin, dit-elle. Si je pars maintenant, j'arriverai en même temps que les secouristes. Mais je pense que nous devrions réquisitionner l'hélicoptère, le transfert en ambulance prendra trop de temps.

Rob opina du chef.

— O.K. Allons-y.

— Où en sommes-nous ? fit Will en pénétrant dans la salle de commande radio.

— On a retrouvé Eddie sur le Skiddaw. Mallory se rend sur les lieux avec une civière, et on a réquisitionné l'hélicoptère médicalisé pour le transfert, expliqua Laura.

« Mallory se rend sur les lieux», se répéta-t-il. Avec cette température glaciale qui rendait les rochers glissants... A son grand étonnement, il regretta de ne pouvoir effectuer cette opération délicate à sa place.

— Avez-vous averti Cathy ou voulez-vous que je le fasse ?

— Si cela ne vous dérange pas, je préférerais que vous vous en chargiez.

Heureux de se rendre enfin utile, Will composa le numéro de Cathy sur son portable.

Mallory avait réussi à parcourir les cinq mètres qui la séparaient d'Eddie sans provoquer d'éboulis. Avec précaution, elle s'accroupit près du jeune homme, sur l'étroite saillie surplombant le vide où le moindre faux mouvement risquait de les faire déraper.

— Eddie ?

— Oui, répondit-il d'une voix faible et rauque.

— Je suis Mallory Ryman, médecin attachée à l'équipe de secouristes. Comment vous sentez-vous ?

— Mal de tête... terrible, balbutia-t-il.

Il ne se plaignit pas du froid, ce qui était mauvais signe : l'hypothermie entraîne l'insensibilité.

La lampe du casque de sécurité de Mallory n'étant pas assez puissante pour percer l'obscurité, elle ne pouvait se livrer à un examen en bonne et due forme. Elle se contenterait donc de faire pour le mieux.

— Depuis combien de temps êtes-vous là ?

— Sais pas.

Le visage blafard et congestionné, Eddie paraissait engourdi.

— Je vais vous envelopper dans une couverture de survie pour vous réchauffer.

Il portait plusieurs lacérations au visage. Dieu merci, la dilatation de ses pupilles était normale.

— Où est votre casque ?

— Je n'en avais pas besoin.

— Etonnant pour un grimpeur expérimenté, commenta Mallory.

Eddie fit la grimace et Mallory n'insista pas.

— Où avez-vous mal ?

— A la cheville.

En effet. Un œdème conséquent témoignait d'une fracture.

— Ailleurs ?

— Non.

Bien sûr, Eddie pouvait souffrir de lésions internes qu'il ne sentait pas.

En examinant ses bras, elle constata que l'un des poignets était enflé.

— D'où êtes-vous tombé ?

— Sais pas.

— Vous souvenez-vous d'avoir perdu conscience ?

— Non.

— Demandez à l'hôpital de préparer le tomodensitomètre, transmit-elle par radio à Rob. Perte probable de conscience. Cheville et poignet droits fracturés, hypothermie modérée.

— O.K. Mallory. Message reçu !

— Qui êtes-vous ? marmonna Eddie.

— Je suis Mallory Ryman, médecin, en plein exercice de ses fonctions.

— Ne vous occupez pas de moi...

— Quoi ? s'exclama-t-elle, interloquée.

Le jeune homme lui lança un regard noir.

— Eddie, dit-elle, je sais que vous vous entraîniez avec les secouristes et que vous avez brusquement abandonné votre équipe. Que s'est-il passé ?

— Vous n'y pouvez rien...

— On verra bien. Renseignez-moi tout de même.

— Mon grand-père est un malade mental, et je finirai de la même manière. C'est ce que mes camarades m'ont dit à l'école. Pourquoi vouloir pratiquer le secourisme ? Je sais pertinemment qu'on m'en empêchera tôt ou tard, à cause de cette tare de famille...

Les méfaits de la médisance, songea Mallory.

— Et mes copains ont raison. Déjà, je vois que maman prend le même chemin.

— Votre maman a en effet beaucoup souffert de cette situation, ces derniers temps. Mais je vous assure que ce genre de maladie n'est absolument pas contagieuse.

Eddie ne répondit pas.

— Eddie ?

— Oui…

— Votre maman est terriblement inquiète.

— Ouais ! fit-il, une pointe de mépris dans la voix.

— Je sais que la vie est dure à la maison, mais cela ne veut pas dire que votre mère ne vous aime pas.

— Si ! Depuis qu'elle a installé grand-père chez nous, tout tourne autour de lui et si elle s'occupe d'autre chose, il s'arrange pour faire une crise.

— Il n'y peut rien…

— Parfois je le hais vraiment. Tout allait bien avant qu'il débarque. Si je passe mon temps dans les montagnes, c'est pour ne plus entendre ses grognements continuels.

Pour maintenir sa colonne vertébrale, Mallory lui glissa un collier cervical autour du cou.

— Quand on déprime, l'alpinisme fait du bien, mais…

— J'espère que vous n'allez pas me dire que j'ai eu tort ?

— Pas du tout. Je m'y adonne moi-même. Néanmoins, la prochaine fois, prévenez quelqu'un ou laissez des indications sur la grille de référence. Et en plus de provisions, emportez des vêtements chauds et votre portable pour que les secouristes puissent vous localiser rapidement en cas de pépin.

— La batterie de mon téléphone était à plat. Je regrette d'avoir causé du souci à maman. C'est juste que… J'en ai marre de mon grand-père ! Elle n'a plus le temps de s'occuper ni de ma sœur ni de moi. Sans parler de papa !

— Je pourrais peut-être faire quelque chose pour améliorer ses humeurs…

— Ce jour-là, les poules auront des dents ! Vous ne l'empêcherez jamais de geindre !

Eddie marqua une pause.

— Alors, comme ça… vous aussi vous grimpez quand vous vous sentez mal ?

— Eh oui ! Dès que j'ai un problème. Je suis ainsi contrainte de me concentrer sur autre chose et une fois au sommet… je trouve la solution que je cherchais !

— Ça marche à tous les coups ?

— Quasiment.

— Vous grimpez en solitaire ?

— C'est ce que j'ai fait le week-end dernier.

— Pourquoi ?

Se confier aiderait peut-être Eddie à détourner son attention de la douleur qu'il allait éprouver quand elle l'installerait sur la civière…

— Je ressens quelque chose de spécial pour un homme que j'ai rencontré. Hélas ! je doute qu'il partage mes sentiments. Et je me demande si je ne devrais pas le quitter…

En entendant ces mots crachotés dans la radio, Will frissonna. Mallory se rendait-elle compte qu'elle n'avait pas déconnecté ? Ou était-ce le moyen qu'elle avait choisi pour lui dire qu'elle l'aimait ? Non. Elle ignorait qu'il se trouvait dans la salle de commande.

Et s'agissait-il seulement de lui ? Après tout, ce pouvait être Geoff…

Pourtant, le manque de réciprocité qu'elle venait d'évoquer semblait une allusion à leur relation…

— Pourquoi ne lui demandez-vous pas s'il veut que vous restiez ? hasarda Eddie.

— Parce que, dit-elle posément, je crains qu'il me réponde par la négative.

Un bruit de rotor lui signala que l'hélicoptère les avait localisés et qu'il se positionnait au-dessus d'eux.

— On va vous hisser dans les airs. Puis on vous transférera à l'hôpital où vous subirez un *check up* complet. Je le ferais bien moi-même, mais le Skiddaw est très mal équipé en matériel médical ! Prêts à votre signal, annonça-t-elle par radio à Rob.

— Nous déroulons le filin, repartit celui-ci.

— D'accord. On attend.

Eddie lui serra la main.

— Merci de m'avoir secouru.

— Hé ! Mais de rien. Ne recommencez pas, c'est tout ! s'exclama-t-elle, un clin d'œil à l'appui. Et je vous promets d'essayer d'apporter une solution à votre problème de famille. Mais que cela reste entre nous, O.K. ?

Pour toute réponse, le jeune homme lui sourit.

En un rien de temps, Eddie s'était retrouvé à l'intérieur de l'appareil.

Malheureusement, durant son ascension, la civière, prise dans une rafale de vent, heurta la roche, provoquant un éboulis qui s'abattit sur la saillie étroite. De manière réflexe, Mallory se plaqua contre la paroi, sans parvenir cependant à se protéger, et une pluie de pierres s'abattit sur son casque.

« Will !», s'entendit-elle crier.

Puis ce fut le trou noir.

15

En entendant Mallory crier son nom à travers la radio, Will paniqua.

— Mallory ? Tu m'entends ?

Un sifflement sinistre lui répondit.

— Base à Ryman. Mallory, ça va ?

Toujours rien... Sans perdre une seconde, il se brancha sur la fréquence de Rob.

— Rob, c'est Will.

— Will ? Mais... Que fais-tu à la base ?

— Je t'expliquerai plus tard. Mallory ne répond pas. Que se passe-t-il ?

— Le brancard d'Eddie a provoqué des éboulis. Ils ont dû dégringoler sur elle. Je suis déjà harnaché, j'allais justement descendre la rejoindre.

— O.K. Rappelle-moi quand tu l'auras descendue.

— Voulez-vous que je vous remplace ? proposa Laura.

— Non. Je reste en contact avec Rob. Couvrez l'hôpital, ordonna-t-il. L'ambulance se dirige-t-elle vers le Skiddaw ?

— Oui. A moins que Rob décide de réquisitionner l'hélicoptère...

Will estima en gros le temps qu'il faudrait à l'appareil pour transférer Eddie à Carlisle avant de rebrousser chemin.

Trop long. L'ambulance était la meilleure alternative.

A condition que Mallory ne soit pas gravement blessée... Il chassa cette pensée.

— Pourriez-vous téléphoner à Cathy Becker pour l'informer

de la suite des événements ? Je sais que j'avais dit que je m'en chargeais, mais...

— Mallory a la priorité, enchaîna Laura. Pas de problème, docteur Cooper !

Il lui adressa un sourire de gratitude, avant de pivoter vers la radio.

— Rob ! Es-tu parvenu près d'elle ?

— Oui.

— Consciente ?

— Hum... Score de Glasgow à 12.

Le score de Glasgow servait à mesurer le degré de conscience d'un patient en effectuant trois séries de tests. La première portait sur l'ouverture des yeux, la seconde sur les réponses verbales et la troisième sur les réponses motrices. Pour chaque catégorie, le maximum était de 15 points et le minimum de 3.

— Fais-moi le point, dit Will avec un sourire satisfait.

— Dilatation des pupilles, égale. Quelques hématomes et lacérations. Casque en piteux état. Elle a pris un sacré coup !

— Fractures ? Lésions internes ?

— Non. Elle a eu de la chance. Nous allons la mettre sur brancard et attendrons l'ambulance.

— Très bien. Ne lui donnez rien à boire, même si elle le réclame. En revanche, enveloppez-la dans une couverture de survie pour prévenir l'hypothermie.

— O.K. Demande à l'hôpital...

— De préparer le scanner, termina Will.

— C'est ça. Hé ! Will ?

— Qu'est-ce qu'il y a ?

— Content de te revoir parmi nous ! dit Rob d'un ton enjoué.

A ces mots, Will se rendit compte tout à coup qu'il se trouvait dans la salle de commande radio, distribuant des ordres, comme s'il n'avait jamais quitté l'équipe.

Des ordres qui concernaient la femme qu'il aimait...

Il déglutit avec difficulté.

— Prends bien soin d'elle, Rob.

— Comme de la prunelle de mes yeux ! Veux-tu lui parler ?

Certes, il en brûlait d'envie, mais il ne voulait pas retarder les opérations de sauvetage.

— Descendez-la le plus vite possible. C'est tout ce que je te demande !

— O.K., patron.

En un rien de temps, Mallory se retrouva dans l'ambulance, en route vers l'hôpital, et Will se tourna vers Laura, rasséréné.

— Excusez-moi. Je me suis emparé des commandes sitôt arrivé, sans même prendre la peine de vous demander votre avis.

— Tant mieux ! Toute l'équipe est heureuse de vous retrouver. Vous revenez parmi nous, n'est-ce pas ?

Will esquissa un sourire.

— On dirait... Toutefois, je n'assisterai pas au compte rendu de mission. Je pars illico pour l'hôpital.

Pour se faire une idée de l'état de Mallory, il ne pouvait se contenter d'un coup de fil.

Laura acquiesça d'un signe de tête.

— Toutes nos affections à Mallory.

— Je n'y manquerai pas, certifia-t-il, ému.

Ces lumières l'aveuglaient... Et ce bruit ! Mais...

Mallory se souvint brutalement de la saillie étroite, du froid et du vent, de la voix de Will...

Will sur le Skiddaw ? C'était absurde, impossible ! Elle devait être victime d'une hallucination post-traumatique.

...et pourtant, il était bien là, assis à côté d'elle.

— Bienvenue au pays des vivants, dit-il doucement.

Mallory cilla.

— Tu nous as fait une de ces peurs !

Elle tenta de garder les yeux ouverts, puis renonça.

— Laisse-moi dormir...

— Pas avant qu'on ait vérifié tes constantes. Je le ferais bien moi-même, si ce maudit plâtre ne m'empêchait pas d'écrire ou de tenir un instrument.

— Comment... es-tu venu ? Tu ne peux pas conduire !

— J'ai pris un taxi. Quoique, crois-moi, je serais venu à cloche-pied, s'il avait fallu !

— C'est moi qui suis censée te surveiller...

— Tu es encore commotionnée. Donc tu es exemptée !

Bien que l'échographie ait confirmé l'absence d'hématome intracrânien — le caillot de sang qui se formait à la suite d'une éventuelle rupture de vaisseau —, elle avait mal partout et les parties découvertes de son corps présentaient de nombreuses contusions.

— Te souviens-tu de ce qui s'est passé ? interrogea Will.

— Oui. La civière d'Eddie... Et la pluie d'éboulis.

Elle réfléchit quelques secondes.

— C'est Rob qui est venu à mon secours.

— Bien. Presque pas de perte de mémoire !

Ce qui signifiait qu'il n'y avait aucun traumatisme cérébral sérieux.

— Je me suis vraiment affolé quand j'ai vu que ta radio ne répondait plus, dit-il, lui caressant le bout des doigts.

— Quoi ?

Soudain, elle se revit en train de lui dire au revoir dans le séjour du cottage. C'était bien la preuve qu'il ne s'était pas rendu sur le Skiddaw.

— La radio, Mallory. Tu sais, l'appareil qu'on emporte en mission et qui permet de communiquer avec les autres secouristes ou la base ?

— Mais...

A l'évidence, elle ne comprenait pas.

— Mallory, j'étais dans la salle de commande radio.

— Tu dis ?

— A force de t'entendre me traiter d'égoïste qui s'apitoie sur lui-même au lieu de sauver la vie des autres, j'ai finalement pris mes béquilles et je me suis rendu à la base, pensant que je pourrais me rendre utile au cas où tu aurais besoin d'un second avis médical. C'était mieux que de rester à me morfondre à la maison...

— Ainsi, tu es venu...

— Oui.

— Pour moi.

— Oui et non.

— Alors…

— Tu avais raison. Je devais affronter mes démons. A présent, voilà qui est fait !

— Et ?

Il hocha la tête.

— J'ai rejoint l'équipe. En tant que transmetteur radio, pour le moment. Dès que ma jambe sera guérie, je m'achèterai une paire de chaussures de montagne neuves et… je reprendrai l'entraînement.

— Formidable !

— Cependant, j'y mets une condition.

Mallory fronça les sourcils.

— Laquelle ?

— Que tu me confirmes ce que tu as déclaré à Eddie tout à l'heure.

— Et… qu'est-ce que j'ai dit ?

— Que tu éprouvais un sentiment spécial pour un homme, mais que tu refusais de l'interroger, de crainte qu'il réponde par la négative.

Mallory, embarrassée, soupira.

— J'ai… J'ai déjà mélangé travail et vie personnelle dans le passé, et ça n'a pas marché…

— Tout simplement parce que Geoff n'était pas l'homme qu'il te fallait.

Will baissa les yeux, hésitant.

— Il y a quelque temps, tu as déclaré péremptoirement que Julie n'était pas faite pour moi.

— Je n'ai pas voulu…

— Tu avais absolument raison.

— Pourtant… Tu l'aimes encore.

— Non. Plus depuis qu'un petit lutin a fait un jour irruption dans ma vie pour me mener par le bout du nez !

Mallory écarquilla les yeux.

— Un lutin ?

— C'est ce à quoi tu ressemblais le jour de l'accident, avec le capuchon jaune de ton imperméable… Mallory, tu es si belle ! Je suis fou de ton corps, de tes lèvres. Tes baisers me manquent. Je ne peux oublier le parfum de ta peau si douce. Tu m'appartiens, Mallory !

— Will, nous sommes à l'hôpital ! souffla-t-elle.

— Et ce n'est pas l'endroit approprié pour ce genre de déclaration. Je sais. Mais je m'en fiche !

Il lui prit la main et l'embrassa avant de poursuivre :

— Assez de gâchis et de temps perdu ! Alors, pose-moi la question dont tu as parlé à Eddie.

— Quelle question ?

— Demande-moi si je veux que tu restes ou pas.

— Tu ne manques pas de culot, après…

Will la fit taire en posant ses lèvres sur les siennes.

— O.K. Puisque tu ne te décides pas, c'est moi qui commence. Mallory, quand je te vois, tout s'éclaire. Sans toi, le monde serait dépourvu de couleurs, de senteurs et de sens. Je veux que tu restes à mes côtés. Pour de bon.

— Euh… Je… Tu… Comment va Eddie ?

— Ne change pas de sujet, je t'en prie ! Eddie s'en est très bien tiré. Son cœur a bien tenu le coup et nous l'avons réchauffé. Cathy m'a téléphoné pour me dire qu'elle se rendait immédiatement à son chevet.

— Et Frank, son grand-père ?

— Pendant que tu dormais, j'ai eu une petite conversation téléphonique avec lui. Je lui ai expliqué qu'Eddie avait un besoin urgent de sa mère, et qu'il pourrait se rendre utile auprès d'autres personnes — s'il acceptait.

— Il initiera donc un nouveau programme à l'hôpital de jour ?

— Oui. Dès que j'aurai l'autorisation de Paul.

— Il faut l'obtenir.

— Il n'osera pas refuser. Oh ! Et puis en dernier recours, tu t'en occuperas. Dès que tu seras rétablie !

Il plongea son regard dans le sien.

— Maintenant, rassure-moi. Doutais-tu sérieusement de mes sentiments à ton égard ?

— Comment savoir, avec un ours de ton acabit ?

— Je t'aime, dit Will. Après Julie, je n'aurais jamais cru pouvoir aimer quelqu'un d'autre. Or, je pense à toi sans cesse. Je veux vivre avec toi jusqu'à la fin... Et te faire l'amour jour et nuit. Cela dit, vu l'état dans lequel nous nous trouvons l'un et l'autre, je me maîtriserai. Pour l'instant.

A la perspective de ce qui se passerait s'il dérogeait à sa bonne résolution, un frisson de désir parcourut Mallory.

— Ce n'est pas tout, reprit-il. Voilà ! Quand tu poseras le pied sur le sommet de l'Everest, je veux être à tes côtés.

— Ça ne m'intéresse plus...

Perplexe, Will haussa un sourcil.

— Je croyais que c'était ton rêve ?

— C'était. L'Everest est bien trop loin ! Je veux exercer mon métier de médecin et continuer à grimper. Point.

— Mais où ?

— Ici.

— Parfait ! s'exclama-t-il avec un sourire radieux. J'ai besoin d'un généraliste à temps partiel au cabinet. En outre, je ne crois pas me tromper en affirmant que l'équipe de secouristes ne refusera pas un membre permanent de plus !

— Deux membres permanents ! Attends un peu. Si je ne m'abuse, tu viens de me proposer du travail ?

— Tout à fait. Mais pas seulement au cabinet de Darrowthwaite. Ce que j'ai en tête consiste en... quelques heures supplémentaires en plus, avoisinant les vingt-quatre heures sur vingt-quatre.

Cela nécessitait des explications. Car commotionnée comme elle l'était, elle ne voyait pas où il voulait en venir.

— Et nous voilà à l'étape où je devrais poser genou à terre ! Mais comme je n'ai pas l'intention d'attendre le moment où j'en serai capable, je me lance. A propos, sais-tu que c'est la Saint-Valentin aujourd'hui ?

Certes ! Elle avait même pensé à lui offrir une carte, puis y avait renoncé...

— Mallory, accepterais-tu de m'épouser ?

— T'épouser !

— Oui ou non ?

— Je rêve !

— Non. C'est la réalité. Et je peux le prouver.

Joignant l'acte à la parole, il l'embrassa avec fièvre.

— Mmm… J'en ai des étourdissements !

— Je vais appeler l'infirmière, dit-il, soudain inquiet.

— Mais non ! Pas pour ça ! dit-elle avec un petit rire en lui étreignant la main.

— Le système de communication devra s'améliorer entre nous, docteur Ryman.

— C'est vrai…

— A ce propos, tu n'as toujours pas répondu à ma question.

— Je suis une piètre femme d'intérieur…

— Ça m'est égal. Et puis, il y a Mme Hammond qui fait tout ce qu'on lui demande. Et il se trouve que j'aime faire la cuisine.

— Cachottier ! C'est un talent très appréciable !

Un silence s'installa. Puis leurs yeux se croisèrent.

— Hmm… Ma question est toujours en suspens. Oui ou non ?

— Oui.

— Tu veux bien m'épouser ?

— Oui.

Pour leur stupéfaction, au cri de joie de Will répondirent les applaudissements des patients des box voisins.

Sitôt que Mallory se rendormit, Will s'éloigna sans faire de bruit… et tomba sur Anne Cooper.

— Salut, maman !

— Félicitations, chéri. Je suis heureuse pour vous deux.

Il eut un sourire désabusé.

— Je tire mon chapeau à ton réseau d'espionnage !

— J'ai aussi appris que tu avais résolu de reprendre l'entraînement de secourisme. Je suis fière de toi, mon fils !

Quatre semaines plus tard, Will, assis devant l'autel de l'église Saint-Pierre de Darrowthwaite, posa ses béquilles décorées de petits cœurs rouges et de rubans de tulle sur le montant du siège de bois sculpté.

Aux premières notes de musique qui résonnèrent dans la nef, il se leva, et, avec émotion, se tourna vers le portail — au seuil duquel apparut Mallory.

Puisqu'il avait refusé de remettre la cérémonie à plus tard, elle avait opté pour un fourreau de soie sauvage crème — sans traîne, pour éviter qu'il s'y prenne les pieds. Son voile, parsemé de perles, ruisselait de sa tiare d'argent étincelante, formant une virginale auréole. Elle portait une simple gerbe de fleurs blanches et la petite Kelly Beswick — grâce à qui ils s'étaient rencontrés — trottinait derrière elle, vêtue d'un costume de fée, sa menotte dans celle de Renée, splendide dans sa robe de soie sauvage dorée, assortie à celle de Mallory.

Eblouissante entre toutes, Mallory avançait vers lui par l'allée centrale et Will, récemment libéré de son plâtre, lui prit la main, tandis que le prêtre entonnait les formules d'usage.

Certes, Will ne put s'agenouiller, mais cela ne l'empêcha pas de serrer Mallory dans ses bras au moment du baiser rituel. Sur le parvis de l'église, l'équipe des secouristes au complet leur fit la haie d'honneur, piolets levés sous une pluie de confettis.

— Comme tu ne pourras pas ouvrir le bal avec moi, murmura Mallory, nous nous rattraperons le jour de notre premier anniversaire de mariage ! Et j'aurai droit à une seconde lune de miel.

Will secoua la tête.

— D'accord pour la fête. Quant à la seconde lune de miel... En fait, je n'ai pas l'intention de voir se finir la première !

— J'accepte !

Et pour sceller leur pacte, Mallory se pencha pour l'embrasser avec passion.

KIM LAWRENCE

Un été en Écosse

PASSION EN ÉCOSSE

Traduction française de
FRÉDÉRIQUE MALLET (F.R.P.)

HARLEQUIN

Titre original :
CAPTIVATED BY HER INNOCENCE

Ce roman a déjà été publié en 2021.

1

Anna, un sourire qu'elle voulait confiant aux lèvres, sentait son cœur battre à tout rompre sous sa veste de tweed rose tandis qu'elle se repassait les récents changements apportés aux programmes de l'école primaire.

Elle avait posé sa candidature pour un poste de directrice dans deux établissements : l'un à Londres, dans une école réputée située à deux pas de son appartement, où on lui avait laissé entendre qu'elle avait de fortes chances d'être acceptée, et l'autre dans cette école de la côte nord-ouest de l'Ecosse.

Les deux entretiens ayant lieu à la même date, Anna avait longuement hésité, puis choisi après mure réflexion de se présenter à cette dernière convocation.

Ses amis n'avaient pas compris qu'elle soit prête à partir au fin fond de l'Ecosse, dans un endroit qu'ils qualifiaient de « désert culturel ». Sa tante Jane et son oncle George, dont la fille unique venait de s'établir au Canada, auraient pu s'offusquer de voir la nièce qu'ils avaient prise en charge à la mort de ses parents et toujours traitée comme leur seconde fille les quitter à son tour. Pourtant, ils s'étaient abstenus de critiquer sa décision.

— Nous souhaitons faire de nos élèves des individus équilibrés et responsables et considérons que la discipline joue un rôle important dans leur éducation. Partagez-vous cet avis, mademoiselle Henderson ?

— Tout à fait, répondit Anna, hochant gravement la tête en

direction de la jeune femme assise en bout de table, avant de s'adresser à l'ensemble du comité :

— Je pense cependant que si l'enseignant réussit à créer une relation de confiance avec ses élèves, il ne lui sera pas nécessaire d'avoir recours à la discipline. C'est en tout cas l'expérience que j'ai pu faire jusqu'à présent.

Le président jeta un coup d'œil à son dossier.

— Je vois que vous avez surtout enseigné en milieu urbain. Une communauté rurale comme la nôtre représenterait un grand changement, n'est-ce pas ?

Anna, qui avait prévu cette question, se prépara à exposer les raisons qui l'avaient décidée à faire ce choix.

— C'est exact, mais...

— Vous mentionnez aussi une bonne connaissance du gaélique, l'interrompit le président après avoir de nouveau consulté son CV.

— En effet. J'ai vécu sur l'île de Harris, où mon père était vétérinaire, jusqu'à l'âge de huit ans et ne suis partie habiter à Londres qu'après le décès de mes parents. Vivre et travailler dans les Highlands ne représenterait à vrai dire pas un grand changement pour moi, mais plutôt un retour à mes racines que j'ai toujours souhaité.

C'était cette conviction, plus que son cœur meurtri, qui l'avait poussée à ignorer les avis contraires et à privilégier l'entretien avec les représentants de la petite école primaire de cette région certes isolée mais si belle de l'Ecosse. Elle ne fuyait pas Mark, ni le souvenir de son mariage annulé à la dernière minute... Son ex-fiancé, qu'elle n'avait jamais réussi à persuader de prendre des vacances ailleurs qu'au soleil, aurait d'ailleurs été stupéfait de sa décision. Mais son opinion n'avait plus d'importance, à présent. Même si Anna avait beaucoup souffert de le voir partir avec un jeune mannequin, elle avait rassemblé depuis assez de courage pour aller de l'avant et entendait bien prouver à ceux qui doutaient du succès de cette entreprise qu'elle était capable de la mener à bien.

Mais pour cela elle devait d'abord décrocher ce poste !

L'entretien s'étant bien passé jusque-là, elle s'appliqua à rester positive et répondit avec assurance à la nouvelle question qui venait de lui être posée, espérant pouvoir convaincre le comité de lui donner sa chance.

Le président s'appuya alors contre le dossier de son fauteuil et lui adressa un sourire chaleureux, le premier depuis le début de l'entretien, la confortant dans l'idée que tout s'était bien passé.

— Nous vous remercions d'être venue aujourd'hui, mademoiselle Henderson. Avez-vous des questions à nous poser ?

Malgré la liste qu'elle avait préparée en vue de cet entretien, Anna secoua la tête. Elle avait à présent toutes les informations concernant ce poste, qu'elle souhaitait plus encore décrocher maintenant qu'elle avait passé avec succès cette nouvelle étape.

— Dans ce cas, je vous demanderai de bien vouloir nous attendre dans la salle des professeurs. Nous tâcherons de ne pas prolonger le suspense, mais je pense pouvoir dire d'ores et déjà en notre nom à tous que vous nous avez fait une impression très...

Anna, qui s'était levée et lissait la jupe de son tailleur, maudit tout d'abord la personne qui, en faisant irruption, avait interrompu son interlocuteur à un moment si inopportun, avant de se figer sur place.

La trentaine, grand, mince avec de larges épaules et de longues jambes, le nouveau venu était incroyablement séduisant !

Fascinée par son visage aux traits ciselés, aux pommettes saillantes et à la bouche sensuelle, mais captivée aussi par la puissante virilité qui se dégageait de sa personne, Anna entendit sa voix grave et profonde s'élever dans la salle sans toutefois saisir ce qu'il venait de dire.

Etait-il possible que cet homme à l'air autoritaire soit le membre du comité dont la chaise était restée vacante ?

Si tel était le cas, elle avait eu de la chance qu'il n'assiste pas à l'entretien, car elle aurait été incapable de soutenir son regard et aurait sans doute perdu tous ses moyens. Impuissante, elle sentit le rouge lui monter aux joues et une chaleur peu digne d'une postulante à un emploi de directrice se propager dans ses veines.

Stupéfaite de réagir de façon aussi forte en présence d'un homme, Anna lutta pour se ressaisir.

Lorsque le nouvel arrivant tourna la tête vers elle, la profondeur de son regard gris l'hypnotisa. Elle eut l'impression d'y percevoir une étrange lueur, comme si cet homme la connaissait. Elle s'efforçait encore de reprendre contenance lorsque le président du comité procéda aux présentations.

— Cesare, permettez-moi de vous présenter notre dernière candidate, Mlle Henderson, qui a su retenir toute notre attention.

— Avant que Mme Sinclair ne vous offre un thé pendant les délibérations, poursuivit-il tout en adressant à Anna un sourire chaleureux, je vous présente Cesare Urquart, grâce à qui notre école bénéficie des relations avec les entreprises locales qui vous ont tant impressionnée.

— Je suis enchantée de faire votre connaissance, monsieur Urquart.

Soulagée de constater qu'elle pouvait encore parler, Anna leva les yeux vers lui et croisa son regard à la fois pénétrant et glacial.

— Comme cela arrive souvent en zone rurale, reprit le doyen de l'assemblée, qui par chance n'avait pas remarqué le trouble d'Anna, notre école a failli être fermée il y a quelques années, mais l'intervention de M. Urquart ainsi que sa générosité ont permis de la sauver. Puisque notre engagement écologique semblait vous intéresser, mademoiselle Henderson, je tiens aussi à préciser que c'est également grâce à Cesare que notre établissement produit assez d'électricité pour à la fois pourvoir à ses besoins et en revendre au réseau.

Comprenant qu'elle devait laisser le comité délibérer, Anna conclut en souriant :

— Je dois avouer que, hormis l'orientation pédagogique de votre établissement, ce sont vos convictions écologistes qui ont influencé ma décision au moment de choisir une école.

Elle se dirigeait vers la porte lorsqu'elle entendit une des femmes du comité demander :

— Comment va votre petite Jasmine, Killaran ? Cela fait longtemps que nous ne l'avons pas vue, elle nous manque.

— Elle trouve le temps long seule à la maison.

M. Urquart — ou Killaran ? — était donc papa. Anna l'imagina aux côtés d'une jeune femme aussi séduisante que lui, formant avec leur petite fille une famille riche et aimante qui avait su gagner le cœur des gens du pays en sauvant leur école.

— Mademoiselle Henderson...

Alors qu'Anna avait déjà la main sur la poignée de la porte, elle se retourna et vit Cesare Urquart s'avancer dans sa direction. Elle sentit ses doigts se crisper mais réussit à lever la tête vers lui.

— Je vous prie tout d'abord d'excuser mon retard...

Le sourire froid de cet homme si séduisant n'exprimait aucune bienveillance et donna même l'impression à Anna qu'il était forcé.

— Puis-je me permettre de vous poser quelques questions ? poursuivit-il.

Cesare savait qu'il était inutile de lui demander si cela ne la dérangeait pas de briser des couples, car il connaissait déjà la réponse. Les femmes comme elle n'avaient aucun scrupule et semaient la destruction sur leur passage...

— Je vous en prie.

Anna regarda Cesare Urquart ôter son manteau de cachemire sous lequel il portait un élégant costume gris mettant en valeur son corps musclé. Gênée de sentir une onde de désir l'envahir, elle baissa les yeux et s'exhorta au calme car l'atmosphère, de toute évidence, venait de changer.

En entrant dans la salle de réunion et en apercevant cette ravissante jeune femme, Cesare avait tout de suite ressenti une forte attirance pour elle. En la reconnaissant, il avait toutefois senti la colère le gagner, si intense qu'il avait dû se retenir pour ne pas mettre sur-le-champ cette semeuse de trouble à la porte.

S'il avait réussi à maîtriser sa rage, il n'en était pas de même pour ses hormones ! Ayant pour habitude de contrôler n'importe quelle situation, il s'efforça d'analyser froidement celle qui se présentait : cette femme dénuée de tout sens moral qui, semblait-il, avait réussi à séduire l'ensemble du comité, ne pouvait en aucun cas prétendre au poste de directrice. Il lui fallait toutefois reconnaître que s'il l'avait rencontrée sans savoir qui elle était, il n'aurait jamais deviné que sous ce visage angélique se dissimulait un être diabolique.

Il ne douta pas un instant d'arriver à dissuader les membres du comité de lui offrir le poste.

Il prit place autour de la longue table et observa du coin de l'œil la chevelure brillante de la jeune femme. Le soir où il l'avait aperçue dans un restaurant en train d'embrasser son meilleur ami, Paul, ses cheveux coupés en un carré court lui avaient semblé auburn, sous la lumière tamisée des lampes. En cet instant, sous l'éclairage vif de la pièce, il remarqua leurs tons flamboyants aux riches éclats cuivrés ponctués de nuances dorées. Elle les avait entre-temps laissé pousser et les portait à présent remontés en un chignon élégant révélant la douce courbe de sa nuque.

Paul, qui avait toujours eu un faible pour les rousses, avait pourtant épousé une blonde. Par chance, la jeune personne debout face à lui en cet instant n'avait pas réussi, malgré ses efforts, à briser leur mariage.

Cesare continua d'étudier son visage, toujours en proie à un fort désir. Il savait que sa réaction était normale en présence d'une jolie femme, tandis que Paul, lui, en incorrigible romantique, avait commis l'erreur classique de confondre attirance physique et amour.

« Ce n'est pas ce que tu penses », lui avait-il dit ce soir-là en le suivant hors du restaurant.

Cesare, tout en marchant à grands pas vers sa voiture, n'avait pas daigné lui répondre, refusant d'offrir à son ami la compréhension que celui-ci attendait après lui avoir confié son histoire, avec force détails dont il se serait passé.

« Tu ne diras rien à Clare, n'est-ce pas ?

— Vu ton manque de discrétion elle finira vite par l'apprendre ! » avait rétorqué Cesare en ouvrant la portière de sa voiture et en se demandant comment cet homme a priori intelligent pouvait se montrer aussi stupide.

« Je sais que j'ai pris un risque en emmenant Rosie au restaurant, mais c'était son anniversaire, aujourd'hui. Je ne peux rien lui refuser, elle est merveilleuse, et si belle... »

Cesare avait dû se retenir pour ne pas empoigner son ami et lui demander à quoi il jouait.

L'idée que sa maîtresse puisse espérer voir Clare découvrir leur liaison et le pousser à choisir ne semblait pas avoir effleuré Paul.

Cesare avait reconnu à travers les confidences de Paul une manière d'agir qu'il ne connaissait que trop bien. Cette femme savait manipuler un homme et exploiter ses faiblesses, utilisant son pouvoir de séduction pour éveiller son instinct protecteur.

Ayant vu sa propre mère agir de la sorte et ne laisser dans son sillage que des cœurs brisés, Cesare était certain que la maîtresse de Paul peaufinerait sa technique au fil des ans pour devenir aussi douée qu'elle.

« Que ferais-tu à ma place ? »

Cette question puérile avait irrité Cesare qui ne pouvait s'imaginer dans une telle situation.

« Je croyais que tu étais heureux avec Clare.

— Je le suis.

— Tu ne l'aimes plus ?

— Bien sûr que si, mais j'aime Rosie aussi. Elle est tellement adorable, et puis elle a besoin de moi. Si je la laisse tomber, elle ne s'en remettra pas. Elle est très amoureuse de moi, tu sais ! »

Incapable d'éprouver la moindre compassion pour une femme qui avait séduit un homme marié, Cesare s'était alors abstenu de tout commentaire. A présent qu'il était face à elle, sa sensualité le captivait et il comprenait qu'un homme faible comme Paul ait pu tomber dans le piège qu'elle lui avait tendu.

— Je ne vais pas vous retenir très longtemps, mademoiselle Henderson. Auriez-vous l'amabilité de vous rasseoir ?

Anna s'exécuta, consciente de son regard hostile qui suivait chacun de ses gestes.

— Mlle Henderson a voyagé toute la nuit. Elle doit être fatiguée, fit remarquer le président du comité.

— Vous découvrez notre village à la meilleure époque de l'année, poursuivit Cesare Urquart, imperturbable. L'hiver est long et rude ici.

— Depuis combien de temps vivez-vous ici, monsieur Urquart ? répliqua Anna, outrée que cet homme, qui de toute évidence passait sa vie au soleil, puisse insinuer qu'elle ne supporterait pas la rigueur du climat.

L'échange de coups d'œil amusés entre les membres du comité ne lui échappa pas.

— J'y ai toujours vécu.

— Les Urquart de Killaran sont les généreux mécènes de notre communauté depuis des siècles, intervint l'un des participants. Cesare, malgré une vie professionnelle bien remplie, consacre beaucoup de temps à administrer et gérer notre école.

Anna vit ce dernier esquisser un sourire. Malgré sa voix de velours à l'accent parfait, il était difficile d'imaginer que ce bel homme à l'allure exotique était originaire des Highlands, comme son patronyme le laissait pourtant supposer.

Si, ainsi qu'on le lui avait laissé entendre, elle obtenait ce poste, serait-elle amenée à travailler en étroite collaboration avec lui ? A cette pensée, elle sentit son pouls s'accélérer, mais elle s'exhorta au calme en le voyant se tourner vers elle.

— Depuis combien de temps enseignez-vous ?

— Cinq ans et demi.

Posant les coudes sur la table, Cesare Urquart se pencha vers elle. Anna frémit en sentant l'hostilité dissimulée derrière son sourire bienveillant. Cet homme était dangereux.

— Laissez-moi vous soumettre un cas de figure précis, mademoiselle Henderson.

Anna acquiesça d'un bref mouvement de tête.

2

Déterminée à ne pas donner à Cesare Urquart le plaisir de la voir s'effondrer, Anna réussit à garder la tête haute jusqu'à la fin de l'entretien. Il avait suffi de cinq minutes à cet homme pour la faire passer pour incompétente.

— Je vais vous faire appeler un taxi.

Il continuait de la regarder droit dans les yeux, un sourire suffisant au coin des lèvres, arborant l'air satisfait de celui qui a mené à bien sa mission.

Après avoir pris congé des autres membres du comité, visiblement gênés de la tournure qu'avait pris l'entretien, Anna quitta la pièce.

Une fois dans le couloir elle se laissa aller au désespoir. Alors qu'elle était sur le point d'obtenir le poste de ses rêves, ce M. Urquart avait surgi et, en quelques questions pernicieuses, avait anéanti tous ses projets.

Pour quelle raison avait-il fait cela ?

Comment avait-elle pu se laisser déstabiliser ?

Elle frissonna soudain et se rendit alors compte qu'elle avait oublié son manteau dans la salle de réunion. Ne se sentant pas la force de revenir sur ses pas au risque de le croiser de nouveau, elle se hâta vers la sortie de l'établissement.

Dans le taxi qui l'emmenait à l'hôtel, les questions que Cesare Urquart lui avait posées lui revinrent à l'esprit. Les réponses lui semblaient faciles, à présent, alors qu'assise en face de cet homme aux manières brusques elle avait perdu contenance. Il avait même semblé s'en amuser ! Elle n'arrivait pas à comprendre qu'il ait pu prendre plaisir à la traiter avec froideur et cruauté. Cela la dérangeait d'autant plus qu'il avait semblé faire une affaire personnelle de lui faire perdre ses moyens et, par là même, le poste si convoité.

En arrivant devant son hôtel, elle se rendit compte qu'elle tremblait toujours. Elle n'était pas en état de conduire la voiture qu'elle avait louée pour venir d'Inverness, aussi prit-elle la décision de rentrer sur Londres le jour même et de payer un supplément pour faire récupérer le véhicule.

— Pouvez-vous m'attendre un moment, s'il vous plaît ? demanda-t-elle au chauffeur. Je vais chercher ma valise.

Après avoir appelé la compagnie de location, elle rassembla ses affaires et se prépara à quitter sa chambre, dont la vue pittoresque sur le port avait à présent perdu son charme. Elle aspirait soudain à retrouver son univers familier et rassurant.

Ses amis avaient eu raison : vouloir venir habiter ici avait été une idée stupide ! Rosie lui avait fait remarquer lors de leur dernière conversation téléphonique qu'elle risquait de se sentir bien seule dans cette petite ville isolée des Highlands, mais Anna avait répliqué que cela ne la dérangeait pas. En revanche, ce qui la perturbait, à présent, était la présence en ce lieu d'un homme à qui elle ne pouvait songer sans se sentir envahie de pulsions violentes !

Elle remonta dans le taxi et boucla sa ceinture de sécurité d'un geste décidé.

— A la gare d'Inverness, s'il vous plaît.

Anna avait déjà acheté son billet et pris place dans son wagon lorsqu'on invita les passagers à descendre du train. Des inondations s'étant produites entre Inverness et Glasgow, le trafic ferroviaire était interrompu jusqu'à nouvel ordre et les voyageurs invités à trouver un hébergement pour la nuit.

Anna, d'ordinaire calme face à l'adversité, se sentit gagnée par la colère et la frustration. En sortant de la gare, elle aperçut soudain Cesare Urquart à côté d'une voiture rutilante. Il ne manquait plus que lui ! Le rencontrer deux fois dans la même journée était plus qu'elle n'en pouvait supporter.

Cesare ne pouvait cesser de penser aux grands yeux bleu cobalt brillant de larmes retenues de Mlle Henderson, à la fin de l'entretien. Les membres du comité lui avaient conservé leur préférence, même après l'avoir vue perdre contenance sous le feu de ses questions. Ils n'auraient sans doute pas été aussi déçus s'ils avaient su quel genre de femme elle était. Après de longues délibérations, le vote n'avait pas été unanime, mais Cesare avait su imposer sa décision.

— Tu es donc d'accord avec mon idée d'installer une fontaine au milieu de la pelouse... ?

Cesare reporta son attention sur sa sœur.

— Oui... bien sûr.

Le rire musical d'Angel résonna, attirant les regards des voyageurs mais pas l'attention de Cesare. Elle lui tapota alors le bras.

— Que se passe-t-il ?

— C'est toi qui devrais me le dire. J'ai dit n'importe quoi exprès et tu ne t'en es même pas rendu compte. Tu ne m'écoutes pas.

Il lui lança un regard impatient tout en lui ouvrant la portière.

— Installe-toi dans la voiture, veux-tu ?

Elle haussa les sourcils.

— Je vois bien que tu es contrarié, mais ce n'est pas une raison pour t'en prendre à moi.

— Tout va bien, je t'assure.

Cesare avait la conscience tranquille. Il était impensable de confier des enfants à une personne n'ayant pas une morale et une conduite irréprochables et il avait bien fait d'intervenir.

Voyant soudain un flot de voyageurs frustrés sortir de la gare, Angel s'exclama :

— Quelle chance j'ai eue d'attraper le dernier train !

Anna, frissonnant dans sa veste de tweed, ne pouvait détacher son regard de Cesare Urquart. Les passagers s'excusaient en passant devant lui alors qu'il était planté en travers de leur chemin. Sûr de lui, il les laissait faire sans sourciller. Elle-même n'avait pas agi de façon très différente, se laissant piétiner au lieu de lui tenir tête.

Elle le vit soudain poser la main sur le bras de la superbe jeune femme à ses côtés.

Elle serra les poings. Il était temps de lui dire ce qu'elle pensait de lui ! Elle attrapa sa valise et fendit la foule d'un pas décidé...

— Je pensais que tu viendrais me chercher avec Jasmine, dit Angel. Elle va bien ?

— Oui, ne t'inquiète pas. Je n'ai pas eu le temps de passer la prendre, j'arrive juste de l'école. Nous nous sommes réunis afin de pourvoir le poste de directrice.

Angel s'empara de l'unique dossier posé sur le siège passager et jeta un coup d'œil au nom inscrit dessus.

— J'espère qu'il y avait plus d'une candidate, tout de même ! lança-t-elle.

— Bien sûr, répliqua son frère en lui prenant le document des mains pour le lancer sur le siège arrière.

— Tu as l'air bizarre. Es-tu certain que Jas va bien ? Il ne lui est rien arrivé, n'est-ce pas ?

— Tu ne me crois pas capable de veiller sur une enfant de cinq ans ?

Cesare comprenait que sa sœur soit inquiète. C'était la première fois qu'elle lui avait demandé de garder sa fille Jasmine, dont la nounou s'était cassé la jambe et était en arrêt maladie pour plusieurs semaines.

— Bien sûr que si, mais Jas demande une attention constante et elle te mène par le bout du nez. J'espère...

Sa voix resta en suspens tandis qu'elle regardait s'avancer droit sur eux une jeune femme à la chevelure flamboyante dont les yeux bleus fixés sur Cesare lançaient des éclairs.

Cesare, qui venait lui aussi de la voir, ne put s'empêcher d'être fasciné. La candidate désemparée qu'il avait quittée peu avant s'était transformée en une femme toujours aussi sexy mais à l'air plus que déterminé à présent. Il la vit soudain s'arrêter et se tourner afin de dégager la roulette de sa valise, offrant à son regard une vue plongeante sur son joli derrière. Incapable de réprimer la vague de désir qu'il sentait monter en lui, le peu de culpabilité qui l'accompagnait depuis la fin de l'entretien disparut comme par magie : cette femme aurait sans nul doute fait des ravages au sein de leur petite communauté !

— Tu la connais ? demanda Angel en regardant son frère qui s'était figé.

— Reste en dehors de cela, Angel.

Anna, déjà assez proche d'eux pour avoir entendu cette remarque, se demanda comment cette jeune femme pouvait tolérer d'être traitée de la sorte.

Elle observa la compagne de Cesare Urquart, une jeune femme resplendissante aux longs cheveux d'un noir soyeux, juchée sur des talons hauts qui faisaient paraître ses jambes interminables et vêtue d'une petite robe sage et d'un blouson de cuir qui, sur elle, étaient d'un chic fou.

Anna s'arrêta devant eux, très droite, pointa un doigt accusateur en direction de Cesare mais, perdant soudain ses moyens, ne réussit qu'à bégayer :

— V... vous !

Il haussa un sourcil étonné.

— Mademoiselle Henderson ?

L'hostilité qu'il avait jusque-là dissimulée ne faisait à présent plus aucun doute.

— J'aimerais comprendre pourquoi vous vous êtes comporté comme un tyran avec moi !

— Vous êtes mauvaise perdante, mademoiselle Henderson.

Relevant le menton, Anna déclara avec fierté :

— C'est vous qui venez de perdre une excellente enseignante.

Le froncement de sourcils de Cesare s'accentua en la voyant resserrer les bras autour d'elle et frissonner.

— Comment se fait-il que vous ne soyez pas plus couverte ? demanda-t-il avec emportement.

— J'ai oublié mon manteau, répondit Anna, décontenancée par cette question.

Soudain, son attitude belliqueuse fit place à un réel trouble, et elle répéta :

— Pourquoi avez-vous agi ainsi ?

Incapable de faire du mal à quiconque, Anna ne comprenait pas les raisons qui avaient pu pousser Cesare Urquart à s'acharner sur elle.

— Il était de mon devoir de m'assurer que notre école recrute la personne la plus qualifiée. Vous ne correspondiez pas à ce profil.

Il prit alors le bras de sa ravissante compagne.

— Si vous voulez bien m'excuser, à présent.

— Attendez !

L'indifférence de cet homme avait ravivé sa colère. Elle l'attrapa par le bras alors qu'il avait déjà fait demi-tour.

Surpris, il fit volte-face, abaissant les yeux sur les longs doigts fins posés sur sa manche.

Embarrassée, Anna laissa retomber sa main, encore consciente de la sensation des muscles de son bras.

— Il y avait une autre raison… j'en suis sûre.

Il haussa les sourcils, et s'exclama ironique :

— En plus de votre incompétence ?

— Jusqu'à ce que vous arriviez, les membres du comité me trouvaient la plus qualifiée pour ce poste.

— Votre CV, en effet, semblait indiquer que vous aviez les compétences requises.

— Pardon ?

— Je ne doute pas que vous soyez habituée à obtenir ce que vous désirez, mais la beauté ne vous donne pas tous les privilèges, mademoiselle Henderson.

Belle, elle ? Anna s'était attendue à une nouvelle réplique empreinte de sarcasme, mais les yeux de Cesare reflétaient la colère ainsi qu'un sentiment qui, même si elle ne sut le décrypter, la fit frissonner.

Une phrase souvent entendue lui revint alors à la mémoire.

Excusez-moi, je pensais que vous étiez Rosie.

On les prenait souvent l'une pour l'autre, leurs prénoms ajoutant à la confusion : elle avait abrégé Rosanna en Anna, tandis que sa cousine Rosemary se faisait appeler Rosie.

Ce n'était pas elle mais sa cousine, qu'elle admirait et adorait, qui était belle ; si belle qu'elle aurait pu séduire n'importe quel homme. Hélas, il avait fallu qu'elle choisisse ce sale type qui avait failli ruiner sa vie.

— En parlant de privilèges…

Elle laissa échapper un petit rire méprisant.

— Vous savez quoi ? Je pense que vous avez à cœur de prouver que vous êtes un homme important parce qu'en réalité vous ne l'êtes pas. Vous êtes un tyran, un tyran pathétique.

Il eut l'air si surpris qu'elle faillit en rire.

— Mademoiselle Henderson…

— Cessez donc de m'appeler ainsi !

— Préférez-vous Rosie ?

Elle cligna des yeux, trouvant étrange de s'entendre appeler par le diminutif désignant d'ordinaire sa cousine et qui, dans la bouche de cet homme, sonnait comme une insulte.

— Mon nom est Rosanna. Et mes amis m'appellent… Anna, acheva-t-elle, la gorge nouée, se sentant soudain bien loin de ceux qui l'aimaient.

Cesare se demanda si cette femme, en affichant son trouble, cherchait à provoquer chez lui un sentiment de culpabilité.

— Ignorez-vous que l'on récolte toujours ce que l'on a semé, mademoiselle Henderson ?

— Si cela était le cas, le ciel aurait déjà dû vous tomber sur la tête !

De façon tout à fait inattendue, la jolie brune qui l'accompagnait lui adressa un large sourire et redressa un pouce en guise d'encouragement.

Cesare envoya un regard noir à sa sœur avant de se retourner vers son interlocutrice.

— Nous sommes dans un lieu public. Je vous saurais gré de baisser le ton.

— Pourquoi ? Je ne dois pas être la seule à penser que vous êtes un tyran sans cœur.

Le regard de Cesare se fit dur.

— Si vous le prenez ainsi, comment appelez-vous une femme qui jette son dévolu sur les hommes mariés ?

— Pardon ?

— Paul Dane est mon ami.

Anna sentit le sang se retirer de son visage lorsqu'elle comprit enfin la raison de l'attitude de Cesare Urquart depuis le premier instant de leur rencontre. Lui aussi l'avait prise pour Rosie !

— Vous semblez soudain moins loquace...

Ses yeux, brillants comme des saphirs, n'exprimaient pourtant pas la honte, ainsi qu'il s'y était attendu, mais la colère.

— Je me réjouis que le mariage de Paul soit encore solide malgré vos efforts pour le briser.

— Vous prenez donc vraiment votre ami Paul pour une victime ?

Anna laissa échapper un petit rire cynique. Elle ne savait que trop le temps qu'il avait fallu à Rosie, dont le seul péché était de s'être montrée trop confiante et amoureuse, pour se remettre de sa liaison avec ce fameux Paul qui lui avait brisé le cœur.

Elle avait dû faire preuve d'un courage sans faille pour remonter la pente et avait heureusement fini par rencontrer l'homme de sa vie.

Cela avait pourtant failli lui coûter cher... Anna avait encore à l'esprit la terrible nuit où elle avait découvert Rosie inconsciente, un flacon de médicaments et une bouteille d'alcool vides à côté d'elle. Elle avait retenu la leçon : jamais elle ne laisserait son cœur prendre le pas sur sa raison.

Elle regarda d'un air dédaigneux cet individu imbu de sa personne et qui croyait tout savoir.

— Oubliez ma question, elle était stupide. Je suis certaine que vous en êtes persuadé !

— Paul avait aussi sa part de responsabilité, concéda Cesare avec impatience.

— Comme c'est généreux de votre part ! Ecoutez donc ma version de l'histoire : Un homme, marié, séduit une jeune fille inexpérimentée de dix ans sa cadette, et lui promet de quitter sa femme pour elle… La jeune fille a conscience de mal agir, mais son amour pour lui est si fort qu'elle est incapable de mettre un terme à leur relation et se voit même obligée de mentir à sa famille. Le jour où il décide, sans crier gare, de la laisser tomber pour retourner vers sa femme, elle croit que sa vie est terminée. Je ne vois pas comment on pourrait qualifier cet homme de victime !

Anna s'était retenue à temps de dévoiler toute la vérité. Elle avait juré à Rosie de ne jamais révéler les conséquences de leur rupture, et n'avait pas failli à sa promesse.

Le fait de se faire passer pour la victime de cette histoire la dérangeait, mais elle trouvait cependant un léger réconfort à l'idée que Rosie n'ait pas à souffrir des sarcasmes et du mépris de cet homme. Qu'il pense ce qu'il voulait, elle continuerait de protéger sa cousine !

Le récit passionné d'Anna laissa Cesare perplexe. Il lui en voulait de l'avoir fait douter, même de manière fugitive, de celui qui lui avait sauvé la vie. Elle avait dû répéter sa version de l'histoire tant de fois qu'elle était arrivée à s'en persuader elle-même. C'était tout de même plus valorisant que d'admettre avoir harcelé un homme marié.

Cesare pouvait accepter qu'on ait des faiblesses, lui-même en avait, d'ailleurs, mais il était intraitable en ce qui concernait la fidélité conjugale. Si l'on était incapable de la respecter, il valait mieux ne pas s'engager. N'imaginant pas pouvoir aimer la même femme toute sa vie et préférant ne vivre que des moments de passion, il avait donc fait le choix de ne pas se marier.

Paul s'était mal comporté, certes, mais il s'était au moins ressaisi à temps pour sauver son couple. C'était un homme intègre, capable d'actes altruistes tels que celui qui lui avait sauvé la vie.

— Monte dans la voiture, Angel ! lança-t-il d'un ton sec à sa compagne avant de tourner le dos à Anna.

Furieuse d'être congédiée de la sorte, Anna fit un pas en avant juste comme un bus passait devant elle, projetant sur ses vêtements une gerbe d'eau boueuse.

— Il ne manquait plus que ça ! gémit-elle en regardant son tailleur maculé tandis que le véhicule s'éloignait en prenant de la vitesse.

Avant de monter dans son bolide rutilant, Cesare Urquart tourna la tête sans dire un mot, se contentant de la regarder de la tête aux pieds, un petit sourire ironique aux lèvres. Cet homme était décidément odieux !

3

— Il s’agissait donc de Mlle Henderson ? demanda Angel en regardant le CV qu’elle avait récupéré sur le siège arrière. Si j’ai bien compris, elle n’a pas été retenue pour le poste. C’est fort dommage car une personne capable de te tenir tête de la sorte est tout à fait ce dont nous avions besoin.

— Cela ne te regarde pas, Angel ! lança Cesare d’un ton agressif.

Angel parcourait le dossier.

— Ses références sont très intéressantes et…

— C’est bon, l’interrompit-il, irrité, je sais bien qu’elle est parfaite.

Sa sœur le regarda l’air songeur.

— Tu sais, je pense qu’elle pourrait…

— Pose ça, Angel.

Il serra les dents en voyant que sa sœur l’ignorait et continuait de feuilleter le dossier.

— Je ne veux pas me montrer indiscrète, mais j’aimerais bien savoir à qui vous avez donné le poste.

— Les diplômes sont une chose, la moralité une autre. Quand je pense à ce qu’elle a fait à Paul…

— Tu veux dire qu’elle est une de ses nombreuses conquêtes ?

— Qu’entends-tu par là ?

— Arrête de te cacher la vérité. Tu fermes les yeux dès qu’il s’agit de ton ami. J’aime bien Paul, il peut être charmant, mais il faut bien reconnaître qu’il est…

Cesare l’interrompit d’un ton sec.

— Il t'a fait des avances ?

Rassuré par le rire franc de sa sœur, il poussa un soupir de soulagement mais Angel insista :

— Et si c'était le cas ?

— Je ne le tolérerais pas.

— T'avoir sauvé la vie lui donne donc le droit de s'amuser avec toutes les femmes de la Création sauf avec ta sœur ?

— Ça suffit maintenant, Angel !

Après avoir adressé un clin d'œil à son frère, celle-ci reprit la lecture du CV et y trouva la confirmation de sa première impression : bien des parents auraient rêvé de confier leur enfant à cette jeune femme.

— Mademoiselle Henderson ?

Anna, sur le point de quitter la chambre d'hôtel qu'elle avait été contrainte de prendre pour la nuit, découvrit sur le pas de la porte la jolie brune aperçue devant la gare avec Cesare Urquart. Vêtue ce jour-là d'un jean rentré dans des cuissardes et d'un blouson de cuir à col de fourrure, les cheveux attachés en une longue queue-de-cheval, elle était encore plus belle que la veille.

— Je ne crois pas que votre petit ami apprécierait de vous voir discuter avec moi.

— Ce que pense Cesare m'est égal.

Son frère avait mal réagi lorsque Angel lui avait suggéré, pendant qu'ils prenaient leur petit déjeuner, que son attitude envers cette jeune femme était peut-être dictée par le souvenir du comportement de leur mère, ajoutant que ce n'était pas parce qu'il lui avait sauvé la vie que Paul était un saint. Pour couronner le tout, elle l'avait ensuite planté là après lui avoir fait part de sa brillante idée, le laissant sidéré.

— Au fait, il n'est pas mon petit ami, mais mon frère.

Ils ne se ressemblaient pas, pensa Anna dont l'expression stupéfaite fit rire Angel, à part peut-être qu'ils avaient en commun une beauté racée.

— Cesare peut parfois se montrer stupide, poursuivit-elle en reprenant son sérieux, mais il est d'une loyauté à toute épreuve envers ses amis, même ceux qui ne le méritent pas toujours. En revanche, il a un mal fou à reconnaître ses torts.

Anna, consciente que rien de ce qui s'était passé n'était la faute de sa sœur, se força à sourire sans toutefois pouvoir se retenir de répliquer :

— Sans doute parce qu'il a toujours raison.

— Touché ! Vous repartez pour… Londres ?

Anna jeta un coup d'œil à sa montre. Les inondations ayant provoqué d'importants dégâts, les passagers avaient été informés que le trafic risquait d'être encore fort perturbé.

— Oui, je l'espère. Je n'ai plus aucune raison de rester ici.

— J'imagine que vous avez des projets pour les vacances ?

Anna soupira à l'idée que son été soit même plus long que prévu. Par chance, elle pourrait toujours envisager de faire des remplacements si elle n'avait pas de poste à la rentrée.

— En quoi cela peut-il vous intéresser, mademoiselle Urquart ?

— Appelez-moi Angel. Avez-vous le temps de prendre un café avant le départ de votre train ?

Elle avait quelques heures devant elle mais, bien qu'intriguée par la présence de la jeune femme, elle préféra refuser.

— Non, je suis désolée.

— J'imagine que vous vous demandez pourquoi je suis venue vous voir ?

— C'est exact.

— J'ai une fille, Jas… Jasmine, une enfant délicieuse. Puisque je l'élève seule, j'essaie de passer le plus de temps possible avec elle. Mon travail me permet heureusement d'adapter mes horaires. En principe, je m'arrange pour me libérer pendant les vacances scolaires. Je sais que je peux aussi compter sur Cesare, mais il n'est pas toujours disponible et…

Remarquant l'air interdit d'Anna, elle laissa échapper un rire incrédule.

— Vous ne savez pas qui il est, n'est-ce pas ?

— J'ai appris que votre famille possède un domaine et un château, ce qui, je suppose, fait de votre frère un homme important dans la région, annonça Anna tout en ajoutant dans son for intérieur : *et surtout à ses propres yeux*.

— En effet, les Urquart résident ici depuis des siècles, mais le domaine a du mal à survivre. Mon père, à présent décédé, s'en est occupé de façon trop conservatrice au début et n'a plus eu les moyens de faire les investissements nécessaires après son divorce coûteux avec ma mère. Cesare a injecté il y a cinq ans une partie de sa fortune dans la propriété, mais il risque de s'écouler encore quelques années avant qu'elle ne redevienne rentable. Désolée, je suis en train de m'éloigner du sujet. Je doute que nos histoires de famille vous intéressent.

Anna, au contraire, était tout ouïe, fascinée par ce qu'elle apprenait.

— J'en déduis donc que vous n'êtes pas mordue de Formule 1, reprit Angel.

— Non, pourquoi ?

Cesare était-il pilote ?

Danger, adulation et glamour... un cocktail parfait pour un homme tel que lui !

— Cesare est célèbre dans le monde de la compétition automobile.

Habituée à voir les femmes se pâmer devant son frère, Angel s'amusa de voir que son interlocutrice n'avait jamais entendu parler de lui.

— Il a été champion dans sa catégorie deux années de suite, expliqua-t-elle.

Un voile de tristesse brouilla soudain son regard.

— Depuis son accident, il a pris la direction de l'écurie Romero.

Un accident ? Anna frissonna. Ce mot lui donnait la chair de poule depuis que ses parents avaient péri dans une collision dont elle était, par miracle, sortie indemne.

— A-t-il été...

Elle s'arrêta net. Elle n'avait vu aucune trace de cicatrices sur son visage mais, en pensant à lui, l'image d'un corps nu et bronzé s'était imposée à son esprit. Elle s'éclaircit alors la gorge :

— Romero ? L'écurie de courses italienne ? Votre frère n'habite donc pas ici ?

— L'équipe est basée à Rome, mais, après le décès de notre père, Cesare a pris la décision de venir vivre ici. Il voyage beaucoup, tout comme moi, ce qui est amusant car, petits, nous détestions cela. Après le divorce de nos parents, notre mère avait obtenu notre garde mais, étant de nature instable, elle nous obligeait à changer régulièrement de domicile. C'est la raison pour laquelle j'ai décidé, à la naissance de Jas, de passer le plus de temps possible ici afin de lui offrir une vie de famille stable.

Anna, devinant qu'ils avaient souffert de ce mode de vie, ressentit un élan de compassion pour cette belle jeune femme ouverte et franche, très différente de son frère. Elle aussi avait vécu une tragédie avec la disparition brutale de ses parents, mais elle avait eu la chance d'être ensuite élevée par une tante et un oncle aimants qui la considéraient comme leur propre fille.

— Je me sens toujours coupable lorsque je dois m'absenter pour mon travail, reprit Angel, mais cette fois-ci cela risque d'être pire car je viens de passer trois mois avec Jas qui était malade. Dans mon métier, les agents ont la mémoire courte et j'ai préféré signer un nouveau contrat avant qu'ils ne m'oublient. Je suis mannequin, précisa-t-elle, et lorsque l'on m'a proposé la campagne publicitaire de Face of Floriel j'étais ravie de saisir l'occasion. Mais je regrette à présent de l'avoir acceptée.

— J'aimerais pouvoir vous aider…

— C'est pour cela que je suis venue vous voir ! Jasmine doit rattraper son retard et…

Anna secoua la tête.

— Vous comprenez bien que cela m'est impossible. Je suis sincèrement désolée que votre fille ait été malade…

— Elle a manqué tout le dernier trimestre à l'école.

— Je suis certaine qu'à son âge elle se remettra très vite à niveau.

Anna s'arrêta soudain.

— J'y suis ! C'est vous le mannequin dont j'ai vu les photos sur tous les bus de Londres !

— En cet instant, je ne suis que la mère de Jas et j'ai besoin que vous vous occupiez d'elle en mon absence. Vous n'avez pas à vous soucier de Cesare, précisa-t-elle très vite. Le château est grand, Jas et moi vivons dans une aile privée. Vous serez totalement indépendante, mais vous pourrez tout de même compter sur mon frère en cas de besoin.

Besoin de Cesare Urquart ?

— Cela ne risque pas de se produire.

— Alors vous acceptez ?

Anna se sentit prise au dépourvu.

— Non, je voulais juste dire… Est-ce qu'il… ?

Anna se racla la gorge, incapable de se résoudre à prononcer son nom.

— Votre frère sait-il que vous êtes ici ?

— Je lui ai fait part ce matin de mon intention de venir vous voir.

Anna sourit d'un air dubitatif. Elle n'était pas dupe du ton désinvolte d'Angel et ne put dissimuler l'amertume qu'elle ressentait.

— Et il est d'accord pour qu'une femme telle que moi s'occupe de sa nièce ?

Angel lui posa une main sur l'épaule puis, tout en lui adressant un sourire, répondit d'un ton ferme :

— Cesare est mon frère et je lui dois beaucoup, mais je suis la mère de Jas et en ce qui concerne son bien-être c'est moi qui prends les décisions.

— J'imagine que vous avez déjà quelqu'un qui s'occupe d'elle ?

— C'est exact, Jas a une nounou, mais cette pauvre Jenny s'est cassé une jambe en tombant de bicyclette et est immobilisée pour six semaines.

Elle s'arrêta et soupira.

— Oubliez ce que je viens de vous demander, ce n'est pas votre problème. Je n'aurais pas dû venir mais, rassurez-vous, vous n'êtes pas la seule à être intimidée par mon grand frère.

Elle ferma son blouson et repoussa une mèche de cheveux de son front.

— Votre frère ne m'impressionne pas.

— J'avais cru le constater, rétorqua Angel en souriant.

Anna prit une longue inspiration.

— J'accepte, lâcha-t-elle.

Le visage d'Angel s'illumina et elle tira aussitôt son mobile de sa poche.

— Vous en êtes certaine ?

— Absolument.

— Allô, Hamish, pouvez-vous monter avec Jas, s'il vous plaît ?

Elle s'adressa alors à Anna.

— Je vois que votre valise est prête, c'est parfait. Vous voyagez léger mais nous pouvons nous arrêter en chemin pour acheter ce qui vous manque. Quelle taille faites-vous ?

— Votre fille est ici ? Vous comptez m'emmener maintenant ?

Angel sembla surprise par la question :

— Anna, mon avion est à minuit et…

— Vous étiez donc certaine que j'allais dire oui !

— Je suis de nature optimiste, précisa-t-elle en souriant.

Au même moment, la porte s'ouvrit et une petite fille entra en courant dans la pièce. Jasmine Urquart avait le même sourire que sa mère, même s'il lui manquait une dent de devant. Elle était si adorable qu'Anna sentit son cœur fondre.

4

Anna ne reconnaissait pas ce couloir, rien autour d'elle ne lui semblait familier, ni les tableaux ni les meubles. Elle avait dû se tromper de direction sur le palier et s'en voulut de ne pas avoir repéré les lieux, au lieu de prêter attention au babillage incessant de la fillette.

Jasmine ponctuant chacune de ses confidences du nom de son oncle, Anna avait vite compris que, loin d'en avoir peur, elle le considérait comme un héros.

Penser à Cesare fit naître une étrange sensation au creux de son ventre. Elle revit son regard froid et sa bouche dure. Une bouche qui était aussi…

Elle porta une main à sa joue devenue brûlante, s'efforçant de bannir cette image.

— Tu as fait quoi… ?

Elle se figea sur place : la voix de Cesare ! Comment était-il possible de ne pas pouvoir l'éviter dans cet immense château ?

— Je pensais que nous nous étions mis d'accord.

L'entendant avancer dans sa direction tout en discutant d'une voix courroucée avec Angel, Anna, le cœur battant, se plaqua contre le mur : elle n'avait guère d'autre choix.

— Tu m'as dit ce que tu avais à dire, je t'ai écouté, mais c'est moi qui décide. J'ai demandé à Anna Henderson de rester ici jusqu'à la rentrée des classes pour s'occuper de Jas et lui faire rattraper son retard scolaire.

Angel avait répondu sans paraître intimidée par son frère,

semblant même éprouver un certain plaisir à le mettre devant le fait accompli. Anna sentit grandir son admiration pour la jeune femme. Tout le monde n'avait pas le courage de tenir tête à Cesare Urquart.

— Il doit y avoir une autre solution. Je vais de ce pas appeler le bureau de placement.

— C'est ça ! Et on nous enverra une fille qui passera plus de temps à flirter avec toi qu'à prendre soin de Jas. Mon choix est fait. Anna est parfaite, elle a toutes les compétences requises et, en plus, elle ne t'aime pas !

— Elle est…

— Ecoute, Cesare, tu sembles avoir un problème avec elle, mais pas moi. Je sais que Paul a toujours raison à tes yeux et c'est très bien ainsi. Libre à toi de te sentir son débiteur jusqu'à la fin de tes jours. Tu as beau l'idéaliser, il n'en est pas moins capable, comme tout un chacun, de commettre des erreurs. Cela m'est bien arrivé, à moi !

— Cette fille ne te ressemble en rien.

— Tu as raison, elle n'est pas tombée enceinte, elle. Tu as tort de rejeter toute la responsabilité sur elle. Tu veux savoir ce que je pense ?

— Non.

— Tant pis pour toi. J'ai accepté la proposition de *Face of Floriel* et vais devoir m'absenter pendant un mois. Je sais que ce n'est pas l'idéal, mais je ne peux pas faire autrement. Anna sera là pour…

— Tu n'as pas besoin de travailler.

— Désolée, grand frère, mais il est hors de question que je vive à tes crochets.

— Il ne s'agit pas de ta fierté, Angel. Je me préoccupe du bien-être de Jasmine.

— N'essaie pas de me leurrer. C'est plutôt cette fille qui te préoccupe. Elle te hante, n'est-ce pas ?

Anna écoutait, stupéfaite.

— Mais je suis d'accord avec toi, l'important est de trouver la meilleure solution pour Jas. Je suis navrée que cela te déplaise, mais Anna va s'occuper d'elle pendant les semaines qui viennent. Je te demande juste d'être aimable avec elle.

Cesare grommela une réponse qu'Anna ne put saisir.

— Tu vas devoir souffrir en silence, mon cher !

Le rire d'Angel résonna, suivi du bruit de ses talons s'éloignant dans la direction opposée à celle d'Anna tandis que celui des autres pas, lui, se rapprochait...

Prise de panique, Anna hésita entre se fondre dans l'ombre ou révéler sa présence.

Pensif, Cesare se rendait compte que sa sœur avait raison : le visage d'Anna le hantait.

Le souvenir de sa bouche pulpeuse et de ses yeux bleus si lumineux ne le quittait pas, et cela l'irritait. Depuis vingt-quatre heures qu'il connaissait cette jeune femme, elle accaparait ses pensées et, la nuit précédente, les images qu'elle avait fait naître en lui n'avaient rien d'innocent. Toutes évoquaient le désir et la passion. Il allait devoir brider son imagination et sa libido, à présent qu'elle vivait sous son toit car... il la désirait tout autant qu'il la méprisait.

Angel, considérant qu'Anna était la victime de Paul, avait choisi de lui confier sa fille. Cesare était en revanche persuadé qu'Anna ferait tôt ou tard un faux pas, et était déjà prêt à agir en conséquence...

— Excusez-moi. J'ai dû me... me tromper de direction.

Cesare eut un choc en voyant Anna surgir de la pénombre. Autour du pâle ovale de son visage, la chevelure qui l'avait fasciné bien malgré lui la veille cascadait à présent sur ses épaules. Un jean délavé moulant la douce courbe de ses hanches et un petit haut à rayures marines faisant ressortir le bleu cobalt de ses yeux avaient remplacé son tailleur strict.

Devant son regard à la fois inquiet et provocant, il sentit un désir brûlant s'emparer de lui et éprouva alors un élan d'empathie tardif — mêlé d'un sentiment ressemblant fort à de la jalousie — envers son ami qui avait succombé au charme ensorcelant de cette femme.

Anna, quant à elle, attribua au vertige la sensation d'étourdissement qui l'obligea à se rattraper à la rampe de la galerie qui surplombait le hall. Cesare Urquart, malgré son charme irrésistible, n'éveillait en elle que des réactions contradictoires et une rechute du bégaiement dont elle avait été affligée quelques années plus tôt. S'humectant les lèvres, elle s'efforça de reprendre contenance.

— Je ne suis pas certaine de savoir quelle direction prendre.

Celle de mon lit.

Cesare avait failli répondre tout haut tant il était troublé et impuissant à vaincre le désir qui continuait de le tourmenter. Irrité par sa propre faiblesse, il répliqua :

— Où allez-vous ?

Anna aurait donné cher pour ne pas se retrouver face à lui. Elle regretta de s'être laissé convaincre si facilement d'accepter ce travail et d'être désormais contrainte de vivre sous le même toit que lui.

Le détester ne le rendait pourtant pas moins séduisant, pensa-t-elle en admirant son visage patricien. Hélas !

Elle devait à tout prix se ressaisir au lieu de prendre ses jambes à son cou — ce qu'il aurait sans doute souhaité.

Mais il n'était pas question qu'elle lui offre ce plaisir. Elle était là pour aider Angel, et celle-ci n'était pas responsable du caractère de son frère. Elle était disposée à faire preuve d'un tel professionnalisme que Cesare lui-même se verrait contraint d'admettre qu'il l'avait mal jugée. Elle doutait cependant qu'il éprouve le moindre remords en constatant que, par sa faute, leur petite communauté avait laissé passer la chance d'avoir une directrice exceptionnelle. Cet homme était incapable de faire amende honorable.

Prenant soudain conscience que son regard s'était égaré sur l'anatomie de son interlocuteur, elle se sentit rougir et leva les yeux.

— J'essayais de retrouver la porte par laquelle je suis arrivée.

— Vous nous quittez déjà ! lança Cesare d'un ton ironique.

— Je respecte toujours mes engagements.

— Quelle attitude honorable ! Je n'en dirais pas autant de votre aptitude à voler le mari des autres ! J'imagine que vous avez accepté ce travail dans le seul but de prendre une revanche mesquine et de m'importuner ?

— Telle n'était pas mon intention, mais cela pourrait rendre mon séjour ici encore plus intéressant.

Elle le vit avec satisfaction serrer les mâchoires tandis qu'elle ajoutait :

— Vous savez, tout ne tourne pas autour de votre petite personne !

Elle regretta aussitôt ses paroles, non pas à cause de l'éclat de colère qui brilla dans les yeux de Cesare, mais parce qu'il ne servait à rien de le provoquer alors qu'elle était sous son toit.

— J'ai accepté ce travail parce que...

Bonne question.

Pourquoi l'avait-elle accepté, en fait ?

— Comment aurais-je pu laisser passer l'immense chance de vous croiser chaque jour et m'entretenir avec vous de façon si courtoise ?

Anna se souvint tout à coup de Rosie, quelques mois après la fin de sa liaison, lui avouant à quel point son amant lui manquait. Elle mourait d'envie d'entendre sa voix, de le voir, de sentir son corps contre le sien... Chassant ce souvenir gênant, elle se demanda si sa réplique, qu'elle avait voulue sarcastique, n'avait pas un fond de vérité. A cette idée, elle sentit la panique s'emparer d'elle.

Elle essaya de se rassurer en pensant qu'elle n'était pas du style à s'accrocher à un homme, surtout s'il ne voulait pas d'elle. En admettant que cela lui arrive un jour, ce ne serait certainement pas avec celui-là !

Cesare représentait tout ce qu'elle détestait et ce dont elle s'était juré de se protéger.

Malgré elle, Anna fit un pas en arrière en voyant Cesare s'éloigner du mur contre lequel il était appuyé, le regard animé d'un mépris amusé.

— Les occasions de me rencontrer ne manqueront pas.

Cesare crut apercevoir un éclair de panique dans le regard si expressif de la jeune femme. Pour une femme supposée avoir une grande expérience du mensonge et des tromperies, elle ne cachait pas très bien ses réactions.

Anna se demanda si elle devait interpréter la réponse de Cesare comme une promesse ou une menace, mais préféra ne pas savoir.

— Je... je pensais que votre travail vous amenait à vous absenter souvent.

— Je suis mon propre patron, libre à moi d'organiser mon emploi du temps.

— Vous avez bien de la chance... Je me contenterais pour ma part d'un emploi fixe ! lança Anna avec rancœur.

— Suis-je censé me sentir coupable de votre situation actuelle ? Vous avez peut-être péché par excès de confiance en abandonnant votre poste avant de vous assurer d'en avoir trouvé un autre. A moins que vous n'ayez préféré partir avant d'être mise à la porte ?

— Si vous aviez pris la peine de lire mon CV, vous sauriez que l'école dans laquelle je travaillais à Londres a dû fermer ses portes.

Elle avait été heureuse dans cet établissement où, en tant que directrice adjointe, elle avait pu conserver un contact avec les enfants. A l'annonce de la fermeture prochaine de l'école, ses collègues ainsi que sa famille l'avaient encouragée à se présenter pour un poste de directrice.

A priori, Cesare pensait en savoir suffisamment sur elle pour ne pas éprouver le besoin de lire son CV.

— Et trouver un poste est si difficile que vous avez dû vous résoudre à envisager de déménager à l'autre bout du pays ?

— Insinuez-vous que seul un professeur dans une situation

désespérée serait capable de présenter sa candidature dans cette ville ?

— Je dis seulement qu'une femme telle que vous s'ennuierait très vite et que les enfants ont besoin de stabilité.

— Monsieur Urquart, vous ne me connaissez pas...

Il eut un petit rire cynique.

— J'en sais sans doute plus sur vous que vous ne le pensez.

Incapable de contenir son exaspération, Anna leva les yeux au ciel.

— Ce que je peux vous dire n'a aucune importance, n'est-ce pas ? Vous restez sur vos positions sans même me laisser le loisir de m'exprimer !

Ignorant la petite voix qui lui soufflait qu'il n'avait peut-être pas fait preuve d'objectivité, Cesare répondit à son accusation d'un ton sec :

— Ma décision se fondait sur des faits concrets et n'avait rien de personnel.

— Permettez-moi d'en douter, rétorqua Anna avec un sourire moqueur.

— De toute façon, maintenant vous êtes là. Angel fait toujours ce qu'elle veut.

Anna serra les bras sur sa poitrine dans l'espoir de cacher la réaction physique que provoquait en elle le magnétisme de Cesare.

Comment était-il possible de détester un homme tout en succombant à sa sensualité brute ? Au lieu de nier la force qui la poussait vers lui elle aurait mieux fait d'employer son énergie à la combattre... et à se défendre.

— On dirait que cela vous gêne.

Il était évident qu'il devait préférer les femmes dociles, prêtes à tout pour flatter son ego et toucher son corps magnifique... ferme... viril.

Elle refoula cette pensée déplacée, se rappelant qu'elle était différente et préférait les hommes stables et rassurants, comme Mark, son ex, même si leur relation s'était mal terminée.

— Ma sœur semble avoir confiance en vous...

Anna regarda sa bouche sensuelle et, malgré ses bonnes résolutions, sentit le désir se nicher au creux de son ventre.

— Et j'espère bien que vous allez vous montrer à la hauteur de ses attentes.

— Est-ce une menace, monsieur Urquart ?

— Prenez-le comme vous voudrez, mademoiselle Henderson.

Anna soutint son regard, et sentit un frisson d'excitation parcourir son corps malgré cet avertissement.

Cesare baissa les yeux le premier. Les laissant glisser sur son cou, il imagina ses lèvres se poser sur la gorge d'Anna et ses mains caresser la courbe provocante de ses seins...

— Je ne tolère pas l'incompétence chez mes employés ! assena-t-il soudain.

— Je ne suis pas votre employée ! rétorqua-t-elle. Pourriez-vous à présent m'expliquer comment rejoindre la voiture afin que j'y prenne mes affaires ? Je dois me mettre au travail.

— Je vous rappelle que vous êtes sous mon toit. C'est moi qui dicte les règles, ici.

Sur ces mots, il s'éloigna sans lui avoir fourni le renseignement qu'elle attendait.

5

Le lendemain, après avoir déposé Jasmine chez son amie Samantha, Anna décida de profiter de ses quelques heures de liberté pour aller se promener sur le sentier qui longeait la côte.

La marche et l'air marin lui firent oublier le stress des derniers jours mais, en apercevant la masse imposante du château sur le chemin du retour, elle ralentit le pas à l'idée d'en retrouver le propriétaire. Elle se souvint alors que Mme Mack, la gouvernante, lui avait confié le matin même que Cesare avait pour habitude de prendre un vol pour Rome le lundi matin et de revenir en milieu de semaine.

Elle éprouva un réel soulagement à la perspective de ces quelques jours de tranquillité car, la veille, Cesare avait fait irruption à plusieurs reprises tandis qu'elle s'occupait de Jasmine, cherchant a priori à la prendre en défaut. Elle en était même arrivée à se demander s'il n'avait pas truffé sa chambre de micros !

Anna ne s'était pas attendue à ce qu'il revienne sur sa position, mais avait espéré qu'il accepte sa présence et la laisse travailler. Elle s'était trompée. Il lui menait une guerre d'usure.

Elle n'avait pas le droit de lui demander de se tenir à l'écart, puisque Jasmine était sa nièce et que, de toute évidence, tous deux s'adoraient. A ce propos, elle devait d'ailleurs reconnaître qu'il avait au moins une qualité : il aimait les enfants.

Il ne fallait cependant pas qu'il s'imagine pouvoir la déstabiliser : elle ne se laisserait pas faire. Elle savait qu'il cherchait la moindre excuse pour se débarrasser d'elle et était bien déterminée à ne pas la lui fournir.

Jetant un coup d'œil à sa montre, elle s'aperçut qu'elle avait encore une heure de libre avant d'aller chercher Jasmine. Se souvenant qu'elle avait téléchargé un nouveau roman sur sa tablette, elle décida d'aller la chercher. Bien que le château reste encore un véritable labyrinthe à ses yeux, elle savait que le chemin le plus direct pour rejoindre son appartement était d'emprunter un long couloir à partir de l'entrée principale.

En passant devant une porte ouverte sur un salon elle aperçut, reflétés dans un grand miroir, des murs recouverts de livres et un feu brûlant dans une grande cheminée de pierre.

Les livres avaient un attrait tout particulier pour elle. Bien qu'appréciant le côté pratique d'une tablette, elle aimait beaucoup le toucher du papier. Elle se décida alors à entrer dans la pièce, un salon de taille réduite mais meublé avec élégance et chaleureux.

Elle inspira profondément et murmura :

— Comme ça sent bon !

— C'est le parfum des ans et du feu de bois, répondit Cesare, pensant à une fragrance beaucoup plus douce : celle qu'Anna portait et qui lui avait remué les sens dès son entrée dans la pièce.

Anna fit volte-face au moment où il se levait avec une grâce fluide d'un fauteuil faisant face à la fenêtre. Elle le regarda et sentit une vague de chaleur se diffuser dans tout son corps.

— Que faites-vous là ?

Il haussa un sourcil ironique.

— Je voulais dire... je pensais que vous étiez parti, sinon je ne me serais pas...

— Laissé surprendre ?

— Je suis désolée. Je n'ai pas pu résister à l'attrait des livres. Cette bibliothèque est magnifique.

— C'est aussi mon avis.

Un long silence s'installa pendant lequel Anna s'efforça de chasser les images érotiques qui, malgré elle, s'imposaient à son esprit à la vue du grand corps musclé de Cesare.

— C'est la pièce où je travaille lorsque je suis à la maison.

Il n'avait pourtant pas réussi à se mettre au travail, tant la tension qui l'habitait depuis la veille l'empêchait de se concentrer.

Anna jeta alors un regard alentour sans voir la moindre preuve d'un travail en cours mais résista à l'envie de le lui faire remarquer.

— Je suis désolée de vous avoir dérangé.

Soucieuse de lui prouver sa bonne foi, elle se dirigea vers la porte en ajoutant :

— Je vais vous laisser tranquille...

Comme si je pouvais être tranquille ! pensa Cesare en posant d'un air distrait un doigt sur ses lèvres alors qu'il s'imaginait déjà l'embrasser et lui faire l'amour. Il ignorait pourquoi il ressentait un tel désir pour cette femme, mais une chose était certaine : il ne trouverait pas la paix avant de l'avoir chassée de sa maison, de sa vie et de ses pensées.

Cela aurait été bien plus facile si Jasmine ne s'était pas déjà entichée d'elle. Tout comme son impulsive de mère, il avait suffi d'un regard à la petite fille pour décider qu'Anna Henderson était merveilleuse.

Il ne put s'empêcher de baisser les yeux vers ses lèvres, qu'il imagina gonflées sous ses baisers.

— Où est ma nièce ?

Anna se retourna, ses cheveux lui balayant le visage.

— Elle est allée jouer chez une amie.

— Vous n'avez pas attendu longtemps pour vous débarrasser d'elle !

Irritée par cette accusation ridicule, Anna répliqua en revenant vers lui :

— Jasmine m'a demandé d'aller chez Samantha. Je n'allais tout de même pas le lui interdire et l'enfermer dans sa chambre !

Elle se planta devant lui, les mains sur les hanches et le menton relevé, sa poitrine se soulevant rapidement sous l'effet de l'indignation.

— Et vous, pourquoi êtes-vous ici ? Ne seriez-vous pas resté dans le seul but de me harceler, par hasard ?

— Pardon ?

Anna perçut dans la profondeur de son regard un éclat si particulier qu'elle sentit un frisson la parcourir, un mélange de crainte et d'attente fébrile qui lui dicta de s'éloigner de lui au plus vite. Mais, déjà, il continuait.

— Je n'ai jamais harcelé aucune femme...

— Vous savez très bien ce que je veux dire.

— Et je n'en ai d'ailleurs pas besoin !

— Vous m'en voyez ravie. Vous avez déjà fait en sorte que l'on me refuse ce poste, cela ne vous suffit pas ? A quoi bon continuer de me... persécuter ?

— En acceptant de venir ici, vous saviez à quoi vous en tenir. J'ai été on ne peut plus clair.

— Je sais, c'est votre maison et c'est vous qui commandez ici. J'ai aussi compris que vous guettiez l'occasion de me prendre en faute. Qu'espérez-vous, au juste ? Que je séduise un homme marié sous les yeux de Jasmine ?

L'entendant grommeler quelque chose en italien elle se tut aussitôt, furieuse d'avoir perdu son sang-froid et de lui avoir offert l'occasion de la remettre à sa place. Hypnotisée par la façon dont il la regardait, Anna sentit néanmoins à sa respiration hachée que, sous son masque de froideur, il était fou de rage.

— C'est très inconfortable pour moi de me sentir épiée et jugée en permanence.

— Si cela ne vous plaît pas, vous avez toujours la possibilité de faire vos valises et de partir !

— Je vous remercie ! Est-ce là un exemple de la fameuse hospitalité des Highlands, ou encore du chaleureux accueil italien ?

Anna le vit serrer les lèvres mais, au lieu de répondre, il se contenta de garder un silence hautain qui déclencha la colère de la jeune femme, lui faisant perdre le peu de maîtrise qui lui restait.

— Quel est votre problème, au juste ? Auriez-vous peur de moi ?

Sans dire un mot, il tendit la main et Anna sentit son doigt se poser sur sa joue. Ce geste si doux contrastait tant avec la violence des émotions qui électrisaient l'atmosphère qu'elle ferma les yeux et ne put s'empêcher de tendre de façon imperceptible le visage vers lui, le corps embrasé par la chaleur de sa peau si proche, tandis que ses jambes menaçaient de ne plus la soutenir.

A ce moment-là, il la repoussa et fit un pas en arrière. Interloquée, Anna frissonna mais se ressaisit sans attendre.

— Qu'espériez-vous prouver en faisant cela ?

Cesare n'avait pas cherché à prouver quoi que ce soit. Que s'imaginait-elle ? C'était elle qui l'avait poussé à agir ainsi, comme si elle ne le savait pas !

Il se rendit alors compte qu'il venait de se comporter comme ces hommes qu'il avait connus dans son enfance et qui, bien qu'intelligents, se rendaient ridicules pour les beaux yeux de sa mère. Même si cette dernière ne faisait jamais preuve d'une cruauté délibérée, elle savait quoi faire pour arriver à ses fins.

Sa mère qui, invariablement attirée par des hommes mariés, leur brisait le cœur lorsqu'elle finissait par rompre, insensible à leur chagrin.

La femme qui se trouvait à présent sous son toit agissait de même avec lui, mais elle ne savait pas à qui elle avait affaire. Il n'était pas faible et naïf comme Paul, pas plus qu'il n'était marié ni prêt à se laisser envoûter par sa douce voix et ses grands yeux bleus innocents. Il ne serait jamais sa victime et se sentait même capable de lui faire payer un jour ce qu'elle avait fait aux autres.

Pour l'instant, il préférait cependant se tenir le plus loin possible d'elle. Il voulait qu'elle parte !

— Je sais que vous me prenez pour une briseuse de ménages, mais je ne suis pas...

Elle stoppa net, songeant qu'elle ne lui devait aucune explication. Mieux valait le laisser penser ce qu'il voulait, le plus important étant de protéger Rosie qui n'était pas là pour se défendre.

— ... si désespérée.

— Que voulez-vous dire ?

— Eh bien... Vous êtes la seule personne ici à qui je pourrais m'attaquer, précisa-t-elle avec un petit rire.

Ne le voyant pas réagir, elle craignit soudain qu'il n'ait pris sa boutade pour une proposition.

— Rassurez-vous, cela ne risque pas d'arriver.

Cesare sourit, éveillant par là-même une nuée de papillons dans le ventre d'Anna qui lui rendit son sourire en relevant le menton.

— Me trouvez-vous si repoussant ? demanda-t-il avec l'aplomb d'un homme assuré de son pouvoir de séduction.

— Il n'y a pas que le physique qui compte ! répliqua-t-elle agacée.

— Suis-je bête ! Une femme aussi rusée que vous ne risque pas de jeter son dévolu sur un homme qui n'a pas les moyens de lui offrir certains avantages matériels.

Elle aurait dû se contenter de hausser les épaules mais devint rouge de colère car, bien qu'il l'ignorât, c'était Rosie qu'il venait d'insulter. Qui était-il pour faire la leçon aux autres, lui dont, de l'aveu de sa propre sœur, la réputation de don Juan n'était plus à faire ? A en croire les informations qu'Anna avait par la suite trouvées sur internet, Angel n'avait pas exagéré !

Cesare regarda le visage d'Anna changer de couleur. La voilà qui rougissait, à présent ! Cela était sans doute charmant aux yeux des hommes qui aimaient les femmes inexpérimentées, mais lui les préférait plus mûres, et surtout dépourvues de toute exigence.

Il devait cependant faire preuve de vigilance car Anna avait autant d'expérience que ses partenaires habituelles, mais la dissimulait à l'aide d'artifices méprisables. Sa lucidité n'atténuait pourtant pas le désir qui le rongeait. Il avait de plus la certitude que si jamais il la touchait, il ne pourrait plus revenir en arrière.

— Votre modestie est certes attachante, mais je pense pouvoir trouver mieux qu'un ancien coureur automobile imbu de sa personne. Vous êtes plutôt bel homme, mais certainement pas aussi irrésistible que vous le pensez.

Il l'avait bien mérité : elle se sentait dorénavant prête à tout pour défendre Rosie !

Cesare, qui l'avait observée prendre un malin plaisir à le rabaisser, abaissa les yeux vers sa bouche, songeant qu'il en prendrait autant à le lui faire regretter. A cette simple idée, il sentit le désir battre douloureusement dans son bas-ventre.

Anna, surprise d'entendre Cesare se mettre soudain à rire, n'eut pas le temps de réagir lorsqu'il fit un pas vers elle sans la quitter des yeux. D'un mouvement fluide, il passa un bras autour de sa taille, l'attira contre lui puis s'empara de sa bouche.

Sentant alors une douce chaleur l'envahir, qui se transforma vite en brasier, elle se laissa aller contre lui.

Son odeur musquée virile et la chaleur de son corps souple s'insinuèrent en elle et elle sentit la puissance du désir qu'il ne cherchait nullement à dissimuler. Nouant les bras autour de son cou, elle se pressa davantage contre lui, laissa échapper un gémissement rauque et entrouvrit les lèvres afin de s'abandonner à sa langue experte.

Elle sentit soudain sa tête tourner, ses jambes flageoler, son cœur battre à tout rompre et un flot brûlant courir dans ses veines tandis qu'alanguie elle succombait à la puissance de ce baiser.

Lorsqu'il s'écarta d'elle, elle resta pantelante, en proie à de vertigineuses sensations. La réalité s'imposant alors à son esprit embrumé, elle posa les mains contre sa poitrine musclée pour tenter de le repousser. Cesare recula d'un pas. Surprise, elle tituba avant de retrouver son équilibre.

— Allez-vous en ! lança-t-il, sans savoir s'il était plus furieux contre lui-même ou contre Anna qui l'avait provoqué, mais comprenant à présent pourquoi Paul avait succombé à son charme.

Anna, tremblante, resta d'abord figée, partagée entre la honte et la stupéfaction, puis réussit à relever le menton pour répondre d'un ton impérieux :

— Vous ne pouvez pas me renvoyer, je ne suis pas votre employée.

— Telle n'était pas mon intention. Je vous demandais

seulement de disparaître de ma vue. A moins que vous ne souhaitiez recommencer ?

Anna, recouvrant soudain l'usage de ses jambes, sortit sans un mot. Ce n'était pas le choix le plus digne, mais sans aucun doute le plus sensé !

6

Le lendemain matin, Anna déploya des trésors d'ingéniosité afin d'éviter de croiser Cesare. Elle avait l'impression de sentir sa présence en permanence et en était arrivée à sursauter au moindre bruit, à tel point que Jasmine finit par lui demander si elle allait bien. Surprise qu'une enfant de cinq ans puisse ressentir à ce point ses angoisses, Anna s'efforça de se calmer.

Elle se sentit ridicule de se déplacer en prenant garde de ne faire aucun bruit et de se comporter comme si elle était coupable. C'était lui qui l'avait embrassée la veille et, même si elle avait répondu à son baiser avec une ardeur dont elle ne se serait jamais crue capable, elle devait oublier ce moment d'égarement.

Comprenant alors qu'elle ne pouvait éviter de le rencontrer, elle choisit de l'affronter.

Forte de cette décision, elle partit à sa recherche et découvrit qu'il s'était envolé pour Rome tôt au petit matin.

Bon débarras !

Légèrement déçue malgré tout, elle consacra sa journée à jouer et à se promener avec Jasmine. Voir le monde à travers les yeux des enfants était pour elle une expérience incomparable et la raison pour laquelle elle aimait enseigner. De plus, Jasmine était adorable.

Cependant, Anna savait que son répit n'était que temporaire, comme le lui avait expliqué la gouvernante, Cesare devait revenir le vendredi à Killaran, mais pas seul.

Le jour du retour de Cesare, Anna, partie explorer les environs avec Jasmine, ne vit pas sa compagne descendre de l'hélicoptère avec lui. Elle apprit sa présence en arrivant dans la cuisine où les membres du personnel attablés autour de la grande table de la cuisine buvaient le thé tout en commentant cet événement notable. A les croire, la jeune femme était très belle, blonde, grande et divorcée. Brillante avocate, elle avait environ une trentaine d'années et s'appelait Louise Grove.

Elle ne leur demanda pas comment ils étaient au courant de tous ces détails, pas plus qu'elle ne voulut admettre que ces informations la perturbaient.

Elle jeta un rapide coup d'œil à la petite table devant laquelle Jasmine, debout à côté de la cuisinière, examinait les gâteaux juste sortis du four, ne sachant lequel choisir pour son goûter. Parlant à voix basse afin de ne pas être entendue de la fillette, Anna posa enfin la question qui lui brûlait les lèvres :

— Ce n'est tout de même pas la première fois qu'il amène ici une de ses petites amies, si ?

A en croire les médias, elles étaient nombreuses et se succédaient à une vitesse étonnante !

C'était pourtant le cas : Cesare n'avait jusque-là ramené aucune de ses conquêtes à Killaran. Il y donnait pourtant de fréquentes réceptions, précisèrent les employés, profitant de l'occasion pour lui énumérer avec fierté les noms des différents membres de l'aristocratie, acteurs de cinéma et diplomates qu'ils avaient eu l'honneur de servir.

— Il est donc évident que celle-ci doit avoir une importance toute particulière.

Et tous de se demander quand le mariage aurait lieu, si cela apporterait des changements pour eux et si cette personne était digne de lui.

— Qu'en pensez-vous, Anna ?

— Qu'elle mérite notre pitié !

Sa réplique acerbe lui valut des regards surpris car, aussi bizarre que cela puisse paraître, l'ensemble des employés semblaient très attachés à Cesare.

Anna haussa les épaules.

— Pensez-vous vraiment qu'un séducteur impénitent puisse changer du jour au lendemain même s'il se marie ?

Avant même que l'un d'eux n'ait eu le temps de lui répondre, une petite voix s'éleva :

— C'est quoi un séducteur im... pétent ?

Une rougeur coupable envahit les joues d'Anna lorsque, se tournant, elle découvrit la petite fille, une tranche de cake à la main.

— Vous parliez d'oncle Cesare ?

Son regard vert s'illuminant, elle s'exclama :

— Il est revenu ?

— Il vient juste d'arriver, ma chérie.

Jasmine se rua alors hors de la pièce en criant de joie. Dans sa hâte de la suivre, Anna heurta la table et renversa une tasse de thé, ce qui laissa à la fillette le temps d'atteindre la porte de la bibliothèque.

— Attends, Jasmine ! Ton oncle est sans doute occupé.

Anna éprouva un sentiment de malaise en imaginant Cesare serrant dans ses bras cette jolie blonde.

— Ce n'est pas grave, rétorqua la petite fille avec confiance en ouvrant déjà la porte.

A peine monté dans l'hélicoptère, Cesare avait regretté sa décision impulsive d'inviter Louise. Il avait toujours jusque-là compartimenté sa vie et, bien que n'ayant jamais abordé le sujet avec Angel, il savait qu'elle n'aurait pas apprécié de le voir s'afficher avec l'une de ses maîtresses devant sa fille.

Dans leur enfance, sa sœur et lui avaient fait la douloureuse expérience de s'attacher à des hommes qui avaient un temps partagé la vie de leur mère pour ensuite disparaître du jour au lendemain — même si dans certains cas ils avaient été ravis de ne plus avoir à supporter leur présence.

Cesare avait néanmoins toujours réussi à gérer ces situations, surtout à partir du moment où, d'adolescent dégingandé, il s'était transformé en homme musclé de près d'un mètre quatre-vingt-dix. Angel avait eu plus de mal, surtout lorsque Cesare, parti étudier à l'université, n'avait plus été là pour la protéger. Il gardait un souvenir pénible du jour où, pendant les fêtes de fin d'année, il avait surpris sa sœur, âgée de quatorze ans à l'époque, en train de repousser tant bien que mal les avances d'un de ces « oncles » trop pressant.

L'oncle en question avait pour finir passé Noël à l'hôpital, la mâchoire fracturée, tandis qu'Angel et lui s'installaient à l'hôtel. A la suite de cet incident, Angel avait passé la plupart des week-ends et de ses vacances sous la bonne garde de son frère.

Cesare chassa de son esprit cet épisode douloureux pour se concentrer sur le présent. Pourquoi se faisait-il du souci ? Louise n'était là que pour deux jours.

Il l'avait retrouvée au cours d'une réunion où elle défendait les droits de la partie adverse. Assis face à elle, il avait alors songé que cette ravissante jeune femme était la solution idéale à ses problèmes. Lorsque, à l'issue de la réunion, il l'avait abordée, Louise ne s'était pas fait prier, lui laissant entendre qu'elle était toute disposée à reprendre leur liaison. Elle devait s'envoler pour Paris le soir même, mais lui avait affirmé qu'elle serait de retour à Londres le lendemain et libre en fin de semaine.

— J'avais prévu de rentrer en Ecosse, avait-il répondu avant de s'entendre ajouter : Pourquoi ne viendrais-tu pas avec moi ?

Sa proposition ayant été acceptée sur-le-champ, il lui avait été impossible de se rétracter. Pourquoi l'aurait-il fait, d'ailleurs ? Un week-end avec la belle Louise dans son lit ne pouvait que l'aider à oublier cette jolie rousse qui menaçait de devenir une obsession.

Il n'avait pas vu Anna à son arrivée, pas plus que Jasmine qui d'habitude se précipitait pour l'accueillir et réclamer le cadeau qu'il ne manquait jamais de lui rapporter de ses nombreux voyages.

— Ta maison est magnifique, commenta Louise avec un sourire charmeur.

— Et je n'imaginais pas qu'elle puisse receler une collection aussi rare, ajouta-t-elle en caressant du doigt la couverture reliée d'une édition originale.

La porte s'ouvrit soudain sur Jasmine qui traversa la pièce en courant pour se jeter dans ses bras.

— Excusez-m… nous, bredouilla Anna qui venait à son tour de faire irruption.

— Qu'est-ce que tu m'as rapporté ?

— Qui t'a dit que j'avais quelque chose pour toi, ma chérie ?

Cesare, un sourire complice aux lèvres, sortit un petit paquet de sa poche. Tandis que Jasmine s'empressait de l'ouvrir, il reporta son attention sur Anna et se leva.

Malgré la présence de Louise, un soudain élan de désir lui embrasa le corps, l'obligeant à admettre qu'il n'avait pas invité la belle avocate pour le simple plaisir de sa compagnie, au demeurant charmante, mais plutôt pour montrer à Anna Henderson qu'il existait des hommes capables de l'embrasser et de ne plus penser à elle par la suite. Il voyait à présent que ce besoin de prouver quelque chose, y compris à lui-même, était une preuve de faiblesse. Vouloir provoquer sa jalousie… était révélateur de l'intérêt qu'il lui portait.

Il ne pouvait détacher les yeux d'Anna, en train de sourire à Jasmine, de son visage aux traits délicats, aux joues rosies, au nez parsemé de taches de rousseur, et dont la bouche promettait des trésors de sensualité.

Il s'efforça alors de penser à Paul dans l'espoir d'éteindre le brasier qui avait enflammé son corps. En vain.

— Oncle Cesare, tu sais, on a soulevé une énorme pierre. Il y avait plein de petites bêtes rampantes dessous ! Tu sais combien on en a compté ? Devine !

Cesare détacha à grand-peine son regard et se tourna vers la fillette qui tirait avec insistance sur sa manche.

— Tu m'écoutes ?

— Un million ?

— Mais non, bêta, vingt-deux !

Le regard insistant de Cesare avait réussi à venir à bout des bonnes résolutions d'Anna. Elle qui n'avait jamais désiré vivre de passion après avoir vu le désespoir de Rosie comprenait à présent qu'il puisse être difficile d'éviter de succomber à la tentation.

Cela ne risquait pourtant pas de lui arriver ! Le cœur battant, elle observa Cesare : son sourire adoucissait ses traits, le rendant encore plus séduisant.

Au moment où elle sentait faiblir dangereusement son hostilité envers cet homme, elle se rappela qu'elle ne devait pas laisser tomber sa garde.

Elle jeta un regard furtif à la compagne de Cesare. Louise était grande et très belle dans son élégant chemisier de soie rentré dans un large pantalon de lin qui mettait en valeur ses longues jambes et sa taille fine. Des cheveux brillants coupés au carré encadraient son visage aux traits altiers. Anna se sentit bien insignifiante à côté de cette beauté mais se rassura en pensant que la présence de cette femme au château lui éviterait de croiser Cesare.

— Regarde mon cadeau, Anna !

Anna prit le temps d'examiner la ravissante maison miniature de bois sculpté.

— Ta collection s'agrandit !

La fillette lui avait confié son intention de construire tout un village avec les pièces que son oncle lui rapportait de ses nombreux voyages.

— J'ai presque une rue entière maintenant, plus l'église. Merci, oncle Cesare !

— Je t'en prie, ma chérie.

Il posa alors la main sur le bras de Louise qui s'était approchée.

— Voici ma nièce, Jasmine. Jas, peux-tu dire bonjour à Mlle Grove ?

— Bonjour, madame.

— J'ignorais que tu avais une nièce. Elle est adorable.

Elle ajouta à l'intention de Jasmine :

— Tu peux m'appeler tante Louise.

— Pourquoi ? Tu n'es pas ma tante !

Se penchant vers Jasmine, Louise eut soudain un mouvement de recul.

— Mon Dieu, elle est couverte de boue !

— Anna aussi ! rétorqua Jasmine, sur la défensive.

— Mais je ne suis pas barbouillée de confiture, répliqua Anna tout en sortant un mouchoir de sa poche pour essuyer la petite bouche de la fillette.

Anna sentit ses joues devenir brûlantes sous le regard de Cesare et de son invitée.

— Tu as raison, elle aussi, constata cette dernière en fronçant le nez avant de se tourner vers Anna :

— Vous êtes la nounou ?

Ne sachant que répondre, Anna lança un coup d'œil en direction de Cesare.

— Mlle Henderson fait office à la fois de baby-sitter et d'institutrice pour quelques semaines, jusqu'au retour de ma sœur.

Jasmine tira sur la manche de son oncle.

— Appelle-la Anna, c'est pas ma maîtresse ! répliqua-t-elle en éclatant de rire.

Un silence lourd de sens s'installa.

— J'admire les enseignants et les gens capables de consacrer leur temps aux enfants, déclara Louise de façon inattendue, grimpant aussitôt dans l'estime d'Anna.

Elle marqua une pause, puis ajouta :

— Je ne m'imagine vraiment pas faire ce travail, même s'il laisse beaucoup de temps libre...

Anna afficha un sourire figé et révisa sur-le-champ son impression.

— Les enfants sont notre avenir...

Face à cette platitude, Anna se retint de lever les yeux au ciel tandis que Cesare, faisant comme s'il venait d'entendre une vérité profonde, répondait avec sérieux :

— C'est tellement vrai, Louise.

— J'ai surtout la conviction, poursuivit-il, que les personnes qui s'occupent d'enfants doivent être au-dessus de tout reproche, pas vous, mademoiselle Henderson ?

Ignorant la pique, Anna releva le menton.

— Ce n'est pas à moi qu'il faut demander ça. Vous savez bien que je ne fais ce travail que pour l'argent, le statut et le prestige ! Viens Jasmine, il est grand temps d'aller nous débarbouiller.

Anna crut surprendre une lueur amusée dans les yeux de Cesare, mais elle devait s'être trompée. Cet homme n'avait pas le sens de l'humour... juste un corps magnifique et un terrible sex-appeal.

Cesare, quant à lui, ne pouvait qu'admirer le sens de 1a repartie d'Anna. Il n'avait pas réussi jusque-là à la prendre en défaut. Ses inquiétudes initiales pour le bien-être de sa nièce avaient diminué et c'était du sien qu'il se souciait à présent : la présence de cette femme sous son toit le rendait fou.

— Je crains d'avoir offensé ta nounou, le taquina Louise.

— Ce n'est pas moi qui l'ai choisie, c'est ma sœur ! se défendit-il.

Regardant Anna s'éloigner dans la cour en contrebas, il remarqua sa démarche. Elle était comme elle : provocante ! Le balancement de ses hanches, la façon dont elle... Refusant de laisser le désir s'emparer de nouveau de lui, il lança d'une voix sifflante :

— C'est une sacrée emp...

Il stoppa net en rencontrant le regard étonné de Louise et s'efforça de lui sourire.

— Tu n'as qu'à te débarrasser d'elle.

— Rien ne me ferait plus plaisir.

Une maison sans son rire rauque, son parfum envoûtant, ses yeux bleus inquisiteurs...

Il savait qu'il aurait pu éviter de la croiser, mais pensait avoir le devoir de veiller sur le bien-être de Jasmine et d'être prêt à intervenir si besoin était.

Quelle noblesse d'âme ! ironisa une petite voix en lui.

— Tu as l'air contrarié, lui fit remarquer la jeune femme. Veux-tu que je jette un coup d'œil à son contrat ?

— Je doute qu'elle en ait un.

Louise le regarda d'un air surpris.

— Dans ce cas, d'un point de vue légal...

— J'apprécie ton offre mais je maîtrise la situation.

Si seulement c'était vrai ! poursuivit-il en son for intérieur.

Louise éclata soudain de rire.

— J'y suis ! C'est à cause de la nounou que tu es dans cet état, n'est-ce pas ? Je suis certaine qu'il se passe quelque chose entre vous deux.

— Bien sûr que non !

Louise n'était pas décidée à abandonner.

— Je me demandais aussi pourquoi tu m'avais invitée… J'ai compris : tu voulais la rendre jalouse !

— Ne sois pas ridicule !

— Eh bien, Cesare Urquart, on dirait que pour une fois dans ta vie c'est toi qui cours après quelqu'un…

7

Laissant Jasmine discuter avec sa mère devant l'ordinateur, Anna passa dans la pièce voisine pour prendre un appel sur son téléphone mobile.

Sa tante Jane lui apprit que Rosie avait eu des contractions dans la nuit et avait dû partir en toute hâte pour l'hôpital. Il s'agissait d'une fausse alerte car, après l'avoir examinée, le médecin avait conclu que le bébé était encore très haut et qu'elle pouvait rentrer chez elle. Anna ne put s'empêcher de rire en entendant le récit de leur départ précipité, mais regretta cependant de ne pouvoir partager ces moments avec elles et chargea sa tante d'embrasser sa cousine.

Après ce coup de fil, elle se sentit étrangement lasse. Sa famille lui manquait et l'idée de ne pas être aux côtés de Rosie au moment de la naissance l'attristait, même si elle savait sa cousine heureuse avec son mari. Anna espérait pouvoir aller passer les fêtes de Noël au Canada avec eux et leur nouveau-né. Elle aurait alors tout loisir de leur consacrer du temps et de profiter du bébé.

Lorsqu'elle revint dans la pièce, Jasmine était en train d'envoyer des baisers à sa maman devant l'écran.

— Sois gentille, va te coucher, maintenant. Maman te racontera une autre histoire demain, promis. Bonne nuit, ma puce.

Anna regarda Jasmine s'éloigner et comme elle se penchait vers l'ordinateur pour saluer Angel, son sourire s'évanouit en voyant des larmes couler sur les joues de la jeune femme.

— Que se passe-t-il ? demanda-t-elle en prenant place sur le siège que la fillette venait de libérer.

Angel s'essuya les joues.

— Jasmine me manque tellement. Si seulement je pouvais...

Elle s'interrompit et laissa échapper un soupir qui brisa le cœur d'Anna.

— Désolée, j'ai passé une mauvaise journée.

— Vous savez, poursuivit-elle, le soleil, le sable et les cocotiers... Vous n'imaginez pas combien il est pénible de vivre dans un palace, vêtue de tenues haute couture, coiffée et maquillée par des professionnels !

Anna ne fut pas dupe de son humour. Elle savait qu'Angel aurait volontiers abandonné tout ce luxe afin de pouvoir tenir sa fille dans ses bras et lui lire une histoire pour l'endormir.

— Et vous, comment allez-vous ? Est-ce que mon grand frère se tient bien ?

Anna, sans en avoir eu l'intention, se retrouva soudain en train de lui raconter l'arrivée inopinée de l'invitée de Cesare.

Angel en resta bouche bée.

— Je ne l'aurais jamais cru capable de faire une chose pareille. Comment est-elle ?

Anna tenta de lui dresser un portrait fidèle de la jeune femme mais douta de l'objectivité de sa description en entendant tomber le verdict d'Angel :

— Elle me fait l'effet d'être une horrible pimbêche.

Anna jeta un coup d'œil en direction de la table de chevet et soupira en regardant le réveil : 3 heures du matin, et elle ne dormait toujours pas.

Elle se tournait pour tenter de trouver le sommeil lorsqu'un faible bruit venant de la chambre de Jasmine se fit entendre. Anna s'assit aussitôt et tendit l'oreille : cette fois, une petite plainte s'éleva.

Elle bondit hors de son lit, enfila à la hâte un kimono et se précipita dans la chambre voisine. Avant d'aller se coucher, elle était venue voir la fillette et l'avait trouvée profondément endormie dans son petit lit à baldaquin, sa veilleuse allumée projetant des papillons sur le mur.

Jasmine était à présent assise sur son lit, le visage ruisselant de larmes. Ses joues étaient d'un rouge brillant.

— Je suis malade, Anna.

— Ma pauvre chérie !

Anna repoussa les boucles humides du front fiévreux de l'enfant.

— J'ai chaud !

— Ne t'inquiète pas, ma puce, on va vite arranger ça. Viens dans mes bras.

Anna la déshabilla et la plongea dans un bain. Elle lui mit ensuite un pyjama propre et l'installa dans un fauteuil pendant qu'elle changeait les draps.

Quelques instants plus tard, Jasmine, de retour dans son lit, semblait calme et disposée à se rendormir.

Après quatre ans passés à enseigner dans des classes de maternelle, Anna, même si elle n'était pas inquiète outre mesure, savait cependant que la première chose à faire avec un enfant malade était d'avertir les parents.

Angel étant absente, elle devait prévenir Cesare.

— J'ai soif, gémit soudain la petite fille.

Anna lui tendit un verre d'eau et la regarda boire à petites gorgées.

— Je veux ma maman.

Au bord des larmes, Jasmine renifla et une fossette se creusa sur son menton. Emue, Anna se pencha vers elle et la prit dans ses bras pour essayer de la réconforter. Si Angel avait pu voir sa fille en cet instant, contrat ou pas, elle aurait sans nul doute sauté dans le premier avion !

— Je sais, ma chérie. J'ai une idée : et si j'allais chercher oncle Cesare ?

Un petit sourire éclaira le visage de l'enfant.

— Oh oui ! Je veux qu'il vienne.

— D'accord. Attends-moi, je vais...

Tirer ton oncle des bras de sa maîtresse ? Mal à l'aise à l'idée d'aller le trouver au beau milieu de la nuit, Anna se reprit.

— Je serai de retour très vite.

En lui faisant visiter le château le jour de son arrivée, Mme Mack lui avait indiqué un escalier conduisant aux appartements de M. Urquart, précisant que cette partie était privée et interdite d'accès.

Le message avait été clair : très attachée à Cesare, la gouvernante mettait un point d'honneur à le protéger.

Anna avait écouté sans ciller le sermon sur la hiérarchie du château. Il en ressortait surtout que Cesare Urquart ne devait jamais être approché directement. Anna s'était retenue d'informer la gouvernante que son cher patron était en sécurité car elle ferait tout son possible pour l'éviter.

Pourtant, à 3 heures du matin cette nuit-là, cette règle devenait soudain obsolète. L'oncle de Jasmine risquait de trouver là une raison de la prendre en faute, mais Anna, sachant à quel point il aimait sa nièce, doutait qu'il utilise ce prétexte. Elle avait pourtant commis une erreur : en couchant Jasmine, elle avait remarqué ses joues rouges, mais les avait mises sur le compte du bain chaud qu'elle venait de lui donner au lieu de prendre sa température. Cesare risquant à juste titre le lui reprocher, elle se prépara à subir ses foudres.

Angel lui avait confié l'entière responsabilité de sa fille, mais Anna savait que dans une telle situation elle apprécierait certainement que son frère soit tenu informé afin de pouvoir donner son avis.

Arrivée en haut de l'escalier, elle pénétra dans le domaine de Cesare et découvrit une vaste entrée donnant sur plusieurs portes. Un rai de lumière filtrait sous l'une d'elles et des accents de jazz s'en échappaient. Il ne dormait donc pas... Etait-il insomniaque ? A moins que... ? Elle tenta de repousser les images qui s'imposaient à son esprit. Quoi que puissent faire Cesare et la belle Louise... cela ne la regardait pas.

Prenant son courage à deux mains, Anna frappa à la porte et attendit.

Au moment d'aller se coucher, Louise, espiègle, avait suggéré qu'étant donné les circonstances il valait peut-être mieux qu'elle dorme seule dans une chambre.

— A moins que tu n'envisages une soirée à trois, chéri ? Tu sais, je suis toujours partante pour la nouveauté !

Elle avait alors été stupéfaite, et surtout déçue de l'entendre répondre qu'il avait en effet du travail à finir et qu'il serait peut-être préférable qu'elle s'installe dans la chambre d'amis pour un soir.

Voilà pourquoi il était encore éveillé à cette heure avancée de la nuit. Comprenant qu'il ne parvenait pas à trouver le sommeil, il avait décidé de se rafraîchir.

— Fichue rouquine ! maugréa-t-il en sortant de la douche, seul moyen qu'il ait trouvé de remettre de l'ordre dans ses idées.

Savoir cette femme sous son toit le déstabilisait et l'empêchait de se concentrer.

Entendant soudain frapper à la porte, il saisit une serviette de toilette, la noua autour de ses hanches et, soucieux, se dirigea vers l'entrée. Il n'avait pas pour habitude d'envisager le pire, mais personne ne l'aurait dérangé à cette heure sans une raison sérieuse.

Anna se préparait à faire demi-tour lorsque la porte s'ouvrit. L'apparition de Cesare à demi nu, des gouttelettes scintillant sur son torse bronzé, lui fit oublier un instant la raison de sa présence.

— Je suis...

S'éclaircissant la voix, elle reprit :

— Je suis désolée de vous déranger, mais...

Avant qu'elle ne puisse achever sa phrase Cesare fit un pas vers elle, l'attrapa par la taille et la plaqua contre le mur du couloir.

Le souffle coupé, Anna resta un instant immobile puis, sentant son torse ferme contre ses seins, elle laissa échapper un petit cri aussitôt étouffé par les lèvres de Cesare.

Toute volonté évanouie, elle glissa alors dans un monde de sensualité pure. Frissonnant au contact des pierres froides dans son dos, elle se laissa aller contre Cesare et sentit ses jambes se dérober sous elle tandis qu'une onde brûlante lui balayait le corps.

Vibrante de désir, mais terrifiée à l'idée d'y céder, Anna rassembla assez de force pour poser les mains sur la poitrine de Cesare et murmurer :

— Non.

Secouant la tête elle répéta d'une voix plus ferme :

— Non, j'ai besoin de...

Elle sursauta en sentant la main de Cesare remonter le long de sa cuisse, sous son T-shirt.

Il la fixa, les yeux brillants, et lui sourit.

— Je sais ce dont vous avez besoin.

Elle frémit, certaine qu'il avait deviné ce que son corps réclamait si fort, ce qu'elle désirait avec tant d'ardeur. Elle savait pourtant qu'en acceptant sa domination sensuelle et en se laissant aller à savourer le plaisir qu'il lui offrait elle serait perdue.

Au prix d'un énorme effort, elle trouva enfin le courage de le repousser, mais Cesare l'attira de nouveau contre lui. Sentant la puissance de son désir, et voyant ses lèvres s'approcher des siennes, Anna réussit à balbutier :

— Jasmine, elle est... malade...

Cesare s'éloigna aussitôt.

— Pourquoi ne me l'avez-vous pas dit plus tôt ? s'exclama-t-il d'un ton brusque.

Anna le regarda, interdite. Le fait que cet homme capable de prodiguer de tels baisers et de la rendre folle de désir puisse changer d'attitude et redevenir en l'espace de quelques secondes brusque, glacial et distant la déroutait.

Elle tenta de renouer la ceinture de son kimono, mais ses doigts tremblaient si fort qu'elle renonça et croisa les bras devant sa poitrine.

— Vous ne m'en avez guère laissé le temps.

Cesare ne sembla pas percevoir l'ironie.

— Etes-vous sûre qu'elle est malade ? Il lui arrive de faire des cauchemars lorsqu'elle est inquiète...

— J'en suis certaine.

Leur conversation était surréaliste. Rien dans l'attitude de Cesare n'indiquait qu'un instant auparavant il était sur le point de l'emmener dans son lit. A sa grande honte, Anna s'avoua en se mordant la lèvre qu'elle l'y aurait suivi. Son désir pour lui n'ayant pas faibli, elle sentait encore une excitation interdite pétiller dans ses veines comme des bulles de champagne.

Elle ne se reconnaissait pas.

Cesare lui lança un regard accusateur.

— Jasmine est malade et vous la laissez seule ?

Pour arriver chez moi dans cette tenue ! faillit-il ajouter tandis que son regard glissait de son visage au léger kimono de soie ouvert sur un T-shirt trop large qu'il trouva pourtant très excitant sur elle.

Le moment était mal choisi !

Anna le regarda de ses grands yeux bleus blessés, telle une vierge innocente qu'il aurait offensée !

— Retournez auprès d'elle. Le temps de m'habiller, je vous rejoins tout de suite ! lança-t-il en tournant les talons et en disparaissant dans la salle de bains.

Anna s'éloigna, tremblante, en essayant de lui pardonner son manque de délicatesse. Quels que soient ses défauts, il aimait sa nièce et l'inquiétude était sans doute la raison de sa rudesse.

Quelques secondes plus tard, il la rattrapa dans le couloir.

— Il n'y a pas de raison de paniquer, le rassura-t-elle. Je ne pense pas que ce soit sérieux.

Cesare ne sembla pas apprécier sa remarque.

— Pourriez-vous me rappeler quelles sont vos compétences médicales ?

Accélérant le pas pour rester à sa hauteur, Anna rétorqua :

— Vous pouvez me considérer responsable si cela vous permet de vous défouler, mais sachez qu'il n'est pas rare que les enfants aient des accès de température. Il suffit alors d'être à leurs côtés, de les câliner, et dix minutes plus tard ils sont en pleine forme.

— Vous considérer responsable ? Comment le pourrais-je ?

Vous, l'innocente victime sur laquelle s'abattent tous les malheurs du monde, comme par exemple les hommes mariés…

— Allez-y, si cela vous fait plaisir, faites la liste de mes défauts…

Elle s'arrêta, mal à l'aise, se rendant soudain compte qu'elle était en train de rentrer dans la peau de son personnage.

Elle devait protéger Rosie sans pour cela devenir elle-même une victime. Ce n'était pas elle qui avait perdu un bébé puis failli y laisser la vie, mais sa cousine.

— Ça suffit, maintenant !

La main sur la poignée de la porte, Anna se retourna et dut lever les yeux vers l'homme qui la dépassait d'une tête.

— Je n'y suis pour rien si vous vous êtes disputé avec votre petite amie. Je vous prierais simplement de ne pas vous en prendre à moi et de ne pas me considérer non plus comme un substitut de votre maîtresse. J'ignore pourquoi vous n'êtes pas avec elle, et préfère d'ailleurs ne pas le savoir, mais je n'admets pas d'être traitée de la sorte !

— Cela n'avait pourtant pas l'air de vous contrarier sur le moment.

— Vous ne m'avez guère laissé le choix, vous avez juste… juste…

Incapable de trouver les mots appropriés, elle poursuivit en posant sur lui un regard froid :

— Je vous préviens, si vous posez de nouveau un doigt sur moi, je…

Il avait déjà posé plus d'un doigt sur elle et elle aurait tant souhaité qu'il continue !

Elle fut plutôt surprise de le voir incliner la tête en signe d'acquiescement.

— Et vous, faites en sorte de ne plus vous présenter chez moi dans cette tenue !

Anna porta les mains à ses joues brûlantes et s'efforça de reprendre contenance avant de rentrer dans la chambre de Jasmine.

Cesare se pencha aussitôt au-dessus du lit de sa nièce.

— Que t'arrive-t-il, mon ange ?

— Je veux maman…

Son petit ton plaintif sembla émouvoir Cesare.

— Je sais bien, mon cœur. Dis-moi comment tu te sens, maintenant ? Un peu mieux ?

La fillette parut réfléchir puis hocha la tête.

— C'est le gant magique d'Anna. Elle m'a essuyé le front avec et depuis je suis guérie. Tu en as un, toi aussi ?

— Non, mais j'ai d'autres tours de magie.

— Tu veux bien me chanter une chanson ? demanda-t-elle en tapotant le lit près d'elle.

Le matelas s'enfonça comme Cesare s'allongeait sur la couette colorée en regardant Anna d'un air de défi.

— Le rose vous sied à merveille, railla-t-elle.

Il se retint de riposter en présence de sa nièce.

— Si vous avez besoin de quelque chose, vous savez où me trouver.

Anna envoya un baiser à Jasmine, puis se dirigea vers la porte après avoir adressé un regard froid à son oncle.

— Ne pars pas, Anna, je veux que tu restes, supplia Jasmine, une petite moue triste aux lèvres.

Anna se retourna :

— Je crains qu'il n'y ait pas assez de place. Je vais juste...

— Viens ici !

Jasmine tapota l'autre côté du lit et, voyant qu'Anna ne réagissait pas, se mit à pleurer. Anna capitula à la première larme.

— D'accord, je vais rester avec toi jusqu'à ce que tu t'endormes.

Je partage un lit avec Cesare Urquart ! songea Anna avec ironie quelques instants plus tard. Son ex-fiancé en aurait été abasourdi, car elle avait toujours refusé de passer la nuit avec lui. C'était sans doute la perspective d'épouser une vierge qui l'avait effrayé.

Lorsque Mark l'avait quittée, il avait pourtant tenté de se justifier en l'accusant d'être frigide et elle s'était sentie mortifiée.

— Tu ne pars pas, d'accord ?

Immobile, chaque cellule de son corps consciente de la présence de l'homme allongé à quelques centimètres d'elle, Anna murmura :

— C'est promis.

Jasmine eut alors un petit rire satisfait.

— On est bien comme ça.

Le regard des deux adultes se croisa au-dessus de la tête de l'enfant. La lueur amusée dans les yeux de Cesare déclencha un demi-sourire sur le visage d'Anna qui, aussitôt, baissa les paupières. Elle ne voulait aucune complicité avec lui, préférant le considérer comme un ennemi, surtout après ce qui venait de se passer. C'était la seule façon de le maintenir à une distance respectueuse et d'éviter d'autres étreintes accidentelles.

— Oncle Cesare, chante-moi la chanson préférée de maman.

La voix de Cesare s'éleva, une belle voix de baryton. Bien que ne comprenant pas l'italien, Anna se laissa bercer par la mélodie douce et apaisante.

Elle sentit bientôt ses paupières s'alourdir.

Lorsqu'elle ouvrit les yeux, il faisait jour et elle était seule dans le lit. Le réveil indiquant 9 h 30, elle se leva d'un bond.

8

Regarder une femme dormir avait été une expérience inédite pour Cesare, qui n'avait pas l'habitude de passer la nuit avec ses conquêtes.

Incapable de trouver le sommeil et craignant, s'il quittait le lit, de réveiller Jasmine endormie dans ses bras, il avait eu tout loisir de contempler Anna assoupie à côté de la fillette.

Avec ses boucles auburn formant un halo autour de son visage à la peau fine comme de la porcelaine et parsemée de minuscules taches de rousseur, elle avait l'air d'un ange. Même quand elle était endormie, ses lèvres étaient d'une sensualité irrésistible. Ses paupières s'étant soudain mises à palpiter et sa respiration s'étant accélérée, Cesare s'était demandé à quoi elle pouvait penser.

Etait-elle en train de rêver de lui ?

Le reste de la nuit lui avait paru long. Au petit matin, les traits d'Anna étaient gravés dans sa mémoire. Lorsque Jasmine s'était réveillée, il lui avait fait un clin d'œil complice en posant un doigt sur ses lèvres, lui indiquant du menton la jeune femme endormie.

Jasmine avait compris tout de suite et adressé un grand sourire à son oncle avant de sortir du lit sans faire de bruit. Entièrement remise de son indisposition nocturne, elle avait pris un copieux petit déjeuner puis supplié Cesare de la laisser aller à l'écurie s'occuper d'un poulain qui venait de naître.

Cesare venait de confier la fillette au palefrenier, celui-là même qui lui avait appris à monter lorsqu'il était enfant, quand il entendit des pas légers derrière lui dans le hall.

— Désolée de te décevoir, mon chéri, ce n'est que moi.

Il aurait été difficile à Cesare de prétendre ne pas avoir senti son pouls s'accélérer face au regard entendu de Louise.

— J'allais te demander si tu avais bien dormi, mais j'imagine que ta nuit a été mouvementée.

Cesare, renonçant à satisfaire la curiosité mal déguisée de Louise, aperçut soudain un sac de voyage posé à côté de la porte d'entrée.

— Vu les circonstances, j'ai accepté de me rendre à la réception organisée chez les Crachan. Si je me souviens bien, ils t'avaient invité aussi. J'espère toutefois que mon départ ne te brisera pas le cœur, mon trésor...

Cesare lui adressa un sourire pincé.

— J'avais choisi de privilégier ton aimable compagnie mais étant donné... Bref, j'ai appelé Michael pour lui dire que j'avais pu me libérer...

Et elle lui envoya un baiser du bout des lèvres.

Cesare l'accompagna jusqu'au taxi qui l'attendait devant le perron, non sans apprécier cette élégante sortie.

Anna, partie à la recherche de Jasmine, arrivait dans la cuisine lorsque la sonnerie de son mobile retentit. En voyant un numéro canadien s'afficher, elle s'empressa de répondre.

— Scott ?

— Rassure-toi, tout va bien. Rosie et le bébé se portent à merveille. Annie pèse quatre kilos et nous sommes fous de joie. Ta cousine m'a chargé de t'embrasser.

Anna poussa un soupir de soulagement.

— C'est merveilleux. Je suis heureuse que tout se soit bien passé. Je n'ai pas arrêté de penser à vous.

— Nous avons hâte que tu viennes nous voir à Noël et que tu puisses prendre Annie dans tes bras. Prends soin de toi, Anna.

— Moi aussi, je meurs d'impatience de vous retrouver.

Anna envoya alors des baisers dans l'appareil et raccrocha, un sourire heureux aux lèvres. Faisant demi-tour, elle se trouva face à Cesare. Vêtu d'un costume sombre, l'air sérieux, il semblait bien différent de la veille. Elle sentit son sourire s'évanouir et son ventre se contracter à la vue de cet homme qui lui semblait chaque jour plus séduisant et dont la virilité la subjuguait.

En repensant au baiser qu'ils avaient échangé la veille, elle posa les yeux sur les lèvres sensuelles de Cesare. Sentant son cœur s'emballer, elle tenta en vain de détourner son regard.

Prise de panique, elle se demanda ce qui lui arrivait. Comment pouvait-elle avoir l'étrange impression d'être ressentie à lui alors qu'ils n'avaient jamais eu de réelle conversation et que Cesare se montrait depuis le début agressif, voire grossier avec elle ?

Cesare songeait avec amertume qu'il avait passé une nuit blanche dans le même lit que cette femme, et ressenti au réveil une frustration d'une intensité encore jamais égalée, tout cela pour finalement découvrir qu'elle avait rêvé d'un certain Scott !

Une subite rage, accompagnée d'un mépris tourné autant vers Anna que vers lui-même, menaça d'avoir raison de lui. Il essaya de se calmer. Sachant qui elle était et ce qu'elle était capable de faire, pourquoi la conversation qu'il venait de surprendre le perturbait-elle de la sorte ? Il aurait dû se douter qu'une femme comme elle ne pouvait pas rester seule bien longtemps !

— Bonjour.

Cesare ne daigna pas répondre, se contentant de hausser les sourcils. Anna se sentit soudain gênée avec ses cheveux en désordre et sa tenue de sport enfilée à la hâte. Mais après tout, qu'en avait-elle à faire ? Malgré l'amour évident qu'il prodiguait sans compter à sa nièce, elle le trouvait grossier, exaspérant et imbu de lui-même. Oui, mais il embrassait comme…

Sentant une nouvelle vague de chaleur l'envahir, Anna baissa les yeux.

— Je suis désolée.

Elle se mordit la lèvre, regrettant aussitôt de s'être excusée.

Ce n'était pas parce qu'il la regardait d'un air malveillant qu'elle devait se sentir coupable !

— Je cherchais Jasmine. Comment va-t-elle, ce matin ? Vous auriez dû me réveiller !

— Elle est en pleine forme et je viens de l'accompagner à l'écurie car elle voulait voir le poulain. La prochaine fois qu'elle ne se sent pas bien, mademoiselle Henderson, je vous saurais gré de me prévenir tout de suite.

Anna avait l'impression d'avoir devant elle un homme différent de celui qui, la nuit précédente, avait chanté une berceuse. Le ton sec et froid de Cesare avait malgré elle réussi à la blesser.

Tandis qu'il continuait de la fixer d'un œil impitoyable, le nœud douloureux dans sa poitrine se mua soudain en colère.

— Je vous ferais remarquer que c'est exactement ce que j'ai fait ! Jasmine n'était pas malade lorsque je l'ai mise au lit.

— Ne prenez plus aucune décision concernant son état de santé sans me consulter. Est-ce clair, mademoiselle Henderson ?

— Comme de l'eau de roche, monsieur Urquart, répliqua-t-elle en lui lançant un regard glacial. Je vous promets de vous faire part de mes décisions si, de votre côté, vous vous engagez à ne plus me maltraiter.

Cesare, une lueur d'ironie dans le regard, rétorqua en haussant les épaules :

— Tant que vous ne venez pas frapper à ma porte à demi dévêtue à 3 heures du matin, cela ne devrait pas poser de problème.

— Croyez-moi, sauf en cas d'urgence comme hier c'est bien la dernière chose qui pourrait me tenter, car je ne voudrais surtout pas avoir à vous accuser de harcèlement sexuel. Au fait, comment va votre petite amie, ce matin ?

— Louise a été obligée de partir plus tôt que prévu. Quant à moi, je prends l'avion pour Rome en fin de matinée et vous verrai donc à mon retour. Encore une chose, mademoiselle Henderson : si vous avez l'intention de jouer la carte du harcèlement sexuel, il vaudrait mieux vous abstenir de répondre avec passion à mes baisers. On pourrait vous accuser d'envoyer des signaux contradictoires !

En franchissant les grilles de Killaran, Cesare savoura sa chance de bénéficier du microclimat de cette région des Highlands, constatant avec plaisir que le brouillard qui avait empêché son avion de décoller, le contraignant à faire un trajet long et difficile par la route, s'était dissipé.

Ce contretemps lui avait fait perdre une demi-journée, l'obligeant qui plus est à annuler sa participation à la réunion de l'équipe. Ce revirement de dernière minute avait déclenché des spéculations et les réseaux sociaux regorgeaient à présent d'histoires au sujet de leur pilote vedette partant pour l'équipe rivale.

Cesare jura dans sa barbe en reconnaissant la voiture stationnée devant le château et se gara à côté dans un crissement de pneus.

Que faisait Paul chez lui ? Savait-il qu'Anna était là ? L'avait-elle appelé pour... ? Après tout, il était possible qu'ils soient restés en contact, ou encore que leur liaison n'ait jamais cessé. A cette éventualité, il sentit son estomac se nouer.

Sa présence n'était peut-être que le simple fait du hasard ! Etait-il venu avec sa femme ? Dans ce cas, Clare avait-elle déjà fait la connaissance de l'ex-maîtresse de son mari ?

Arrivait-il trop tard pour éviter un drame ? A moins d'enfermer Anna dans l'un des donjons jusqu'à ce qu'il arrive à se débarrasser de ses hôtes indésirables, il ne voyait pas comment faire.

Il s'exhorta au calme : il n'avait en fait aucune raison de paniquer.

Paul était assez grand pour régler seul ses affaires, et il n'était pas responsable de la présence d'Anna. Il avait toutefois bien prédit qu'elle sèmerait la zizanie : c'était exactement ce qui était en train de se passer. Elle était on ne peut plus désirable... Et, même si leur liaison était bel et bien terminée depuis longtemps, Paul risquait de succomber de nouveau en la revoyant. Un regard d'Anna suffisait à faire oublier à un homme qu'il était marié...

Paul connaissait-il l'existence du fameux Scott ?

Une rage froide s'empara de lui.

Pourquoi tous ces hommes la laissaient-ils se jouer d'eux ?

Assise sur une souche au bord du lac, Anna regardait Jasmine jouer avec son chiot. Dressé sur ses pattes arrière, l'animal tirait de toutes ses forces sur le bâton que tenait la fillette.

Le rire éclatant de l'enfant amena un sourire sur le visage d'Anna, mais la tristesse continua de voiler ses yeux tandis qu'elle offrait son visage au vent, goûtait le sel sur ses lèvres et humait l'odeur de bruyère venue des collines. Elle n'arrivait pas à retrouver le sentiment de sérénité que lui procurait d'habitude ce paysage sauvage.

Le souvenir des événements de la veille accaparait son esprit. Elle se sentait fautive d'avoir laissé tomber ses défenses, ce qu'elle s'était juré de ne jamais faire après avoir vu à quoi l'amour avait poussé Rosie.

Elle tenta de se rassurer en se disant qu'il ne s'était rien passé. Du moins, pas encore...

Depuis qu'elle s'était réveillée, son corps ne cessait de revivre les sensations éprouvées dans les bras de Cesare et, à sa grande honte, elle savait à présent que, si les circonstances n'avaient pas mis fin à leur étreinte, elle se serait abandonnée...

Par chance, tout s'était arrêté à temps. Il lui fallait à présent revenir à la réalité et ne plus jamais confondre désir et amour...

Une douleur diffuse étreignait pourtant sa poitrine depuis sa rencontre avec Cesare, dans la cuisine. En plus de faire comme si rien ne s'était passé, il l'avait même accusée de l'avoir provoqué !

Même lorsque Mark l'avait laissée tomber, elle ne s'était pas sentie aussi abattue et vulnérable. Au-delà bien sûr de la tristesse qu'elle avait éprouvée à l'annonce de leur rupture, c'était peut-être l'absurdité de la situation qui l'avait frappée car elle avait tout planifié et était certaine de passer sa vie avec lui !

Plutôt que de laisser le destin mettre sur son chemin un preux chevalier risquant de la décevoir, elle avait préféré fréquenter un site de rencontres dans l'espoir de trouver un homme solide, sécurisant, qui, comme elle, pensait qu'un mariage fondé sur un respect mutuel et des centres d'intérêt communs avait plus de chances de survivre qu'une union fondée sur une attirance physique éphémère. Ses convictions n'avaient pourtant pas empêché Mark de la quitter, pour un mannequin, quelques semaines avant leur mariage. L'amour éternel n'avait pas été au rendez-vous !

Cette fois-ci, il ne s'agissait pas d'amour mais d'une attirance purement physique. Pourquoi ne s'autoriserait-elle pas à succomber à la tentation ?

Si tant est qu'il en ait envie, car il avait de toute évidence un faible pour les grandes blondes et ne lui aurait sans doute jamais accordé un regard en temps normal. Une querelle d'amoureux expliquait sans aucun doute l'absence de sa petite amie dans sa chambre la nuit précédente.

Durant sa courte carrière de pilote automobile, Cesare avait eu la réputation de garder son calme et de rester concentré en toute circonstance. A en juger par la réaction étonnée de Mme Mack qui l'avait accueilli à son arrivée, cette qualité lui faisait à présent défaut.

Craignant de se trahir davantage s'il ouvrait la bouche, il se contenta de la saluer d'un hochement de tête et de hausser un sourcil interrogateur en regardant la voiture de Paul.

— Monsieur Dane est dans la bibliothèque.

Cesare préféra ignorer l'air désapprobateur de sa gouvernante, n'osant imaginer sa réaction si elle découvrait par surprise leur hôte en pleine étreinte avec Anna. Cette image le torturait et s'imposa à lui jusqu'à ce qu'il ait ouvert la porte de la bibliothèque.

Paul était seul et, à en juger par le niveau de la bouteille qui se trouvait sur la table, il n'avait prodigué ses attentions qu'au whisky. Partager ses alcools ne dérangeait pas Cesare, mais, en revanche lorsqu'il s'agissait de sa… Quelle idée saugrenue ! Cette femme n'était rien pour lui…

Sa présence suffisait pourtant à le déstabiliser, surtout lorsqu'il songeait au fait qu'elle avait eu une liaison avec son ami !

— Quelle surprise, Paul ! Je ne m'attendais pas à te voir ici.

Malgré ses efforts, Cesare n'avait pas réussi à se montrer chaleureux.

Incapable de vivre ce suspense plus longtemps, il décida de poser directement la question à Paul. S'il était venu avec femme et enfants, cela permettrait peut-être à Anna de comprendre que les liaisons passagères n'avaient aucun sens et que la notion de famille était la plus forte.

Elle pouvait aussi retomber dans les bras de son amant...

— Clare et les garçons sont avec toi ? lança Cesare sans préambule.

Si tel était le cas, il ne lui resterait plus qu'à déployer des trésors de persuasion envers Mme Mack, qui avait menacé de prendre sa retraite après le dernier séjour des jumeaux au château.

Paul finit de se resservir et leva son verre en direction de Cesare :

— Clare m'a quitté. En fait, elle m'a mis à la porte.

Cesare se figea, en proie à la panique.

— Elle a tout découvert au sujet de Rosanna ?

Paul ne pouvait en aucun cas avoir avoué son infidélité, ce n'était pas son style. Il avait plutôt tendance à se décharger de ses problèmes sur ses amis et attendre qu'ils trouvent une solution à sa place. Cesare, qui en avait fait l'expérience à plusieurs reprises au cours des cinq années précédentes, éprouva un soudain sentiment de culpabilité.

Il était le débiteur de Paul. Celui-ci le savait, en profitait et continuerait de déverser ses problèmes sur lui. C'était une habitude, désormais.

Paul lui lança un regard embrumé par l'alcool.

— De qui ?

Il sembla soudain comprendre et sourit.

— Tu veux dire Rosie, ma délicieuse Rosie. Oh ! elle était si gentille... si... si sexy. La meilleure.

Cesare serra les poings sans pouvoir réprimer une grimace de dégoût.

— Non, rassure-toi, elle n'a jamais rien su pour Rosie. Tu sais, avec Rosie, c'était différent, nous avons vécu une véritable passion. Si j'avais...

Il soupira.

— Cette fois, ce n'était rien qu'une aventure d'une nuit.

Il signifia d'un claquement de doigts la brièveté de cette relation avant de prendre une nouvelle gorgée de malt de trente-cinq ans d'âge.

— Mais Clare ne veut rien entendre ! gémit-il. Elle refuse même de m'écouter.

Voyant que son ami ne manifestait aucune sympathie envers lui, il prit une autre gorgée de whisky.

— J'espérais que tu pourrais lui faire entendre raison, Cesare. Elle t'aime beaucoup et tu as un don avec les femmes.

— Il ne s'agit pas de don mais d'honnêteté, Paul.

Avant que son ami ne puisse répondre, la porte s'ouvrit. Le son distant du rire de Jasmine leur parvint, faisant écho aux aboiements excités du chiot. Anna fit alors irruption dans la pièce.

A sa démarche décidée et à l'éclat particulier qui brillait dans ses yeux, Cesare devina qu'elle était d'humeur batailleuse. Il eut le réflexe de se placer aussitôt devant Paul, espérant la lui dissimuler et regarda, fasciné, le jean moulant qui mettait en valeur les courbes fermes de son délicieux petit derrière et le pull vaporeux du même ton que ses yeux. Son visage sans aucun maquillage, rosi par le grand air, était éclatant.

— Bonjour. Je suis désolée de vous déranger mais, en voyant votre voiture, j'ai compris que vous étiez revenu.

— Je suis occupé pour l'instant. Ce que vous avez à me dire peut-il attendre ?

— Vous aviez émis le souhait d'être consulté pour toute décision importante et c'est la raison pour laquelle je suis ici. En promenant les chiens nous avons rencontré Samantha et sa maman qui ont invité Jasmine à passer la nuit chez elles. Je leur ai expliqué que je devais vous consulter au préalable. Je ne voudrais outrepasser mes droits en aucune façon.

— C'est parfait.

Anna en resta bouche bée.

— Vous acceptez ?

— Oui.

— Vous m'aviez pourtant...

Elle s'arrêta. L'indifférence dont il faisait preuve était bien plus blessante que ses habituels sarcasmes. Qu'attendait-elle de lui ? Qu'il fasse preuve d'autoritarisme et s'énerve ? Elle devina qu'elle cherchait surtout à ce qu'il la remarque...

— Quoi encore ? demanda-t-il avec une impatience non dissimulée.

Elle fit un signe négatif de la tête, déçue malgré elle qu'il n'ait pas de temps à lui accorder.

— Rien. Je vais avertir la maman de Samantha.

A ce moment, elle décela un léger mouvement derrière lui.

Cesare, les bras croisés sur la poitrine, fit un pas vers elle.

— Ce sera tout, mademoiselle Henderson.

Anna remarqua soudain ses traits tendus. Etait-ce à cause de Louise ? S'étaient-ils réellement disputés avant qu'elle ne parte ? Ses intentions envers cette femme étaient-elles sérieuses ?

En pensant à cette éventualité, elle sentit son estomac se nouer. C'est alors qu'elle vit un homme, un verre à la main, se lever du canapé pour se diriger d'un pas mal assuré vers la table de travail de Cesare.

— Oh ! excusez-moi, j'ignorais que vous aviez de la visite.

Cesare avait un air très étrange et elle craignit un instant de l'avoir interrompu dans une négociation importante avant de remarquer que son hôte était en train de se servir un verre de whisky. Il s'agissait donc d'un habitué des lieux. Comprenant qu'elle les avait interrompus, Anna s'empressa de prendre congé.

— Je vais aller préparer le sac de Jasmine.

— Faites donc.

Cesare attendit qu'elle ait refermé la porte derrière elle.

— A quoi diable jouais-tu ?

— De quoi parles-tu ?

— D'Anna — Rosie, si tu préfères.

— Rosie, je crois que j'étais vraiment amoureux d'elle. Si Clare n'avait pas été enceinte... J'ai proposé à Rosie de l'aider si elle voulait garder le bébé, mais c'est peut-être mieux qu'elle l'ait perdu.

— Rosie était enceinte ?

— C'est ce qu'elle affirmait.

— Tu n'as même pas pris la peine de t'en assurer ?

— Non, pourquoi ? J'ai suivi le conseil que tu m'avais donné : une rupture nette. Dis-moi, en parlant de Rosie, la fille qui… elle lui ressemblait beaucoup, non ? J'ai même cru un instant que c'était elle.

Cesare était déconcerté par la façon dont Paul et Anna s'étaient ignorés.

— Cette fille s'appelle Rosanna Henderson.

Paul regarda son ami d'un air surpris avant de se laisser tomber sur le canapé de cuir.

— C'est en effet une étrange coïncidence, mais je peux t'assurer que ce n'est pas ma Rosie. Elle était plus grande, plus mince, et n'avait pas de taches de rousseur sur le visage. Tu peux me faire confiance !

Sur le point de défendre Anna, qui a ses yeux était plus que parfaite, Cesare se ravisa. De quoi Paul lui parlait-il ? Il était soûl, certes, mais pas à ce point. Pour la première fois, il envisagea la folle possibilité qu'ils n'aient pas feint de ne pas se connaître.

— Tu es donc en train de me dire que tu n'as jamais eu de liaison avec la femme qui vient de sortir de cette pièce ?

Paul secoua la tête puis ajouta d'un air concupiscent :

— Non, mais je dois dire que si l'occasion se présentait…

Avant qu'il n'ait le temps de finir sa phrase, Cesare l'attrapa par le col et le plaqua contre le mur.

Paul leva les deux mains en l'air, inclinant le verre qu'il tenait encore.

— Désolé, je n'avais pas l'intention de marcher sur tes plates-bandes, lâcha-t-il avec un petit rire. J'aurais dû me souvenir que tu as toujours eu un faible pour les rousses. Tu te souviens, la fille du directeur du lycée ? Si je ne t'avais pas couvert, cette nuit-là… on était en quelle classe, en seconde ? Si on t'avait attrapé…

Cesare le regarda, l'air exaspéré. Depuis combien de temps

trouvait-il des excuses à cet homme, tolérant chez lui ce qu'il condamnait sans appel chez les autres ? Ecœuré, il lâcha Paul qui tituba.

— Qu'est-ce qui te prend ?

— Il serait grand temps que tu mûrisses, Paul.

Le ton glacial de Cesare étonna son ami.

— Tu as sans doute raison. Dis-moi ce que je dois faire. J'ai besoin de Clare et des enfants...

Cesare secoua la tête, refusant de le couvrir ou de lui dicter une fois de plus sa conduite. Angel avait raison, elle l'avait cerné depuis longtemps. Pas lui.

— Quel âge avait cette Rosie à l'époque de votre liaison, Paul ?

— Je ne sais plus.

— Fais un effort.

— Environ vingt ans.

— Et peut-être moins, n'est-ce pas ?

— Euh... elle était très mûre, pour son âge.

Cesare, pris d'une furieuse envie de secouer son ami, traversa la pièce d'un pas décidé et sortit. Quelques instants plus tard, il revint en annonçant :

— Mme Mack va t'appeler un taxi puisque tu n'es pas en état de conduire. Je m'arrangerai pour que l'on te ramène ta voiture.

Paul le regarda, incrédule.

— Tu me mets dehors ? Comment vais-je m'en sortir si tu ne m'aides pas ?

— C'est ton problème, Paul. A toi de le résoudre.

A cet instant, la gouvernante entra dans la bibliothèque.

— Le taxi de M. Dane attend devant le perron.

Paul posa la main sur l'épaule de son ami.

— Mais, Cesare...

Devant le regard froid de Cesare, il laissa retomber son bras et se dirigea vers la porte.

— Laisse-moi te donner un conseil, Paul. Arrête de te présenter comme la victime que tu n'es pas. C'est toi qui fais souffrir tous ceux qui t'entourent, Clare, tes enfants et aussi cette Rosie que tu avais séduite. Si tu veux te tirer d'affaire, à présent, tu dois faire preuve du même courage que lorsque tu as plongé dans la rivière pour me sortir de ma voiture.

Paul se retourna.

— Beaucoup d'hommes seraient prêts à donner une fortune pour avoir ce que tu as. Bonne chance, Paul. Il est encore temps pour toi de réagir.

— Tu es sûr qu'il n'est pas trop tard ?

Pour la première fois, la voix de Paul exprimait une peur réelle.

9

Jasmine ayant vidé plusieurs tiroirs de sa commode à la recherche du pyjama qu'elle voulait emporter, un tas de vêtements colorés jonchait à présent le sol de sa chambre.

Après avoir dit au revoir à la fillette qui ne tenait plus en place à l'idée d'aller dormir chez son amie, Anna prit le temps de tout ranger, puis ferma la porte avant de s'y appuyer en laissant échapper un soupir.

Au lieu de se réjouir de la paisible soirée qui l'attendait, Anna était angoissée à l'idée que rien ne puisse la distraire de ses pensées.

Bien que s'étant fait la promesse de ne plus songer au comportement étrange de Cesare, elle craignait que cette soirée en solitaire ne vienne à bout de ses bonnes résolutions.

Elle se mit à faire les cent pas dans le salon, secoua un plaid à carreaux qui n'en avait nul besoin, attrapa un coussin pour le tapoter et, au lieu de le remettre en place, le serra contre elle pour se diriger vers la fenêtre. De là, elle observa les jardins manucurés situés en contrebas, laissant ensuite son regard s'attarder sur les montagnes majestueuses qui se découpaient sur le ciel bleu.

En songeant à la facilité avec laquelle Cesare avait accédé à sa demande, ainsi qu'à sa visible réticence à lui présenter son invité, qu'elle avait d'ailleurs à peine eu le temps d'apercevoir, elle prit soudain conscience qu'il l'avait chassée de son bureau. De quoi avait-il eu peur ?

Peut-être était-il en ce moment-même en train de parler de son supposé passé licencieux à son ami. A la fois irritée et blessée à cette pensée, elle se dirigea vers la table basse et prit un livre qu'elle avait commencé quelques jours auparavant.

Recroquevillée sur le canapé et concentrée sur sa lecture, elle sursauta lorsque la porte s'ouvrit.

En apercevant Cesare, elle sentit son cœur bondir et ses mains se mettre à trembler. Elle avait fini par accepter le fait de perdre ses moyens en présence de Cesare. Son pouvoir de séduction était tel que la plupart des femmes devaient réagir de la sorte en sa présence.

A sa grande honte, elle ne faisait pas exception.

Elle posa son livre et, se redressant, lui lança un regard courroucé.

— Je croyais que cette aile du château était privée !

Il semblait plus séduisant que jamais dans un de ses nombreux costumes à la coupe parfaite.

— Pensez-vous vraiment que je doive m'annoncer dans ma propre maison ?

Le petit rire rauque d'Anna envoya une onde de chaleur dans le corps de Cesare.

— Loin de moi cette idée ! Vous n'en faites toujours qu'à votre tête.

— Si c'était le cas, vous seriez nue dans mon lit.

Son regard brillant ainsi que sa remarque osée firent frémir Anna qui, malgré les battements accélérés de son cœur, essaya de lui dissimuler son trouble.

— Suis-je censée trouver cela excitant ?

Si c'était le cas, il avait atteint son but !

— Ce n'était pas mon intention, même si votre remarque ne manque pas d'intérêt. Laissons cela de côté…

A l'entendre, c'était facile pour lui alors que son commentaire avait suffi à rendre Anna folle de désir. Elle réussit cependant à dissimuler son émoi en fixant un point au-dessus de l'épaule gauche de Cesare.

— Je ne sais plus quoi penser.

Anna lui lança alors un regard étonné et moqueur.

— Vous m'en voyez surprise... Je pensais que vous saviez tout !

Il accueillit sa raillerie avec un sourire pincé.

— Comment se fait-il que vous n'ayez pas reconnu Paul Dane en entrant dans la bibliothèque, alors que vous avez eu une relation avec lui ?

Il vit Anna blêmir.

— Cet homme était Paul Dane ?

Dire qu'elle avait souri à cet ignoble individu au lieu de se précipiter vers lui pour lui dire ses quatre vérités !

— C'est vous qui l'avez invité ? Vous trouvez cela amusant ?

Elle se leva d'un bond mais Cesare, la saisissant par les épaules, la força à se rasseoir et s'installa à côté d'elle. Il prit ses mains dans la sienne.

— Laissez-moi partir.

— Pas avant que vous ne m'ayez expliqué ce qui se passe, répliqua-t-il avec calme.

— Il est hors de question que je reste un seul instant de plus sous le même toit que cet homme !

Cesare avait réussi à déstabiliser Anna, à lui faire abandonner son attitude défensive et distante, mais cette victoire était amère. La peine qu'il lisait dans ses beaux yeux lui étant douloureuse, il s'efforça de la rassurer.

— Il n'est plus là.

— Oh... cela ne change rien.

Le regard de Cesare se fit dur.

— Vous ne partirez pas.

— Ah bon, et pour quelle raison ? demanda-t-elle en relevant le menton d'un air de défi.

Mieux valait ne pas poser de question si l'on ne voulait pas savoir la vérité. Cesare devait avoir compris qu'elle passait chaque instant de la journée à l'attendre avec autant de crainte que de désir. La seule chose qu'elle détestait plus que de le voir était de ne pas le voir.

S'attendant à ce qu'il lui reproche sa faiblesse, elle fut stupéfaite de l'entendre dire :

— Je suis certain que vous ne feriez pas faux bond à Angel. Vous avez trop de principes...

Le sourire de Cesare réchauffa l'éclat métallique de son regard.

— Et vous savez parfaitement ce que vous voulez.

Anna, si tel était son nom, avait le don de transformer une conversation des plus innocentes en une âpre discussion ce qui l'irritait au plus haut point. Elle savait aussi comment le pousser à réagir...

Etant donné son caractère difficile, tout homme sensé n'aurait tout d'abord jamais permis qu'elle s'immisce dans sa vie, et aurait ensuite accueilli sa menace de départ avec soulagement. *Dio*, plus vite il la mettrait dans son lit, plus tôt il recouvrerait ses esprits ! A défaut de savoir qui elle était et quel rôle elle jouait dans cette histoire, il était déjà soulagé qu'elle n'ait pas été la maîtresse de Paul.

— N'en soyez pas si sûr, murmura-t-elle, essayant de ne pas paraître flattée par le compliment et s'efforçant de résister à son parfum chaud et musqué.

Il sentait si bon !

— J'attends des explications.

Son ton autoritaire la fit frémir.

— A quel sujet ? demanda-t-elle, luttant pour ignorer la caresse de son pouce sur son poignet.

Cesare ne semblait même pas conscient de son geste, qui envoyait pourtant des ondes électriques dans tout le corps d'Anna.

— Expliquez-moi pourquoi vous vous êtes fait passer pour une autre.

Elle dut rassembler son courage pour libérer ses mains. Déçue cependant de ne pas le voir tenter de les retenir, elle les serra sur ses genoux et glissa vers l'extrémité du canapé.

Sa réaction provoqua un léger sourire de la part de Cesare, dont le regard resta pourtant grave et décidé. Assise de profil, Anna offrait à son regard la douce courbe de ses joues et la ligne élégante de son cou. Elle lui faisait parfois penser à ces danseuses de Degas, à la posture éthérée empreinte de grâce et de volupté, bien qu'aucune peinture n'eût pu rendre la sensualité presque palpable qu'elle dégageait .

— Je vous l'ai déjà dit, je suis Anna Henderson, affirma-t-elle en le regardant droit dans les yeux.

Il lui était pourtant arrivé à plusieurs reprises pendant les derniers jours de se demander qui elle était vraiment.

Elle avait même parfois l'impression que la jeune femme qui, peu de temps auparavant, avait pris le train en provenance de Londres, était une étrangère, quelqu'un qui possédait bien plus d'assurance qu'elle n'en avait à présent.

— Paul n'a jamais été votre amant !

Le ton accusateur de Cesare lui fit tourner brusquement la tête, faisant tomber sur ses yeux une mèche de cheveux qu'elle repoussa aussitôt.

— Vous m'impressionnez ! Vous avez ce que l'on appelle un sens aigu de l'observation.

— Vos efforts pour détourner la conversation sont pathétiques, Anna.

— Pas plus que votre amnésie sélective ! Je n'ai jamais dit qu'il avait été mon amant, c'est vous qui l'affirmez depuis le début.

— Et vous n'avez rien fait pour m'en dissuader.

Il fronça les sourcils au souvenir de l'évidente animosité d'Anna chaque fois qu'il avait mentionné le nom de Paul. Puisqu'ils ne s'étaient jamais rencontrés, pourquoi cette agressivité ?

— Si vous ne connaissez pas Paul, comment pouvez-vous expliquer votre réaction lorsque je parlais de lui ?

— Vous voulez dire que j'ai, comme vous, tiré des conclusions hâtives ?

Elle secoua la tête, sa rancune lui faisant oublier la question.

— Vous savez, j'ai vraiment l'impression que vous prenez un malin plaisir à penser pis que pendre à mon sujet.

Elle se souvenait de toutes les fois où il l'avait regardée avec mépris, même si le mépris était plus facile à gérer que… Elle baissa les yeux, s'exhortant au calme. Le souvenir de son regard brûlant avait encore le pouvoir de lui faire perdre ses moyens.

Nue dans mon lit…

C'était bien ce qu'il avait dit, la réduisant au rôle de femme soumise.

N'ayant aucune intention de se soumettre à lui, elle croisa les bras devant elle en un vain et dérisoire réflexe de protection. Elle se sentait si vulnérable qu'elle en tremblait, tout en feignant de contrôler la situation.

A présent qu'elle avait fait l'expérience du désir interdit elle se sentait coupable car, bien qu'ayant tenté de soutenir Rosie sans la juger, elle n'avait jusque-là jamais compris comment sa cousine, pourtant belle et intelligente, avait pu tomber amoureuse d'un homme marié et croire à ses mensonges.

Malgré la promesse qu'elle s'était faite de ne jamais commettre la même erreur, elle se retrouvait dans la situation de désirer quelqu'un qui ne lui correspondait pas… un désir si intense qu'il en était douloureux ; il hantait ses rêves, s'insinuait en elle, et tenter de le nier l'épuisait littéralement.

Serrant les poings, elle se promit de ne pas suivre l'exemple de Rosie. Elle ne se laisserait pas berner et ferait tout pour se protéger.

— Comment aurais-je pu deviner ? Quand j'ai vu votre nom… Vos cheveux…

La voix de Cesare se fit rauque.

— J'ai cru que vous étiez la femme que j'avais aperçue en compagnie de Paul dans un restaurant, et vous n'avez rien fait pour me détromper !

Ce reproche vint à bout de la volonté d'Anna, qui cessa de le défier. Elle en avait assez de feindre d'être une autre et était persuadée que Cesare finirait par tôt ou tard par découvrir la vérité.

— Je ne m'en sentais pas le droit, car ce n'est pas mon histoire. Rosie m'avait fait jurer de garder le secret. Personne d'autre que nous n'était au courant.

La tension de Cesare se relâcha légèrement. Enfin, ils avançaient !

— Rosie est votre sœur ?

Cela pourrait expliquer leur ressemblance, leur couleur de cheveux identique...

— Je la considère comme telle car nous avons grandi ensemble, mais Rosie est ma cousine. Ma tante Jane et mon oncle George m'ont élevée après... l'accident de mes parents.

— J'ignorais que vous étiez orpheline.

— Comment auriez-vous pu le savoir !

— Vous portez le même prénom ?

— Le mien est Rosanna mais on m'appelle Anna, et Rosie est le diminutif de Rosemarie... Et je vous assure que, si vous la connaissiez, vous ne pourriez jamais l'imaginer avoir une liaison avec un homme marié, ajouta-t-elle d'un ton enflammé.

— Je veux juste savoir quel est votre rôle dans cette histoire. Je ne juge pas votre cousine.

Ce qui était vrai, mais ne l'était pas en revanche avec Anna qui, selon lui, l'avait dupé. A l'idée qu'elle se soit moquée de lui pendant que... Non ! Il devait cesser de la rendre responsable de son erreur de jugement.

Anna fit une fois de plus preuve de son étonnante capacité à lire dans ses pensées.

— Je sais que c'est moi que vous jugez, répliqua-t-elle avec amertume avant de baisser les yeux pour dissimuler sa peine.

Cesare sentit son cœur se serrer en apercevant une larme sur sa joue. Approchant la main, il l'essuya avec douceur.

— Je pensais que vous n'aviez que faire de mon opinion.

Cette ravissante rousse avait le don de lui lancer des défis. Cela ne lui était plus arrivé depuis bien longtemps !

— Vous avez raison, rétorqua-t-elle en relevant le menton, mais je ne supporterais pas que vous vous moquiez de Rosie.

— Je ne cherche pas de coupable. Je veux juste comprendre.

Cesare s'efforça de contenir son impatience.

— Mon meilleur ami est venu me demander de l'aide et je l'ai mis à la porte. Je pense que cela me donne le droit d'en savoir un peu plus sur cette histoire, non ?

— Vous l'avez renvoyé ? demanda Anna en écarquillant les yeux.

Elle avait du mal à imaginer ce qui avait pu pousser Cesare à agir de la sorte, lui qui avait défendu Paul bec et ongles, le considérant comme une victime.

— Oui, parce qu'il était temps de briser la spirale de dépendance vis-à-vis d'un ami à qui je suis redevable d'une dette que je ne pourrai jamais payer.

Anna essaya de comprendre.

— Vous a-t-il prêté de l'argent ?

Même si, d'après ce que lui avait raconté Rosie, son ex-amant était nanti, Anna avait du mal à imaginer que Cesare puisse emprunter de l'argent à Paul.

— Non. A vrai dire, ma vie a basculé le jour où j'ai appris que je ne pourrais plus jamais être pilote professionnel, et j'ai...

Il baissa ses longs cils noirs afin de lui cacher son regard et lui adressa un bref sourire.

— Disons que l'adrénaline est addictive et que j'ai pris quelques risques.

Anna, qui avait compris le danger réel que ces mots cherchaient à minimiser, se figea. Un froid glacial s'insinua en elle tandis que d'horribles images s'imposaient à son esprit.

— On m'avait livré une nouvelle voiture ce jour-là et... ai-je voulu prouver quelque chose ?

Le voyant hausser les épaules d'un air désabusé, Anna eut l'impression qu'il se parlait presque à lui-même, considérant une question qu'il ne s'était jamais posée.

— Toujours est-il que j'ai commis l'erreur, digne d'un amateur, de prendre un virage serré à trop vive allure. La voiture a fini sa course dans une rivière. Ma tête a heurté l'habitacle et j'ai perdu connaissance.

Le choc avait provoqué une hémorragie cérébrale et on avait dû l'opérer en urgence. Il avait pris conscience du caractère irresponsable et égoïste de ses actes une fois de retour chez lui, lorsque Angel, encore terrifiée, lui avait raconté que les médecins avaient dans un premier temps réservé leur pronostic.

Anna posa une main sur son ventre. L'histoire de Cesare provoquait en elle une réaction viscérale.

— Mais vous vous en êtes sorti…

Commentaire stupide s'il en était, se dit aussitôt Anna, puisqu'il était assis là, bien en vie, à côté d'elle. En fait, elle n'avait jamais rencontré quelqu'un qui possède une telle vitalité.

— Il se trouve que Paul était derrière moi, dans sa propre voiture. Nous nous étions perdus de vue depuis nos années de lycée et si nous ne nous étions pas retrouvés le soir précédent dans un casino, Dieu sait ce qu'il aurait pu se passer. Il a été témoin de l'accident et n'a pas hésité à prendre des risques pour me sortir de la voiture.

Laissant échapper un soupir de soulagement, Anna se détendit. Elle pouvait à présent comprendre que Cesare ait pris, sans se poser aucune question, la défense de son ami.

— C'était très courageux de sa part.

Le regard de Cesare se fit gentiment moqueur.

— Je croyais que c'était un monstre…

— Bien qu'étant égoïste et cruel il semblerait qu'il soit capable de bravoure et qu'il vous ait sauvé la vie… *Depuis, il n'a de cesse de vous le rappeler et de vous le faire payer*, songea-t-elle, incapable d'éprouver la moindre pitié pour cet homme.

Elle baissa la tête pour dissimuler son émotion avant d'ajouter :

— Cet homme cruel vous a peut-être sauvé la vie, mais il a failli prendre celle de ma cousine.

— Vous n'êtes pas en train d'exagérer ? demanda Cesare en haussant les sourcils. On meurt rarement d'un chagrin d'amour.

Anna, que le ton ironique de Cesare avait blessée, rétorqua sans réfléchir :

— Sauf si l'on prend un flacon de tranquillisants avec une demi-bouteille de vodka !

— Votre cousine a essayé de se suicider ?

Regrettant déjà ses paroles, Anna se pencha et tendit la main vers lui, l'air suppliant.

— J'aurais mieux fait de me taire. Je vous en prie, gardez cela pour vous. Personne d'autre que moi n'est au courant, pas même ses parents.

Comprenant qu'elle craignait qu'il ne divulgue le secret de

sa cousine, Cesare essaya de ne pas relever ce qui, à ses yeux, était une insulte.

Comment Paul avait-il pu être à l'origine de ce drame ?

Au contact de la petite main d'Anna, Cesare sentit une vive émotion s'emparer de lui, qu'il interpréta comme de la colère, colère contre son ami et le fait que Rosie ait fait porter à sa cousine le poids de son secret.

Anna poursuivit, les yeux perdus dans le vide, le récit de l'histoire que, de toute évidence, elle n'avait jamais racontée à personne.

— A l'époque, j'habitais encore chez mon oncle et ma tante et j'enviais Rosie d'avoir son propre appartement. Ce soir-là, j'avais prévu d'aller chez elle pour prendre... peu importe, le fait est qu'elle avait oublié que je devais venir et...

Sa voix se brisa au souvenir du tube ouvert, des cachets éparpillés sur la table, et de la vodka renversée.

— Prise de violentes nausées, Rosie avait heureusement régurgité une partie des médicaments. Le personnel de la clinique où je l'avais fait transporter m'a par la suite assuré que cela avait permis de la sauver.

Anna avait appris toute l'histoire alors qu'elle était assise au chevet de sa cousine, dans l'attente de l'accord du psychiatre pour ramener Rosie chez elle :

Bien que le sachant marié, Rosie était tombée éperdument amoureuse de Paul et celui-ci lui avait juré pour sa part l'aimer de tout son cœur. Il était si merveilleux !

Apprenant que sa femme attendait leur premier enfant, cet homme merveilleux s'était cependant rendu compte qu'il ne pouvait pas vivre sans elle et avait alors annoncé sans ménagement à Rosie qu'il la quittait. Une semaine plus tard, Rosie, déjà effondrée, avait découvert qu'elle aussi était enceinte. Lorsqu'elle a perdu le bébé...

— Votre cousine portait vraiment l'enfant de Paul ? Il m'avait pourtant raconté...

Anna lança un regard triste à Cesare.

— Lorsque Rosie lui a téléphoné pour le prévenir, elle a eu

l'impression qu'il ne la croyait pas et était persuadé qu'elle usait d'un subterfuge pour le retenir. Quelques jours plus tard, elle lui a envoyé un message pour l'informer qu'elle avait perdu le bébé.

Cesare se retint de réagir, préférant éviter d'interrompre le récit d'Anna. En revanche, la culpabilité qu'il ressentait depuis qu'il avait mis son ami à la porte disparut comme par magie.

— Je pense que Rosie a interprété sa fausse couche comme une punition pour avoir, ne serait-ce qu'un moment, envisagé une interruption de grossesse.

Voyant que Cesare ne semblait pas condamner, comme elle s'y était attendue, la réaction de sa cousine, Anna baissa un peu la garde.

— Si au moins Rosie avait pu se confier à quelqu'un ! Elle avait honte d'en parler à ses parents et pensait que c'était sa faute. Elle était encore amoureuse de Paul.

En entendant la peine et la profonde émotion contenues dans la voix d'Anna, Cesare se demanda comment il avait pu la croire coupable.

— Après sa fausse couche, elle est rentrée seule dans son appartement.

— C'est alors qu'elle a essayé de se suicider ?

Dire qu'il avait pensé que Paul était la victime dans cette histoire !

Anna acquiesça, incapable de le regarder tandis qu'elle s'efforçait de maîtriser son émotion. Elle l'entendit jurer à voix basse.

— J'avais la clé de chez Rosie. En rentrant dans l'appartement, j'ai tout de suite compris ce qu'il s'était passé. Les médecins m'ont dit que si j'étais arrivée un peu plus tard...

Anna resta un instant prostrée, la tête entre les mains.

— Tenez...

Elle se redressa et eut un mouvement de recul en sentant une odeur d'alcool se dégager du verre que Cesare lui tendait.

— Je ne bois jamais.

— Cela vous fera du bien.

Il la regarda saisir le verre d'une main tremblante. Cette scène l'avait de toute évidence profondément marquée.

— C'est horrible, dit-elle en sentant le liquide lui brûler la gorge.

— Peut-être, mais je suis heureux que vous ayez accepté, d'en prendre au moins une gorgée, dit-il en se rasseyant. Je me faisais du souci de vous voir dans cet état.

— C'est la chose la plus gentille que vous m'ayez dite jusqu'à présent.

Anna battit des cils afin de refouler les larmes qui lui étaient montées aux yeux. Il ne fallait surtout pas qu'il la voie pleurer...

— Buvez doucement, lui conseilla-t-il.

Elle hocha la tête et réussit à émettre une petite toux très réaliste destinée à prouver à Cesare que c'était l'alcool qui la faisait pleurer.

— Comment ont réagi les parents de votre cousine en apprenant ce qui s'était passé ?

A la place du père de Rosie, il aurait poursuivi le responsable — à moins que la jeune femme n'ait décidé de ne rien dire, comme cela avait été le cas au début avec Angel. Sa sœur avait heureusement fini par se confier à lui, et il lui en était très reconnaissant car il n'imaginait plus sa vie sans la présence de Jasmine, son rayon de soleil.

— Ils n'ont jamais rien su. C'est la raison pour laquelle elle m'a fait promettre de garder le silence. Je suppose qu'à part Scott et moi personne d'autre n'est au courant.

En entendant ce prénom, Cesare se tendit.

— Scott ?

Anna était donc assez proche de cet homme pour lui avoir confié ce secret...

— Son mari, répondit-elle avec un léger sourire tout en cherchant un mouchoir.

Cesare, soulagé, se décontracta.

— Ils se sont mariés l'année dernière. Scott étant canadien, ils sont partis quelques mois plus tard vivre à Toronto où mon oncle et ma tante se trouvent d'ailleurs en ce moment. Ils ont fait le voyage afin d'être auprès de Rosie pour la naissance de son premier bébé... Mon beau-frère m'a appelée hier : ils ont eu une petite fille qu'ils ont prénommé Annie. Je suis si heureuse pour eux !

Cesare assimila ces informations tout en cherchant à analyser le sentiment de jalousie qui s'était emparé de lui en entendant le prénom de Scott. Il tendit un mouchoir à Anna et la regarda s'essuyer les yeux, surpris que ce geste banal déclenche en lui une vague d'émotions nouvelles, parmi lesquelles il refusa de reconnaître la tendresse.

Il se demanda pourquoi il était étonné. Dès leur première rencontre, il avait réagi avec Anna d'une façon particulière, disproportionnée — alors même qu'elle représentait tout ce qu'il détestait.

Il s'était obstiné depuis le début à croire qu'Anna n'avait aucune morale et qu'elle était le type de femme que tout homme sensé devait éviter. Peut-être avait-il agi ainsi pour se protéger, à moins qu'il n'ait fait preuve de lâcheté ?

Cesare avait toujours fait en sorte de contrôler ses émotions envers les femmes et de ne pas mélanger plaisir et sentiments. Il était important pour lui de pouvoir rompre sans le moindre regret, raison pour laquelle il ne fréquentait que des femmes indépendantes sachant à quoi s'en tenir avec lui. *Dio, je suis vraiment superficiel !* pensa-t-il soudain.

Cela ne changeait pourtant rien. Anna Henderson avait beau être différente de ce qu'il avait cru, elle n'était pas une femme pour lui, à présent encore moins qu'auparavant peut-être. En repensant à leur baiser passionné de la veille, il se rendit compte qu'Anna n'avait pas joué la comédie et qu'elle était prête à s'investir au plan sentimental. Il devait donc la tenir à distance, car elle n'était pas du genre à se contenter d'un cadeau en guise d'adieu.

C'eût été plus facile s'il avait pu cesser de l'imaginer sous lui, ses magnifiques jambes lui enserrant la taille. Il s'éclaircit la voix.

— Je suis content que cette histoire ait eu un heureux dénouement.

Du moins pour Rosie. Dans le cas d'Anna, il soupçonnait que

le fait d'avoir vu à un jeune âge un homme amener sa cousine au seuil du désespoir lui avait laissé des séquelles.

Il faudrait beaucoup de patience à l'homme qui voudrait un jour gagner sa confiance — mais peu lui importait, cela ne le concernait pas !

Cesare comprit soudain avec stupeur que la timidité dont Anna avait preuve la veille n'était pas feinte : Anna était vierge ! Comment avait-il pu ne pas s'en rendre compte plus tôt ?

Il prit le menton d'Anna entre ses longs doigts et lui fit relever le visage.

— Vous n'avez jamais eu d'amant.

Il avait malgré lui prononcé ces mots d'un ton accusateur.

Anna recula d'un pas, se racla la gorge et plongea son regard dans celui de Cesare.

— Ce n'est pas une tare, que je sache !

— Pourquoi diable n'avez-vous rien dit ?

— Je ne vois pas en quoi mon manque d'expérience dans ce domaine peut affecter mes compétences professionnelles.

— Cela n'a rien à voir avec votre travail. Je ne suis pas votre employeur, ainsi que vous ne cessez de me le répéter, et…

Il prit une profonde inspiration.

— Je dois dire que vous n'avez vraiment rien d'une femme inexpérimentée !

Le commentaire s de Cesare fit rougir Anna. Elle eut alors l'impression que tout en elle se dissolvait, emportant au passage le déni de ses sentiments ainsi qu'une foule d'émotions contradictoires. Un soupir étranglé s'échappa de ses lèvres.

Elle ferma les paupières en un écran protecteur tandis qu'elle entendait Cesare égrener une série de jurons colorés en anglais et en italien.

Puis ce fut le silence.

10

Anna tournait et virait dans son lit, se remémorant leur conversation, sans parvenir à trouver le sommeil. Voyant que le réveil indiquait 1 heure du matin, elle décida de se lever.

Dans le salon d'Angel, elle alluma la télévision dans l'espoir de se changer les idées, puis se dirigea vers la cuisine afin de se préparer une boisson chaude. En passant devant un miroir, elle surprit son reflet : de larges cernes creusaient son regard, témoignant de son sommeil perturbé depuis quelques nuits.

En revenant dans le salon, une tasse de chocolat à la main, elle se lova dans un grand fauteuil confortable et leva un regard distrait vers le téléviseur. Sur l'écran, des spectateurs regardaient avec effroi un parachutiste se diriger à toute allure vers le sol. Leurs cris de soulagement lorsque le parachute s'ouvrit au tout dernier moment firent écho à ceux des présentateurs et du public présents dans le studio.

— Une quatrième place bien méritée pour la vidéo de ce casse-cou, n'est-ce pas ? Et maintenant, le survivant de l'accident élu troisième par le jury est…

Anna, perturbée par ce genre d'images qui lui rappelaient de douloureux souvenirs, s'empara de la télécommande. Au lieu de changer de chaîne ainsi qu'elle en avait l'intention, elle appuya sur le mauvais bouton. Le volume passa à pleine puissance et la voix du présentateur retentit dans la pièce :

— Cesare Urquart ! Je pense qu'aucun d'entre nous n'a

oublié le terrible accident qui a mis fin à sa carrière de coureur automobile !

La main toujours tendue vers le téléviseur, Anna se figea tout à coup. Les bolides défilaient à toute allure sur le circuit sous une pluie diluvienne. Le bruit des moteurs et le crissement des pneus étaient assourdissants. Elle vit soudain une voiture déraper sur l'asphalte mouillé, être heurtée par le véhicule suivant, projetée en l'air, puis retomber sur le toit...

Au moment où Anna reprenait sa respiration, d'autres voitures vinrent s'encastrer les unes après les autres dans le deuxième véhicule, jusqu'à former un amas de ferraille d'où elle vit s'extirper une silhouette humaine, qui s'éloigna en chancelant. Le pilote portait les mains à son casque pour l'ôter lorsqu'une explosion retentit. Tandis qu'il se jetait à terre, une boule de feu s'élevait dans les airs, accompagnée de débris de carrosserie. Les véhicules de secours arrivèrent alors en masse, cachant un instant le pilote aux caméras, jusqu'à ce que des ambulanciers portant une civière apparaissent en gros plan. Choquée, Anna distingua une main qui pendait, inerte, laissant derrière elle une traînée de sang.

Le présentateur avait déjà repris la parole, mais Anna n'écoutait plus. Tétanisée, elle ne pouvait détacher les yeux de l'écran, sur lequel la séquence repassait au ralenti.

De grands coups frappés à la porte la ramenèrent à la réalité. Cesare fit irruption dans la pièce, encore vêtu du costume sombre qu'il portait dans la journée et toujours aussi séduisant malgré ses cheveux en bataille et sa barbe naissante.

— Qu'est-ce qui vous prend ? Vous avez réveillé toute la maisonnée !

C'était quelque peu exagéré. Vu l'épaisseur des murs, Anna avait du mal à croire que l'on puisse entendre le moindre bruit, à moins de se trouver dans le couloir.

En entendant ce bruit assourdissant qui avait rompu le silence des dernières heures, Cesare avait eu si peur qu'il soit arrivé un accident à Anna que le fait de la voir tranquillement assise sur le canapé avait déclenché sa colère.

Incapable de s'exprimer, celle-ci tourna les yeux vers l'écran. Suivant son regard, Cesare reconnut sur-le-champ le programme dont la première diffusion avait indigné sa sœur quelques mois auparavant.

Jurant à mi-voix, il s'empara de la télécommande et éteignit le téléviseur.

Un silence profond s'installa, et Anna eut l'impression d'entendre les battements de son cœur.

— Pourquoi regardez-vous ces inepties ? Vous devriez dormir, à cette heure-ci !

— Et vous ? rétorqua-t-elle avec un pâle sourire.

C'était bien de Cesare de lui faire des reproches !

— Qu'est-ce qui vous amuse ?

Il avait passé les trois précédentes heures à lutter contre le désir de franchir cette porte. A présent qu'il l'avait fait, serait-il capable de repartir ? En avait-il d'ailleurs envie ?

Bien sûr que non. Anna était à quelques pas de lui, douce, attirante, son parfum embaumant la pièce… Il essaya de se maîtriser.

En voyant Cesare à quelques pas d'elle, Anna eut alors la preuve qu'il était bien en vie, et elle aussi ! Après les images qu'elle venait de voir défiler, il s'agissait d'un miracle. La vie était fragile et précieuse, il fallait la célébrer et ne pas la prendre comme un dû.

Il avait fallu qu'elle le voie à deux doigts de la mort pour se rendre compte que ce n'était pas juste du désir qu'elle éprouvait à l'égard de cet homme arrogant, déraisonnable mais si séduisant. Non, elle était véritablement tombée amoureuse de lui !

— Vous m'avez entendu ? Il est 1 h 30 du matin !

Cesare remarqua alors que l'une des bretelles de la chemise de nuit d'Anna avait glissé sur son épaule. Il admira la délicate courbe de peau soyeuse ainsi révélée et, émoustillé, ne put s'empêcher de promener son regard sur ses longues jambes fines, et de s'imaginer glissant la main sous son vêtement pour lui caresser les fesses avant de remonter lentement jusqu'à ses seins…

Il s'obligea à lever les yeux vers son visage. A cette heure tardive, Anna ne portait aucun maquillage et avait les traits tirés. Habitué à partager son lit avec des femmes toujours bien apprêtées, il s'étonna de ne pas la trouver négligée et dut admettre que son côté naturel, sa fraîcheur, ainsi que sa sensualité innée avaient même un effet dévastateur sur lui.

Encore sous le choc provoqué par sa subite révélation, Anna se leva et lança à brûle-pourpoint :

— Pourquoi avez-vous fait ça ?

La vie n'était-elle pas déjà assez précaire pour chercher encore des moyens de l'écourter... et même choisir une profession où on la mettait en péril tous les jours ?

— De quoi parlez-vous ?

Sa chemise de nuit était courte... très courte. Distrait, il ne remarqua pas qu'Anna s'était approchée de lui jusqu'à ce qu'elle soit assez près pour le toucher, ce qu'elle fit, mais pas ainsi qu'il l'aurait imaginé : elle lui plaqua avec rage les mains sur la poitrine. Pour une femme aussi gracile, elle avait une force surprenante.

— Qu'est-ce qui vous prend ? demanda-t-il en lui saisissant les poignets pour l'empêcher de recommencer.

Les yeux hagards, elle tenta un instant de résister puis, sans prévenir, se laissa aller contre la poitrine de Cesare en laissant échapper un sanglot déchirant.

Emu par sa détresse, Cesare ne sut tout d'abord que faire mais, alors qu'Anna se blottissait contre lui, il fut pris d'une brusque envie de lui caresser les cheveux et murmura :

— Je n'avais pas l'intention d'être désagréable.

Anna leva la tête et recula de quelques pas, regrettant déjà la chaleur du corps de Cesare.

— Pas plus que d'essayer de vous tuer, je suppose ?

Son regard se posa sur l'écran de télévision. Prise d'un frisson, elle détourna rapidement les yeux.

— Ah, je vois...

Il s'efforça de maîtriser à la fois son trouble et le désir qui le taraudait pour se concentrer sur les arguments qu'il avait rodés au fil des ans. Même si ce n'était pas la première fois qu'il devait défendre le choix de sa profession, l'agressivité physique dont avait fait preuve Anna le déroutait.

— Statistiquement parlant, la Formule 1 est de nos jours très sure. En revanche les courses de chevaux sont considérées comme dangereuses...

Anna n'en croyait pas ses oreilles ! Alors qu'elle venait d'avoir la plus grande révélation de son existence, Cesare se tenait devant elle, l'air plus séduisant que jamais, en train de parler statistiques et chevaux !

— Je peux aussi mourir demain en traversant la rue, lança-t-il d'un ton ironique.

S'il continuait de la provoquer de la sorte, il avait même une chance de mourir avant ! Anna choisit pourtant de ne pas contester et se contenta de rétorquer :

— Bravo pour cet argument d'une originalité renversante !

Voyant Cesare pincer les lèvres, elle ajouta :

— Je suis désolée de m'être laissé emporter. J'ai mal dormi.

Sachant que le manque de sommeil seul ne pouvait justifier son attitude, elle avoua à contrecœur :

— J'ai eu un accident de voiture quand j'étais enfant.

— Et vous faites des cauchemars depuis ?

Il savait que c'était fréquent, car le médecin l'avait prévenu qu'il risquait d'en avoir après son accident. Cela ne lui était pourtant jamais arrivé.

— Non, je n'en ai gardé aucun souvenir, mais mes parents y ont trouvé la mort.

Elle réprima un frisson.

— Ces images ont dû toucher un point sensible en moi, mais c'est votre choix et je le respecte. J'ai eu tort de vous agresser.

— Je suis désolé pour vos parents.

Croisant son regard, Anna vit qu'il avait l'air sincère.

— Vous savez ce que j'ai pu ressentir, vous avez perdu les vôtres aussi, lui fit-elle remarquer en s'installant dans l'un des canapés.

Il s'approcha du sofa et posa ses belles mains sur le dossier de brocart. A l'idée de ses longs doigts se promenant sur sa peau, Anna sentit le désir monter en elle.

— Ma mère est encore en vie.

— C'est vrai, vous me l'aviez dit. Vit-elle en Italie ?

Anna imagina une grande famille chaleureuse avec beaucoup d'enfants... et ne put s'empêcher de penser que ceux de Cesare seraient très beaux.

— Ma mère ne reste jamais très longtemps au même endroit. Elle a besoin de changement.

Angel se souvint alors d'avoir entendu Angel mentionner l'instabilité de leur mère.

— Votre père a dû vous manquer lorsque vos parents se sont séparés ?

Mme Mack, la gouvernante, avait confié à Anna que Cesare avait neuf ans au moment du divorce de ses parents.

— Ma mère ayant obtenu notre garde, nous allions passer toutes nos vacances chez lui.

— Ce doit être dur pour une femme d'être séparée de ses enfants, même pour quelques semaines.

— Ma mère n'a jamais fait l'effort de nous consacrer beaucoup de temps.

Le ton banal qu'il avait employé était presque plus choquant que le sens de ses paroles.

— Elle s'est battue pour obtenir notre garde car elle savait que notre père voulait s'occuper de nous, mais n'a même pas daigné nous demander notre avis. Lorsque nous étions petits, elle nous utilisait pour se faire valoir mais, en grandissant, nous avons eu l'impression de la gêner, surtout Angel qui était déjà très jolie et lui faisait de l'ombre. Avec moi, au moins, il n'y avait pas de compétition.

Il s'arrêta brusquement et tressaillit en lisant de la compassion dans le regard expressif d'Anna. Ne pouvant supporter d'être pris en pitié, il se reprit sans attendre :

— Vous avez sans doute envie de vous reposer. Je vais vous laisser...

Il ne bougea pourtant pas d'un pas.

— Je n'ai pas sommeil. Vous avez raison, on ne sait jamais ce qui peut nous arriver. Je peux me faire écraser par un bus demain.

— Quelle idée saugrenue !

Les yeux d'Anna avaient un éclat fascinant qu'il n'avait jamais vu auparavant et qui le fascina.

— Oui, mais cela pourrait arriver. C'est peut-être une bonne idée de considérer chaque jour comme si c'était le dernier.

— Je n'ai pas dit cela, et vous n'allez pas mourir demain.

— Mais si cela devait se produire, poursuivit-elle d'un air songeur, tout en le regardant à travers ses longs cils, je mourrais vierge. Je ne veux pas que cela m'arrive, Cesare.

— Je ne pense pas que cela se produise, rétorqua-t-il d'une voix rauque.

Un long moment s'écoula, pendant lequel Cesare sentit ses résolutions s'envoler.

— Anna, la mit-il en garde en la voyant se lever du sofa, restez où vous êtes, ne vous...

Mais Anna continuait d'avancer jusqu'à lui.

— Ce n'est pas une bonne idée. Je ne suis pas le genre d'homme...

— Je sais, l'interrompit-elle.

Anna semblait très calme mais tout bouillonnait en elle et elle n'arrivait pas à croire qu'elle ait pu dire cela.

Cesare était le contraire de tout ce qu'elle recherchait chez un homme, mais elle était pourtant tombée amoureuse de lui.

— Calmez-vous, je ne suis pas en train de vous demander de m'épouser. Je veux seulement faire l'amour avec vous...

Elle se mordit la lèvre.

— Si vous en avez envie...

Son murmure rauque, sa moue sensuelle... Envie ? Au vu du désir qui l'avait envahi, Cesare qui, en d'autres circonstances, aurait ri, n'arriva même pas à sourire. Les muscles de son visage étaient trop tendus. Il essaya d'utiliser le peu de volonté qui lui restait pour résister à la tentation de lui donner ce qu'elle lui demandait. Beaucoup d'hommes auraient peut-être rêvé d'une telle situation, mais pas lui. Cet argument ne réussit cependant pas à le calmer.

— Ce n'est pas une question d'envie, Anna.

Il la désirait pourtant avec une intensité qu'il n'avait jamais ressentie auparavant. Il essaya de refréner ce besoin urgent de la caresser, de la goûter, de la posséder.

Anna secoua la tête, interprétant sa réponse comme un refus.

— Oubliez ce que je vous ai dit.

Cesare songea plus tard que c'était le doute qu'il avait perçu au fond des yeux bleu-violet d'Anna qui l'avait fait succomber. L'espace d'un instant, il l'imagina dans son lit. Croisant son regard, il ne se contenta plus de penser mais agit — *Dio,* quel soulagement de se laisser aller ! Il s'approcha d'elle et posa une main sur sa taille, caressant sa joue de l'autre. La sentant trembler, il l'attira davantage contre lui pour qu'elle sente à quel point il la désirait.

— Etes-vous sûre ?

Si elle changeait d'avis à présent, il ne lui resterait plus qu'à passer la nuit sous une douche froide !

Les lèvres d'Anna effleurèrent sa peau tandis qu'elle murmurait :

— Certaine.

Elle enroula ses bras frêles autour du cou de Cesare, qui fit glisser ses mains dans le bas de son dos et prit en coupe ses fesses tout en déposant un doux baiser dans son cou.

La respiration d'Anna s'accéléra tandis qu'elle enroulait ses jambes autour de la taille de Cesare, excitée par la virilité qui se dégageait de lui. Il la soulevait comme une plume.

— Etes-vous sûre de ne jamais avoir fait cela auparavant ? parvint-il à articuler.

Anna darda son regard intense sur le visage de Cesare, comme pour graver chacun de ses traits dans sa mémoire.

— J'ai peur de ne pouvoir me contrôler très longtemps, murmura-t-il.

Son profond baiser passionné fit gémir Anna qui y répondit, mêlant sa langue à la sienne. Elle sentit alors le désir s'immiscer au cœur de sa féminité et une chaleur moite entre ses cuisses.

Elle avait terriblement envie de lui, mais une crainte l'empêchait encore de se donner à lui : le spectre d'une grande et belle blonde.

— J'espère que je ne vous décevrai pas, Cesare…

Sa voix rauque, son sourire à la fois timide et sensuel vinrent à bout des pensées rationnelles de Cesare qui, la portant toujours dans ses bras, se dirigea vers la porte.

— Vous êtes une petite sorcière très excitante. Je ne suis plus maître de moi depuis le jour où je vous ai rencontrée.

— Ah oui ?

Cesare le lui prouva d'un baiser fougueux.

— Sentez-vous à quel point je vous désire ?

Elle ferma les yeux et ponctua chacun de ses mots d'un baiser sur sa si belle bouche :

— Oh ! oui, et j'adore ça !

Ce n'est qu'en ouvrant les yeux qu'elle se rendit compte qu'ils n'étaient plus dans son salon, mais dans le couloir menant à l'appartement de Cesare.

— Que… ?

— J'ai eu envie de vous voir dans mon lit depuis le moment où j'ai posé les yeux sur vous.

— Et moi je vous imaginais nu.

Le regard torride de Cesare récompensa son aveu.

— On dirait que nos vœux sont en passe d'être exaucés, *cara*.

Sachant que son rêve était sur le point de devenir réalité, Anna s'accrocha à Cesare tandis qu'il montait l'escalier qu'elle avait emprunté la veille.

Sa chambre n'était éclairée que par une lampe posée sur une table basse, renforcée par la lueur de la lune filtrant à travers les fenêtres à meneaux.

Cesare se dirigea sans attendre vers le grand lit à baldaquin qui dominait la pièce. Sans quitter Anna des yeux, il écarta d'une main quelques coussins, la déposa sur les draps de soie puis s'installa à califourchon sur elle.

Il lui caressa doucement la joue et, écartant une masse de boucles auburn, se pencha pour l'embrasser avec passion. Lorsqu'il releva la tête, elle retint d'abord son souffle avant de laisser échapper un gémissement. Elle n'aurait jamais pu imaginer cela... Le désir la consumait.

— C'est ainsi que certaines femmes pourtant sensées tombent enceintes.

Elle avait exprimé cette pensée sans même s'en rendre compte !

Cesare rétorqua aussitôt :

— Faites-moi confiance, cela ne vous arrivera pas. Détendez-vous.

Ce qu'elle n'eut aucun mal à faire car, de façon inexplicable, elle faisait confiance à cet homme qu'elle avait pourtant détesté depuis le début. Cette haine s'était ensuite imperceptiblement muée en amour.

Sachant qu'elle ne pouvait exprimer ses sentiments, elle prit la tête de Cesare entre ses mains et l'embrassa avec fougue pour s'empêcher de parler.

— Je vous crois, Cesare... Continuez... j'ai envie... tellement envie...

— De quoi ?

Anna était si belle, séduisante et sexy, et elle le désirait tant. Il sentit une émotion gonfler dans sa poitrine et la regarda ouvrir les yeux.

— De vous...

Elle défit un à un les boutons de sa chemise, découvrant son ventre plat et musclé, et posa les mains sur son torse pour savourer le contact de ses doigts sur sa peau chaude et douce comme de la soie. Elle goûta sa première expérience du pouvoir féminin lorsqu'elle entendit Cesare gémir sous ses caresses.

Elle cherchait la ceinture de son pantalon lorsqu'il attrapa sa main et, s'emparant aussi de l'autre, les lui immobilisa au-dessus de la tête.

Il la regarda ainsi quelques secondes, assez pour qu'Anna fasse une découverte : la soumission, à condition que l'on fasse confiance à l'autre, pouvait être terriblement excitante.

Avant même qu'elle ne puisse explorer les possibilités étonnantes de cette découverte, Cesare était sur elle, son érection pressée contre son ventre, une main dans l'échancrure de son corsage, l'autre remontant le long de sa cuisse, lui arrachant un soupir.

Elle ferma les yeux pour mieux s'enivrer des caresses de Cesare, qui lui ôta sa chemise de nuit et parcourut son corps jusqu'à ce qu'elle crie grâce et s'aperçoive alors qu'elle était nue.

— Tu es si belle…

Cesare ne pouvait détacher son regard du corps gracile d'Anna. Il prit en coupe l'un de ses seins parfaits dont il suça le bout rose sans cesser de la regarder, ne se souvenant pas d'avoir jamais rien fait d'aussi érotique. Pour lui, le sexe avait été jusque-là un exercice dont il s'acquittait avec brio et perfectionnisme, même si, bien souvent, ces étreintes le laissaient vide et désabusé.

Anna était si belle ! Il ne s'agissait pas de perfection, mais d'une émotion viscérale, à l'état brut. Quand il caressa son ventre, elle poussa un gémissement, et réprima un cri lorsque les lèvres et la langue de Cesare remplacèrent son doigt. Il ne s'agissait plus d'un exercice maîtrisé, mais d'une manifestation de la passion la plus pure. Cesare venait de découvrir le désordre amoureux et il adorait cela.

Même au milieu de ce chaos émotionnel, il n'oubliait pas que c'était la première expérience d'Anna et qu'il avait le devoir et le privilège de la rendre inoubliable. Elle lui rendait pourtant la tâche bien difficile. Comment était-il censé résister à ce corps et à cette bouche pulpeuse ?

Cesare fit descendre sa main sur le ventre d'Anna, laissant sur sa peau une trace brûlante, puis la glissa entre ses cuisses pour les écarter doucement. Au contact de ses doigts sur son intimité, Anna se crispa mais réussit à se détendre en caressant le corps de Cesare, qui ouvrit son pantalon pour lui permettre d'atteindre son érection.

— Oh ! oui…

— Laisse-toi aller, murmura-t-il en l'embrassant.

Anna sentit ses joues la brûler lorsqu'il quitta ses lèvres pour caresser du doigt son bourgeon sensible.

— Je ne peux pas faire ça ! protesta-t-elle, le souffle court.

— Oh ! que si ! la rassura-t-il en se levant pour enlever son pantalon.

Une fois nu, il la rejoignit.

— Tu es merveilleuse...

Subjuguée, Anna laissa glisser son regard sur le corps mince de Cesare, essayant de ne pas s'attarder sur son érection. Il était beau à couper le souffle.

— Tu trouves ?

Anna prit dans sa main le sexe de Cesare qui laissa échapper un gémissement rauque.

— Dis-le-moi encore...

Lorsque Cesare introduisit un doigt en elle, lui murmurant de doux mots en italien, Anna poussa une longue plainte et se cambra.

Après avoir attrapé une protection dans le tiroir de la table de chevet, Cesare commença à entrer en elle, très doucement afin de laisser son corps s'accommoder au sien. C'était beaucoup moins douloureux qu'Anna ne l'avait craint. Elle aimait sentir le poids du corps de Cesare sur elle, son sexe chaud et dur en elle... Comme il s'enfonçait davantage dans son fourreau étroit et humide, elle fut prise de l'envie frénétique d'attirer en elle son membre tout entier.

— Encore, cria-t-elle en se tendant vers lui et en enfonçant ses ongles dans le dos de Cesare, qui s'exécuta, accélérant le rythme de ses va-et-vient et donnant des coups de reins de plus en plus rapides.

Au moment où l'intensité de son plaisir l'entraînait aux limites de la conscience, elle sentit Cesare venir en elle et, le rejoignant dans un orgasme fulgurant, elle eut l'impression de s'envoler vers les étoiles.

Quand ils eurent repris leur souffle, Cesare murmura, taquin :

— Je comprends maintenant pourquoi tu étais vierge. Comme te l'a dit cet homme, tu es frigide !

Anna ouvrit un œil et s'étira langoureusement, découvrit des muscles dont elle ignorait jusque-là l'existence.

— Raconte-moi. Tu as bien dû connaître d'autres hommes, non ?

Anna se redressa sur un coude, étonnée de se sentir aussi à l'aise pendant que Cesare contemplait sa nudité.

— On dirait que tu n'as jamais vu de femme nue !

— C'est la première fois que je vois ton corps. Bon sang, Anna, je ne comprends pas comment les hommes ont pu te résister !

Comment était-il possible que cette créature à la sensualité débordante n'ait jamais connu l'amour ? Elle ressemblait à une princesse de conte de fées qui serait restée endormie jusqu'à l'arrivée du prince charmant. Cette image le fit soudain sursauter. Il n'avait rien d'un prince charmant ! Il s'empressa alors de préciser :

— Tu sais qu'il ne s'agit que de sexe entre nous, n'est-ce pas ?

— J'ai eu un fiancé.

La main de Cesare s'immobilisa.

— Nous nous étions rencontrés sur internet. Notre relation étant plus intellectuelle que charnelle, elle est restée platonique. Je pensais qu'il agissait ainsi par respect, jusqu'à ce qu'il succombe aux charmes d'un mannequin, quelques semaines avant notre mariage.

— Quel imbécile !

Anna se laissa rouler sur le dos. La réplique méprisante et spontanée de Cesare agit tel un baume sur son orgueil blessé.

— J'aime à le penser aussi !

— Tant pis pour lui, tant mieux pour moi !

Il marqua une pause et, redevenant sérieux, il poursuivit :

— Tu as entendu ce que...

— Si j'ai bien compris que tu ne voulais que mon corps ? Cela tombe bien, le tien est la seule chose qui m'intéresse chez toi.

Le mensonge lui était venu avec une facilité déconcertante, mais elle aurait été capable de faire et dire n'importe quoi pour prolonger un peu cette intimité nouvelle entre eux.

11

Deux semaines plus tard Anna n'éprouvait plus la même facilité à mentir.

Leurs moments d'intimité étaient toujours aussi merveilleux, mais, torturée par l'idée que le désir de Cesare puisse s'émousser, elle avait eu le temps de mûrir sa décision : elle s'éclipserait au moindre signe de lassitude de sa part, évitant ainsi l'affront de se sentir rejetée. Cela lui permettrait de partir la tête haute et pleine de beaux souvenirs. Depuis qu'elle avait pris cette décision, Anna avait l'illusion de maîtriser la situation. Elle ne s'attendait donc pas à ce que Cesare, paniqué à l'idée qu'elle s'attache à lui, la rejette aussi violemment...

Tu me manques tellement lorsque tu n'es pas là. J'ai besoin...

Cesare n'aurait peut-être pas entendu cet aveu, prononcé dans un demi-sommeil, s'il n'avait pas été trop épuisé pour porter Anna dans son lit après une nouvelle nuit d'amour torride. Sitôt qu'elle eut prononcé ces paroles, il préféra s'éloigner de son corps chaud et langoureux. Ces dernières semaines, il avait ressenti des choses incroyables en faisant l'amour avec elle mais il ne s'agissait que de sexe, et elle le savait. Il le lui avait dit dès le début. Sentant naître le ressentiment en lui, il la regarda dormir, en proie à des émotions pourtant mitigées : colère, fascination, domination...

Inconsciente du cheminement de pensée qu'elle avait provoqué, Anna reposait paisiblement tandis que Cesare, à côté d'elle, aurait voulu oublier ce qu'il venait d'entendre. Ces mots en apparence innocents n'étaient pas le problème — mais il n'en était pas de même de la réponse qu'elles semblaient réclamer.

Anna ne lui manquerait pas.

Le manque impliquait un besoin, or Cesare n'avait besoin de personne.

La nuit précédente avait été incroyable. Aussi, lorsque Anna se réveilla et entendit Cesare, déjà prêt, lui annoncer qu'il partait à Londres jusqu'à la fin de la semaine, elle ne put s'empêcher d'être déçue.

Ecartant la possibilité de le supplier de renoncer à ce voyage, elle remonta le drap jusqu'à son menton et s'efforça d'avoir l'air d'accepter l'idée de ne pas le voir pendant cinq jours… et cinq nuits !

— Tu… ne m'avais rien dit.

En jetant un coup d'œil au réveil, elle s'aperçut qu'il n'était que 6 heures du matin.

— Je peux te p… préparer un café, si tu veux.

Il secoua la tête.

— Merci, ce n'est pas nécessaire.

Elle fronça les sourcils. Cesare semblait étrange. Elle aurait même pu dire en le regardant qu'il avait l'air distant.

— Angel revient mardi ? demanda-t-il soudain.

Elle acquiesça d'un mouvement de tête.

— Je ne sais pas si vous avez déjà décidé de la date de ton départ…

Voyant la stupeur se peindre sur le visage d'Anna et la peine voiler son regard bleu, Cesare se dit qu'il avait pris la bonne décision.

Il ne pouvait pas lui donner ce qu'elle voulait, mais il savait qu'un autre homme se ferait un plaisir de le lui donner !

A cette idée, Cesare sentit un furieux accès de jalousie s'emparer de lui. Il s'éclaircit la gorge et porta une main à sa poche.

— Tiens, au cas où je ne te verrais pas avant…

Troublée par l'étrange attitude de Cesare, Anna ne vit pas tout de suite ce qu'il avait jeté d'un geste désinvolte sur le lit. C'est alors qu'elle aperçut un bracelet de diamants scintillant sur les draps de soie grise.

— Qu'est-ce que c'est ?

— Il ne te plaît pas ?

Cesare haussa les épaules.

— Ce n'est pas un problème, tu peux le changer si tu veux.

Pensait-il vraiment que ce ne soit pas un problème d'être traitée comme une call-girl ? La gorge nouée, Anna repoussa le drap et se leva sans se soucier de sa nudité.

Rejetant ses cheveux en arrière, elle s'avança vers lui, frémissante de rage, tandis qu'elle le fixait d'un regard glacial.

Incapable de soutenir son regard, Cesare baissa les yeux, admirant au passage son corps parfait.

— Et si je préfère l'argent ? demanda-t-elle d'un ton de défi.

Relevant les yeux, Cesare répondit d'une voix rauque :

— Ne sois pas stupide…

— Ai-je mal compris ? Ne s'agit-il pas d'un paiement pour services rendus ?

Anna regarda le bracelet avec une moue de dégoût.

Cesare étouffa un juron, se demandant s'il serait un jour capable d'apprécier l'ironie de la situation. Pour la première fois de sa vie, il avait ressenti l'envie d'entrer dans une bijouterie car ce bracelet, exposé dans la vitrine, lui avait fait penser à elle.

— Ne te comporte pas comme une call-girl. Cela ne te ressemble pas.

Il serra les mâchoires, s'efforçant de rester calme.

— Si tu ne l'aimes pas…

— Si tu ne veux pas me voir me comporter comme une call-girl, ne me traite pas comme si j'en étais une ! cria-t-elle en lui jetant le bracelet au visage.

Cesare attrapa au vol le luxueux projectile.

— Comme s'il pouvait me plaire ! Je le déteste, et toi aussi je te déteste ! Comment oses-tu me faire cet affront ? Si tu en as assez de moi, dis-le, mais n'essaie pas de me payer !

Cesare posa le bijou sur la table de chevet et se passa la main dans les cheveux.

Les choses ne se passaient pas comme prévu.

T'attendais-tu à ce que tout cela se termine bien, Cesare ? lui souffla une petite voix intérieure.

Bien qu'Anna réagisse de façon irraisonnée, exagérée, passionnelle, tout ce qu'il détestait, il avait malgré tout envie de s'allonger sur le lit auprès d'elle et de la prendre dans ses bras.

— Je ne peux pas...

Anna ravala ses larmes.

— Bien sûr que si ! Tu as une longue expérience derrière toi. Pour moi, c'est la première fois, lâcha-t-elle avant d'éclater en sanglots.

Anna eut l'impression fugace de sentir la main de Cesare lui caresser les cheveux. Pourtant, lorsqu'elle redressa la tête, quelques instants plus tard, il avait déjà quitté la chambre.

Le soir même, Anna, les yeux encore rouges et gonflés, essayait de chasser le souvenir de leur dispute pour tenter de se concentrer sur ce que lui disait Angel, au téléphone.

— A quelle heure est votre vol demain ?

Plus personne n'avait besoin d'elle. Cesare était même parti sans avoir pris la peine de lui dire au revoir.

— Au fait, je... est-ce que mon frère est là ?

Anna secoua la tête mais, se rendant compte qu'Angel ne pouvait pas la voir, répondit :

— Non.

En ce moment même Anna, devant l'écran de télévision, regardait Cesare fouler un tapis rouge, attirant l'attention de la présentatrice. Celle-ci, prétextant la présence d'une princesse royale au bras de Cesare, brandit son micro devant lui, lui touchant la manche à plusieurs reprises.

Cesare, l'air sombre et énigmatique, répondit par monosyllabes à la question de son interlocutrice, qui ne s'avoua pourtant pas vaincue.

— Parfait…

— Je voulais vous demander, Anna…, reprit Angel, avez-vous votre passeport avec vous ?

— Oui, confirma Anna d'un ton morne.

Visiblement amusée, la partenaire de Cesare observait le numéro de charme de la journaliste. Elle pouvait se permettre de sourire car, dans l'intimité de leur chambre, il lui appartenait !

Anna découvrit que la jalousie pouvait faire mal, très mal.

— Quelle chance ! s'exclama Angel, apparemment soulagée. J'ai un immense service à vous demander.

Anna n'écoutait qu'à demi, concentrée sur les images de Cesare et de sa partenaire pénétrant dans le théâtre, puis disparaissant de l'écran. Quand elle comprit qu'Angel lui proposait de prendre un avion qui l'emmènerait à des milliers de kilomètres de Cesare, elle s'empressa d'accepter ce voyage. Connaissant la jeune femme, elle avait dû le préparer dans les moindres détails.

Anna était si heureuse qu'elle en oublia de lui demander pourquoi elle avait changé ses plans.

— Vos billets vous attendront à l'aéroport. Il serait préférable de ne rien donner à manger à Jas avant le départ, car elle risque d'être malade pendant le vol. Cela lui arrive souvent. Je viendrai vous chercher à l'aéroport et vous conduirai à l'hôtel où je vous ai réservé pour la semaine un bungalow donnant sur le jardin.

— C'est très aimable, mais je ne peux pas rester. Je vous remettrai Jas à l'aéroport et prendrai ensuite le premier avion pour l'Angleterre. Je suis convoquée jeudi matin à Londres pour un entretien.

Anna avait eu l'intention d'informer Cesare avec le secret espoir qu'il… Quoi ? Qu'il la supplie de rester ? Qu'il lui propose de rester en contact ? Qu'il ait l'air un peu malheureux ? Bon sang, comment avait-elle pu laisser les choses en arriver là ? Comment avait-elle pu se montrer si naïve ?

— Oh ! non ! Pourquoi ne m'avez-vous rien dit ? Ce n'est pas grave, je trouverai une autre solution. Je voulais juste éviter de demander à mon frère. Où allez-vous passer votre entretien ?

— Dans une école qui a une excellente réputation, répondit

Anna, tachant de faire passer dans sa réponse un peu de l'enthousiasme qu'elle aurait dû ressentir. Ne vous inquiétez pas pour Jasmine, cela ne me pose aucun problème de l'accompagner. Je serai ravie de vous aider.

— Ça ne rime à rien que vous fassiez un aller-retour si rapide, protesta Angel. Je ne me sens pas le droit de vous imposer cela.

— C'est moi qui vous le propose.

— Je préférerais ne pas en parler à Cesare avant que tout ne soit réglé, précisa Angel. Je le préviendrai une fois que Jas sera avec moi.

— Très bien.

Anna ne comprenait pourtant pas l'étrange attitude de la jeune femme.

— Vous savez, Cesare peut parfois se montrer un peu trop protecteur.

Pas avec moi, pensa Anna, amère.

— Cela ne vous dérange vraiment pas ?

— Pas du tout.

— Vous êtes un amour. Vous ne m'avez même pas demandé pourquoi j'aimerais que ma fille me rejoigne. Ce n'est pas un secret, ou du moins plus pour très longtemps. Je veux que Jas rencontre son père.

— Ah oui ?

Un petit rire nerveux se fit entendre à l'autre bout du fil.

— Oui, mais ne dites rien à Jas, s'il vous plaît.

— Vous avez ma parole.

— Ni à Cesare.

— Ne vous inquiétez pas.

Après avoir fait le tour du château et des environs immédiats, Cesare avait perdu patience et se sentait d'humeur massacrante. Il était arrivé de Londres par la route une heure plus tôt. Il s'était éclipsé au milieu de la somptueuse soirée de la veille, plantant là sa ravissante partenaire et offensant par là-même un de ses meilleurs amis qui, ne pouvant accompagner sa fiancée, lui avait demandé de le remplacer. Il doutait à présent que ce dernier lui propose encore d'être son témoin à leur mariage prévu quelques mois plus tard.

Cesare, incrédule, regarda sa gouvernante.

— Comment cela, partie ? Où ?

— Pour l'aéroport avec J...

— L'aéroport ! s'exclama-t-il avant qu'elle ne puisse terminer son explication.

Cesare se mit à tourner comme un lion en cage, se passant la main dans les cheveux. Puis il s'arrêta soudain et lança un regard de reproche à sa gouvernante :

— Et vous l'avez laissée partir ?

— Ce n'était pas à moi de la retenir, monsieur.

C'était lui en effet qui aurait dû le faire. S'il avait eu le courage de dire à Anna ce qu'elle souhaitait entendre, il aurait pu la retenir. Mais il avait trop longtemps refusé d'admettre qu'il avait envie de le lui dire...

Il s'efforça de se calmer. Après tout, il était responsable de cette situation, car il avait été incapable d'accepter le fait qu'en quelques semaines Anna soit entrée dans sa vie. Tandis qu'il la cherchait, sa maison, à laquelle il était pourtant viscéralement attaché, lui avait semblé une succession de pièces vides. Lui-même se sentait vide sans elle.

Il allait la faire revenir. C'était bien sûr la seule solution !

Il l'avait faite fuir en réduisant leur relation à un échange purement physique, alors qu'elle s'était donnée corps et âme à lui. Alors qu'il savait à quel point sa froideur la blessait, il en avait rajouté en lui offrant ce maudit bracelet qu'elle lui avait jeté à la figure. Le souvenir de la vive réaction d'Anna lui arracha un sourire.

Elle était la personne la plus désintéressée qu'il ait jamais connue. Cet aspect de sa personnalité le fascinait. Il aurait dû s'attendre à ce qu'elle réagisse ainsi. S'était-il arrangé, de façon inconsciente, pour la pousser loin de lui, et faire en sorte qu'elle le rejette ?

Pourquoi avait-il essayé de dresser des barrières entre eux

dès le début de leur relation ? Parce qu'il savait qu'Anna était différente, qu'il ne pourrait pas la faire sortir de son lit en plein milieu de la nuit et qu'il ne serait pas capable de la laisser tomber. Elle avait éveillé en lui des sentiments qu'il avait toujours rejetés de crainte de se montrer aussi faible que son père.

Cesare fit une moue désabusée et offrit à sa gouvernante un timide sourire en guise d'excuses.

— Savez-vous où elle allait ?

— Mlle Angel s'est chargée de tout organiser. J'ai cru comprendre qu'elle les attendrait à l'aéroport.

Depuis quand sa sœur voyageait-elle avec Jasmine sans même le prévenir, entraînant qui plus est Anna dans son sillage ?

— Je ne comprends pas, Anna est allergique au soleil ! s'exclama-t-il, l'imaginant couchée sur une plage de sable blanc, exposée aux regards concupiscents d'autres hommes fascinés par sa peau laiteuse.

Il laissa échapper un juron, mais s'interrompit aussitôt en voyant la mine réprobatrice de la femme qui le connaissait depuis toujours.

— Je suis certaine que Mlle Henderson est assez intelligente pour penser à utiliser une protection solaire.

Déjà, Cesare avait sorti son portable de sa poche et composait un numéro.

Anna sentit sa gorge se nouer en regardant Jasmine, le nez collé contre la fenêtre de la Jeep que sa mère conduisait, agiter sa petite main en signe d'adieu. Elle attendit que la voiture disparaisse puis, refoulant ses larmes, se dirigea vers le terminal de l'aéroport, impatiente de retrouver l'air conditionné.

Le voyage s'était révélé bien plus difficile qu'elle ne s'y était attendue. Lorsque Angel l'avait prévenue que sa fille supportait mal l'avion, elle s'était crue capable de s'occuper d'une enfant sujette au mal de l'air, peut-être même agitée et grognon. Elle avait en cela fait preuve d'une grande naïveté !

La fillette avait été si malade qu'Anna s'était sentie désemparée et le vol avait pris des allures de cauchemar lorsque certains passagers leur avaient qui plus est lancé des regards malveillants.

Jasmine avait heureusement recouvré toute son énergie et son entrain dès la descente de l'avion, en apercevant sa mère. Anna, quant à elle, avait eu l'impression de pénétrer dans une fournaise.

Elle qui aimait vivre dans des régions offrant parfois plusieurs saisons au cours d'une seule journée doutait de ne jamais pouvoir s'habituer à un tel climat.

A cette pensée la réalité s'imposa à elle : sa prochaine destination n'était pas l'Ecosse, mais Londres.

Elle songea à son appartement qu'elle avait mis si longtemps à dénicher et à décorer ensuite avec des objets chinés ici et là. Elle aurait dû être heureuse à l'idée de retrouver la stabilité de son cocon, mais les sentiments qu'elle éprouvait pour Cesare avaient bouleversé son existence.

Réussirait-elle à se sentir de nouveau chez elle un jour ? Même si elle continuait de porter ce poids, elle ne regretterait jamais d'être tombée amoureuse de Cesare.

Forte de ce constat elle décida, en arrivant dans le terminal, de se diriger vers les boutiques hors-taxes pour faire du lèche-vitrines et prendre un café en attendant son vol.

En passant devant une boutique pour bébés qui vendait de petits vêtements faits main aux couleurs vives, elle ne put résister, sachant que ce style de layette plairait certainement à Rosie. Le choix se révélant plus difficile que prévu, elle prit pour finir plusieurs modèles de grenouillères de différentes couleurs.

En sortant du magasin, elle pensait déjà au café qui l'attendait lorsqu'un homme de haute stature la bouscula au passage. Elle serait tombée si des mains puissantes ne l'avaient pas retenue.

Elle s'excusa en marmonnant tout en se disant que ce grand escogriffe aurait bien fait de regarder devant lui.

— Si tu crois que je vais me contenter d'un « pardon » !

Au son de cette voix rauque et ironique, Anna leva les yeux et découvrit, incrédule, la grande silhouette qui la dominait. Avait-elle perdu la raison ?

— Cesare, que... ?

— Il faut que nous parlions, coupa-t-il.

Anna pensa tout d'abord qu'il était furieux qu'elle soit partie avec Jasmine mais n'aperçut aucune trace de colère sur son visage. Elle ne pouvait cependant s'empêcher de trembler, incapable de détacher son regard du sien, et dut toussoter pour s'éclaircir la voix.

— Jasmine n'est pas là, lança-t-elle. Angel est venue la chercher.

Et préférant éviter qu'il ne lui pose des questions, elle lui demanda sans attendre :

— Que fais-tu ici ? Je te croyais à Londres... je t'ai vu à la télévision en compagnie d'une ravissante princesse.

Elle se mordit la lèvre.

— Oui, Olivia. Ravissante, mais ennuyeuse à souhait ! Elle n'a cessé de me parler de Rafe.

— Qui est Rafe ?

— Son futur époux.

Cesare l'observa puis ébaucha un sourire.

— Tu étais jalouse !

Cette découverte semblait lui procurer un grand plaisir.

Anna tenta de trouver un argument qui puisse le détromper mais, n'en trouvant aucun, se contenta de rétorquer :

— Je m'en remettrai.

Le sourire de Cesare s'effaça.

— Si je t'avais vue avec un autre homme, je n'y arriverais pas.

Cet aveu accrut la rancœur d'Anna. Cesare et ses messages contradictoires ! C'était lui qui l'avait rejetée et ce qu'il lui disait à présent lui donnait envie de crier qu'il n'y avait pas d'autre homme dans sa vie et qu'il n'y en aurait jamais.

— Qu'attends-tu de moi ? lui demanda-t-elle tout en s'efforçant de rester impassible. Que je fasse vœu de célibat parce que tu ne veux pas de moi mais que tu ne veux pas non plus que je sois avec un autre ?

— Je te veux, Anna. J'ai besoin de toi.

C'était doux à entendre, mais, bien qu'il ait l'air sincère,

Anna n'était pas prête à ouvrir son cœur de crainte de souffrir de nouveau.

Epuisée par la fatigue et la tristesse, elle laissa soudain tomber son masque, et leva son regard bleu vers lui.

— Tu ne voulais pas me trouver chez toi à ton retour, lui rappela-t-elle, incapable de retenir ses larmes plus longtemps.

Elle avait toujours su qu'il finirait par se lasser, d'elle mais la brutalité de son rejet lui avait causé une douleur intense et persistante.

— Quand je suis parti, j'ai failli faire demi-tour un nombre incalculable de fois, sans jamais en trouver le courage.

— Pourquoi es-tu là à présent, Cesare ?

Celui-ci laissa échapper un rire rauque.

— Pourquoi diable crois-tu que je sois ici ? En arrivant à Killaran, je t'ai cherchée partout et j'ai cru devenir fou quand j'ai découvert que tu avais disparu.

Il planta son regard brillant dans le sien.

— Alors je suis venu te chercher.

Malgré son cœur qui battait la chamade et son incroyable envie de se jeter dans ses bras, Anna, craignant d'avoir mal interprété ce qu'elle venait d'entendre, préféra s'abstenir de réagir.

Il l'avait suivie ! Cela devait pourtant prouver quelque chose, non ?

Frustré de voir que ses paroles restaient sans effet, Cesare, refusant d'écouter la petite voix intérieure insinuant qu'il avait tout gâché, prit le poignet d'Anna et le porta à sa poitrine.

— Viens, rentrons à la maison.

— Où m'emmènes-tu ? demanda-t-elle en accélérant le pas pour rester à sa hauteur tandis qu'il l'entraînait vers les portes à tambour de l'aérogare.

— Nous rejoignons mon jet privé. Comment crois-tu que je sois arrivé jusqu'ici, *cara* ? Nous ne pouvons pas discuter au milieu de tous ces gens.

Anna se frotta le poignet à l'endroit où les doigts de Cesare l'avaient serré. Il la regarda alors avec inquiétude.

— Je t'ai fait mal ?

Il prit la main d'Anna et la porta à ses lèvres. Celle-ci la retira brusquement, mais pas assez vite : ce bref contact avait suffi pour déclencher en elle un désir fulgurant.

— Tu donnes l'impression d'être forte et j'oublie parfois à quel point tu peux être fragile.

Cette fois, elle le suivit et poussa un soupir de soulagement en voyant qu'il se dirigeait vers l'ombre d'un palmier. En franchissant les portes de l'aéroport, la chaleur de l'extérieur l'avait frappée de plein fouet.

— Je suis venu te chercher pour te ramener à la maison et je suis prêt à me mettre à genoux devant toi pour te convaincre.

Sa déclaration fit monter les larmes aux yeux d'Anna.

— Ce ne sera pas nécessaire, Cesare, je veux juste que...

Anna s'arrêta, consciente de vouloir l'impossible. Cesare avait sans doute dû se rendre compte qu'il la désirait encore. Elle aurait pu s'en contenter peu de temps auparavant, mais plus à présent. Elle ne pouvait pas accepter d'être sa maîtresse. Elle valait mieux que cela.

— Tu veux que... que je t'aime ? demanda-t-il lorsqu'il vit qu'elle ne pouvait plus parler.

Elle acquiesça d'un mouvement de tête, le regardant à travers ses larmes.

— Je pensais être capable de me contenter d'une simple relation physique avec toi, mais ce n'est pas possible, dit-elle. Je désire plus.

— Moi aussi, avoua Cesare.

A la fois surpris et soulagé d'avoir avoué ses sentiments, Cesare poussa un profond soupir. Pourquoi avait-il été si angoissé à l'idée de se dévoiler ? Ce n'était pas si compliqué.

— Le passé laisse parfois des marques indélébiles. J'ai compris que j'avais toujours eu une vision fausse des relations amoureuses.

Quelques jours plus tôt encore, il aurait été incapable d'une telle franchise.

— Le mariage de mes parents a été désastreux et, après leur séparation, j'ai éprouvé du mépris pour mon père lorsque j'ai vu qu'il était encore amoureux de sa femme, malgré la souffrance qu'elle lui avait infligée. Depuis lors et sans même m'en rendre compte, j'ai toujours associé amour avec faiblesse. Quant à ma mère…

Il haussa les épaules.

— Que puis-je dire, si ce n'est que tout ce qui brille n'est pas or ? Je pense que les valeurs fondamentales d'une relation de couple lui font défaut. Son existence est uniquement régie par l'intérêt et la vénalité. Tu comprends, maintenant ?

Il regarda Anna d'un air interrogateur.

— Je crois que oui, répondit-elle en sentant les battements de son cœur s'accélérer.

Ce cœur empli d'une tendre compassion qu'elle n'osait exprimer ! Elle approcha une main hésitante de son bras, s'attendant presque à ce qu'il la repousse, et sentit sa gorge se nouer lorsqu'il lui sourit.

— Ma mère a toujours déçu les gens qui l'entouraient car elle n'a ni conscience ni sens moral. Ceci ajouté à son charme et à sa vision égoïste et hautement hédoniste de la vie fait qu'elle sème le malheur partout où elle passe. Je n'ai jamais pu lui faire confiance.

— Je comprends que tu ne puisses faire confiance à personne.

Ce commentaire arracha un rire à Cesare.

— J'ai une confiance totale en toi, Anna, mais je crains que ce ne soit pas réciproque.

Elle regarda la main qu'il lui tendait et y glissa sans hésiter la sienne.

Cesare plongea alors sa main libre dans sa poche. Anna, le voyant extraire un écrin de velours rouge, fit un signe négatif de la tête.

— Je t'ai déjà dit que je ne voulais pas de ce bracelet !

— Il ne s'agit plus de cela, Anna, et je te donne raison d'avoir réagi comme tu l'as fait. Je t'en prie, regarde ce qu'il y a à l'intérieur.

Elle saisit l'écrin délicat que lui tendait Cesare, l'ouvrit en tremblant et découvrit avec stupeur un magnifique diamant entouré de saphirs.

— Est-ce bien ce que je pense ? demanda-t-elle d'une voix hachée par l'émotion.

— Si tu penses que cela peut symboliser notre engagement à passer le reste de notre vie ensemble, alors oui, tu as compris.

Il prit la main d'Anna et glissa la bague à son doigt.

— J'avoue m'être montré à plusieurs reprises injuste avec toi, mais je t'aime de tout mon cœur. Veux-tu m'épouser, Anna ?

Elle resta un instant interdite, puis leva ses yeux brillants vers lui.

— Oh ! oui !

Avec un cri de joie, Cesare la souleva dans ses bras.

— Merci, mon Dieu ! J'ai bien cru, un moment, avoir tout gâché...

Épilogue

Tandis que le soleil disparaissait lentement à l'horizon, entraînant avec lui les dernières lueurs roses du crépuscule, Anna leva les yeux vers les voiles que le vent avait gonflées depuis la fin du dîner.

— C'est magique, murmura-t-elle en se blottissant contre le corps ferme de son mari, qui l'enlaça.

— Comment savais-tu que les grands voiliers m'avaient toujours fascinée ?

Anna ne se souvenait pas de lui en avoir parlé.

Elle avait bien sûr rêvé de passer une fois dans sa vie des vacances sur l'un de ces élégants bateaux, mais n'aurait jamais, au grand jamais, imaginé en posséder un un jour.

Teacher's Pet, un trois-mâts avec son équipage, avait été son incroyable cadeau de mariage. Cesare avait même plaisanté en disant qu'il avait profité d'une promotion « deux articles pour le prix d'un » puisqu'il s'agissait à la fois de son cadeau de mariage et de leur lune de miel. Après la cérémonie, ils avaient passé un week-end à Paris où la pluie incessante n'avait pas dérangé les jeunes mariés, puisqu'ils n'avaient pas quitté la suite de leur hôtel ! Cesare lui avait toutefois promis, à l'issue de leur séjour, de lui faire découvrir une autre fois la Ville lumière, qu'il connaissait bien.

Ils étaient rentrés au château le dimanche soir, Anna devant se présenter à son nouveau travail le lendemain matin. Enfin, elle avait obtenu le poste de directrice de l'école primaire de

Killaran ! Cesare lui avait transmis la proposition du comité d'établissement lorsque la personne qui avait été choisie s'était désistée à la dernière minute. Il avait tenu à l'assurer qu'il n'était pour rien dans ce changement et qu'il ne s'agissait pas d'un choix par défaut, puisque le comité ne tarissait pas d'éloges à son égard.

Anna n'avait pu éviter de lui opposer une brève résistance, mais avait fini par se laisser convaincre d'accepter le poste. Elle avait tout de même ajouté avec ironie être quelque peu déçue de devoir travailler alors qu'elle avait épousé un homme riche.

— Attention, s'écria-t-il soudain en la serrant entre ses bras musclés tandis que le bateau tanguait légèrement, la faisant glisser sur le pont de bois.

Anna portait une paire de chaussures à talons assorties à la légère robe de soie qu'elle avait choisie pour cette occasion spéciale. Cesare ne se doutant pas de l'importance que revêtait ce dîner pour elle, elle sentit l'inquiétude la gagner. Comment allait-il réagir ?

— Je croyais que tu avais le pied marin, plaisanta-t-il, heureux d'avoir l'occasion de la tenir serrée contre lui.

Anna se retourna pour lui faire face.

— Je me porte comme un charme ! protesta-t-elle.

Cesare fronça les sourcils.

— Tu n'es pas obligée de feindre. J'ai bien vu que tu étais malade hier, et ce matin aussi…

Il s'interrompit soudain pour prendre le visage d'Anna entre ses mains, plongeant son regard dans le bleu de ses yeux. Ce qu'il y vit le fit pâlir.

— Ce n'était pas le mal de mer, n'est-ce pas ?

Elle secoua la tête et, détournant les yeux, fixa l'horizon, préférant ne pas le regarder par peur de sa réaction. Ils avaient parlé avant leur mariage de leur désir de fonder une famille, mais envisageaient tous deux cette possibilité… à long terme. L'annonce de cette grossesse inattendue allait-elle le réjouir ?

Anna ne s'attendait pas à ce qu'il soit aussi heureux qu'elle, mais elle savait qu'elle ne pourrait supporter qu'il fasse semblant.

— Es-tu… enceinte ?

Anna n'avait jamais entendu cette note dans sa voix avant. Il ne semblait ni furieux ni déçu.

— Quand… ? Comment te sens-tu ? Qu'a dit le docteur ?

Les questions fusèrent jusqu'à ce qu'elle pose un doigt sur les lèvres de Cesare en riant :

— Calme-toi. Je viens juste de le découvrir.

— Tu n'as pas encore vu de médecin ?

Elle secoua la tête.

— Je pensais que ce serait une bonne idée d'y aller ensemble la première fois.

L'inquiétude disparut du visage de Cesare comme par enchantement.

— Bien sûr, mais pas seulement la première fois… Je veux être là à chaque étape de ta grossesse.

Il essaya de ne pas penser à l'accouchement.

— Viens, lui dit-il d'un ton ferme en la prenant par les épaules, assieds-toi. Il vaut mieux que tu enlèves tes chaussures. Si tu tombais…

— Alors, tu es heureux ?

Il lui adressa un regard incrédule en l'aidant à s'étendre sur une chaise longue puis s'accroupit auprès d'elle.

— Tu plaisantes ? Un bébé ! Mais c'est merveilleux !

— Même si nous ne l'avions pas programmé si tôt ?

— La vie n'est pas faite de programmes, *cara*, mais d'amour, d'espoir et, à partir de maintenant, de bébés. Je peux demander à l'équipage de faire demi-tour, si tu préfères. Je ne veux pas qu'il t'arrive quoi que ce soit en plein milieu de l'océan…

— Il ne m'arrivera rien, Cesare, le rassura-t-elle en lui prenant la main.

Sa voix était empreinte d'une confiance totale lorsqu'elle ajouta :

— Tant que je serai avec toi.

— Je serai toujours à tes côtés, *cara*, pour le meilleur et pour le pire. Je t'aime… de toute mon âme.

Anna sourit en regardant cet homme merveilleux qu'elle aussi aimait de tout son cœur.

— Tu l'as déjà dit une fois, en présence de témoins. Je t'ai cru, ce jour-là, et je sais qu'il en sera toujours ainsi...